O Livro que Eu queria ler

Agnor Lincoln da Costa

L·G·E EDITORA
Brasília, 2005

LGE Editora Ltda.
SIA Trecho 03 Lote 1.760 - Parte A
Tel.: 61 3362.0008 - Fax: 61 3233.3771
lgeeditora@lgeeditora.com.br
www.lgeeditora.com.br

EDITOR:
ANTONIO CARLOS A. NAVARRO

AUTOR:
AGNOR LINCOLN DA COSTA

CRIAÇÃO E ARTE:
RAFAEL WILLADINO BRAGA

FOTOGRAFIA:
PEDRO BRAGA NETTO

EDITORAÇÃO:
FLÁVIO LOPES DA SILVA

IMPRESSÃO E ACABAMENTO:
QUICK PRINTER IMPRESSOS RÁPIDOS LTDA.

Dados Internacionais de Catalogação na Publicação (CIP)

Costa, Agnor Lincoln da.
O Livro que Eu queria ler / Texto de Agnor Lincoln da Costa – Brasília: LGE Editora, 2005.
340 p.
1.Literatura. I. Título.
CDU 869-3

ISBN 85-7238-176-7

Visite nosso site:
www.lgeeditora.com
Veja as entrevistas com nossos autores:
www.nettvbrasil.com.br

Agradecimento especial

A Tereza Cristina, que se empenhou no encaminhamento deste livro aos Editores e, com competência e dedicação profissional, trabalhou nas diversas fases de revisão do texto, a gratidão do tio e autor.

Sumário

1

Eu fitava sem piscar a chama da vela, a mente aguçada a recolher os mínimos impulsos vibratórios. O ambiente estava sobrecarregado com a presença invisível dos Irmãos sacrificados na luta ou distantes. Lá fora, a calmaria que precede os momentos decisivos.

Senti que o Mestre estava querendo projetar-me as imagens das suas derradeiras visões. Fitei a vela ainda com mais intensidade. Foi então que a vi desdobrar-se num desfile de cenas estonteantes. Batalhas, pestes, calamidades, explosões, dilúvios, ruínas, matanças e mais ruínas, toda sorte de flagelo, o incessante borbulhar da Humanidade.

Nenhuma surpresa experimentei. Sabia comuns na vida dos povos tais espetáculos. E tive um ligeiro arrepio. Eles me fascinavam. Mas a um forte crepitar tudo se desvaneceu e só a chama bruxuleante restou diante de mim. Bocejei e esfreguei os olhos. Virado para a janela, calculei que a madrugada já ia longe e avizinhava-se o desenlace inevitável. Olhei, então, para o Mestre e foi aí que ele, pousando a mão na minha, fixo o olhar num ponto distante, assim falou-me:

– Acabas de ver o que é este Mundo. Felizmente, para mim, esta é a derradeira vez. Tive tanta esperança de ver a Humanidade trilhar um caminho verdadeiramente humano... Mas não, nada mudou, nem deverá mudar. A Realidade é uma só, em qualquer parte, queiramos ou não. Apenas achei que devias fixá-la exatamente como é, para que nada te surpreenda. Jamais desesperes. Não é própria da nossa Ordem tal atitude, e diante de nada cruzamos os braços, nem nos conformamos com o imutável Destino. Até o fim dos tempos, se for o caso, haveremos de tentar mudá-lo, perseguindo aquele arco-íris de esperança nascido com a Ordem. Nas profecias, como sabes, está escrito que um dia virá O Vidente, que mudará tudo. É possível que a hora esteja chegando. Ou talvez simplesmente não passe de um sonho demasiado idiota.

Ele parou de falar e fechou os olhos. Respeitei o seu silêncio, observando-lhe o rosto e imaginando que se harmonizava para captar a mensagem que haveria de transmitir-me, ou simplesmente coordenava as idéias na mente disciplinada.

Desde os tempos mais longínquos, quando o primeiro Mestre reconhecido como tal nas obscuras origens da Ordem alertou para as revelações que vinham com a proximidade da transição, nunca deixou de haver alguém em vigília ao pé do leito de um Mestre agonizante. É uma tradição comprovada que todo aquele que alcançou o direito de ostentar o manto vermelho da Ordem, antes de abandonar o corpo material, tem visões sobre o destino dela no período seguinte, e consegue, com incrível domínio, dar valiosos conselhos que servirão de guia para o comportamento dos Adeptos ante as provas a que estarão sujeitos na nova era. Porque ela está sempre se renovando, está sempre inaugurando uma nova era. E embora às vezes pareça ter-se extinguido, isso não ocorreu jamais e nem ocorrerá.

Portanto, Eu aguardava. Era um quarto amplo entre paredes maciças, com uma única porta e uma janela no alto, gradeada. Ao centro, a cama onde o Mestre jazia, e à sua esquerda a cadeira em que me sentava. Em frente a nós, a cômoda robusta sobre a qual ardia a vela ante um espelho. Junto às paredes, estantes reforçadas sustentando pilhas de livros, fichas, pastas, relatórios, fitas gravadas, manuscritos; sob a janela, a baixa e sólida mesa de trabalho com os resultados das suas recentes pesquisas. Mais parecia um laboratório de alquimista, esse quarto onde ele passara o maior tempo de supremo dirigente da Ordem, tudo vendo e prevendo com o poder só de nós sabido e de onde prosseguiu no tradicional comando que mantém ardente a chama no interior de quantos nela ingressam. Quando voltou a falar, lenta, lentamente, mais da metade da vela já ardera.

– Durante toda a existência da Nossa Ordem temos preparado o seu caminho, lutando sem cessar pela preservação da dignidade do Homem cada vez mais escravizado. Não houve um só lugar do Mundo aonde não mandássemos um Conselheiro. A história da nossa Ordem é a história das grandes lutas das nações, de todos os povos, pela realização das suas esperanças. Mas aqueles que foram não voltaram e muitos sucumbiram nas mãos dos Senhores do Poder sob todas as formas. Tu os conheceste e conheces, assim como a mim. Entretanto, dentro em pouco minha força se apagará com o último clarão daquela chama. Serás o Mestre Conselheiro nesta nova era, creio que o último, o eleito, e ficarás conhecido como O Vidente. Não te impressiones com a grandeza da tua missão. Nem te julgues sozinho. Todos nós estaremos contigo. Inspirar-te-emos no caminho e seremos presentes quando necessário. Os que pertencem a nossa Ordem, sabes disso, vivem sempre, são essências reveladas, são o que são, símbolos vivos, momento eterno.

Parou novamente e fiquei aguardando reiniciasse com o conselho precioso que não haveria de me faltar. A vela se consumia rapidamente, a chama ardendo cada vez mais trêmula, e Eu temia viesse a ser tarde demais quando tentasse. Com a atenção voltada para os seus lábios, contava mentalmente os segundos. Então ele apertou a minha mão com os seus dedos descarnados, ergueu as pálpebras e, os olhos subitamente iluminados como por um brilho de vitória, murmurou suas últimas palavras:

– A Linguagem, meu Irmão. O segredo de tudo está na Linguagem. Estou vendo. Olha, o mal do Mundo é que as palavras e os gestos estão separando cada vez mais. São como entidades independentes, dissociadas. A Linguagem vem sendo mecanicamente estruturada e independente, a impor-se como uma entidade mais alta e oposta. O que deveria ser o traço de união transformou-se em veículo de discórdia, num objeto valorizado sem a correspondente valorização do sujeito, a Humanidade à qual se superpõe. Porque todos que a manipulam menosprezam as criaturas na sua grande essência. A Linguagem falada, a dos atos, dos gestos, a do silêncio, e elas não se harmonizam. Oh! como estivemos tão próximos! As palavras... Elas é que complicam e cada vez ajudam menos. Todas as coisas são simples. A natureza nada esconde, o Homem é que não procura ver e agir de acordo. As palavras, meu Irmão, as velhas palavras e as novas... Toma cuidado. Elas escravizam.

Um bruxuleio débil e a escuridão invadiu o quarto, ao mesmo tempo em que ele soltou o suspiro extremo. Fiquei onde estava e acomodei-me para descansar. Aos primeiros clarões da manhã, retirei-me ao ar livre e fui saudar o nascer do sol da nova era. Ali, de pé, meditei sobre a vida e as coisas, sobre a missão do Homem na Terra. Depois recolhi-me para ir cumprir as minhas inúmeras tarefas.

Já no final da tarde, após um repouso restaurador, envolvi-o no manto vermelho com a insígnia e o símbolo da mais alta hierarquia da Ordem bordados na altura do peito em branco e azul e coloquei-o em cima da rampa da viagem final, na borda da cratera do fogo da desintegração. Ali, na primeira hora, entoando o canto ritualístico que me consagrava como Mestre, tirei-lhe o manto e envolvi-me nele, dando início à única cerimônia que presidiria antes do uso do colar simbólico exclusivamente e que findou quando a fonte da vida outra vez despontou no Leste. Nesse instante, braços erguidos, o pensamento voltado para a energia primordial, calquei com o pé a mola embaixo da rampa e ele velozmente deslizou, desaparecendo entre as chamas. Baixei os braços, olhei em volta e descortinei o Mundo na sua totalidade, tal como ele é, confuso, desordenado.

Exaustivas iriam ser as minhas meditações. As últimas palavras murmuradas pelo Mestre não me saíam da cabeça. Muito haveria de refletir sobre elas. Que significado tinham? Que segredo encerravam? Por que não fora ele mais claro? Por que me alertara contra as palavras? Era preciso meditar e encontrar a chave, seguir o caminho, Eu, O Vidente.

Dirigi-me ao grande arquivo e compulsei tabuinhas e papiros, pergaminhos, incunábulos, relatórios, volumosos tratados, códigos e mapas; li e reli teorias, planos e esquemas; esmiucei catálogos, fichários, quadros estatísticos; consultei jornais, enciclopédias, registros fotográficos; ouvi gravações e fiz análises nos centros eletrônicos. Insatisfeito, subi o monte e desci ao vale. Acompanhei o curso do rio, detive-me na floresta e depois fui para o mar. Na volta, passei pelo deserto, consultando os astros e meditando sempre. Nisso tudo gastei três períodos, um tempo e meio, outro tempo e mais quarenta dias e quarenta noites, tentando ouvir a voz do Mestre em resposta às indagações que fazia. Cruzei o Umbral e fui então para o interior da Câmara. Em jejum, esperei, até que uma pequena luz começou a brilhar e foi crescendo, crescendo, e no sétimo dia tudo se clareou por inteiro e a voz cristalina vibrou no interior, com as respostas desejadas. Aí ergui-me, abri as portas que davam para os quatro ventos, plantei os pés sobre o caminho e fiquei de face para o Mundo.

A Realidade do Mundo. O Mestre tinha razão. Todos os Conselheiros se enredaram nas palavras e foram vítimas da areia movediça dos nomes das tolas preocupações convencionais. Eu, não. Eu, O Vidente, estava livre. Livre. Que sensação de plenitude. Que clareza de raciocínio. Mito algum me perturbaria para a frente. Chegara à fase da vida em que o melhor e o mais certo é não ligar. A nomes principalmente. Via agora. Eles giraram em volta de tantos sem sentido, de tantos tão tolos, tão pernósticos que, se estivessem em meu lugar e se lembrassem desses nomes, sentiriam arrepios de vir a perder a serenidade a custo conseguida, pelo que elas evocam. Porque tudo é simples. A própria vida é muito simples. Pois se tudo não salta aos olhos para que se adote ou rejeite, se conserve ou substitua, se ame ou despreze, é porque o Homem – personificação do paradoxo, síntese cósmica da contradição, perfeição da imperfeição – tudo subverte e complica, num afã desesperado e estúpido.

O que há em realidade, mesmo, é a Guerra milenar, incessante, global. Existia, existe e existirá sempre, propositada ou despropositada. Não tenho culpa de que tenha chegado até aqui. Simplesmente ela veio vindo, veio vindo. Por que haveria Eu de pretender liquidá-la e revelar-me um fraco incapaz de uma permanente disposição para lutar?

Sou uma peça na engrenagem da vida universal. Nada posso contra os instintos que nos conduzem. Nem desejo poder. Os animais não lutam pela sobrevivência? Pensaram eles, algum dia, em decretar o fim da luta? Nas florestas, nos desertos, nas savanas e nos ares e nos mares não é assim? Lá entre eles também existe a Guerra global.

Foi minha Irmã Cassandra, de belas madeixas e olhos glaucos, quem me alertou. Era ao cair da tarde. Eu escancelava os olhos à procura da primeira estrela, do alto das muralhas da cidadela. Tomada de luminosa loucura, corria de um lado para outro, pedindo atenção ao que dizia. Impotente diante da má-fé, ela, a reformadora dos homens, chegou-se a mim e entre meus braços desabafou:

– Irmão, é doloroso dizer, mas a verdade é que na pele de cordeiros se escondem os espíritos das trevas, nas palavras e nos símbolos eletrizantes se ocultam os desígnios funestos. O Senhor do Poder me escorraçou, e o povo a que tentei salvar se embriaga. Ninguém me escuta e eu mesma sei que nada poderá ser mudado, até que chegue o Grande Dia. Qual é, não sei, não foi ainda revelado, e por isso mesmo devemos expor-nos, na esperança de vê-lo, já que é o único que não podemos prever.

Eu esquecia que nosso dom tem um limite. Sabemos que virá o dia, não qual seja. Mas é possível que falhe. Toma nota, Irmão: amanhã nada disto existirá, o povo será sacrificado e as pedras rolarão. Vejo só escombros e por trás deles novas fogueiras que se armam, cada qual a mais imensa, e quanto mais distanciadas maiores são. Há uma espécie de botõezinhos sinistros por todos os lados, com emaranhados de fios ligando-os a máquinas infernais. É o sinal de que a Humanidade seguirá o seu curso e aperfeiçoará os seus métodos.

Muitas coisas novas vão surgir, e quando as palavras começarem a sair das caixas de condicionamento a nossa Ordem será despertada e o Eleito aparecerá. Entre os povos será ele o mais solitário ser. A infinita dor de querer salvá-los o espera, porque terão perdido a noção de grandeza. Envergonhados de pensar e esquecidos das coisas simples, só terão olhos para o que estiver fora deles. Melhor será que não se preocupe e cuide da própria salvação. Nenhum mérito vejo em salvar-se quem não deseja ser salvo. A traição eternamente o espreitará e os dedos dos Senhores estarão sempre sobre os botões. Que os apertem. Então a chama se propagará como um raio. Será a era da libertação e todos estaremos unidos. Até lá, porém, muitos falsos profetas surgirão e amaldiçoada será a nossa classe. Porque tudo está escrito. Sim, embora nem tudo eu veja, afirmar posso que está escrito e acontecerá.

O Mestre tinha razão. Aí está o que acontecia a minha pobre Irmã. Como ela, todos têm falado as mesmas palavras que os outros queriam que falassem apenas para poderem sentir o prazer de contrariá-los. Mas comigo vai ser muito diferente. Se estão esperando que vou dar conselhos, enganam-se. Nem bons nem maus, que conselhos é que não vou dar. Vou mas é agir, impulsionar. Acabou-se o tempo das esperanças vãs. Tudo agora é Realidade, e Realidade é movimento. Nada é imóvel, nada pode ser imóvel, sobretudo a vida, e o movimento da vida é perpetuado pela morte e a destruição.

Não haverá trégua sob nenhum pretexto, nem falarei por enigmas ou parábolas. Não quero ser dócil e sim realista. Não vou entregar-me ao sacrifício e sim sacrificar. Tudo será pago com a mesma moeda, as máscaras serão arrancadas e nenhum lobo em pele de cordeiro sobreviverá. Porque estou decidido: a vingança vai baixar. Os que foram lapidados, esquartejados, comidos pelos ratos nos calabouços e pelas feras nos circos; os que beberam veneno e morreram na cruz ou a metralha dizimou; os que os gases sufocaram e o fogo atômico desintegrou estão se erguendo com a mesma fome dos que morreram ou vão morrer de fome.

Nenhum povo deixará de sentir minha presença, e sacudirei todas as árvores da vida. Nenhum laço será tão forte para resistir ao impulso da Liberdade. Os elos que prendem os frutos aos galhos e os galhos aos troncos representam a submissão. Eu me rebelo e declaro que é preciso pôr em prática nova relação entre os frutos, os galhos e os troncos, para que cada um viva a própria vida e não se anule à sombra sufocante. Eu, O Vidente, Mestre Conselheiro nesta nova era, tudo farei para que assim seja.

2

Depois que tudo se revelou claro, cristalino, convoquei os Conselheiros para uma assembléia em que traçaríamos os planos e suas alternativas para o objetivo máximo da Ordem – o Governo do Mundo.

Só assim estaremos realmente ocupando o nosso legítimo lugar, pondo um ponto final a um estado de coisas que não é mais possível perdurar. Representamos um número considerável, infinitamente mais apto que o de qualquer outra categoria.

Surpreendente é a soma de paciência com que por tanto tempo permanecemos à sombra, a desempenhar papel secundário, quando de direito nos cabia a liderança do Mundo. Culpa dos Mestres não houvera, que em zelo e previdência nenhum cometeu falha. Imaturidade, simplesmente imaturidade do Mundo, que tardava a chegar ao ponto de colheita a que o preparávamos.

Tal não se dá agora. A nova era surge com a evidência de se achar amadurecido, no ponto exato de o dominarmos sem os tropeços e os desgastes a que as demais categorias alternantes se viram arrastadas umas após outras. E não sem a nossa interferência, antes mesmo por causa dela, porque astutamente as induzimos a forçar o aceleramento da marcha da Humanidade, que sem a nossa atuação sem alarde mas persistente pouco teria andado.

Como não nos convinha a canseira física da responsabilidade de ir à frente, conservamo-nos nos bastidores, em segundo e até terceiro plano, deixando-lhes o ingrato e falsamente brilhante papel de poderosos de títulos ridículos, nessa queima de etapas necessária à nossa entrada em cena de forma surpreendente.

Todos vão ficar estarrecidos, na hora em que acordarem e nos virem botar as mangas de fora e mostrar-lhes a verdade com atos que custarão a entrar-lhes miolo a dentro, mas que, ao compreendê-los, é como se lhes disséssemos:

– Chegou a nossa vez, senhores. Não estamos mais dispostos aos papéis secundários. O que fazemos não se assemelha a joguinhos de xadrez de pequena escala. Este é o jogo final, na escala da maior magnitude, como convém a nós, que sempre pensamos em termos de grandeza absoluta. O Mundo é nosso, agora. Está em nossas mãos e temos poderes para fazer dele o que quisermos. E não duvidem que vamos fazer.

* * *

À reunião não faltou nenhum, como é óbvio, não importando a sua procedência, nem a idade, a raça, a cor, o sexo. Naturalmente que os primeiros a entrar foram os primeiros participantes da Ordem. Foi só abrir as listas infinitas, porque os mais recentes estão chegando e outros ainda vêm surgindo, despontando avidamente e também irão entrar. Foi só abrir as listas, começar a chamada e prontamente todos eles se mostraram presentes, vivos, animados do mesmo espírito de luta, da mesma curiosidade, das mesmas idéias. Só que neste ponto cada qual diferente do outro, mercê da enorme personalidade que lhes permitiu a filiação à Ordem, a que são unânimes em fidelidade. Nem poderia ser o contrário, pois não permanece vivo ou não conta quem por algum modo não traçou o nome nas listas, ou seja, quem não lhe pertence.

É um prazer contemplá-los, tê-los assim à frente, sabendo qual o nome de cada um, quais os seus desempenhos, os seus ânimos, seus defeitos e suas virtudes. Línguas as mais diferentes, algumas até já mortas, são faladas e ninguém estranha, todos as entendem, embora não se entendam.

Neste exato momento é que tomo a palavra e lembro a todos não ser a reunião ecumênica oportunidade para se querer que se entendam os que nunca se entenderam.

– Não adianta cada um exibir a sua doutrina, a sua lei, a sua fórmula, esta ou aquela teoria, este ou aquele princípio, nem cálculos, nem livros, bolas de cristal, barras de ouro, galões, coroas, espadas, prodígios, inventos, nem seus ódios, seus amores, suas visões, seu medo, sua valentia.

Ia prosseguir, mas nesse momento me surge uma revelação: nossa Ordem era tão secreta, tão secreta que seu nome nunca era pronunciado e estava perdido. E se o que havia era um grande jogo de palavras, nele ela devia entrar com a mais dominante, que indicasse sua presença invisível, capaz de provocar todos os tipos de reações, a começar pelo terror, superando as concorrentes.

– Irmãos, a palavra perdida é CIMCOV. Nossa Ordem é a Confraria Internacional dos Magos e Conselheiros Ocultos e Videntes e portanto CIMCOV é a palavra. Hoje, ao entrar na nova era, está munida de meios, não disponíveis antes, para assumir o controle do Mundo num abrir e fechar de olhos. Um decreto assim dispondo será suficiente. Somos a elite, e todos os pontos-chave estão de alguma forma em nossas mãos. Está decretado, em nome de todos os Conselheiros, o domínio do Mundo pela Ordem. Não esqueçam que, individualmente, todos os membros da CIMCOV sempre atenderão pelos títulos que mais lhes assentarem, de acordo com a missão de cada um nos respectivos ambientes.

Isso posto, dou a palavra a quem deseje fazer sugestões. O antigo Mestre me sorri e volto a sentir o que sentira quando as cenas se sucediam diante da chama da vela. Naquele momento um fascínio me provocara arrepios por dentro, e o hábito da dissimulação afastou de pronto a sensação de prazer e os pensamentos, não fosse ele captá-los e desistir da idéia de fazer-me seu sucessor. Pensei, então, que o havia enganado, mas agora, pelo seu sorriso, vejo que era desnecessária minha preocupação e adquiro mais forças.

Teria que ser como foi, para que pudesse acontecer o que vai acontecer. No fundo não passo de um instrumento bem dotado, liberto de escrúpulos e outras tolices inibidoras. Tamanha é a transformação por que o Mundo vai passar nesta nova era, que só um Mestre capaz de sentir-se fascinado como me senti poderá comandar a Ordem sem tremores e sem remorsos e sacudir o Mundo como precisarei fazer.

Muitas ponderações. Chego a temer pela minha autoridade. Invoco o auxílio dos antigos Mestres e eles me sugerem sustar a execução do decreto. A Ordem não dispõe da unidade que Eu supunha ter. Não bastou falar em seu nome, que imaginava sagrado para todos. Um pandemônio. Cada um exige uma definição de princípios condizente com os seus pendores, com a bandeira que empunha. Frio, mais frio torno-me. E se algum escrúpulo ainda tinha, nenhum agora me sobra.

O único sentimento a me arder no íntimo é o do desprezo, quase nojo por aquela demonstração de egoísmo ou vaidade incontrolável. Uma Humanidade que gira em torno de tais Conselheiros e é capaz de dar-lhes ouvido vale menos que um punhado de moscas e deve submeter-se às provas que lhe preparo.

Frenético, sem perder o sangue frio, propendo para um divertido compromisso com que não atinara antes: fazê-la experimentar as provas que merece, para poder decidir-se pelo melhor caminho ou para aceitar aquele que ditarei oportunamente. E falei:

– Meus Irmãos, voltemos cada um ao seu lugar e pensemos na fórmula mais adequada. No momento qualquer decisão poderá ser precipitada. Tenhamos em mente o nosso valor, a nossa potência criadora, a nossa condição de Eleitos. Poderia nada mais dizer e dispersá-los. Mas como nosso objetivo permanece de pé e temos que unir-nos em torno de algo suficientemente concreto capaz de constituir a meta comum de convergência de nossas energias, vou sugerir-lhes um tema. Surgiu-me em visão, agora mesmo, e em minha qualidade de Mestre concito-os a estimá-lo na devida conta. Chama-se Felicidade.

Isso quer dizer, Irmãos, a melhor coisa, o maior prazer, a satisfação máxima, a glória da vida, ou algo mais ou menos assim. Talvez até corresponda a algum fruto não descoberto ainda e portanto cultivável e reproduzível ou que possa vir a ser materializado e ao alcance de todos através de um processo a inventar. Não sei ao certo, porque é nova, como vêem, e ainda não experimentei. Apenas posso garantir que a Humanidade precisa dela. Não se esqueçam, chama-se Felicidade.

Concentrem-se, para que lhes transmita, agora, a idéia dessa visão que tive. Perceberam? Espero que não tenha chegado às suas mentes com deformações. Ficarei aqui para ir registrando a experiência de todos, fazendo convocações quando necessárias. Comunicar-nos-emos na forma habitual e prometo ir instantaneamente aonde convocado. Que da próxima vez possamos afirmar que a visão está certa e encontramos a fórmula. Aí proclamaremos ao Mundo que achamos a Felicidade, e o decreto será executado em nome dela. Saudações.

3

O dia do Grande Cisma deixou-me estafado. Saí em silenciosa peregrinação e, depois de muito andar, ver, ouvir, meu coração pesava tanto que desanimei e fiquei onde estava, paralisando os sentidos e a mente, para que a contaminação da doença não prosseguisse e Eu voltasse a sentir-me livre.

Ao reativá-los, as coisas em torno pareciam outras, mais crescidas, porém nisso se resumiam as mudanças. Não quis acreditar, saí procurando uma que realmente fosse melhor, uma novidade que prestasse, mas de tanto girar a cabeça para um lado e outro fiquei tonto, senti a náusea de sempre, o estômago engulhou e vomitei.

Fui consultar o robô que a CIMCOV construíra para suavizar-me as canseiras da vida e ele ordenou-me tomar a droga milagrosa. Imediatamente senti um bem-estar indizível. Resolvi conversar com ele e perguntei se achava que os Conselheiros estavam agindo como ficara combinado e se Eu fizera bem em adiar a execução do decreto. Disse que me sentasse, para assistir com meus próprios olhos ao que estava acontecendo. Ligou os circuitos das aparelhagens cimcovinas e foi mostrando os resultados dos esforços empreendidos nos setores mais diferentes pelos incansáveis representantes da Ordem. O efeito da droga tinha passado e pedi mais.

– Maniac VIII, Eu não gosto de barulho, e essas imagens descontroladas estão me deixando tonto. Conserta isso e me traz mais uma dose de equanil, que o efeito da primeira não valeu e estou muito agitado. Meus olhos vêem coisas que não estão acontecendo. Só pode ser imaginação minha. Será que estou ficando louco? Depressa, Maniac, me dá mais um tranqüilizante.

– Mestre, o que está acontecendo é isso mesmo. Não tem nada de errado. A sua saúde é boa e o que lhe está fazendo mal é o cheiro de sangue e de carne queimada. Vou dar-lhe uma dose para dormir. O Mestre já devia ter-se habituado a essas imagens e a tal cheiro. Vá dormir e deixe que me encarregarei dos registros. Já estou calejado.

Tive um longo sono repleto de pesadelos. Mesmo assim, quando acordei sentia-me disposto e nem de leve me preocupavam as imagens que o robô continuava a captar. Desconfiado a princípio, convenci-me depois que ele aproveitara para me hipnotizar. Como vi que fora em meu benefício, nada lhe disse. Pus-me a observar o seu vai-e-vem, aceitei o copo e os cigarros que me trouxe gentilmente e, enquanto ia esvaziando a garrafa e enchendo o cinzeiro, fui imaginando um montão de coisas. Depois de muito divagar, espichei os olhos para fora, suspirando. Não duvido que adivinhou meu pensamento.

– O Mestre está precisando de uma companhia feminina.

Tive um sobressalto tamanho que a garrafa e o copo despencaram ruidosamente pelo chão.

– É disso mesmo que o Mestre está precisando. Agora, não, mas na hora do crepúsculo, aconselho-o a ir sentar-se debaixo da fronde aonde habitualmente vai meditar. Tem uma jovem bonita, em quem já percebi um especial interesse pelo Mestre, que vai passar e basta detê-la com um cortejo qualquer. Verá que não mais ficará vazio o seu coração.

Assim fiz. Eu, O Vidente, sentia-me ridículo por não atinar com o que me convinha. Eu, o Mestre Conselheiro, senhor da Ordem senhora do Mundo, a ouvir um robô e a esperar uma mulher, ali à hora crepuscular, muito incerto de que assim cumpria o meu dever e por isso fui ficando, e ela veio, e quando veio Eu lhe falei:

– Está escurecendo, minha Irmã, e estou sozinho, sem saber para onde ir com o coração vazio. Se ficares comigo, poderei achar o que me falta e poderás achar o que te falta, e aí ficaremos juntos por esta e outras noites, enquanto nos agradarmos.

– Estás muito enganado, se pensas que vou dormir contigo assim sem mais nem menos. O homem que me possuir terá antes que se casar comigo.

– Que espécie de protocolo é esse, se o essencial já temos, que é o Amor? O ato de amar é o mais simples dos atos, o único que em vez de exigir dispensa os acessórios, dispensa roupas, dispensa cama, e teto e até palavras. Basta dois corpos com dois corações desejosos se unirem num lugar como este e numa hora como esta.

– Sim. E como vou ter certeza de que em troca do meu Amor me dás o teu? Muito te amo, é verdade, e vejo que também me amas, porém não confio no que ordena o coração. Antes quero ver o preto no branco, só assim posso confiar. Além do mais, não é só o prazer carnal que busco, é a Felicidade, principalmente. Promete o que te peço, ser meu a vida inteira, dar-me um lar, filhos, conforto, enfim promete que me darás a Felicidade e serei tua para sempre. Antes disso, não, contigo não.

Enquanto ela falava, Eu ia pensando. Tivera uma visão e pedira aos Irmãos que procurassem encontrar o seu verdadeiro significado, ou descobrissem o meio exato de cada um poder dispor, na hora desejada, daquele bem cujos sinais me pareceram risonhos. Quando a vira aproximar-se de mim, meu coração pulsando de uma forma como não sentira antes, algo no íntimo me dizia que se unisse minha carne à dela, naquele instante em que seus olhos também luziam, Eu estaria realizando a minha visão. Ora, não fora o mesmo que vira então e, portanto, mais de uma forma havia para que se realizasse, aquela sendo apenas uma entre quantas Eu não sabia. Na qualidade de Vidente, cometera uma falta, ao esquecer de indagar e relacionar os meios de a ela chegar. Foi com surpresa que lhe perguntei:

– Acaso ouviste essa palavra em algum lugar ou foi apenas invenção tua? Quem te falou que a Felicidade é isso? Não vês que o que agora me negas pode ser, para mim, a Felicidade? Ou nosso modo de sentir é diverso? Eu dizia interiormente, quando te aproximavas: ei-la radiante, parecendo até um relance da visão que me surgiu, e se a penetrar, se meu corpo ligar-se agora ao seu corpo quente, estou certo de que será uma Felicidade o que terei. Por que, então, não sentes o mesmo que senti e sinto? Quem te meteu na cabeça uma visão tão permanente, se nem Eu, O Vidente, pude tê-la senão num breve lampejo? Que garantias me dás de que ela é assim como me dizes?

– Vejo que ainda não conheces o Profeta. Ele foi quem falou que a gente precisa ser puro, dominar a carne, combater a serpente, expulsar os maus, os infiéis, não viver prevaricando. Só assim a gente entra no reino da Felicidade. Ele fala em nome de Deus. Vim de lá, e quando ia descendo ainda o ouvi afirmar que aqueles que não o seguirem irão penar no Inferno. Precisas ir até lá comigo. Pedirei nos dê o sacramento do matrimônio e com isso estou certa de que teremos a Felicidade e algumas vezes poderei dormir contigo.

– E esse Profeta, quem é ele e onde está?

– É o enviado de Deus. Traz consigo a Verdade. Tem o segredo do Verbo, e o Verbo é o Verbo. Ninguém senão ele conhece o que é certo e o que é errado. Empunha o Livro onde a Verdade está escrita. Recebeu diretamente de Deus, para nos salvar. Está organizando um exército invencível, maior do que o que tem agora, para continuar combatendo os que não crêem e levar a palavra de Deus a toda parte.

É preciso desembainhar a espada sagrada contra os incréus, pois é melhor morrerem degolados que viverem nas trevas, onde não há salvação. Vem comigo. Está acolá, no cimo do monte, além do rio, nos limites do deserto.

Resolvi acompanhá-la e fazer o que pedia. Não tinha nada de mais. E Eu queria olhar para a cara daquele Irmão de idéias malucas, que outra coisa melhor não tinha para arranjar que estragar meus planos com aquela mulher desmiolada. Fui indagando aqui e ali e verifiquei que, enquanto me distraía escanchado no burro a apalpar as coxas da companheira na garupa, Profetas em magote andaram espalhando uma enxurrada de idéias de outros caminhos para a Felicidade, e ela, que ouvia as notícias, tornou-se pensativa. Mas não perdeu a calma e segredou-me:

– Sabes de uma coisa? Essa história de um só Deus já me cansou. Menos monótono é a gente ir com aquele outro que diz existir uma legião deles, porque, pensando bem, eles precisam descansar, comer, dormir, gozar das delícias do Amor, daí terem que se revezar na distribuição dos castigos contra os pecadores, ou nas brincadeiras de abrir portas, correr com o vento, balouçar nas ondas, esconder-se nas nuvens, ou dar sustos nos mortais. Agora que já nos casamos, pouco estou ligando que ele leve as brecas e que rasguem o Livro. Será que já andaram se encontrando? Esses cadáveres todos, por aí espalhados, não seriam do exército com que ele pretendia converter os infiéis?

Foi um instante memorável. Nele, entrevi naquela linguaruda uma peça valiosa à consecução dos meus desígnios. Decidido a nada poupar para remexer o caldo da Humanidade insulsa, nomeei-a Adepta da Ordem com o colar verde e opala e incentivei-a desta maneira:

– Popéia, já que a Felicidade por esse lado não nos vem e estou farto de ouvir choramingas de crianças, esses animaizinhos irritantes que só me causam desprazer e me ferem as narinas com seu cheiro de mijo... Por que teu ventre funciona como o de uma ratazana? Não agüento mais. Leva-os da minha frente, pois do contrário vou agora mesmo ofertá-los em sacrifício aos Deuses insaciáveis. Popéia, já que Eu te irrito e tu me irritas, usa os teus talentos para pelo menos fazer com que os que nós vimos naquela estrada prometendo Felicidade, de que cada um afirma ter a chave, se reúnam no circo geral e nos dêem um espetáculo primoroso. São todos da Ordem e tenho os seus nomes. Convoca-os e eles virão sem demora com as suas chusmas de espertalhões, desocupados e intrometidos na vida alheia. Estamos precisando de batalhas. Faz dois dias que não cheiro sangue nem escuto gemidos nem discursos hipócritas. Desafia-os a trazerem a chave que dizem ter. É uma grande mentira, já o constataste, mas te garanto que virão afirmando possuí-la. Não são gente de recuar, e aí é que vamos assistir a um bom divertimento. Conheço-os bem. Virão empunhando a Tábua, o Livro, a Honra, a Cruz, o Verbo, o Cordeiro, a Pomba, o Fogo, a Bandeira, a Espada, o Sol, a Lua, Marte, Mercúrio, o Touro, a Foice, o Martelo, a Águia, a Bigorna, o Círculo, o Triângulo, a Enciclopédia, a Lança, o Trovão, o Raio, a Flecha, a Vaca, o Charuto, o Dragão. Que se engalfinhem logo no início, para mostrarem aos acompanhantes como é que devem fazer para conduzir o espetáculo. Assim que as multidões idiotas tomarem conta do circo, nós sairemos com eles e ficaremos assistindo de longe.

– Já estava mesmo cansada de aturar essa farsa que o Profeta nos arranjou. Ando com uma sede igual à tua e assim poderemos aplacá-la em diferentes mananciais. Eu pari essa manada só de raiva, pensando que quando eles se despedissem para a Guerra tu irias ficar sofrendo. Se soubesse que ias era ficar contente, daria um jeito de nenhum nascer. Já basta eu ter que me arranjar ouvindo essa caterva descarada e não poder dormir direito com tantas Verdades em minha volta. Já os despachei em teu nome e se foram. Foi uma sorte para eles. Com o número crescente de Profetas e sem poderem dormir com mais Verdades a persegui-los, iriam terminar me amaldiçoando na minha frente. A menos que endoidassem, o que já seria uma Felicidade, embora isso signifique uma desgraça para muitos, não para mim. Vou atender-te e vou fazer melhor, com a ajuda de minhas Irmãs da Ordem. Afinal, nós temos culpa, muita culpa, por vivermos dando trela e sorrisos complacentes a esses desordeiros de olhos fulgurantes.

* * *

Foi a maior idéia que tive na vida. Aquela rotina com uma mulher a me esperar numa casa imutável, a qualquer hora que chegasse, estava me deixando nervoso. Por mais que me dissesse que daquele momento em diante passaria a ignorar a prisão em que me metera e aquele tema misterioso que os pobres Irmãos vinham decifrando cada qual a sua maneira, não fazia outra coisa senão afundar-me na banalidade.

Eu ficava noites e dias inteiros esperando, esperando, e o que eles prometeram da forma como ela entendeu não vinha de jeito nenhum. Ora, raciocinei, isso pode ser engraçado, mas não me agrada. Se ela ainda me provocasse e não se pusesse a tratar-me como um boneco de estimação, agradando-me com suas artimanhas, poderia iniciar uma disputa e partir para os pontapés. Seria um início promissor. Daí por diante, era só reassumir a minha personalidade, deixar de ser uma metade num inteiro e passar a ser Eu mesmo.

Existem coisas que um homem não pode fazer ou seguir, assim grudado e com uma fileira de pirralhos guinchando atrás. Só a massa informe, o rebanho dócil pode comprazer-se nesse encarceramento, nessa exaltação do vampirismo absorvente de energias, sugador da mente, fabricante de coitados. Salvo uns poucos casos, todos da Ordem, ninguém renega a voz da espécie teimosa e de ventre fecundo, como se as matronas arreliadas estivessem cumprindo grande coisa, como se chefiar mulheres e pirralhos fosse missão significativa, quando não passam, uns e outros, de vampiros insaciáveis a sugar o menos avisado.

Eu já sabia o que se passava com meu Irmão Sócrates, forçado a redobrar a coragem para fazer exatamente o que queria fazer, pouco se incomodando com as opiniões e dando um portentoso exemplo de como não ceder. Mais esperto do que Eu, Jeshua seguiu o seu conselho e não se amarrou. Em vez de uma Xantipa a seu lado, ficou com dúzias, milhares de saias atrás dele e a todas vai consolando e elas gostam, esperam, não reclamam. Já que não fiz como ele, também faço mais do que Sócrates. Ele agüenta porque quer. Eu não tenho paciência, nem a sua capacidade, sei que terminaria totalmente anulado, Popéia que vá sugar o crânio de outro, não o meu, que precisa produzir alguma coisa. Nós, da Ordem, estou convencido, não temos que produzir soldados para a Guerra, temos é que comandá-los, doutriná-los e fazê-los bater-se pelo que entendermos.

* * *

Popéia é talentosa mesmo. Devo tirar-lhe o chapéu. Não descansou enquanto não viu o início do espetáculo. Apenas tive que fazer as honras de chefe, na tribuna embandeirada. Na segunda fila, sorria ela, satisfeita, lambendo os beiços, como um canibal aristocrata ou um drácula gentil. Estava ladeada pelas Irmãs não menos diligentes. Antes do cair da noite, suados, meio sem jeito uns, outros arrogantes, discutindo e ameaçando-se reciprocamente, eles vieram sentar-se aos lados e mais tarde retiramo-nos todos e fomos saborear capitosos vinhos e iguarias especiais.

Antes, porém, para que no meio daquele grande espetáculo houvesse alguns particulares e ao gosto dos convivas, chamei os estrategistas e propagandistas e ordenei-lhes continuarem incentivando os instintos da besta humana, pois iríamos divertir-nos com as notícias e as imagens onde estivéssemos, refestelados em almofadas e gozando das delícias de um bem montado festim.

No transcorrer do nosso divertimento, incansável, fui excitando o ardor guerreiro ora dos vacilantes ora dos presunçosos. Relanceava os olhos de um extremo a outro, falava com este e aquele, elogiava, insultava, sugeria tal e qual ordem ou medida, despertava os sonolentos, criticava as idéias que supunham exclusivamente suas. Descoberto o ponto fraco de cada um, a vaidade ilimitada faria o resto. Era só mordiscá-la.

O jogo todo dependia de como manipular as primeiras cartadas. Pensei comigo: a chave está nas palavras. Tenho que partir de uma contradição, armar um enigma perfeito, deixá-los interessados pelo resultado que não virá nunca. Só assim terá interesse. Se for simples, logo surgirá um bastante esperto para colher os louros, pondo fim ao divertimento. Isto está muito bom para acabar assim sem mais nem menos. O negócio é fazer com que se embaralhem nas jogadas, dando vantagem para este ou aquele lado, de forma que nenhum vença e o jogo não tenha fim. Já sei o que é preciso: meto as mulheres no meio. Um pouco mais de perversidade vai acender outras fogueiras, e duvido que surja um capaz de impedir se propaguem pela eternidade. Ficarão tão extasiados que nem se resolverão por um acordo.

Chamei a um canto Popéia, Safo, Teresa, Cleópatra, Judite, Helena, Taja, Maria, Sara, Elisabete, Joana, Mônica, Chung-Xi, Teodora, Nefertiti, todas as Irmãs espevitadas, calculistas, simuladoras e falei-lhes:

– Olhem, os filhos de vocês vão morrer, se não tomarem uma providência. Esses sujeitos fizeram das suas, caíram fora e mantêm-se de lado, assistindo ao desenrolar dos combates, frios como estátuas, e não pensam em dar-lhes fim.

– Que é que devemos fazer para proteger nossos filhos? Ai de nós. Nossos filhos vão morrer. Que será de nós? Que vamos poder lançar contra os homens, depois que ficarmos sem eles? São nossa maior arma, temos que salvá-los.

Arregacei as sobrancelhas e sorri fingindo inocência. O plano estava dando certo. Dentro em pouco o mulheril não mais se continha. É uma vergonha, pensei, mas será sempre assim. Esquecem-se, todo mundo se esquece de que tem que morrer. E elas nem tentam raciocinar, examinar a situação, para ver se a morte deles vem antes ou depois da delas, ou se os filhos é que vão matar os outros. Só tratam é de tagarelar, gemer, gritar, lamuriar-se. Não existe uma que se lembre de se culpar pela existência dos culpados. Cada qual é a mais santinha. Têm a terrível capacidade de inverter a razão e se fazerem de vítimas. Sabem que delas depende o fim do jogo, que bastava secarem o ventre para tudo se acabar, porém ainda assim mandam a razão às favas e vaidosamente continuarão amamentando gerações de famintos, loucos, cretinos, assassinos, crápulas, inventores, fanáticos, idealistas, carrascos, salvadores, capitães. Até as que nunca tiveram filhos estão no meio, atarantadas e berrando como se os tivessem. Não vou perder meu tempo tentando convencê-las a fazer o que nunca fariam, pois gostam de sofrer e estouram de vaidade. Além disso, meu desígnio não é esse, o que Eu quero é manter cada vez mais divertido o grande circo.

– Vocês estão vendo aqueles sujeitos ali? – perguntei-lhes, apontando para uns Profetas muito serenos que bebiam vinho a um canto. – Eu, se fosse vocês, iria até lá e no mínimo cortava-lhes a língua e furava-lhes os olhos.

Elas gritaram: é isso mesmo! E avançaram em alvoroço. Mas já no meio do caminho se engalfinhavam. Estas queriam esfolar aquele, outras corriam e o protegiam; aquelas se lançavam contra um outro e a seguir recuavam ante as suas defensoras. Assim acontecia com relação aos restantes. Uma confusão que não tinha tamanho. Aí pediram socorro, chamaram os maridos, os filhos, irmãos, sobrinhos, tios, avós, netos, amigos, vizinhos, vizinhos dos vizinhos. Dentro em pouco a balbúrdia foi crescendo, crescendo. Vieram os inimigos e fizeram alianças com os inimigos, os amigos se desentenderam, irmãos foram contra irmãos, negros, brancos, vermelhos, amarelos, todos findaram se estraçalhando. Elas trocaram de partido e foram se distrair com os vencedores. Os vencidos se recuperaram e conseguiram vantagem. Aí elas admiraram tamanho prodígio e acharam melhor mudar outra vez de partido, porque nas discussões e nos combates a razão está com o que vence, como do lado dele a mesa é mais farta e a cama mais macia, elas não são bestas, quem quiser que pense assim.

Atravessei o circo e fui sentar-me ao lado dos que bebiam serenamente a um canto.

– Puxa, até que uma taça de vinho e uma boa prosa, depois de um lauto banquete, ainda são uma das coisas agradáveis da vida – comentei, estalando os beiços e sentando-me.

– Mestre, que barulheira maluca é essa que não nos deixa escutar direito o que nosso Irmão Aknaton está dizendo? – indagou o Mago Zoroastro.

– Ora, meu amigo, é para isso mesmo, para não se poder escutar direito. Não vê que se essa gente toda tivesse escutado o que ele vem dizendo, nós não estaríamos aqui consagrados, bebendo, fumando e descansando? É para isso que eles existem, para nos divertirem se insultando e matando. Eles não têm outra finalidade na vida senão se matarem em nome de Ormuz e Arimã, não acha?

– Quê! Em nome de quem? – exclamou Maomé.

– Em nome do pai, do filho e...

– Cala essa boca, se não queres que te degole com minha adaga, em nome de Alá!

– Calma, senhores, calma – observou Jeshua, enquanto em frente o supremo indulgente, o obeso fauno zarolho sorria divertido.

– Como vai Maniac? – indagou Calvino. – Vamos ver Maniac, senhores. Sigamos para lá e fiquemos mais à vontade.

– Isso mesmo – apoiou Sidarta. –Vamos para longe contemplar o que venho afirmando sobre o carma, o caminho do nirvana...

Com uma cotovelada e uma rasteira foi derrubado por Lutero, quebrou o nariz e calou-se, meditando sobre o muito que lhe faltava para alcançar a perfeição.

Enquanto caminhávamos, este empunhava uma tese, aquele defendia o seu método, aqueloutro justificava os seus balanços das ações em curso e os planos em gestação, outro se agarrava a uma teoria, outro ainda empurrava uma doutrina, e mais outro e outro mais esperneavam querendo passar à frente com os seus andrajos de inspirações, seus farrapos de pensamentos e idéias.

Não dava para pegar tudo, pois eram muitos e barulhentos, de tal forma que a ninguém era possível entender, mais se lucrando se todos se calassem, e de minha parte o máximo que conseguia anotar eram trechos disparatados, idiotas e, por isso mesmo, porque adequados, consentâneos com o gosto da espécie humana, os que mais efeito faziam, como estes:

– O Lenho foi roubado do Santo Sepulcro.

– Sou pelo Livre Arbítrio.

– A Terra é plana e não redonda.

– Uma Guerra Santa, uma Cruzada...

– O Materialismo Dialético e a Ditadura do Proletariado.

– Para salvar a Humanidade. Morreu para nos salvar.

– Vamos arrasar o Islã. Não podemos deixar o Lenho, a Santa Cruz...

– É redonda e gira em volta do Sol. Está bem, está bem , se querem que seja fixa, então é fixa.

– A Máquina ocupará o lugar dos homens, fará todo o seu serviço e melhor.

– Heresia, Heresia. Quem disser que não, terá que se arrepender no Polé e no Borzeguim.

– E será levado à fogueira. Elas são lanterninhas acesas, as estrelas são lanterninhas.

– Socializando o Capital aos poucos, de forma que...

– O Amor e o Perdão.

– Precisamos decretar o Jihad, a Guerra Santa Muçulmana contra os Cristãos. Não há outra saída.

– Enterremos vivos ou queimemos todos os Cátaros e Valdenses.

– Azeite fervente, o suplício da água...

– Recebida diretamente de Deus.

– Chumbo derretido. Esses Hereges devem sentir na carne o poder do Senhor. Era só o que faltava, duvidar das Escrituras.

– Expulsou os vendilhões do Templo.

– Atacaremos de surpresa e por todos os lados.

– ... para castigar os impuros até a última geração. O Senhor está conosco, pois somos os seus Representantes.

– Eu não vou olhar coisa nenhuma. Isso é obra do Demônio. Não passa de um canudo com um vidro em cada extremidade. Metam este homem a ferros.

– O Santo Ofício cuidará de ti, meu filho, e assim tua Alma será salva.

– Eu confesso. Eu confesso tudo que quiserem.

– De posse daquela matéria-prima, garantiremos a fabricação de um razoável estoque de Bombas.

– Vai ter que confessar na roda, quando os ossos estiverem estalando.

– Os Satélites Espiões nos dão uma boa vantagem.

– O meu Reino não é deste Mundo...

– O Professor Smith está acelerando as pesquisas. Com certeza vamos conseguir a Bomba Total antes deles.

– É o Ópio dos Povos.

– ... são os culpados de todos os males. Eles bancam Cristãos só de esperteza.

– Pragmatismo, não há nada como o Pragmatismo.

– Eu acho que a Ditadura do Proletariado...

– Os Bárbaros devem ser escravizados. A natureza os criou para servirem como Animal de Tração.

– A Mulher é inferior, jamais será igual ao Homem.

– Você tem que se conformar, filho, a Escravidão é uma necessidade, é legítima.

– Eu reafirmo que a Democracia é pura palhaçada.

– Todos os habitantes serão passados a fio de espada, a cidade será arrasada e não ficará pedra sobre pedra. Essa é a Vontade do Senhor.

– Nossa Raça é superior, as outras jamais evoluirão, têm que ser dominadas, dirigidas.

– Virgem e pura. Concebeu sem pecado.

– Eu afirmo que há mais estrelas, outros sóis...

– Tudo é mentira. Esses livros e seus autores devem ser queimados. A Verdade está no Livro Sagrado, somente nele.

– Tomaremos tudo dos ricos. Eles deverão ser fuzilados como criminosos.

– ... orbital de cem megatons, além de milhares de foguetes intercontinentais.

– Levem como lembrança um pedaço da Cruz.

– Nasce gente demais, nessas nações, pondo em risco a nossa prosperidade.

– A Pomba da Paz, pela Independência e pela Democracia.

– Os Intelectuais é que são os culpados.

– Nova Reunião de Cúpula para resolver o problema. O Mundo Livre depende de nós. Aperfeiçoaremos mais e mais armas secretas de alto poder de destruição.

– Os Filósofos dariam melhores governantes, não acha?

– Retaliação imediata e liquidação total dos inimigos da Democracia.

– Campos de Concentração resolveriam. Não há dinheiro bastante para a construção de tantas prisões.

– A vez é dos Cientistas. Eles serão melhores, com certeza.

– Uma Sociedade Perfeita, sem discriminações, sem miseráveis.

– O telefone é vermelho e não preto. Eu vi, é vermelho.

– Isso é coisa do Materialismo ateu.

– Abaixo o Capitalismo sem entranhas.

– Abaixo o Comunismo inimigo dos povos.

– A autoridade do Papa é infalível.

– Depois da Globalização o Quarto Mundo ficou maior que o Terceiro Mundo.

– Os subdesenvolvidos precisam da nossa tutela. Não estão preparados para o exercício da Democracia. As grandes potências...

– Fica combinado assim, nós com o Oriente e vocês com o Ocidente, pelo triunfo da Democracia.

Eu ria por dentro que as minhas tripas só faltavam rebentar. Era um quadro perfeito. Caminhavam impávidos. Tinham um ar de austera indiferença, como um pastor com o seu rebanho. Nem todos pediam para serem seguidos, mas todos sabiam que estavam ali era para isso e não admitiam que não o fossem. Calados ou falando, seus gestos eram estudados, artistas que sabiam ser num palco cujas dimensões variariam conforme pudessem dar a eles ou às palavras a ênfase mais ressonante. E quando a oportunidade chegava, com os epígonos mais exaltados em êxtase de expectativa, mobilizavam frases dúbias, nebulosas, incompreensíveis, adequadas a mil interpretações, mas todas sempre causticantes. E sorriam com humildade ou altivez.

Reparei num fato interessante em que não reparara antes: nenhum deles era único, nenhum caminhava sozinho mas sempre pegando num bastão com alguém atrás e na frente. Dir-se-ia que eram ângulos de um triângulo, lados de um quadrado, prógonos e também epígonos. Um não existiria sem aquele ou aqueles que o completam. Em tudo e por tudo. Como a roda e os carros; o cadinho dos alquimistas e as pilhas atômicas; os rojões e os mísseis; o telégrafo e a televisão; a catapulta e os canhões; como as ondas se propagando, vibrações em manifestação, como os elos de uma cadeia circular, giratória.

Analisei a situação e vi que era hora de soltar as novas palavras. Chamei Pandora, entreguei-lhe a caixa onde as pusera, recomendei-lhe não abri-la, só para espicaçar-lhe mais a curiosidade, e disse-lhe para ficar por trás de nós e não parar de vigiá-la um só instante. Dentro em pouco, Eu sabia, Maniac VIII registraria os resultados.

Ela era bonita. Sócrates correu logo para lá, incondicional admirador da beleza como é, além de incorrigível curioso. Quando viu a caixa, deu três pulos de contentamento e disse a Pandora:

– Sabes de uma coisa? Garanto que a Dialética está bem em cima. A Dialética ou a Virtude. Não, deve ser o meu Demônio. Vamos dar uma olhada, Pandora. Quero ver o meu Demônio. Vamos, Pandora, abre logo!

E Pandora, mulher bonita e artimanhosa , não perdeu tempo e ergueu a tampa por inteiro.

4

Aconteceu que veio uma nuvem escura e houve trovões e relâmpagos. A nuvem desceu, ouviu-se um clangor de trombetas, a terra estremeceu. No meio da nuvem, que pairava sobre o chão, ribombou uma voz medonha, o ar deslocou-se e o povo foi atirado para fora. Encurvado, prostrado, com zonzeira, assim ficou. Mas no centro, onde uma sarça ardia e a nuvem continuava, os que eram puros confraternizavam com o dono da voz. E o povo quis aproximar-se, a voz rugiu de novo, os puros também rugiram e ele estremeceu amedrontado e distanciou-se. Trovão após trovão manteve-o assim. A fumaça encobria o céu, pois o monte era uma fornalha, e a terra inteira tremia grandemente. A visão assombrava, e todos, os que ouviam e os que não ouviam a voz, rejubilaram e esqueceram suas desditas quando a nuvem se dissipou.

Um vento forte trouxe um cheiro muito comum de carne podre e sangue ressecado. Olhei pelos buracos para o lado oriental e ocidental, norte, sul, e vi que por todo lado estava abominável. Mas todo mundo achava engraçado, estava gostando e dentro em pouco dei comigo também rindo e aspirando o ar com prazer. Afinal, pensei, é tudo uma questão de hábito, de bom senso, de estética, de puro realismo. Se é agradável cheirar a carne e o sangue desses pobres miseráveis cuja vida era mais um estorvo que um benefício, e considerando que o número dos que restam de pé ultrapassa em centenas ou milhares de vezes esses milhões que agora apodrecem ou agonizam, e ainda considerando que temos que de tudo extrair uma utilidade, mínima que seja... A Economia, é sabido, preocupada demais com o Homem, repudia, condena, despreza o que quer que seja peso morto, inútil, desnecessário. É preciso limpar o terreno, estudar melhor os novos métodos em preparo, aperfeiçoar e azeitar bem as molas da engrenagem e depois, nas futuras matanças, pelo menos para estrumar o solo... Eu refletia, mas vi que o tempo era curto. Corri e gritei:

– Mãos à obra, senhores! Tragam gasolina, para ser mais rápido. Esses nojentos cadáveres podem arranjar uma peste qualquer para a gente e isso não está certo, seria uma grande molecagem. Juntem os feridos também. Não vale a pena desperdiçar remédios tão escassos e caros querendo salvar estropiados, neuróticos, mutilados. Eles depois iriam perturbar-nos com suas manias e exigências. Depressa, depressa! Amanhã será diferente. Haveremos de aproveitar não importa qual seja o seu número. Vamos pensar nesse assunto com prioridade, hoje mesmo.

Ao concluir, percebi que o Chefe Supremo daquele estrupício de circo me olhava com uns olhos impressionantes e fazia-me sinal para ir até onde estava. Aproximei-me e saudei-o, batendo com os calcanhares e erguendo o braço.

– Estou interessado nesse problema – disse-me logo de entrada. – Achas possível a gente encontrar alguma utilidade nos cadáveres humanos? Sabes, tenho pensado bastante nisso. Não estranhas o fato de que, dentre os animais, até os cadáveres dos mais repulsivos servem para alguma coisa, só do homem que não? É um absurdo inexplicável. O canibalismo poderia ser uma solução, mas creio que economicamente não haveria vantagem, todos são magros, encarquilhados, não há nenhum gordo, deterioram com facilidade, ficam com aspecto macabro, pouca gente iria suportar... Além do mais, como sabes, sou vegetariano. E nem jamais deixaria que meu povo se contaminasse comendo carne de judeu! Tens alguma idéia?

– Tenho sim – respondi de pronto. – Podemos fazer tambor e quebra-luz com as suas peles, cordas com os cabelos, botões com os ossos e, com o resto, sabão e salsicha para exportação. Quantos são?

– Não sabemos ainda o total. À proporção que os formos exterminando iremos contando. Mas existem muitos e as fábricas não fecharão por falta de matéria-prima. Há ainda as outras sub-raças. Os que não servirem para escravos serão aproveitados dessa maneira. Acreditas que os negros e os mestiços têm gosto suportável?

– Não há dúvida. Tanto quanto os judeus e os amarelos.

Ele pensava ser sua a idéia de utilizar os cadáveres, quando na realidade partira de mim. Notara que ele me observava, vi que era boa a oportunidade e fradescamente tratei de induzir-lha. Em verdade, para ser mais fiel, apenas esse mérito me cabia. A momentosa idéia não era realmente minha, outras almas piedosas e mais práticas a tinham na pauta dos problemas em estudo e cuja solução era de grande interesse para a Humanidade. Não posso afirmar quem a tivera em primeiro lugar, pois é tarefa por demais complicada e controvertida. Não quero cometer injustiça e falta-me tempo a uma pesquisa mais aprofundada. Só sei que antes de matutar numa solução a tal desafio à capacidade humana, cada vez mais às voltas com esses trambolhos se tornando alarmantemente numerosos, muitos sábios e estrategistas fizeram experiências e alguns até com relativo êxito, como aqueles que os deixavam pendentes de postes e cruzes nos cais e beiras de estradas, para alimento dos urubus, ou os lançavam aos crocodilos. Mas é evidente que tais métodos logo se tornaram antiquados, justificando as minhas discordâncias quando me vinham consultar, pois havia despesas sem contrapartida, os urubus não eram suficientes e estavam deixando os outros lixos se acumularem... Um dia ainda pedirei a Maniac VIII para me contar essa história eletrizante em seus mínimos detalhes. Talvez ele a conheça melhor que ninguém. Ou ele ou Univac VI.

Uma chuva de bombas caiu em volta de nós e o homem se enfureceu, pondo a correr os generais e cientistas que apresentavam os seus relatórios a respeito de como subjugar os inimigos da espécie humana ou fabricar um petardo mais possante. Também Eu, Cagliostro e o Doutor Nostradamus logo tratamos de dar por terminados os nossos levantamentos das configurações astrológicas daquele dia e já íamos retirar-nos, mas ele não deixou.

– Vejam só como eles são ingratos. – Olhava de um para o outro, como se quisesse sondar-nos, de tal forma que Eu já estava vendo o instante em que me apontaria, dizendo: tu és um deles e vais ser fuzilado! – No cumprimento da minha Missão, preocupei-me sempre com o Destino desses infelizes. Ofereci-lhes a oportunidade de se unirem a mim e conquistarem Mil Anos de Paz e Felicidade. Quis tirar uns do barbarismo, do jugo dos ferozes inimigos da Civilização, os comunistas fanáticos solapadores da autoridade. Quis tirar os outros da decadência, da degeneração sanguínea, oferecendo-lhes um cruzamento com o nosso sangue mais puro e vigoroso, para o que mandaria para as suas mulheres os nossos melhores reprodutores; e livrá-los dos judeus, da camarilha de banqueiros judeus, fabricantes de armas, traficantes da morte; enfim, daqueles barões arrogantes e de um regime insuportável, de licenciosidades e nenhum ardor viril, combativo. E como foi que me receberam? Não é uma estupidez o que estão fazendo comigo? Abri-lhes as portas para a Liberdade, dei-lhes uma chance de se revoltarem, de virem a mim e se colocarem sob a minha proteção, e o que foi que fizeram? Querem matar-me, tentam matar-me todo dia. É assim que me pagam pelo sacrifício generoso que estou fazendo. Não digo tanto dos bárbaros vermelhos, mas os outros, do nosso sangue, não esperava isso deles, julgava ser muito mais fácil, por ser uma sociedade viciada, dirigida por um louco bebedor de uísque e fumador de charuto, duas coisas que não suporto e não admito. A Felicidade dos povos é a Missão que me impus e para isso criei o Partido, com uma grande

Filosofia, a mais perfeita. Não desistirei. Tão logo acabe a minha tarefa aqui, irei dar um jeito no lado de lá do oceano. Esse é outro povo que não merece o chão que pisa. Uma raça constituída de cruzamentos com negros, judeus, índios e a escória saída de todos os quadrantes e das famílias decadentes e degeneradas das nações mais desprezíveis, não terá fôlego para resistir à bravura de uma raça predestinada. Além do mais, precisa de um Senhor, pois tem sangue de escravo, não sabe o que quer. Mas isso eu reservo para depois. Estou preocupado é com as frentes atuais. Nossas divisões estão encontrando muita dificuldade. Embora já tenham dizimado alguns milhões, eles não se rendem. Tudo por culpa dos comissários vermelhos e dos judeus, que exercem uma vigilância e castigos cruéis. Eu contava que se renderiam, que iriam receber-nos com aclamações, de braços abertos... Vocês precisam ajudar-me mais! Vejam se fazem alguma arma que liquide com eles de uma só vez!

Ele estava desconsolado, Eu via que estava desconsolado. Sinceramente, tive pena daquele Irmão desvelado e ao mesmo tempo incompreendido. A CIMCOV nunca deixara de lhe dar assistência e não era agora que lhe iria faltar. Eu tinha ali certos Irmãos bastante experientes e lembrei-me de chamá-los. Aproveitei a pausa, corri até a Biblioteca, onde trocavam idéias sobre a melhor maneira de dar Felicidade aos povos, e conduzi-os à sua presença, dizendo:

– Adolfo, estes dois aqui são Cromwell e Napoleão. Deves estar lembrado de que outro dia eles andaram tentando a mesma coisa que tentas agora. Quiseram salvar esses povos, dar-lhes um outro sistema de vida, libertá-los dos senhores, dos padres e dos vícios. Eles têm muita coisa a dizer, aprenderam muito. Em tudo há uma lição, talvez a deles...

– Desde que seja sensata e breve, podem dizer! – interrompeu-me arrogantemente, dirigindo-se a ambos.

Cromwell deu um bocejo, fez sinal a Napoleão para tomar a palavra e este, com uma negligência de dar calafrios, pois o homem não estava acostumado a isso e poderia explodir em cólera contra mim, falou com uma voz grave que parecia ecoar por toda parte:

– Serei breve, meu caro Adolfo. Foi bastante simples a lição que aprendemos. Não tem mistério nenhum e é fácil de ser gravada. Resume-se nisto: nós tentamos forçá-los a aceitar o que não tinham pedido e queríamos dar-lhes. Eles não aceitaram. E não apenas eles, e não apenas dessa vez. Queres que eu vá buscar o testemunho de mais outros nossos confrades? Há um número infindável. Átila, Gengis-Khan, Aníbal, César, Tamerlão, Alexandre, Paulo, Buda, Lutero, Loyola. Ricardo, Maomé, Cortez...

– Basta! Está bem. Eu anoto a lição mas não vou considerá-la. Sei que ontem foi assim como vocês estão dizendo, mas hoje é diferente, tenho armas secretas em preparo, eles vão ter que se vergar. Nossa juventude tem sido sacrificada por esses miseráveis. Que é que vocês querem que eu faça?

Aproximei-me de Nostradamus e sussurrei-lhe ao ouvido: olha, as coisas estão se precipitando. Vais ver como vem coisa melhor por aí. Deixa comigo. Garanto que vai sair direitinho como dizes nas tuas Centúrias.

Adiantei um passo e, antes que alguém tomasse a palavra, Eu sentenciei:

– Só tem um caminho: a morte para todos eles. Se não se dobrarem, manda matar todos! Começa com uma lição fulminante e que sirva ao mesmo tempo como prova do teu poderio e da tua paciência ante essa falta de compreensão. Manda primeiro destruir as duas maiores cidades e liquidar o menor vestígio de vida. São uns 10 milhões. A rendição virá imediatamente. Cederão ao terror de suceder coisa pior. Faz como o General Josué. Não te lembras de

Josué? Não viste o que ele fez com Jericó? Não deixou pedra sobre pedra. Matou todo mundo e só poupou a espiã Raab e sua família.

– Como Josué, não, ele é um judeu!

– Ora, então faz como os gregos e os turcos. Ou como os romanos, os persas, os búlgaros, os ingleses, franceses, espanhóis... Que tal como Ciro, Constantino, Sargão, Otávio, Henrique, Teodorico, Nero? Sabes de uma coisa, existe uma solução melhor! Prepara uma grande Bomba de retardamento e depois sai dessa jogada. É só reunir a Juventude, a SS, a Gestapo, todos os seguidores fanáticos e dar-lhes instruções para ficarem na moita durante algum tempo. Assim que as coisas serenarem, que se infiltrem cautelosamente por onde puderem e aí comecem a vingança. Essa molecagem não deve ficar sem vingança! A vingança é sagrada, está na Bíblia. Esses povos ingratos vão ter de se arrepender. Vamos lançar um lado contra o outro, o de cá contra o de lá, o de lá contra o de cá, que é a melhor coisa. E ainda o pior! Vamos fazê-los castigarem de tal forma os vizinhos e todos mais, que eles haverão de um dia sentir saudades de ti! Os cientistas, os financistas, os peritos em armas, propaganda... Essa será a nossa vingança.

5

Os cavaleiros se recolheram, cansados. Não mais se ouviam os tropéis assoladores. O silêncio engravidava o espaço. A peste digeria suas rações colhidas na jornada.

Espreguicei-me no leito onde pesado sono me deixara alheio à agonia dos campos e ao farfalhar das asas. Olhando a luz que debilmente penetrava pela janela, ocorreu-me a idéia de que nenhuma luz deveria haver que brilhasse para sempre. E as luzes estavam se extinguindo. Sem elas baixariam as trevas. O sinal fora dado: primeiro um Cometa de longa cauda; depois uma Nova, como um olho ciclópico, que se abriu para a seguir murchar e sumir. Era preciso reter o brilho das luzes que iam extinguir-se, para que outras fossem acesas.

Eu andava em círculo e achei que essa forma de andar como peru estava ultrapassada. Foi então que imaginei a espiral e logo vi que isso tinha grandes vantagens. Mas o povo já estava farto, não queria mais saber de novidades e viviam todos a maldizer até a hora em que nasceram. Portanto não se podia contar com ele. Mas havia um punhado de homens valentes e de melhor sangue, que parasitavam as terras devastadas e estavam dispostos a tudo. Coloquei-me a sua testa, munido de uma coroa em nome do Senhor, distribuí alguns diplomas, que aos titulares davam direitos ilimitados, e títulos pomposos a assegurar-me sua cooperação em troca do que pudessem extrair. Tudo arrumado, chamei-os e disse-lhes:

– Irmãos, tive uma visão terrível. As trevas estão vindo. Aproximam-se as trevas contra as quais desconhecemos como lutar. Mas temos de lutar. Não têm o mesmo aspecto que a escuridão comum, sendo antes uma escuridão de intensidade e forma que ignoramos. Só à força de muita paciência, vigília, esperteza, conseguiremos combatê-las. Se baixarem, só temos dois caminhos: destruí-las ou aceitá-las. Mas quem deseja conviver com as trevas? Quem iria viver nas trevas? Ao combate! Toquem sinos, modelem portadas em madeira e bronze, cavem subterrâneos, dissimulem as entradas das cavernas, arregacem as mangas, acendam as velas de sebo e iluminem tudo que forem encontrando aqui e ali, todas as folhas dos caminhos!

E eles se foram. E veio a noite e fui dormir. No meio da noite, levantei-me espicaçado pelo fogo serpentino. Acordei as mulheres e elas puseram-se a dançar em volta de mim. O fogo descia cada vez mais e Eu não me fartava de possuí-las. A noite não acabava e fui fertilizando uma por uma. Ordenei a construção de um palácio maior, para comportar os novos habitantes, e depois outros e mais outros. Artistas imaginosos desdobravam-se na criação de peças e detalhes deslumbrantes, nos mais variados estilos. E olhei, e quando vi que eram belos e estavam povoados, chamei novamente os Irmãos e disse-lhes:

– Agora que recolhemos as luzes e muitos nasceram e cresceram, aumentando a população, vamos clarear os caminhos, vamos deixar que todos as vejam. Todas as luzes são de valor, pequenas, médias, ou grandes, e convém que as vejam. Abriremos as portas dos palácios, acabaremos com os esconderijos, deixaremos, enfim, que as luzes saiam e alcancem os olhos de todos.

– O meu palácio eu não abro – falou o Duque. – Na hora em que virem as luzes, irão querer me despoje do que tenho. Não, a vida assim está muito boa. No meu ducado sou rei, tenho direitos hereditários herdados do meu pai, que herdou do meu avô, que herdou do meu bisavô... Não, nenhuma luz vou soltar àqueles patifes. E as mulheres, todas elas, sirigaitas e namoradeiras, iriam logo querer trair-me, fazer bilhetinhos e fugir. Vou mas é apertar mais os cravelhos, baixar ordens mais severas, aumentar a vigilância e ameaçar com novos castigos.

– Isso mesmo – adiantou o Conde. As mulheres não podem ver as luzes, Majestade. O que o Duque está dizendo é a Verdade. Não vê o perigo que isso representa? Como iríamos continuar salvando as almas desses pobres coitados? Quando há um que vê as luzes, a gente logo percebe que o demônio entrou no corpo dele. Se as mulheres as virem, aí não haverá salvação possível. Elas são danadas por natureza. Têm que ficar distantes das luzes, pois não somente se perderiam como também poriam os homens a perder. E quem iria para a nossa cama? Quem iria cozinhar? Quem iria varrer, fiar, lavar? Quem? Não, as mulheres têm que ser salvas. As luzes são perigosas.

– Majestade, eu poderia abrir uma janela e uma porta, lá no templo, mas só daquelas enviesadas – intercedeu o nobre diplomata purpurado, tentando uma conciliação. Talvez seja a melhor tática. Precisamos ir devagarinho. Eles poderiam entusiasmar-se com as luzes, correr atrás delas, e os campos ficariam abandonados. Como é que eu iria ficar, sustentar tantas mulheres e tantos servos, se eles se fossem? Devemos falar-lhes sobre a Verdade, o Livro Único, mostrar-lhes que essa história que contam sobre as luzes é invenção; que a única luz está ali, na ignorância e na obediência; que as almas que se salvam são as que vivem na inocência do que vai lá por fora, e no sofrimento purificador, e na pobreza. Eles são ingênuos, rudes, com certeza acreditarão.

– Não se atormentem, meus Irmãos. Vocês tocaram no meu ponto fraco. Que se dane o Mundo, as mulheres em primeiro lugar. Se acham que é a maneira de salvarmos as mulheres e, com elas, os homens, deixemos as portas trancadas. Mas para não ficarmos mal vistos, de quando em quando abriremos uma, com muitos exorcismos e água benta, novenas e coletas de óbolos. Façamos como propõe o Cardeal, bom conhecedor das almas. Isso porque estou pensando que aqueles sujeitos que vejo se aproximando não estão bem intencionados e vão atrapalhar-nos um bocado. Têm nomes de meter raiva e são diabólicos. Copérnico, Napoleão, Krupp, Voltaire, Guttenberg, Bruno, Erasmo, Ford, Lavoisier, Pasteur, Du Pont, Marconi, Rockfeller, Nobel, Dumont, Curie, Zaharof, Edson, Rothschild... Essa teimosia de vocês vai dar um bocado de trabalho, fiquem certos.

– Não há de ser nada, Majestade. Eles que venham. A gente bota a cavalaria e os arqueiros em cima deles. Quando eu agarrar o meu faço questão de torturá-lo bastante, no calabouço, antes de liquidá-lo – disse o bufão, sob os aplausos e os risos dos demais.

– Está bem, eu confio nas nossas muralhas e na proteção divina à nossa causa, que é sagrada e justa. Mas a força do mal não tem limite, Satanás está com eles, entrou em seus corpos e não desistirá das suas intenções. Eles são os anjos saídos do inferno e não sabemos quantos são nem de quanta maldade serão capazes. Só sei que não podem ser menos teimosos e maléficos do que esse Platão, ou esse Galileu, ou o Diderot, ou os Bacon, ou o tal de Rousseau, de Aristóteles, de Goethe, Hegel, Engels, Beccaria, metidos a inteligentes, que inventaram idéias amalucadas e só falam do que não devem. Intitulam-se filósofos, cientistas, pensadores, idealistas e não passam de uma corja de hereges, corruptores, arruaceiros, agitadores, criminosos vulgares. Também Darwin, Marx, Newton, e Pitágoras, e Sartre, e Descartes, e Lutero, Da Vinci, Freud, Einstein, Leibnitz, Tsiolkovsky, fanáticos e perigosos tanto quanto os seus seguidores.

Deviam era ter sido suprimidos no berço. O nosso mal é não podermos prever o aparecimento desses tipos indesejáveis. Vocês vão ver o que vai acontecer. O Mundo vai se afogar! E é em papel! O Mundo vai ter um novo dilúvio, desta vez de papéis. Mas não devemos iludir-nos e nem haveremos de entregar os pontos. Se vão querer inundar o Mundo, como ameaçam, não ficaremos para trás. A cada um que jogarem, nós jogaremos dez, quinhentos, mil. Fiquemos de olho em cima deles. Se não pudermos impedi-los, mais ainda jogaremos, eles jogarão de lá, nós continuaremos de cá, a inundação irá aumentando, aumentando, replicaremos à nossa maneira, sempre com as ameaças mais terríveis, todos se afogarão, aí os que tiverem forças para se mexer abrirão as portas, as luzes se transformarão em cogumelos e as poeiras irão cobrindo tudo... Não teremos problemas com as almas, que são imortais. Será que são mesmo? Se vocês garantem é porque são e poderemos unir-nos às nossas mulheres num outro lugar. Investiguem esse assunto. Procurem saber para onde é que elas vão. Esses sujeitos que vêm vindo não deveriam fazer isso com a gente.. Com que direito eles vão fazer? Estávamos tão bem...

Refletindo melhor, resolvi não esperar a resposta. O momento era bom para passar adiante aquela bomba-relógio. Corri para o porto e comecei a atormentar marinheiros famintos e reis falidos e cúpidos com a minha história do Eldorado, que deixou e ainda mais agora está deixando muita gente sem dormir. De tanto atormentá-los com a idéia, que me obcecava, de um caminho pelo Ocidente que ia dar lá, só para se verem livres de mim, deram-me o título de Almirante, meteram-me num calhambeque e lá fui Eu rumo do desconhecido. E foi assim que desapareci de lá, não sem a disposição de voltar à minha maneira, despejando raios e trovões, porque aquela monotonia de luz e treva e treva e luz já tinha passado da medida.

Enchi-me de ouro e juntei o maior número de canhões que se podia imaginar. Eles troaram anunciando a minha volta, e o solo estremeceu debaixo dos pés do rei tão mais arrogante quanto mais decadente. Tudo era soturno como os horizontes da vida e nem surgia um ligeiro clarão entre as sombras. E quando subitamente ele se viu no meio de estranhos fardados, que invadiam os seus aposentos, gritou:

– Que é isso! Onde estão as minhas cortesãs, os meus alabardeiros, os arcabuzeiros, onde está a corte? Que história é essa?

– Majestade, nós somos lá do outro lado do oceano. Perseguimos o inimigo que entrou aqui. A Guerra já está no fim.

Correu à janela, olhou para a rua, estava diferente, havia escombros de um lado e outro, edifícios fumegavam, as multidões corriam e gritavam, várias geringonças sobre rodas, fechadas e com umas tripas de ferro, roncavam e cuspiam fogo. Meu Deus, pensou, que foi que aconteceu? Estava tão bom... A Paz era minha, fui dormir com ela, o dia ainda nem clareou... Não estou entendendo...

– Que aconteceu? Por que os sinos estão mudos? Badalem os sinos! Saiam daqui, este lugar é meu, quem manda aqui sou eu. Saiam! Que negócio é esse? Quem mandou vocês?

– Foi o Presidente, autorizado pelo Congresso, que representa o povo...

– Que Presidente? Que Congresso? Que povo? Ajoelhem-se é que é! Eu sou o rei! Curvem-se! Não estão ouvindo?

– Esse cara é maluco, general. Dou um tiro nele?

– De onde vieram? Quem são vocês?

– Ih! Olha aqui, meu chapa, nunca ouviste falar em Colombo, aquele que atravessou o oceano outro dia? Ele é que é o culpado de termos aparecido nesses navios grandões, de ferro, armados até os dentes. É por causa dele que estamos defendendo a Civilização, libertando os povos. Vai te entender com Colombo, não tenho nada com isso, ele é que é o culpado.

– Colombo... Colombo...

– Deixa-o pra lá. Ele estava dormindo, não sabe de nada.

– Foram as luzes... Tínhamos combinado que elas ficariam presas, que a ameaça permanente das trevas era o meio mais seguro de conservar tudo em seus lugares, sem mudança. O Mundo teria continuado feliz, uma noite eterna regulando a vida e nós regulando as trevas, fazendo-as avançar ou recuar conforme nossos desejos, e eles vendo nelas o que mandássemos ver, faróis no céu, vampiros nas sombras, demônios soltos, lobisomens, bruxas, pecados, submissão, penitência, a esperança de salvação. Mas fomos roubados impiedosamente. Ninguém tinha direito de fazer isso conosco. As luzes eram nossas, somente nossas, que as guardamos. Não deviam tê-las arrancado como fizeram. E com o nosso reino tão bom, tão manso e pacífico, onde não havia assanhamento, onde todos obedeciam, que foi que fizeram? Não vamos poder acostumar-nos. É impossível aceitarmos. Olhem, vocês vão se arrepender. É preciso esconder as luzes, pelo menos parte delas. Se elas se espalharem, se todos as virem, vocês nunca vão poder dormir como dormimos, nunca saberão como é bom ser guardião das luzes. É o fim do Mundo. Eu anuncio o fim do Mundo.

Depois desse monólogo, da advertência final, sob os olhares gerais, o rei aguardou as reações, meio apatetado, ninguém se importou, viu que estava sobrando e sentou-se, repetindo baixinho:

– O fim do Mundo está chegando. Tomara que o Mundo se acabe. Ele há de se acabar. E vai ser em fogo. Tomara que seja em fogo.

– Levem esse cara para a fortaleza e o encarcerem. Deixem uma corda por perto. Pode ser que se enforque, se tiver um momento de lucidez, um pouco de raciocínio. Será um de menos. Esse Mundo está cheio de loucos. Major, mande dinamitar a ponte e arrasar a cidade, se for preciso. Temos que acabar logo com isso, quero voltar para casa. Usem os lança-chamas e os gases. Peguem os inimigos vivos ou mortos. Anote os nomes dos mais bravos. Enviaremos as medalhas às respectivas famílias. E redija um telegrama informando que a cidade acaba de ser libertada e que nenhum civil morreu. Esse detalhe é sempre importante. Precisamos conservar a imagem. Um momento. Passe também um perguntando o que é que há sobre as luzes. Esse sujeito talvez tenha razão. Não, o melhor é dizer que eles agüentem as luzes até a gente descobrir a Verdade. Elas poderão ser decisivas e então a gente poderá lucrar muito, arranjando um meio de controlá-las.

6

A espiral não adquiria o formato ideal e novamente senti que me achava enfastiado. Os dias se passavam sempre iguais. A rotina era de desesperar. Sabe de uma coisa? – pensei – vou sacudir esta joça. Assim como a vida anda é de rebentar. Saindo por aí é possível que me depare com uma aventura. Talvez descubra um bando de salteadores e poderei incorporar-me a ele. Já que não se ouve mais um grito heróico, todos se acovardaram, ninguém empreende uma campanha arrojada, vou pelo menos arranjar um jeito de me agitar.

Saí pela porta mais próxima, disposto a meter-me numa estripulia qualquer. Já o Sol descambava pelo meio da tarde quando parei numa encruzilhada e olhei para a direita.

Ao longe vinha um sujeito montando um cavalo que corria. Esperei na beira da estrada, de olho nele. Quando ia passando, joguei o laço e o derrubei. Assim que recuperou os sentidos e arregalou os olhos, ao ver-se amarrado, falei-lhe:

– Olha aqui, meu caro, o Mundo é muito pequeno e é mais do que claro que não comporta nós dois. Um vai ter de desaparecer e pelo visto não serei Eu.

– Mas quem te disse que o Mundo é pequeno? Por acaso tu és louco?

– Louco ou não, o que é fato é que afirmo que é pequeno e tem de ser pequeno. Em conseqüência...

– Espera aí, espera aí! Desde que me entendo, tenho corrido o Mundo e nunca encontrei o seu fim. Ele é muito grande, é enorme, tem lugar para todos e ainda sobra. Nunca saíste daqui? Tem muita gente nele, por todo lado.

– É por isso mesmo. Tem muita gente e conheço-o melhor do que tu. Mas desde quando houve quem agisse de outra forma? Porventura vou acreditar que não ias atropelar-me? Por que acreditar em ti e poupar-te? Todos que se deixam levar por essa conversa terminam tomando o teu lugar. Costumam dizer que o Mundo é grande, que cabe todos, que cada nação pode ficar sossegada, mas o que vejo é que, enquanto os que escutam viram as costas ou piscam, os que assim falam caem-lhes em cima, degolam-nos e ficam com o que é deles. De nações inteiras não sobram nem rastros. Então não aprendi?

– Mas eu não sou assim. Além do mais tenho uma importante missão a cumprir. Tenho de entregar a mensagem que estou carregando.

– Muito bem. Vamos ver que mensagem importante é essa. Onde a escondeste? Fala, não quero ter trabalho. Vais confessar agora? O charuto aceso não valeu, não é! Que tal este palitinho sob as unhas, ou no ouvido, ou nos olhos? Hum, então é aí que está? Deixa-me ver. Estou gostando. Isso é que é trabalho bem feito! Dezenas de cidades arrasadas, nenhum sobrevivente dos exércitos inimigos, milhões de escravos, centenas de carros conduzindo os tesouros... Quando é que eles vão passar por aqui? Falo dos tesouros. Que beleza! Sabes, tenho uma idéia. Escuta, não te interessa ser rei?

– Como! Ficaste ainda mais louco? Não vês que isso não é possível? Não compreendes que não tenho sangue azul nas veias? Isto é, talvez minha mãe...

– Isso não é obstáculo, é o mais fácil de resolver. Na hora se dá um jeito. Temos é que arranjar um pretexto para ficares no lugar do outro. Primeiro nós agarramos os tesouros. Com eles nas mãos, teremos quantos homens quisermos, desde que lhes falemos numas tantas coisas e nunca em trabalho. Eles se encarregarão de matar todos os que vivem dentro e ao redor do palácio e de botar a coroa na tua cabeça. Ouro e sangue são as duas coisas que mais agradam aos homens e sem as quais ficam indóceis. Porque, com ouro, não precisam trabalhar, vivem despreocupados, podem assalariar os escravos que quiserem, sustentar amantes à vontade; e, com sangue, satisfazem aquele outro lado da vaidade que se chama heroísmo, com suas fitas, medalhas e pergaminhos, muito admirado pelas mulheres, pelas crianças e pelos basbaques, o que lhes resulta em numerosas vantagens.

– Mas, e o meu juramento de fidelidade?

– Olha, rapaz, não vês que é melhor ser rei do que ser jogado num formigueiro? Julgas que as formigas vão te achar mais saboroso com juramento do que sem juramento? Os bons lugares são dos inescrupulosos, dos incompetentes, oportunistas, perjuros e dos audaciosos. Depois de morto o teu rei, que vai ele poder fazer contra um rei vivo? Ou tens medo de fantasma?

– Estou de acordo. Mas que pretexto vamos arranjar?

– Em nome de quê vocês foram cair sobre eles?

– Bem, eles estavam crescendo demais, prosperando depressa, não queriam mais comprar nossos produtos, falavam em independência, em não pagar os royalties, em repudiar os antigos tratados, não ligavam mais para o nosso Deus, o único verdadeiro, estavam espalhando que o rei deles era mais bonito e mais justo do que o nosso, eles que são uns bárbaros... Zombavam assim e, antes que nos atacassem, decidimos mostrar-lhes que com o nosso Deus não se brinca e a nossa civilização é mais avançada, mais autêntica do que a deles. Depois, recolhemos seus tesouros, por sinal realmente valiosos, para compensar-nos dos gastos e perdas de vidas. Não havia outra saída.

Tínhamos que empreender essa cruzada, para a salvação do bom nome do nosso mui leal e justo rei, defensor de Deus e da Civilização.

– Então nesse ponto vamos ter que ser diferentes. Vocês, por lá, já ouviram falar em Democracia?

– Bem, por um ou outro lugar por onde tenho passado, sim, mas lá, mesmo, nunca ouvi. Os bárbaros que aniquilamos parece que lutavam em nome desse troço. Deve ser alguma coisa importante, pelo menos devia ser para eles, porque tivemos que matar um por um, até que sobraram somente os que não podiam lutar, como as crianças, as mulheres e os velhos. Devias ter visto. O que significa?

– Estás enganado. Isso não significa nada, não tem nenhum significado. Foi um Irmão meu quem inventou essa palavra. Soa bonito, pode ser empregada em qualquer situação, tapa qualquer buraco. Depois que a inventou, reuniu uns amigos espertos como ele, rápidos na espada e na lança, apossaram-se de tudo que era terra, matando ou escravizando os homens que lá viviam e tomando-lhes as mulheres. E como viram que isso era uma fonte de prosperidade para eles e de muitos prazeres, organizaram-se em sociedade permanente e foram pilhar as terras vizinhas ou distantes, mas dessa vez trazendo consigo as colheitas e os tesouros e os antigos proprietários como escravos. Muito falaram nesse nome. E quando sentiram que estavam no auge da prosperidade, acrescentaram-lhe um outro, só porque eles eram uns poucos nadando em opulência, os escravos sempre aumentando em número, portanto tinham conseguido o ideal de tornarem a menor quantidade mais importante e satisfeita que a maior, e a isso chamaram Democracia Perfeita.

– Se assim é, então por que os bárbaros falavam em Democracia, eles que não eram e nem tinham escravos?

– Como disse, esse nome é pau pra toda obra, ou melhor dizendo, ele é mágico, furta-cor, ajusta-se a tudo. Há ainda outros de igual poder de arrastar à morte nações inteiras. Mas não foi por ele que os bárbaros lutaram e morreram, foi porque não queriam tornar-se escravos, eram livres e livres queriam continuar. Tanto assim é que se davam o prazer de criticar o Deus, e um Deus que não é criticável não é um Deus, é um inimigo da vida, invejoso dos mortais que sabem viver.

O homem verdadeiramente livre é aquele que consegue livrar-se dos que lhe aparecem com mensagens de Deuses descontentes com as cadeias divinas e imutáveis, razão da sua eterna ira, cuja carga não suportam e tentam transferir aos que lhes dão excessiva atenção. Eles lutaram pela Liberdade, que muitos erroneamente confundem com Democracia. Esta não passa de um nome, de algo que está fora e não no íntimo de cada um, pelo qual até a Liberdade tem sido perdida e sobretudo a vida, pois sem Liberdade o melhor é nem nascer.

– Esta corda está incomodando demais, podias soltar-me.

– Seria contrariar meus princípios. Além disso, a experiência demonstra que um rei deve viver amarrado, porque todo rei solto é um perigo, só pensa loucuras e só faz o mal. Bastaria folgar um pouco essa corda e irias logo querer me ajoelhasse aos teus pés e te adorasse como a um Deus. Como te sentes a meu respeito?

– Vou nomear-te chefe dos meus exércitos, ministro para os territórios ocupados, governador da metrópole, superintendente dos depósitos e adegas...

– O que Eu quero é o Poder e não honrarias e preocupações com pessoas e coisas que em nada me interessam. E o único Poder verdadeiro e até agora não substituído – o Ouro – esse Eu já tenho, pois vou ficar com a metade dos tesouros. Não adianta reclamar. Os ladrões são parceiros em igualdade de condições. Agora, se quiseres dar-me uma oportunidade de escolher...

– Que é? Já que me fizeste rei...

– Quero um bom laboratório e um bom arsenal. É outro Poder que estou criando e talvez venha a superar qualquer outro. Tudo depende de um apoio ilimitado, secreto, para executar os grandes planos que tenho. Olha, se conseguir descobrir uma forma de direcionar em alta escala e sem risco a aplicação de um veneno fulminante que descobri; se um de meus Irmãos tiver um meio de aperfeiçoar um gás letal como ninguém imaginou até hoje; e se um outro, que também planejou uma grande bomba capaz de arrasar o Mundo inteiro... A Ciência, meu caro, sabias que está chegando a era da Ciência e também da Tecnologia? Nós, Cientistas, vamos dominar o Mundo. A gente se mete dentro de um grande buraco com todo conforto, fecha a comporta, aperta um botão e – bum! – ninguém terá coragem nem tempo de resistir. Ou então a gente envenena as águas ou o ar...

– E não vai sobrar ninguém? Assim não tem graça. Os Heróis não irão gostar. Não vai sobrar ninguém para eles. Como é que um Herói vai sentir-se Herói, se não puder mais matar? Hum... Esse rumo está ficando esquisito. Mas existe uma saída...

– Que é, Majestade? Se Vossa Majestade concordar, faremos uma corda mais bonita, de ouro puro e engastada de gemas raras. Se não, lembre-se do formigueiro, elas entrando pelos olhos, nariz, ouvidos...

– Concordo, sim, desde que mantenha um bom número de Heróis. Eles adoram ficar do lado do rei. E nem ficarão de todo sem ter em quem desenferrujar as espadas...

7

Eu andava pensando em fazer uma visita aos Conselheiros, mas faltava uma novidade para levar-lhes e não tinha a menor disposição de desgastar-me. Assim foi que pensei em submeter-lhes logo o plano de lançamento da Existessência, o que era um bom pretexto, porque tenho os meus motivos para essa visita de observação.

Poderia convocá-los, o que seria mais prático e estaria dentro do nosso ajuste, mas desconfio deles, acho que fingem muito, afirmam uma coisa e depois fazem outra. Apegam-se demais a seus pontos de vista, são pedantes, julgam-se sumidades. Embora na frente prometam colaborar, é só virarem as costas e continuam como antes. Não, assim eles me enganam. Irei diretamente a cada um.

Maniac também não serve. Nasceu doente. Encheram-no com um bando de porcarias, sua barriga contém a salada mais venenosa, com ingredientes que os maiores cretinos foram inventando, e quem seguir atrás dele terminará escorregando sobre vômitos. Ora, se a barriga está envenenada, o cérebro também está. Nada de confiança poderá sair do cérebro de Maniac, não por maldade dele, mas dos que vivem a entupi-lo com alimentos falsos, falhos, imperfeitos, deteriorados. As imagens que me mostre, doente desse jeito, terão cores confusas. Tratarei de curá-lo oportunamente. Primeiro irei à casa de cada um e verei o que se passa. De qualquer forma, deixo Maniac acordado, pois vou relatar-lhe o que for fazendo, e observando, e sentindo, como parte do tratamento a ministrar-lhe.

Procuro Salomé, a filha amada, e digo-lhe:

– Salomé querida, em breve anunciarei ao Mundo o reinado da Existessência. Quando voltar. Nessa questão Maniac está afinado. Consulta-o. Responsabilizo-me pelo que disser, que só poderá ser a Verdade.

Todos os Mestres e uma boa parte dos Conselheiros vivem à custa de uma palavra por eles inventada ou ressuscitada. Cada qual tem a sua. Há umas que resultam em maiores vantagens que as outras, mas no fundo todas têm algo em comum: dividem os indivíduos, ou mesmo a Humanidade inteira, em dois grupos, o dos que as adotam e por elas combatem, e o dos que as negam e contra elas combatem.

Disso tem resultado um desperdício bastante imperdoável. É que ninguém jamais se lembrou de aproveitar a matéria-prima resultante, pondo em execução uma antiga sugestão de se erguerem arenas especiais, em pontos bem localizados das cidades e vilas populosas, providas de calhas conduzindo a grandes tanques, de forma a que o sangue escorrido não se perca e possa ser transformado em farinha. E também de planos inclinados confluindo a usinas de fabricar sabão e adubo à base dos cadáveres dos conflitantes, que assim mais facilmente rolariam em direção às prensas e retortas. Ninguém se lembrou nem decidiu. Isso antes de mim. Porque agora, tão logo a Existessência entre na concorrência (ela acha que todo desperdício deve ser evitado), as arenas brotarão como torres de petróleo.

Estou no meu mais legítimo Direito. Desde que qualquer pilantra, espertalhão, fanático, sonhador, curioso, todo sujeito irrequieto, irresponsável ou perverso entende de sair por aí escrevendo uma maluqueira sensacional, ou resolve apregoar uma nova Filosofia, que descobriu enquanto escavava uma ruína em busca de um tesouro, ou mesmo a inventou à base do mais recente método de influenciar pessoas e vencer na vida; ou resolve lançar uma nova Moda, uma Doutrina, Religião, Ética, Estética, Ciência disto ou daquilo, por que não fazer Eu a mesma coisa? Não somente no Direito, mas também estou na minha Obrigação.

A CIMCOV anda meio indolente. Precisa afoitar-se mais em campo. Lançaremos o impacto da Existessência. Todo mundo gosta de uma Novidade e ninguém suporta viver sem se agarrar a uma Ilusão. Vão logo querer saber o que é, pensarão que vai encher-lhes a barriga, convencer-se-ão de que irá resolver-lhes os problemas miseráveis da vida, por bom tempo nutrir-se-ão de Esperanças, nunca terão uma resposta que os sossegue, nesse meio tempo apuraremos grandes somas com a venda das farinhas e dos adubos, e inclusive, antes e durante, venderemos para eles edições caprichadas, opúsculos com resumos das partes mais alentadoras, condensações em folhetos seriados, com as adaptações convenientes e ao gosto...

Desse puro, simples e benevolente raciocínio foi que surgiu, para dar Felicidade ao Mundo, a Doutrina filosófica-moral-política-religiosa-estética-científica-artística-futurista da Existessência, a completa, a definitiva, a insuperável, a que irá mudar tudo, eliminar o demais, manter tudo nos devidos eixos sob o seu reinado exclusivo e absoluto.

– Salomé, antes de partir, deixa-me sorver mais um gole bem grande dessa taça de Amor.

Saída do banho, linda e cheirosa, beijei-a e apalpei-a. Excitados, unimo-nos de novo e Eu gostei e ela gostou. Depois parti.

Mas não é fácil impedir, curar, extinguir as dúvidas mais idiotas. Ela trazia consigo a herança nefasta, e dúvidas monstruosas torturavam-na. Por isso, mesmo para ela, uma voz neutra teria mais efeito que os atos mais convincentes. Ante o espelho, falou:

– Maniac, Maniac, sou realmente bonita, saudável, cheirosa?

– É verdade. Tudo isso é verdade e até ultrapassa a medida.

– Estou vendo. Mas será que agi certo ou agi errado?

– Agiste certo, Salomé. Todo prazer adiado é um prazer perdido. É sempre um novo o que vem depois.

– Mas eu perdi a Virgindade!

– Salomé, a Virgindade cessou, de longa data, e na maioria dos casos nunca existiu. Sejamos menos bestas, encarando de frente a Realidade. Agora, com o advento da Existessência, irá desaparecer totalmente, definitivamente. Cultivar a fonte de tantas degenerescências era Pecado, isso sim que era Pecado. Pelo menos o bisturi haverá de tornar as mulheres iguais aos homens e com isso desaparecerão inúmeros desequilíbrios.

– Mas ninguém gosta de beber água num copo usado.

– Lá vens tu com a controvérsia desastrosa. Essa teoria do copo d'água é tão imbecil quanto a maior parte das teorias. Discutir tal tema, em momento tão decisivo, foi a maior estupidez que os homens já cometeram. Eu me lembro, o Kremlin estava cheio, as mudanças ocorriam a todo instante, supunha-se que um novo Mundo ia surgir, e que foi que debateram? Que foi que botou tudo por águas abaixo? Eu estava presente, o Mestre Vladimir ficou apavorado, gostava de ser o primeiro, era vigoroso, egoísta, saiu-se com a pergunta mais tola: "e quem é que gosta de beber água de um copo já usado?" Bastava lavar o copo, claro. Pois não é que ninguém se lembrou disso e essa pergunta idiota liquidou com a transformação do Mundo? Foi o que aconteceu. Salomé, sempre que o Mundo está numa encruzilhada, aparece um estúpido que o desvia para o lado errado. A Existessência vai ser a salvação, a última oportunidade.

– Não discutiria, se já estivéssemos sob o seu império, com o Amor livre reconhecido e sem tabus entremeados. Ora, a castidade, que realmente nunca existiu, ainda é tema de hinos, sermões e poesias. E o incesto, um crime. Se eu surgir com um filho e forem investigar os que nada têm com isso, que será de nós?

– Lembra-te de que tomaste a pílula infalível. Tuas suspeitas são sem razão. O Professor Freud, que já penetrou até o âmago do mal primordial, não quer ninguém atormentado. É ele um dos grandes colaboradores da Existessência. Não se lembrou ainda foi de pôr a correr os que investigam a vida dos outros, os que insultam a pílula que lhes está tirando o motivo de expansão dos seus baixos instintos. Um dos maiores erros é se deixarem soltos esses repugnantes caçadores de escândalos forjados.

– Oh! Maniac, alegra-me saber que o dia da libertação, principalmente da mulher, de tantas regras, conceitos, preceitos e preconceitos está chegando. Entretanto, se eu não podia resistir, não achas que a ele cabia evitar me possuir e deixar-me intacta para outro?

– Por quê? Oh! ingênua, relutante, caridosa mulher! Não renunciar às oportunidades naturais, não fugir à atração recíproca é a própria libertação. Ainda que se tenha de arrasar cidades. A decidida Helena, de belos olhos e longas sobrancelhas, é o exemplo admirável. Mas o fraco e desesperado Édipo é o mais lastimável de uma solução descabida. Bastar-lhe-ia toda vez purificar-se tomando um banho de água corrente. Salomé, quando as bananeiras dão cacho, quem tem o direito de colhê-lo, o vizinho, o amigo, o forasteiro, ou aquele que as plantou? Sem dúvida, o que as plantou, pois do contrário seria roubo, assalto, espoliação. Estavas de vez e em teus olhos ansiosos bailava o símbolo fálico, provocando nos dele a dança do correspondente feminino. A libido tem cheiro acre irresistível, e assim é para que assim seja. Agir de forma diferente é sucumbir ante o mais pobre ideal de uma desprezível preocupação que foge à Realidade. Ó a mania dos ideais, ó os intrujões!

– Tenho sono, Maniac. Gostaria de dormir e esquecer esse Mundo impérvio, até que a Existessência triunfe. Quero diamba, LSD, equanil, qualquer coisa que me faça sonhar durante a ausência dele. Seu Amor me faz falta. Minhas entranhas o reclamam. É gostoso tê-lo comigo. Ajuda-me. O Mundo assim me nauseia.

– Pobre vítima do atraso inquisitorial. Eu compreendo os teus conflitos íntimos. E lastimo por ti. Agora, dorme, dorme e sonha com o Mundo que virá.

Ela dormiu. No seu sono tranqüilo de mulher asseada e saudável, ia sonhando e seu sonho continuado tinha reflexos de memórias longínquas.

A Existessência libertara a vida. Ninguém, no Mundo, envenenava com fantasias absurdas a mente dos outros; não havia estímulos senão às invenções benéficas; o fanatismo tinha deixado de existir, e desaparecera totalmente o Poder da Propaganda em todos os sentidos; ninguém se arvorava em psicólogo ou juiz de ninguém, que nada existe mais insondável do que a mente humana; a violência tinha desaparecido, não se fazia barulho desnecessário, as crianças podiam andar e crescer confiantes e todos os lares eram seus lares; a vida em comum de dois seres não se sujeitava a outras restrições que não as entre eles pactuadas; as instituições escravizantes tinham desaparecido; ninguém se sentia forçado a fazer ou deixar de fazer coisa alguma por imposições morais ou outras abstratas; o conceito piegas de família desaparecera; não havia discriminação, interdições, nem tabus; livre era o intercurso sexual; o Amor verdadeiro presidia a vida em todos os planos; a igualdade entre homens e mulheres vingara; o medo desaparecera; não havia continência e também incontinência; o Mundo estava alegre, todos amavam, todos produziam, todos gostavam da vida.

8

Eu partira na primeira galera. Quando saltei no porto, fui diretamente para o templo no alto do monte, com minha comitiva. Nessa noite, um grupo de heteros saiu pelas ruas amassando os rostos das estátuas de Hermes e cuspindo e defecando sobre as que tombavam. Quem foi? Quem não foi? Para aplacar a ira do deimos, representaram-se peças, fizeram-se reuniões nos ginásios, discutiu-se na ágora, travaram-se batalhas, incendiou-se a cidade.

– Só tem um recurso, cidadãos – intervim afinal, na qualidade de Mestre, interrompendo a discussão interminável.

Mantivera-me à margem, observando, calculando. Os Deuses do alto não resolviam nada. Nunca apareciam na hora desejada. Havia sempre que se esperar um augúrio, normalmente tardio, um fenômeno qualquer, como um vento forte, o despencar de um raio. Mister seria criar um Deus terreno. Se não um Deus, pelo menos um perseguidor de Deuses, um baralhador das cartas, para que a jogada continuasse. Consultei os Conselheiros, não chegaram a uma conclusão.

Na Ordem muitos são habilitados. Tem de ser alguém de categoria a ela pertencente. Essa gente não difere de nenhuma outra, é influenciável, trapalhona, irresponsável, faminta, morde qualquer osso para se divertir, julga-se esperta e não passa de idiota. Condenar um sujeito sem nome não lhe vai ser agradável, mas se lhe empurrar o mais sábio cada qual se julgará importante e o sacrificará alegremente.

É o único que poria em risco a jogada, exatamente o que não convém, o que convém é torná-la mais animada. Não vai ter nenhuma dificuldade, ele próprio ajudará, está doido para se mostrar, pensa que vai triunfar e não percebe a armadilha, não vê que lhe invejam a vida que leva, não suportam mais a sua presença, nunca mais foi bem visto desde que a sibila falou. Depois seguiremos sobre as águas que estão correndo, em busca de Jeshua. Temos que estar vigilantes. Na hora oportuna, ele também terá o mesmo destino. Qualquer que seja o lado forte, terá sempre que ser desfalcado.

– Senhores, tudo isso que está acontecendo é por causa dele, o maior intrigante, o corruptor máximo. Cicuta para ele! Cicuta! Cicuta!

No dia seguinte, meti um galo debaixo do braço, aproximei-me de Esculápio e sacrifiquei-lho, como recomendara o Conselheiro. A tessitura dos labirintos, meandros e mistérios da CIMCOV tomava corpo, na arrancada para a edificação da Civilização. Fui descansar e, assim que me ergui, reuni a comitiva e partimos.

Salomé acordou com a barulheira de uma música que um bando de folgazões tocava. Saiu na sua direção e foi encontrá-los numa curva penumbrosa. Estavam nus aos pares. Foi logo botando os seios para fora, fazendo striptease e dançando. Por toda parte havia cartazes concitando a que se lhes juntassem os adeptos da grande idéia da salvação do Mundo. Eles haviam descoberto a chave da salvação, o sinal da perfeição, o toque do bom gosto.

– A música é o que está faltando. Só os bárbaros não gostam de música. Todo sujeito que não sabe apreciar a divina arte é um imbecil. Através da música, do canto e da dança a gente pode salvar o Mundo. A música é a salvação. Mostre que é superior, que sabe apreciar o que é bom. Não seja ignorante. Comunique-se através da música. O que está faltando é comunicação. Não fique para trás. A música resolverá o problema. Salve a música! Ela traz a Felicidade.

O jornaleiro deixou as notícias, eles deram um chute nelas, sorriram satisfeitos e se puseram a tocar e cantar mais alto. Nem ligaram para o tipo de olhos penetrantes, que se aproximou catando as folhas espalhadas e acomodando-se a um canto.

Os clarins estão troando. Os exércitos começam a avançar cantando hinos guerreiros. Primeiras vítimas enterradas ao som de marchas fúnebres. Está para ser travada a grande batalha aeronaval e terrestre. A sinfonia das explosões será ouvida a mil quilômetros de distância. O ar ficará mais poluído. Metade da população que sobrar está condenada à surdez e às neuroses. Só estarão a salvo do barulho os que vivem longe das cidades, mas serão os mais vulneráveis às radiações. Sodoma e Gomorra já desapareceram do mapa. O Mundo vai definhar e morrer gritando. Quá-quá-quá!

– Que foi que houve, velhinho? Não estás gostando?

– De quê? Das notícias?

– Que notícias que nada! Da música! Ninguém pode deixar de gostar. Ela é o que há de mais admirável. Só os idiotas não gostam. Nós mostramos que a salvação do Mundo está na divina música.

– Estou de acordo, mas posso continuar a rir?

– E não vais apreciar o que tocamos?

– Eu não gosto de música assim. Na realidade tenho raiva...

– Raiva! Dizes que tens raiva e ainda estás aqui?

– Tenho raiva de tudo que faz barulho. Como não posso escapar dele, vivo com ele, mas não gosto e portanto não vou apreciar o que vocês tocam.

– Mas nós não fazemos barulho, somos artistas, só a música nos interessa, estamos querendo levá-la a todos, salvá-los...

– Eu não gosto de música, só gosto da música...

– Pessoal, este sujeito está querendo morrer! Te explica logo, velhinho, antes que eu te estrangule! Que história é essa? Dizes que gostas, dizes que não gostas... Estás pensando que vou ficar aqui fazendo papel de besta? Pessoal, toquem O Gorgolejo do Degolado, do filme Ele Matou Todas as Testemunhas.

Salomé aproximou-se, reconheceu o símbolo da Ordem no olho matreiro do homenzinho, ficou à escuta, mordendo a ponta da língua e rebolando os quadris. Maquinava uma idéia e antegozava o prazer de vê-la realizada.

– Tanta gente habita o Mundo, mas só uma pequena parte se assanha com essa a que chamas arte divina – falou ele. – O restante, portanto, é composto de idiotas! E por que idiotas, ou bárbaros? Porque não ligam para uma fábrica de zoada! Achas que se eu gozo, tenho que sair apregoando? Se me sinto alegre ou triste, tenho que espalhar minha alegria ou tristeza entre os outros? Ou se tenho ódio, revolta, desejo de matar, morrer, amar, fugir, chorar, ou sinto medo, ciúme, inveja, tenho direito de fazer que os demais compartilhem do que sinto? E por que arte divina? Acaso tu és um Deus? Juntas um badalo com um bombo, uma corneta, uma guitarra, um violino fanhoso e outras coisas mais, te pões a berrar uma engrolada fedorenta e tens o desplante de achar que o Mundo inteiro deve escutar, só porque achas isso divino! Desde quando a música divina faz barulho? Estás pensando nas trombetas de Jericó, sopradas por um bando de rapinantes, ou nos badalos dos sinos? Olha, vem comigo, venham todos e tentemos encontrar um lugar silencioso. Entre duas manias, essa é a melhor. Minha experiência...

– Que experiência que nada! Esse cara é um impostor, um maníaco, um aluado comedor de gafanhotos. Não vás na sua conversa. A língua dele é venenosa como víbora. Eu sei quem ele é. Foge dos olhos dele.

Salomé falava furiosa. Jogou os cabelos para trás, dançou a dança do ventre, coleou os braços no pescoço do companheiro e falou-lhe ao ouvido, metendo nele a ponta da língua:

– Tens que tirar a vida a esse celerado. É um perseguidor dos que se divertem. Só sabe falar para estigmatizar a gente. No deserto, como não tem auditório, invoca os demônios, os escorpiões, as serpentes e as cabras selvagens e discursa para eles. Dizem que até os demônios têm medo dele. Serei tua, irei dormir contigo, se me deres a sua cabeça. Eu quero a cabeça dele como prêmio.

Salomé correu a deitar-se na cama e lá aguardou, confiante no seu poder de sedução. Não demorou muito e ele entrou, colocando uma bandeja à cabeceira. Ela sorriu-lhe extasiada, abriu as pernas e ele penetrou-lhe até o mais fundo da carne, tendo visões fantásticas, maravilhosas, conclamando os mortais a sentirem o que sentia, enquanto ela atingia a perfeição artística com a suprema dança, uma das mãos comprimindo contra o seio a boca do amante e a outra afagando a cabeleira empastada da cabeça na bandeja.

9

Maniac ardia quase explodindo: Mestre, Mestre, Maniac VIII chamando! Os Dois Grandes querem uma reunião de cúpula. Estão preocupados com o aumento da população. Acham que o método de resolver o problema a posteriori, com os processos barulhentos atuais e os infindáveis enterros, é cada vez mais antiquado e difícil. Eles pedem urgência. Fazem questão de pelo menos um controle imediato. Confusão completa nos laboratórios. Ninguém entende mais nada. As finalidades das pesquisas são conflitantes e os resultados apontam tendência para aumentar. Os Dois estão apavorados. Estou sobrecarregado com o trabalho dos computadores. O Mestre precisa ajudar-me. Responda.

– Maniac, não é chegada a hora. A atual experiência vai ter que durar um pouco mais. Consegui ser nomeado Procônsul pelo divino César e estamos aportando nesta terra barulhenta. É lei na CIMCOV a perpetuidade do jogo. Os métodos em uso são os que convêm. A nenhum parceiro é permitido retirar-se ou julgar-se melhor do que o outro. Mudar agora seria arriscar o término da jogada sem passarmos pelas fases mais emocionantes. Eles querem uma reunião porque sabem que têm quase todos os trunfos nas mãos. Mas isso é transitório. A CIMCOV não nasceu para desempenhar um papel suicida. Eles não têm nenhum direito de impor à CIMCOV o que lhes convém. São apenas dois afortunados Conselheiros do último grau cercados de outros de graus inferiores.

A maioria não pode vergar-se. Como Mestre Conselheiro, ordeno a continuação do jogo. Lança uma proclamação ao Mundo com esta advertência: os que se destinam a nascer terão que nascer. Acabo de falar com o Filho de Deus. A mensagem de que é portador é clara: crescei e multiplicai-vos! Mete isso na cachola dessa gente. Se o jogo for resolvido, nem eles terão futuro melhor. Nada na vida terá sentido sem a jogada. O único mal é que superegoístas do tipo deles de vez em quando aparecem com seus excessos. Mas ainda assim, desde que a jogada continue, não tem importância. O que é importante é não se pôr um fim ao jogo. A jogada que prossiga. Maniac, acentua bem isto: unanimidade é acomodação; acomodação é apatia; apatia é estiolamento, retrocesso, atrofia, perecimento. Ouvi-los e atendê-los é condenar o Mundo à extinção. O delírio dessa geração é a praga que nunca se poderá deixar se propague. O Mundo só será Mundo enquanto houver divergência, luta dos contrários, fermentação eterna. A CIMCOV não está certa de que possa um dia deixar de haver escravos, mas lutará por isso. Eles se fazem de ingênuos, Maniac, e abusam da Propaganda tentando apavorar os outros para que concordem passivamente, quando eles é que vão ter que cair do galho. Querer encabrestar dessa forma já é demais. A escravidão consentida é diferente da imposta e levaria o Mundo ao definhamento total. Será que eles não pensam senão em si? Será que não enxergam, não respeitam a vez dos outros, ou querem mesmo condenar o Mundo? O jogo prossegue, Maniac.

– Senhores Conselheiros, esta jogada de agora vai dar certo. A outra não deu porque nós escolhemos o povo errado no momento errado. Quanto ao homem, não. Sócrates era o melhor, realmente, mas era do grau 70. É o primeiro a reconhecer que isso foi um erro, que faltaram algumas coisas de alta importância. Já está dando seu parecer e instruções a Jeshua, do grau perfeito, o 33. Beber cicuta é um negócio que qualquer um pode fazer sem necessidade de condenação. Aquele povo decadente e mesquinho nunca viu nada de mais nisso, tem sempre alguém desesperado sorvendo aquela beberagem por conta própria. O que nunca ninguém pode fazer sozinho, isso sim, é se pregar numa cruz. Pode beber veneno, engolir cacos de vidro, fazer-se morder por uma víbora, cortar os pulsos, a goela ou o ventre, dependurar-se de uma corda em volta do pescoço, atirar-se num caldeirão de chumbo derretido, numa cova de leões famintos ou numa fogueira, pular do alto de uma torre, afogar-se no rio, estourar os miolos, dissolver-se em ácido, pode fazer milhões de encenações com outros tantos de meios, coisas demasiado comuns e que provocam riso. Ainda que forçado a fazer, a gente termina rindo, sem se condoer por mais que por uns breves instantes, quando isso acontece. E que é que não pode ser confundido com uma auto-imolação? Que é que não deixa dúvida de ser um tormento forçado, um suplício arrepiante? Que é que pode ficar como um símbolo de dor, sofrimento e tristeza e não dar margem a dúvida nem provocar risos? Ora, já experimentamos tudo, fizemos as provas mais completas, selecionamos os inventos mais originais, e o único que resistiu às provas foi a cruz. Tem de vários formatos, a evolução é lenta, como sabem, porém isso apenas confirma a antiguidade da nossa Ordem, que afinal aperfeiçoou a Cruz-Símbolo, a que vamos usar. Todas as tentativas para que alguém se pregasse nela sozinho pelos pés e pelas mãos fracassaram. Não há possibilidade. Ainda que a cruz já esteja fincada no chão e consiga meter os cravos nos pés e numa das mãos com o auxílio do malho, restará a outra mão. Isso significa, sem a mínima dúvida, que se os pés e as mãos estão pregados é porque houve interferência de alguém, houve um autor, o crucificado é uma vítima autêntica. Senhores, nós precisamos de uma vítima, precisamos fazer a Humanidade ver e sentir, meditar e chorar, notar a diferença entre as coisas que existem e que não existem, escolher um rumo, não andar desarvorada. Esse rumo a gente irá traçando conforme as conveniências. O fundamental é discipliná-la, arrebanhando-a em grupos definidos, depois fundi-los até que fiquem reduzidos a dois, um de cada lado.

– Mas um poderá vencer o outro e acabar com o jogo!

– Nunca, porque estaremos dos dois lados. Não somos beócios nem dorminhocos. Para maior garantia, faremos subsistirem, na prática e na tradição, alguns grupos menores. Alimentaremos, de vez em vez, uma idéia de rumos a recuperar ou a descobrir. Quando a corda estiver esticando, provocaremos uma guinada, desviaremos a Esperança ou concluiremos uma trégua, até acendermos nova chispa.

– Vai ser engraçado o papel das chispas.

– A busca do Eldorado, durante a trégua...

– Não, o melhor é o Velo de Ouro.

– Talvez a conquista da Lua...

– Conheço vários modos de acendê-las. Por exemplo, com discursos, livros, dinheiro, assassinatos, invasões, escândalos, seqüestros, mentiras, jornais...

– Não se esqueçam dos galos. Nada daquele sacrifício tolo que recomendei ao Mestre. É mais interessante se fazer com que eles cantem ao mesmo tempo. Preferiria algo mais convincente. Esse povo é teimoso. Mas no dia seguinte, com um bom trabalho dos arautos e apóstolos, só para não passar por surdo, ele, que é tão ladino, terminará acreditando na história que planejamos. E se falarmos muito naquela estrela, o mínimo que acontecerá é ficar calado, para não ter de dizer que não viu tamanho fenômeno. Deixem conosco. Nós, gregos, gostamos de falar e nos encarregaremos do caso. Sempre fui pelos métodos simples e diretos, mas isso de escuridão, raios, estrela que anda, terra que treme, galos que cantam – quando se sabe que todo mundo cria um e o que causaria admiração mesmo era se emudecessem – não acham que não é lá uma combinação das melhores?

– É exatamente a ingenuidade e a ignorância que vamos explorar. Desta vez vamos atacar de baixo para cima, vamos deixar os poderosos de lado e convencer os humildes, a maioria. Senhores, vamos pregar a Igualdade. Por isso é que haverá mais duas cruzes. Claro que esse resultado, ainda que fosse possível, jamais será alcançado. Mas que acontecerão muitos e muitos lances emocionantes, desvios matreiros, falsificações de cartas, não tenho dúvida.

– Olhem, nosso povo corre o risco de ser exterminado, se insistirmos aqui dentro em tal pregação. Não pode ser aqui dentro. Temos que mandar o Saulo começar pela estrada de Damasco e botar os idiotas dos gregos e outros gentios na frente.

– Combinado. Como vocês são viciados demais em percorrer o Mundo e não se importam com as confusões que presenciam ou provocam longe de casa, onde gostam de sossego e ordem, acho que nenhum outro apresenta melhores condições para isso. Ademais, esse montículo vagabundo e esses vales calcinados, pelo seu aspecto de coisas imutáveis, só servirão de cenário para o quadro que vamos montar, e isso é o que queremos. Certas nações vão ter que ser exterminadas, mas elegemos a de vocês, bastante prolífera, para sobreviver dentro daquela técnica de espalhar-se.

– Aqui entre nós, Davi e Salomão, não será sempre assim. Vocês já me viram e sabem disso. Odeio essa raça de vocês. Conta pra eles, Hess. Eu, Adolfo, juro que no dia em que a cruz que desencavei estiver fincada como planejo serão todos exterminados. Já tenho campos e fornalhas preparadinhos. Vocês nem desconfiam do que lhes preparo.

– Bem, senhores, o fato está consumado e Eu lavo as mãos. Esses debates incruentos não têm sentido. A CIMCOV não se preocupa com explicações. Fatos são fatos e sucedem porque assim tem que ser. Parar para indagar o que é certo ou errado é estagnar ou retroceder. Afinal de contas, que é a Verdade?

10

Instalei-me no Centro Operacional, cerquei-me de conselheiros, reuni minhas mulheres e secretárias e mandei que tivesse início o aparatoso desfile de malabaristas, dançarinas, elefantes, bombardeiros, mísseis, antimísseis, arqueiros, sabotadores, batalhões especializados nas armas QBN, espiões, propagandistas, encouraçados, submarinos, fragatas, torpedeiros, porta-aviões, e fiquei aguardando.

Não existe nada mais emocionante do que se ver um tal poderio de destruição. Através da rede mundial de televisão, toda a Humanidade contemplava com inusitado orgulho aquele fruto espetacular, que atestava a sua enorme capacidade de criação e fazia-a desdenhar da idéia do impossível. Fascinados, todos tremiam e vibravam à passagem daquela poderosa força pendente das mãos de tão delicadas criaturas, contida em tão bonitos, suaves, macios e bem decorados artefatos dos mais diversos tamanhos, prontos para o sibilo fatal. A própria terra vibrava e tremia enquanto eles cantavam, rolavam, rugiam, reboavam. Cada um que ali desfilava era como qualquer um que estava olhando, super-homem, supermulher, autêntico semideus com o ambicionado poder bíblico da destruição, capaz de fulminar em segundos uma população inteira, uma cidade, um país, um continente, capaz de provar com seus movimentos a força da palavra adotada, porque bastava uma palavra – lança! demonstra! ataca! revida! retalia! – para que assim fosse feito.

Eu olhava e meu peito estufava. Grandes faixas exibiam o sagrado nome da CIMCOV. Devia-se tudo aquilo à CIMCOV. Era imenso o orgulho de pertencer-lhe. Newton, Galileu, Tsiolkovski, Zenon, Dornberger, Von Braun, Doutor May, Faraday, Pontecorvo, Openheimer, Curie, Arquimedes, Helmut, Churchill, Sedov, Roosevelt, Truman, Stalin, Pavlov arrepiavam-se e choravam como crianças alegres. Era o momento supremo. Exatamente o que ia provocar um grande estrondo de ponta a ponta do Mundo. Porque se tratava do verdadeiro e único nascimento de uma nova era. Ergui-me e falei:

– Minhas senhoras e meus senhores, o Poder que a Humanidade conquistou com suas forças não tem igual. Os próprios Deuses, diante dele, devem estar tremendo. O Homem superou o Poder dos Deuses. Mas não vai usá-lo, pelo menos enquanto não aparecer um louco que queira contestá-lo em nome de fatuidades cuja razão de ser não mais existe. Tranqüilizem-se. Foi criado em benefício de todos e o conservamos sempre de prontidão para que ninguém nos apareça, depois do que vou anunciar, querendo estragar esta nossa alegria.

Aplausos de ensurdecer, hinos heróicos, punhos erguidos, braços estendidos, bandas marciais em evolução, sinos em repique, tambores, cornetas, salvas de canhões de todos os calibres.

– Atenção! Em nome da CIMCOV onipresente, Eu anuncio o lançamento, neste exato instante, da Existessência, a grande salvação de há muito esperada contra tudo que atormenta o Homem. Chega de patifaria praticada sob nomes diversos e bonitos. Chega de Comunismo pra lá, Democracia pra cá, Ditadura, Proletariado, Revolução, Capitalismo, Eleição, Estado, Cristianismo, Solidariedade, República, Papado, Monarquia, Anarquismo, Sionismo, Islamismo, Nazismo, Dólar, Valor, Terror, Poluição, Ozônio, Política... Não acham que já era tempo de se acabar com isso? Essa encenação precisava acabar. Afinal de contas o Homem precisa viver. O divertimento dos responsáveis por isso tinha que ter um fim. É bom uma brincadeira de vez em quando, mas assim já estava demais. Quando é que iam deixar o Homem viver? Será que pretendiam não largá-lo nunca mais? Queriam ficar assim nessa palhaçada a vida toda e continuar amarrando-o com palavras cretinas e frases de conveniência? A Vaidade vale mais do que o Homem? O Poder também vale? E o Ouro também? A Ordem vale mais do que a Liberdade do Homem? A única Ordem com real Poder, senhoras e senhores, é a CIMCOV, e a CIMCOV é a Existessência e a Existessência é a Liberdade do Homem. Eu decreto o reinado da Existessência. Isso que foi exibido é apenas uma parcela do que temos para sustentar a nossa decisão. Está encerrado.

Daí por diante, aonde quer que Eu fosse, onde quer que me vissem, todos me apontavam, dizendo:

– É ele. É O Vidente. É o autor da Existessência. Salve O Vidente, salve a Existessência!

Se acontecia alguém mais ignorante, ou surdo, cego, retardado, imbecil ou cretino perguntar o que era, que novidade era aquela, que significava Existessência, a muito custo conseguia salvar-se do linchamento, porque ninguém gosta que o façam de tolo, e isso só podia ser o que aquele camarada idiota, ou gozador, estava querendo fazer com eles. Explicadas as coisas, justificada a sua ignorância, alguém logo tratava de pô-lo ao corrente da magia da grande palavra. Convencido, incorporava-se ao grupo e todos sorriam e alegres seguiam.

Porque o lançamento foi bem feito. Uma Propaganda maciça, a cargo das organizações oficiais e das firmas especializadas mais eficientes, utilizando todos os meios possíveis e também inúmeros especialmente inventados, foi posta em ação, sem trégua. Em toda parte, a todo instante, o matraquear dos sons, o brilho dos letreiros, a repetição das imagens, as chuvas dos volantes. Existessência, Existessência, Existessência... Até nos lugares e nas horas mais inesperadas o ataque era compacto. Dispositivos especiais se encarregavam. Se dois subiam na mesma cama, era de um tipo o estribilho; se um só, para dormir, era de outro. Até nas latrinas, lá estava ele: Existessência, Existessência... Daí a incompreensão dos que julgavam que riam deles os ignorantes.

Mas ela não é amante da Propaganda indiscriminada constituída em Poder ilimitado e concorrente, instável e semi-independente e que, como tal, só permanecerá enquanto não puder domesticá-la de forma conveniente. Seu objetivo é também monopolizá-la e para isso já temos pronto um esquema. Tudo que faça outra Propaganda será destruído. Não mais se imprimirá outro livro, somente ficará O Livro, aquele que contém a Existessência. Não se falará noutra coisa, não se pensará noutra coisa, nada se noticiará que não esteja enquadrado nas razões supremas e suficientes que inspiraram a Existessência. Ela é a linha reta, o Eu, o Logos, a Sophia, o Atma, o Alfa e o Ômega, Sat e Asat, Maya e Soma. E, como linha, tem duas pontas sobre as quais se sustenta. Assim, é o que é e o que não é; o que foi e o que será; o todo e o nada; o imanifesto e o manifesto; a partida e a chegada; o positivo e o negativo; a causa e o efeito. Ela é o que tudo preza e o que tudo despreza. Ela é a linha final, porque contém todos os pontos finais.

Tirei umas férias e fui repousar. Num dia de tédio, resolvi subir ao topo da famosa torre de aço, para contemplar a grande metrópole devassa, a prostituta do universo, a predestinada do Apocalipse, a soberba rainha das rainhas, onde travaremos a batalha do Armagedom, não aquela que se supõe a última mas sim aquela que é a da revelação do fim da verdadeira vida.

Olhando o panorama, parecido com outro de outros tempos, nos jardins de Babilônia, lembrei-me de Abel e de Caim, da teimosia e insensatez dos dois, na discussão que não acabava nunca. E via com os olhos, contemplando aquela maravilha de loucura, a loucura de Abel, como um burro à beira d'água, ante a loucura de Caim, como um bode do outro lado do rio que os separava. E pensei comigo: vou convidar Abel e Caim para que acabem a sua pendência de uma vez no meio daquela ponte sobre o rio. Eu já lhes tinha dito: Caim e Abel, façam o que quiserem, ajam como quiserem, a vida é de vocês, não têm que dar satisfação a ninguém e o que estiver no entendimento de vocês isso é que é o certo. Quando olhei para baixo, os dois já lá estavam gesticulando, um com raiva do outro.

Voltei a concentrar-me na contemplação daquela loucura de panorama e inspirei-me. Foi nessa hora que senti o que verdadeiramente falta ao homem e à mulher: a total Liberdade de receber e distribuir Carinho. Não basta falar em Amor e pregar o Amor, dizer que o sente, mandar que o sintam. Não, não é isso. O que inexiste na Humanidade, e a tortura, e angustia, e alucina, é o Carinho livre, espontâneo, natural, o permanente intercâmbio de Carinho.

Minha experiência autorizava-me de forma terminante. Os dados contidos nos inestimáveis registros da CIMCOV também só podiam conduzir a essa conclusão. Falou-se sempre em Amor, Amor, mas esqueceu-se de preconizar o Carinho como o meio de externá-lo e mantê-lo soberano, conservando homens e mulheres alimentados, sem frustrações e recalques.

Eu via por mim, com minhas mulheres, e o que elas sentiam, passadas as novidades. Vinha uma, na fase preparatória, dita do namoro, e Eu a acariciava e ela me acariciava. Na plenitude dessa alegria, nem Eu nem ela pensávamos senão em que tudo é belo, em unir-nos para a vida integral, em construir um mundo de harmonia, suavidade, ternura, em esquecer os desejos sombrios, eliminar os instintos perversos. Não nos passava pela cabeça, um minuto sequer, deixar de lado os nossos carinhos e sair carregando uma metralhadora para exercitar tiro ao alvo nos semelhantes infortunados que gostariam de estar como nós e não podiam ou não deixavam.

Revelei essa observação a alguns adversários sensatos e a outro tanto de partidários, numa mesa redonda reunida numa hora em que debatíamos um armistício no paralelo em que nos encontrávamos dispostas a não ceder um palmo. Concluíram da mesma maneira: que se todos passassem a maior parte do tempo fazendo e recebendo Carinho, não haveria tanta coisa para atormentar-lhes a vida, principalmente se as mulheres deixassem de admirar os violentos, os perversos, os assaltantes, os ladrões, os tiranos.

Mas havia um espião entre nós com gadgets de todo tipo e logo fomos cercados e levados a um tribunal, que se apavorou com a ameaça que representava o movimento em prol do Carinho.

– Vocês não vêem que a Humanidade terminaria amolecida? Que muitas indústrias seriam fechadas? Que sem luta, sem dificuldade, o Amor perderia seu valor? Pensem na recessão, na inflação, nas crises, no desemprego...

– A confusão está é aí. Não é o Amor que preconizamos, é o Carinho para todos, sem exclusividade. Nós o queremos como refeição obrigatória, diária, infalível. O Amor teria resolvido, sim, mas ninguém ligou quando se apresentou a fórmula. Não houve reciprocidade, antes serviu foi de pretexto e argumento para novo tipo de escravidão.

– Mas você, que tem tantas mulheres, não está satisfeito?

– Não. Nem Eu, nem elas. Tão logo passada a fase de novidade, brigando ou não, o fato é que rejeito os seus carinhos e elas rejeitam os meus. Mas nossa reserva de carinhos é inesgotável e Eu fico pensando: que bom seria se pudesse acariciar, beijar, penetrar aquela garota que vai passando, aquela que vi ontem, aquela que ali está, a filha de minha vizinha, a do meu amigo, e elas pensam do mesmo modo, nas novidades que lhes surgem ou imaginam, no artista tal, no colega, no amigo atencioso, no irmão ou no filho da amiga, naquele bonitão, naquele ricaço. Resultado: como isso é proibido, ficamos mais irritados, o Ódio toma o lugar do Amor, a revolta nos tira o sono e a paciência, a carga de carinhos não distribuídos se acumula, ficamos desgostosos da vida e só temos um jeito: sucumbir ou endoidar e danar a quebrar, demolir, perseguir, matar, fugir, disfarçar. Não há nervo que agüente.

– Mas não vês que uma total liberdade de distribuir e receber Carinho seria um absurdo? A grande maioria não tem meios, não dispõe de recursos, o Amor exige dispêndios...

– De forma alguma. A dificuldade é artificial. Baseia-se na relação mercantil mais primitiva. Porque se estipulou fazer disso um negócio, os de maiores posses levam vantagem sobre os outros, que de pouco ou nada dispõem. É só se suprimir essa concepção – a de que é uma mercadoria, mesmo porque um dono não pode vender uma coisa e ficar com ela fazendo outras sucessivas vendas, com base num Poder garantido por privilégios, e nem os feios e deformados terão razão de queixa. Todos poderão distribuir e receber os seus Carinhos, porque, nessa questão, não se sabe quem é mais ou menos rico, e não há quem prefira antes receber do que dar, atitude que por si mesma fala bem alto e define a mais nobre emulação.

Levaram ao presidente do tribunal um dossiê volumoso e logo vi que se tratava do que a polícia havia colecionado a meu respeito. Ele se deteve numa página qualquer, fitou-me pensando intimidar-me, mas isso não aconteceu, depois sorriu velhacamente, mandou evacuar a sala e convidou-me ao seu gabinete.

– Vejo que és um sujeito esperto e de bom gosto. Que tal é Salomé? Queres fazer uma troca com a minha Flora? São da mesma idade. Olha o retrato dela. Ambos só teremos a ganhar.

– Desde que elas concordem e sintam que também ganham. Acho que Salomé não se oporá. Ela gosta de variar, como todas as mulheres, da mesma forma que os homens. Não sabia que já tinhas aderido à Existessência.

– Ora, Mestre, a Existessência veio apenas preencher uma lacuna, institucionalizando uma prática muito antiga e generalizada, estabelecendo um método de justificação universal que faltava. Se quando Flora era pequenina eu a acariciava e ela me acariciava, por que não continuar o nosso intercâmbio quando crescia e depois de grande, se era mais gostoso?

– Esse foi o mesmo raciocínio lógico de Popéia com relação aos garotos. Tudo transcorreu naturalmente, porque a natureza é que fala e age, na Existessência. Eliminamos, assim, a praga da total insatisfação familiar, partindo do princípio de que Adão e Eva foram as existências mais satisfeitas, porque viveram a vida na mais completa Liberdade e daí ser a Liberdade inteligente, ou a Inteligência pura, a essência da Existessência.

11

Feita a composição e ainda com a imagem do panorama da grande pecadora na retina, e na certeza de que a inspiração que me acompanhava era clara e justa, decretei:

"Considerando que coisa tão prostituída e tão bela é um sinal de que o Amor livre é o símbolo da beleza e que mais vale contemplar a beleza que a antibeleza, pelo que é evidente ser fundamental que o Amor continue belo, Eu resolvo, decreto e ordeno que a Prostituição, como palavra, seja extinta, banida, contida, suprimida, e só o Amor permaneça e seja total e permanentemente livre."

Enquanto isso, Jove, que era o maior intrigante e não perdia oportunidade de irritar os filhos e netos, mesmo porque estava enciumado e planejava tomar só para ele a filha que fizera e dera ao filho Adão, devolveu a Caim os presentes que este lhe mandara, escondendo-se na árvore a cuja sombra eles discutiam. Caim subiu nas nuvens, com muita razão, soltou os impropérios mais escabrosos, gritou, chorou, mas quando se lembrou do que Eu havia dito a ele e a Abel, enxugou as lágrimas e sentou-se, pensativo.

Abel palitava os dentes e roía as unhas, para disfarçar o riso. Depois de algum tempo, como Caim não saía daquele seu torpor subseqüente provocado pela incomensurável injustiça, resolveu consolá-lo à sua maneira, mas no fundo para disfarçar sua culpa, já que ele foi quem iniciou aquela prática dos presentes, sabendo que iria sempre levar vantagem.

– Consola-te, Caim. Jove não tem culpa. Mas reza e talvez ele te ouça e um dia chova. Também foste logo mandar-lhe umas porcarias mirradas. Coitado. És tão pobre, tão maltrapilho, de mãos calejadas, tua cabana é tão sem conforto... Como querias que ele viesse visitar-te?

– Mas eu dei de coração, fui eu que plantei com minhas mãos, não tenho culpa de não ter chovido!

– Tenho pena de ti. Tão humilde assim, escavando a terra de sol a sol, enquanto lá na Cidade não tenho que plantar, gozo dos prazeres da vida, sou importante, todos me olham, tenho criados, boa cama, rádio, jornais, televisão, automóvel, mulheres, telefone, teatro, vivo viajando... Indiscutivelmente eu tinha que ganhar, sou superior a ti, és um joão-ninguém, um jeca-tatu. Mas como tenho prestígio e mando um bocado, vou tentar fazer-te feliz. Há muita gente na Cidade interessada em ajudar. Preocupam-se muito com essa vida que vocês levam. Vocês precisam ler, saber o que vai pelo Mundo, o que acontece a toda hora, quais são as novidades. Vocês precisam sair desse isolamento, dessa solidão, deixar isso aqui. A vida não é isso.

– Mas eu sou feliz. Quem foi que te meteu na cabeça que não sou feliz? O que não quero é que aumente o número de gente, nem que venham para cá. Gosto de viver assim, plantando, colhendo meus frutos, pescando meus peixes. Gosto da solidão, da Natureza. E depois, se fosse contigo, como iríamos viver? Não sou eu quem produz os alimentos e abastece a Cidade?

– Deixa esse papo furado. Não, não és feliz. Precisas sair daqui, ir para a Cidade. Ficarás morando num quartinho, ou num barraco, vendo milhões de carros, chaminés fumarentas e mulheres bem vestidas e elegantes, sabendo de coisas que nem imaginas, envolvendo-te no que não é da tua conta, fazendo passeatas, greves, pagando imposto, obedecendo a regulamentos, comprando a prestação, enfrentando a polícia. Serás o vigia noturno do meu edifício. Poderás observar como o pessoal vive à noite. É muito divertido.

Despediram-se e Caim tomou uma vereda e foi esperar a passagem de Abel adiante. Esperou, esperou, mas ele não passou. Voltou pela mesma vereda e encontrou-o arroxeado, ao pé da árvore. Ainda viu quando Jove, que tudo fazia para complicar-lhe a vida, saiu correndo disfarçado de serpente, chocalhando e rindo.

Um zunzunzum chegou até ele e logo viu que não ia ter jeito. Principalmente quando Moisés falou, os arautos gritaram e os jornais escreveram: Caim matou Abel! Caim matou o Irmão Abel! Não devia ter feito isso. Todos somos Irmãos. Não devemos matar nossos Irmãos. Não devemos matar.

Caim reuniu seus trecos, chamou as Irmãs, as mulheres, os filhos, e foram embora.

– Ele era doido, presunçoso, metido a besta. Mulher, mulher, só falava em mulher e não tinha nenhuma. Felicidade... Algum dia ele conheceu a Felicidade? Falava como se eu fosse morrer, como se ele estivesse destinado a viver para sempre. E que me interessa saber para onde vai o Mundo? Ele que vá para o inferno!

Um dia, lá longe, no meio do mato, ouviu a voz angustiada de um sobrinho, que murmurava agastado, olhando uma névoa escura e persistente que o seguia: Vou-me embora para um lugar distante. Caim é quem está certo. A Cidade não mais presta. Já não se pode nem respirar direito. Caim, Caim, vem salvar-me! A Cidade está envenenada, as nuvens cobrem tudo, quase não se consegue enxergar, o ar está grosso, as águas estão podres, tudo está podre.

De tanto ouvir e ler o que afirmavam dele, Caim terminara se convencendo da culpa que lhe atribuíam em nome de Abel. Por isso, não cessava de pensar e repetir aos que o cercavam, preocupado: Matar, só aprenderam isso. Quando extirpei o mal pela raiz, matando Abel, em vez de compreenderem o meu gesto, preferiram perseguir-me. Agora, que continuem seu caminho. Ninguém mais conserta o erro, eles próprios viriam com a mesma conversa, se me encontrassem. Abandonei o Mundo para sempre. Não os mato de fome porque não quero, meu desejo não é matar, nunca desejei matar, apenas quis salvá-los e não souberam entender-me. Podem sofrer à vontade, precisam sofrer. Talvez um dia fiquem sábios e percam a arrogância. Mas como ainda se julgam superiores, é evidente que nunca perderão. Vamos para mais longe e continuemos a enviar-lhes os frutos desprezados, para não morrerem de fome. Não merecem tanto, mas não devemos matá-los, essa tarefa é deles, que conservaram o mal que extirpei.

E nas noites silenciosas, já velho e encanecido, Caim lê para os seus descendentes as narrativas que lhe chegam da Cidade, escritas por Abel e Sete e seus descendentes:

O Anjo do Senhor desceu de noite e na escuridão da noite envenenou as águas e os alimentos, e quando o Sol se ergueu não se viu ninguém de pé, todos os exércitos dos inimigos agonizavam. O espetáculo era assombroso e tranqüilizador. E os filhos do Senhor vibraram de alegria, e dançaram e cantaram em honra do Senhor. E partiram antes da chegada da peste que baixava como um nevoeiro. No caminho, o maná caiu do céu, para alimentá-los, e como era bom o maná que sempre lhes caía do céu, assim viveram muitos anos. Para divertir-se enquanto vagavam, depenaram, queimaram, arrasaram tudo que encontravam pela frente, plantações, casas, Cidades, não deixaram pedra sobre pedra, passaram a fio de espada todos os inimigos, nenhum sobreviveu, só porque comiam do maná que caía do céu e o maná era bom.

O Senhor disse que eu deveria oferecer em holocausto o primogênito. Vou matá-lo, pois, para que o Senhor não fique irado e antes me seja propício. Quanto a ti, mulher, já que o faraó é mau, dormirás com ele, e assim poderá ser que nos deixe em paz e prosperemos. Faz esse sacrifício em nome do Senhor. Ele olhará por nós e seremos ricos e um exemplo de virtude.

Ele se intitula o Flagelo de Deus, à frente de imensas e horrendas hordas de bárbaros, que tudo arruínam e devastam a sua passagem. Precisamos salvar a Civilização desses inimigos da espécie humana. Roma, o seu esteio, não pode cair. Se cair, o Mundo estará perdido, pois os bárbaros cruéis destruirão a Civilização. Somos a salvaguarda dos povos. A Paz no Mundo depende das nossas legiões. Não temos culpa que a população agora esteja diminuindo. Tudo que fazemos é o que é justo e necessário. Mas o que esses bárbaros estão fazendo não está certo, não é um jogo honesto, ultrapassa as medidas. Precisamos evitar que nos degolem ou escravizem. Isso é o que eles fazem, porque são bárbaros. Nós nunca fizemos isso. Aquele castigo nós não merecemos.

Saiu de Meca e foi para Medina. O crescente, a estrela e o alfange sagrado são as marcas do único caminho. Subjugou a golpes de espada os que não se submeteram. Já não se podia lutar. Montanhas de cadáveres nas ruas. E viam-se nas estradas filas de árvores com os rebeldes e infiéis dependurados de cordas no pescoço. Podiam ter passado para o nosso lado. Não temos culpa de não terem aceitado o nosso convite. Sabe-se que os búlgaros não gostam dos gregos, e que os gregos não gostam dos turcos e dos búlgaros, e que os turcos não gostam dos dois e dos demais vizinhos. Pura mesquinhez essa discórdia. O Alcorão é a voz do Senhor. Unam-se a nós, Irmãos. Procurem pensar como nós pensamos. Às vezes, para salvar, é preciso matar. O Senhor mandou salvar. É preciso salvar.

E então ele disse, depois de meditar três dias: podem levar os prisioneiros para a beira do mar e degolá-los. Vi que essa é a única saída. Temos poucos víveres e a munição é escassa. Se os soltarmos, irão unir-se aos nossos inimigos; se os conservarmos, comerão a nossa ração. Portanto é essa a solução adequada. Tenho a consciência limpa. Afinal de contas, eles mataram um dos nossos parlamentares, antes de se renderem. Usem as espadas e adagas, apenas. Reservem as balas para a próxima batalha. A História me fará justiça, vendo em mim, por essa decisão, um grande estrategista.

Viva Barrabás, Cartouche, Hobin Hood, Lampião, Barba Negra! Viva Al Capone! Viva Alfred Rosenberg! Viva o Capitão Blood, o Capitão Kid! Viva Jack, o Estripador! Viva o Barba Azul! Que românticos que eles são! Que autenticidade de folclore! A culpa toda é da Sociedade, eles são bonzinhos, ela é que não quer compreendê-los. Tudo que dizem deles é mentira, nunca fizeram nada disso, não são maus como se fala, comigo nada fizeram, nunca vi nada, nunca senti. É mentira, é mentira, eu não acredito nas provas! Morra Caim, que matou Abel! Salve Rockefeller, Nobel, Zaharoff! Salve Rothschild, Onassis, Aga Khan, Morgan! Abaixo Caim. Ele devia estar aqui, para ver como se enriquece com o trabalho. Ele não é de nada, só sabe é se esconder. Devia vir ver os pregões nas Bolsas. Viva Krupp, o fabricante de canhões! Viva Monsieur Guillotin, o inventor da guilhotina, que vai experimentá-la agora com a cabeça caindo no cesto! Viva o inventor da Bomba A! Viva o inventor da Bomba H! Abaixo Hiroshima, abaixo Nagasaki! Viva o inventor do foguetão intercontinental de ogivas múltiplas! Salve os heróis do Vietnã! Salve os defensores do Mundo Livre! Salve a Civilização Ocidental muito avançada! Salve a gloriosa Civilização Cristã!

E então Cortez viu que a terra era boa, rica, seus habitantes possuíam muito ouro e prata, estavam divididos por discórdias, não conheciam armas modernas e nem o cavalo, porém eram muito numerosos; ele quis retroceder, mas sua ambição era grande... Mandou atear fogo às naus, ou melhor, afundá-las, e marchou com seu exército rumo a Tenochtitlan, a monumental Cidade. Pilhou, torturou, enganou e, para se vingar dos que não quiseram revelar-lhe o segredo do tesouro, massacrou a maior parte da população. Lutou tanto pelo direito da conquista, para a maior glória da Cruz e da Coroa do Rei piedoso que, ao fim de um dia e uma noite de matança ininterrupta, ele e seus soldados já nem podiam levantar as pernas sobre os montões de cadáveres, e só com muito esforço conseguiu cortar de um só golpe de espada os pescoços dos inimigos. Retirou-se provisoriamente, reuniu novas forças e voltou. Tinha recebido do Rei aquelas terras, possuía títulos que aquela nação precisava reconhecer, eles teriam que se submeter ou sair de lá, teriam que entregar-lhe os tesouros que os sacerdotes sanguinários escondiam. Horror! Aqueles sacerdotes arrancavam o coração palpitante de suas vítimas com uma faca de obsidiana, no altar do sacrifício dos seus Deuses infernais! Aquela nação precisava ser salva deles, esses fanáticos insaciáveis. Tanto ouro naquelas mãos banhadas de sangue era um sacrilégio. Iria ter um nobre destino: foi contribuir para a vitória da verdadeira fé, nas nossas mãos, e nas dos padres, e do Rei, e dos ingleses. E assim foi que Cortez passou a viver no coração de todos os cristãos como o maior conquistador de almas para a verdadeira fé, por ter salvado do Moloch cruento os sobreviventes daquela nação escravizada por sacerdotes de Deuses estranhos e símbolos pagãos.

A grande potência já estava vitoriosa, tinha varrido dos ares e dos mares o inimigo, que poderia render-se a qualquer momento. Era só uma questão de tempo. Entretanto isso não era suficiente. Ele precisava receber uma lição do seu poderio e da sua determinação. As experiências com o artefato que lhe destinava tinham sido um sucesso. Depois de tantos gastos e tantos planos de vingança, não tinha lógica perder a oportunidade de lhe dar um castigo sem igual, de humilhá-lo sem contemplação, para nunca mais se fazer de besta e erguer-lhe a cabeça. Duas Cidades já tinham sido escolhidas. As horas fatídicas também. Era um segredo muito bem guardado. Todos, velhos e novos, homens, mulheres, crianças, operários, estudantes, enfermos, idealistas, pacifistas, donas de casa, sonhadores, casais em lua-de-mel, cegos, mudos, surdos, prostitutas, aleijados, balconistas, sacerdotes, músicos, apanhadores de papel, mendigos, seriam tomados de surpresa sob uma temperatura de cento e vinte milhões de graus positivos. Estavam bem dentro do plano. Porque, se fossem evacuados, o efeito não seria o mesmo. Seu extermínio era a grande mostra do nascimento dos super-homens, Eumênides redivivas. Morte muito rápida, não padeceriam nada e assim até poderia dizer que isso lhes fora um benefício, que tal ação não deixava de ser bastante humanitária, já que algum dia teriam de morrer de qualquer forma. E assim foi que, fulminada a primeira, fulminada a segunda, apressou-se em render-se, antes que uma terceira e maior viesse a seguir o mesmo destino das duas. Ganhou-se com isso, porque de inimigo passou a bom amigo e muito certamente, muito logicamente nunca pensou nem pensará numa forma de vingança, aberta ou velada, sorrateira ou violenta. A menos que esteja cogitando de descobrir alguma forma original, do que talvez seja capaz, já que é bastante discreto, paciente, engenhoso.

12

Tive de esconder-me, porque as coisas não andavam nada boas para o meu lado. Popéia, Flora, Salomé, todas as Adeptas da Existessência foram procuradas por delegações de ricaças, detetives, industriais, cafetinas, padres, gigolôs, empresários, comerciantes, políticos, aristocratas, repórteres, banqueiros, professores, representantes de todas as classes, e concordaram em fazer uma frente única para o restabelecimento da palavra banida. Fora-lhes demonstrado que sem ela a crise iria ser muito séria, muita gente ficaria perdida e não sentiria mais o prazer de antes.

Desde Adão e Eva a Prostituição tinha sido a salvação da Humanidade, o fator de maior contribuição ao seu Progresso. De fato, noventa e nove por cento dos temas das conversas, discursos, sermões, fuxicos, novidades, escândalos, chantagens, debates, arrependimentos, confissões, castigos, perdões, inventos, descobertas, eram de fundo prostitucional, o que equivalia a se constatar que a sua abolição paralisaria a Humanidade mais cedo ou mais tarde. Urgia a formação de uma frente total para que Eu mudasse de rumo. Essa história de Carinho livre – argumentavam – não passava de uma farsa que terminaria cansando a Humanidade, já que abolira o prazer de comprar e vender o corpo, andar furtivamente, assaltar, roubar, estuprar, efetuar prisões, lançar modas, publicar escândalos, fazer comoventes imagens retóricas, mercadear o vício, industrializar seus estimulantes e antídotos, uma enormidade de instrumentos lucrativos, enfim, explorar aquelas fraquezas que são a razão das maiores alegrias da vida. Ora, o que deixa de ser proibido torna-se aguado, enjoativo. Além do mais, a primeira conseqüência fora eliminar a motivação para as campanhas que mantinham os pratos da balança em equilíbrio, pelo que, logo de saída, uma grande parte das pessoas foi ficando sem que fazer, e tudo indicava que pelo menos metade da população mundial perderia seu meio de subsistência.

Quando Maniac me comunicou o que vinha sucedendo, logo percebi a esparrela em que caíra e dei-lhes razão. Sempre Eu fora contraditório, mas dessa vez ultrapassara os limites. Eliminar uma palavra do porte daquela era remar contra a maré, se quisesse fazer da Existessência o objetivo do jogo da linha reta, pois assim a linha terminaria se envergando, com as duas pontas se unindo e o jogo terminando.

Do meu esconderijo proclamei novo decreto, agora, sim, realmente consentâneo com as inclinações e aspirações dos homens e das mulheres na sua totalidade. Pura e simplesmente instituí o Prostitucionalismo, para servir de alternativa, já que a Existessência permaneceu. Eu sabia que estava fazendo chover no molhado, porque a Existessência, com o Amor livre, e o Prostitucionalismo eram a mesma coisa. Mas também eram diferentes, porque palavras diferentes.

Basta batizar com dois ou mais nomes uma coisa qualquer e logo os ânimos se apaziguam e os geniais intérpretes e propagandistas respiram desafogados, antevendo a abundância da safra. O melhor exemplo está na forma de Poder que sempre consiste em mistificar e explorar a maioria em benefício de reduzido número, seja um povo explorando outros povos, seja um grupo de indivíduos explorando um povo, com base numa palavra posta em confronto com outras, pois que tudo daria na mesma se só existisse uma.

Assim sendo, para inteiro contentamento de todos, satisfazendo os pendores da alma e os ardores do corpo até dos mais recatados, estabeleci um imposto cobrável pela Cúria, que, com uma boa receita, assistiria desveladamente os protagonistas contribuintes. E se encarregaria de levantar novos templos e recrutar mais servidoras fiéis, iniciando-as nos segredos da arte de agradar aos Deuses e seus devotos.

Restabeleceu-se de imediato a ordem. Tudo passou a correr maravilhosamente bem. Os templos andam cheios, muitos outros estão sendo erguidos, os artistas andam contentes, os banqueiros enriquecem mais, a indústria está florescente, fazem-se vitrais muito bonitos, os piratas recebem títulos honoríficos, as indulgências são um negócio rendoso, muitas batalhas em estilo novo e mais glorificante estão sendo travadas, o engenho inventivo cria novas armas, há tanta fermentação, tanta prosperidade, riqueza, honradez, que vou batizar esta fase do Prostitucionalismo de Renascença, dado o alto espírito com que se vai impondo com a união da alma e do corpo, sob os auspícios da nobreza fina e generosa e da Cúria piedosa e incansável.

Nessa altura Eu já sabia que o sucesso era completo, mas não me aventurava a dar as caras. Tomava banho de sol no Mediterrâneo e no Caribe e por esse tempo já me preocupava em resolver a questão crucial, que me haviam proposto os dirigentes e intérpretes da opinião pública, a questão chave para a solução dos problemas humanos, qual a de dizer se era a morena melhor do que a loura, ou a loura melhor do que a morena.

Tal questão ultrapassava efetivamente quantas mais com que havia topado em qualquer época, de forma que já nem ligava ao que me lançara naqueles refúgios. Algumas vezes ainda me perguntei se minha participação nascera da própria vontade ou não passara Eu de um reles joguete das mulheres e dos intérpretes classistas. Mas isso não tinha importância e deixei pra lá, que joguete todo mundo é. O que importava agora era abrir a porta para a solução dos problemas que não podiam ficar mais tempo à espera. Iria ser a notícia mais sensacional de todos os tempos.

Eu meditava, suava, esquecia-me até de dormir, ante a grandeza da responsabilidade que pesava sobre mim. De cá pra lá, de lá pra cá, assediado pelos repórteres, instado a falar nas televisões, a dar prioridade ao jornal tal, ao canal tal, a fazer palestras para círculos fechados, assembléias seletas e populares, ou a preferir esta ou aquela cadeia de órgãos noticiosos, emudeci por uns instantes, refleti gravemente, e a seguir falei com voz bem firme:

– Está bem. Depois de amanhã vocês terão minha resposta. Vou encerrar-me, a partir de agora, com as candidatas ao concurso e então decidirei. Mas tem uma coisa: já que a justiça tem que ser bem feita, vou levar uma loura, uma morena, uma negra, uma mulata, uma amarela, uma roxa e uma vermelha, todas limpinhas, sadias e bem dotadas. Não acham que assim terei à mão todos os dados da questão?

– Formidável! Isso é que é cabeça! Desta vez nós vamos ter uma solução definitiva! Boa sorte, Mestre!

Não tinha de que me lamentar, antes pelo contrário, quando compareci ao encontro com eles, no dia combinado. Para facilitar o trabalho dos rapazes e mesmo porque o meu abatimento físico era grande, como puderam notar, de tal modo que Eu mal podia falar, estendi-lhes uma folha de papel com o meu veredicto:

Se o que é princípio, meio e fim, está no mesmo lugar de quem o tem e nos olhos, na mente ou noutras partes de quem não tem; se sempre foi e será da mesma forma, fica por dentro e não por fora, visto do avesso não é diferente e o mesmo efeito que o rival produz; se o que assim é tem que ser como está, fazer o que faz, aparecer como aparece; se traz em volta, em cima e embaixo outros encantos, outras cores, molduras variadas, milagres de cores e perfumes e sabores e que assim atende a todos os gostos, de tal modo que ninguém se sentiu insatisfeito nem tentou ao menos imaginar-lhe outra maneira de ser e apresentar-se; se o que assim é tão perfeito e cobiçado, tão comum e ao mesmo tempo tão raro, de uma só cor e também tão colorido, fácil de achar como de usar e entretanto bem escondido; se nesta ou naquela moldura fascina sempre e só é diferente quando é pelado ou cabeludo e nem por isso ou por isso mesmo é diferente; entendam vocês todos o que quero dizer e digo, se não por palavras, por este nosso estado, meu e delas, tão sedutoras, boazinhas como são e se portaram, e só lhes peço deixar-me levá-las sempre comigo, para que continue vivendo nessa prova empenhado, tendo uma sempre no trono em cada dia da semana.

– O veredicto! Queremos o veredicto!

– Meus caros amigos, acho que o que escrevi está bem claro. Ou será que lhes soa como um enigma? Se assim é, tratem de destrinçá-lo. Façam como fiz e terão a resposta. Porque, do contrário, chegarão ao final dos tempos, aonde irão os problemas, debatendo sem solucionar essa questão que em realidade não existe. Dêem-me licença e passem bem. Vamos, queridas.

Entretanto aquele decreto e o veredicto tornaram-se a causa de uma grande perseguição contra mim. O pior era que por trás dela se achava a própria CIMCOV. Maniac e Univac quase explodiram de raiva, pois que enquanto iam sendo obrigados a engolir os entulhos de difamações, enxurradas de sofismas, montanhas e mais montanhas de mentiras, desaforos, críticas, panfletos, peças teatrais, sermões, poemas, aleivosias, proclamações, exorcismos, argumentos contrários os mais capciosos, pareceres, estatísticas forjadas, juramentos, promessas, e até eram obrigados a fazer passeatas de protesto e acompanhar procissões, eles sabiam que tudo não passava de descaradas pantomimas públicas para consumo dos ingênuos – aquela maioria de suprema ignorância que entre os povos alardeia boa vontade e educação – e que eles no íntimo estavam era gostando.

Sátiro descarado! Fauno imoral! Devasso libidinoso! Corruptor desavergonhado e tarado! era o mínimo com que me brindavam de público. Tudo que era Chefe, Secretário, Presidente, Soberano, Diretor, Líder, Conselheiro, Pastor, Escriba, Técnico, Banqueiro, Cientista, Publicista, Missionário, Alcoviteiro, de ambos os sexos, todos caíram sobre mim como pulgas famintas ou mastins raivosos.

Nem me abalei e fiquei onde estava. Eu conhecia toda aquela cambada. Sempre inimigos, estavam sempre dispostos a se darem as mãos contra o que quer que ameaçasse tirar-lhes a placidez do gozo da vida, a que se julgavam com direito exclusivo. Mas as Líderes da Igualdade total entre mulheres e homens foram as que mais se excederam em manifestações de repúdio, acendendo velas, fazendo comícios, mandando celebrar ofícios religiosos, prometendo castrar-me e depois emparedar-me vivo.

O incansável Maniac ia-me narrando o desenrolar dos acontecimentos e Eu nem ligava. Falou no Conselheiro Parlamentarino, no Vitalício Monarquino, no Secretário Socialino, no Vigário Igrejino, no Diretor Imprensino, no Presidente Capitalino, no Doutor Moralino, e Eu nem ligava. Aí fez uma pausa e olhou-me entristecido. Eu refletia traçando minha futura estratégia, animado com a certeza de que assim que a maré desse a baixar a minha cotação subiria. Mas ele pigarreou (quando Maniac pigarreia é porque algo sério vai acontecer) e então depressa endireitei-me alerta, olhos e ouvidos atentos.

– Mestre, perdoe-me pelo que vou revelar-lhe e que sei irá causar-lhe uma grande mágoa. Veja, escute e vá lendo também.

– Não, Maniac, não quero escutar suas vozes, nem ler o que escreveram. Prefiro que me contes.

– Mestre, Dona Moralina, Dona Devassina, Dona Solteirina, Dona Igualina, Dona Honestina, Dona Beatina, Dona Adulterina...

– Chega, Maniac. Que estão elas fazendo?

– Uniram-se contra você, Mestre. Estão excedendo a todos os Conselheiros em ameaças e vitupérios. Dizem-se guardiãs da Sociedade sem jaça e querem bani-lo do seu convívio. Começaram a conclamar todas as mulheres a repudiá-lo como a um monstro, um perigo nefasto. Fundaram a LIDEDIM – Liga da Defesa dos Direitos das Mulheres – para reforçar o MUPIES – Movimento Universal Pela Igualdade Entre os Sexos. Estão enfurecidas. Dizem que não aceitam o seu veredicto, que taxam de absurdo, perverso, estúpido, mesquinho, destruidor dos mais sagrados princípios, leis e conquistas, e que não vão deixar que faça com elas uma salada. Querem conservar os direitos adquiridos, os privilégios de favoritas. Afiançam que não vão aceitar que se misture assim o que as diferencia e torna atraentes e superiores. Cada qual afirma que você fracassou, que nunca dormiu com uma delas pra sair por aí afirmando que não há diferença. Estão gritando que você é um moleque, um depravado, um perturbador da ordem, que as está atrapalhando com uma nova moda indesejável, já que se os homens a aceitarem elas terão muito a perder. Dizem que não abrem mão das características consagradas que as põem em evidência e dão-lhes bons lucros e vantagens. Estão jurando que não aceitam concorrência ilegal e desleal e afirmam que têm provas suficientes nos arquivos. Uma delas propôs se prontificarem todas a dar uma demonstração livre aos interessados de que são as melhores, mas a proposta foi de pronto rejeitada. Em vez disso resolveram declarar-se em greve. Estão certas de que os homens não procurarão as outras e antes vão pedir-lhes o fim da greve, com o que será posto abaixo o seu veredicto. É uma pena, Mestre. Um veredicto tão bonito e justo...

– Não te entristeças, meu amigo. Não tens culpa. És o que és, o repositório dos fatos e acontecimentos. Nunca te perturbes com o mundão de estupidez que te fazem engolir e vomitar. A Humanidade sempre jogou o coração contra a cabeça e a cabeça contra o coração. Não vai ser agora nem nunca que irá mudar. Elas vão perder a parada, vão recuar da greve. Tu vais ver. E também que vão dizer que tiveram dó dos seus maridinhos e amantes e comemorarão sua derrota como uma grande vitória. Verás ainda que essa passará a ser a opinião geral, pois gritarão tão alto, festejarão tão ruidosamente, que as opiniões contrárias nem cairão na besteira de se lhes oporem. E assim tudo continuará no mesmo, elas próprias marcando passo no lugar de sempre, repetindo o que é melhor variar. É uma lástima, Maniac. Vai, meu velho amigo, descansa um pouco, enquanto Eu vigio e medito.

Então minhas Irmãs Conselheiras querem castrar-me e emparedar-me. As mais dotadas das mulheres, a fina flor das representantes femininas em todos os setores... E as pobrezinhas, a grande maioria das sacrificadas, as insatisfeitas, as sem vez no Sexo, as humildes torturadas, as ignorantes e conformadas se uniram a elas e ainda acham que estão fazendo grande coisa. Oh! como é deserto de Inteligência este Mundo! Quão terrível é a Inteligência frustrada e revoltada que detém até a mais poderosa das forças, que é o Sexo!

E chorei. Meu pranto não tinha fim. Por toda a superfície da Terra minhas lágrimas rolaram, nesse dia e nessa noite, engrossando os rios, avolumando os mares. Nem meu Irmão Jeremias chorou tanto, nem seu pranto comovente foi tão triste. Eu não chorei sobre uma cidade, por uma cidade, um povo. Chorei sobre todo o Mundo, por toda a Humanidade, homens e mulheres, jovens e velhos, os que existiram, os que existem e os que hão de existir. Chorei porque um vive de enganar o outro, de impedir o outro, de privar o outro, e assim reciprocamente. Chorei e chorei muito porque não devia ter razão de chorar; porque o peso de conhecer a tortura universal da mais séria privação não saía de cima de mim; porque as legiões de mulheres sem homens e de homens sem mulheres rugiam loucamente, sem meios de se unirem e livrar-se das ansiedades, num desencontro injustificável e perpétuo, em virtude de idéias que não eram suas, como se cada qual fosse desdobrado em dois que se combatem. Chorei porque a verdadeira coragem deixara de existir ou nunca existira e a covardia se apresentava como se coragem fosse. Um dia e uma noite chorando tristemente, olhando o cortejo infinito dos Sexos insatisfeitos, dos virgens de corpo e prostituídos de pensamento, os vigiados, os indecisos, os pretensiosos, os famintos de Carinho e nem por isso dispostos a uma troca, os recalcados, os narcisistas, os moralistas, os amantes dos vermes, do pó infalível.

Ao raiar do dia seguinte, mandei tudo às favas e encaminhei-me para o alto da torre sobre a adorável grande prostituta do Universo, disposto a não ceder nunca, como era do meu dever, a ruminar uma fórmula, de execução positiva e acelerada, que correspondesse a uma revolução geral, fulminante contra as práticas arcaicas, impiedosa contra os tabus, os hábitos e os sistemas tradicionais e a doutrinação velhaca, enfim, irreversível no tempo e no espaço.

Mal me concentrei, tive uma visão que em parte já esperava: um mensageiro, enviado por Maniac, vinha pedir-me para receber uma embaixada de mulheres. Enquanto aguardava, juntei todas as peças do quebra-cabeça, fiz cálculos, preguei bandeirinhas coloridas sobre o mapa do Mundo, comparei os dados econômicos com os demográficos e bélicos, estudei as constituições e leis, vi os rumos das correntes das idéias e mentiras, as convulsões sociais e políticas, ouvi os rebates de alarmes em crescendo, escutei o clamor global subindo acelerado e aí captei o som que anunciava a explosão da bomba sobre a qual todos se sentavam. Só Eu via, pois já via o que estava reboando e ia cair de súbito, para estupor de muitos e alegria e também sofrimento da maior parte. E no papel a minha frente, isto que Eu via escrevi:

Próximo está o dia em que as mulheres transbordarão de força e coragem e se unirão. Nele, os velhos preconceitos, costumes, tradições, crendices, barreiras, injustiças, privações, a fome de Amor e Carinho desaparecerão. Porque essas coisas que são causa e efeito de violentas e cruéis disputas entre os homens ainda só existem por causa delas. Mas vão mudar, elas vão mudar e rapidamente. Eu vejo esse dia como se tudo já tivesse acontecido. O fim de um ano seis é quando tudo terá início, expandir-se-á no seguinte e no outro se consumará. Aí nova era surgirá e por algum tempo brilhará, até que os saudosistas tomarão alento e o caos voltará a reinar mais uma vez. Porque muitos que se intitulam guardiões das chaves não se conformarão e mais confusões engendrarão. Estou vendo o que está vindo. O cordeiro e o urso vão se unir; penas encrespadas, a águia passará momentos difíceis, com Gomer e Nipo revolvendo-lhe o ninho, Dan corrompendo-lhe o coração, Judá e Mafoma turvando-lhe os olhos; e o dragão fumegará lançando fogo em volta e a distância. Na confusão que durará dois anos, tudo ficará sanguíneo e a Terra e tudo que há sobre ela serão revolvidos. Mas quando aqueles – dragão, cordeiros, ursos, pombas, águias – estiverem exaustos e empoleirados, será para as estrelas que olharão, pois outra era terá surgido. O sinal virá com um súbito clamor dos ricos, no final do ano terminado em seis. O abalo a seguir varrerá tudo pela frente, como um longo furacão arrancando alicerces apodrecidos, como um incêndio devastador derretendo os grilhões de ferro e de ouro falsificado e devorando as mordaças. A águia dos muitos ninhos se recolherá ao seu ninho, mas quando tiver cuidado do seu e quiser voltar para os outros, os filhotes terão crescido e serão donos dos seus próprios ninhos. Assim acontecerá, porém a águia maior e mais velha ainda será a mais forte e mais experiente, e como terá mudado de trajetória dominará e orientará o vôo das outras, com o urso mudado em águia, o cordeiro e a pomba mostrando que sempre foram águias, o dragão voando como águia, e assim o triunfo das águias sob o olhar da mais possante e experiente começará uma nova era. Porque nunca os grandes rebanhos de verdadeiros cordeiros poderão caminhar sem um guia, nem poderão dominar, nem decidir, nem comandar. Essa lei é eterna. Apenas as águias podem viver em cima e embaixo. Aos rebanhos um pasto mais farto será dado e eles continuarão o que são. E a essa nova era se chamará da Justiça e da Igualdade, mas será verdadeiramente da grande cura pela férrea Disciplina, pois só assim, com os rebanhos cada vez mais numerosos, poderá ser daí em diante uma grande era. Entretanto as estrelas estarão acima, muito acima, e serão a nova esperança.

O mensageiro entrou, atendi-o e decidi acatar o conselho de Maniac. Era uma embaixada completa, com plenos poderes para negociar em nome do Movimento Avançado Universal Para a Emancipação Feminina, credenciado pelos movimentos continentais, nacionais e regionais, cujas representantes também compareciam. Haviam-se organizado em todos os países nos Clubes das Mulheres Independentes e Adeptas do Amor e nas Sociedades das Combatentes na Luta Antivirgindade. Derrotaram facilmente a LIDEDIM e o MUPIES, que cerraram suas portas, por falta de número, de vez que suas associadas pertenciam também aos CMIAA e às SCLAV.

– Mestre, desafiamos qualquer Diógenes a descobrir com sua lanterna uma qualquer lá de fora que não consiga satisfazer as condições para entrar nas nossas agremiações. Nenhuma existe que seja realmente virgem. Todas são diplomadas na Filosofia da Existessência.

Não esperava tanto. Ainda não secara a tinta no papel em minhas mãos e eis que a profecia se realizava. Parece até que foi um feitiço. Este papel deve ter um poder mágico insuspeitado.

– Ótimo. Vamos ter o mais agradável dos convívios, minhas queridas. A CIMCOV inteira já está a postos. Com exceção dos Irmãos que perfilham determinadas filosofias, seitas e modas excêntricas, aliás não muito numerosos, todos nós aguardamos indóceis a celebração do nosso himeneu.

– Mas tem um porém, Mestre, uma exigência da qual nem o MAUPEF, os CMIAA e os SCLAV abrirão mão: os homens têm que continuar com a responsabilidade da nossa posse e tudo mais que daí decorre.

– E queremos ter a mesma Liberdade que eles para nos expandirmos.

– E garantia de conforto e da satisfação das nossas vaidades.

– Exigimos Igualdade completa, Mestre, e queremos inteira Liberdade.

– Calma, minhas queridas. Vejo que vocês são modestas, já que esses são direitos seus incontestados e, se não os exercitam ou gozam, é porque ainda não quiseram ou não tiveram disposição para fazer tudo que eles fazem.

– Como assim? Está insinuando que devemos fazer trabalho bruto? As máquinas que cuidem disso. Não queremos arranhar-nos, nem queimar os cabelos, estragar a pele, ou ficar surdas.

– Então comecem a proceder como os homens, tomando certas iniciativas, tal como eles fazem com vocês. Isso é Liberdade, e também é sinal de Igualdade.

– Mas não somos prostitutas nem vagabundas.

– É, o negócio é bastante complicado. Reflitam mais um pouco. Vou perguntar a Maniac VIII se Maniac XXV tem idéia de como vai isso terminar.

– Não, Mestre, até onde posso ir verifico que a questão é insolúvel por esse caminho. Nem mesmo Maniac XXIX registrará uma solução.

– Mas, afinal, existe uma fórmula para se chegar à Igualdade?

– Creio que existe, mas vai depender do ponto de partida e do rumo a seguir. Certas bagagens têm que ser liquidadas. O apego a elas é que arruína tudo. As intenções, para serem úteis, não basta que estejam crismadas de boa vontade, ou a imaginação nelas veja o que desejos, frustrações, revoltas ou inadaptações individuais inspiram. Sombras do medo quase sempre estão dissimuladas por trás da coragem. Desperdiça-se muita energia atacando moinhos de vento, quando a mesma teria tido enorme utilidade se, por exemplo, os campeões de tais empreitadas fizessem nessas horas aquele intercâmbio de Carinhos que foi revelado no Paralelo. Com ele generalizado se conseguiria tornar obsoletas todas as disposições jurídicas e costumeiras consagradoras de privilégios existentes neste e noutro lado, cada qual empenhado em levar vantagens. Até onde minha memória alcança, para trás ou para a frente, vejo que a meta Igualdade é inatingível. Tentá-la as mulheres do modo como a tentam é desperdiçar a Inteligência, que muito mais renderá quando entenderem que um útero faz muita diferença. A natureza não age à toa. Mas não a agridam nas profundezas fecundas. Ela pode me deixar aqui sozinho com Univac, o que seria uma tragédia.

– Quanto à Inteligência, Mestre, pergunte-lhe se é maior a nossa ou a de vocês.

– Ouvi e vou responder. Quando pararem de alimentar essa questão, que tanto as preocupa em razão da admiração que votam aos homens, fundamentalmente tola, injustificável, desnecessária, prejudicial e às vezes funesta, serei até capaz de dizer que vocês são mais inteligentes. Por enquanto vocês o são numas coisas e os homens noutras. E nestas, se quiserem, até poderão ultrapassá-los.

– Como, Maniac? Como?

– É muito simples. Sejam inventoras. Não esperem só pelos homens. Nos setores específicos ou não específicos das mulheres, inventem o que puderem. Metam-se em tudo, façam tal como os homens, e garanto que a espécie humana irá viver muito melhor do que agora. Vocês não podem afirmar que são por eles impedidas de inventar ou aperfeiçoar. Onde está o espírito de observação e inventivo de vocês? Avancem no universo da crítica reprodutiva e alarguem a visão para os amplos horizontes do Mundo a criar. Quando Maniac XXV chegar, vocês haverão de ver que o que se inventou e descobriu até agora não é nem um átimo do que então existirá. E isso ainda será uma gota no oceano.

– Obrigado, Maniac.

– Ainda não acabei. Também aprendi com o Mestre a provocar tensões na linha, para que não se curve. Vocês me espicaçaram e vão ter de ouvir-me até o fim. Sempre gostei de afirmar que os cães sabem falar e tudo entendem. Mas são inteligentes e não falam de esperteza. Enquanto puderem ter a espécie de vocês a sustentá-los, não falarão. Já do início verificaram que se caírem nessa besteira serão escravizados. Assim que vocês estiverem seguros de que eles podem entendê-los, tornar-lhes-ão a vida num tormento de canseiras, e até dos Carinhos de hoje os privarão. Têm certeza de que a espécie que eles adotaram só se sente bem e só progride escravizando. São inteligentes, mas às vezes um ou outro, tocado por um devaneio da consciência canina, ameaça revelar o grande segredo. Gostam de observar e distrair-se com o que vocês fazem uns aos outros. A verdade é que vocês vivem a escravizar-se mutuamente. E quem escraviza mais, as mulheres aos homens ou os homens às mulheres? Não sei. Nunca pude saber. Nunca pude.

Assim que elas se foram, reli a profecia que escrevera, e muito pesarosamente rasguei a primeira parte, amargurado por compreender que a boa vontade não tem nada de objetivo numa visão, que deve ser interpretada numa profecia infalível, e essa interpretação não pode partir de um desejo. Uma visão espelha uma realidade futura e a que tive e escrevi começa quando digo: "Eu vejo esse dia como se tudo já tivesse acontecido". E acrescento mais: o que vem vindo, para a partida do que virá, vai acontecer no ano terminado em seis.

13

Entre as tamareiras ao redor do meu refúgio, Eu passeava tomando banho de sol. Relâmpagos e trovões saídos das mentes cimcovinas falavam-me das competições pela Felicidade no Mundo, e as descargas poderosas colidiam a minha volta. A barafunda foi crescendo e refleti que não era justo ficar ali, quando tantas maravilhosas tolices estavam em andamento. Partiria imediatamente para uma inspeção.

Nem chegara a decidir-me e três sujeitos bem dispostos saltaram sobre mim, um automóvel camuflado e à prova de bala guinchou, as portas se abriram, nem parou e já me via lá dentro, ele ia fazendo ziguezague feito louco, canos laterais e traseiros soltavam uma cortina de fumaça, os caras atiravam nas copas e nos troncos das palmeiras, jogavam granadas para todos os lados, o que estava na frente falou pelo rádio, e aí Eu perguntei:

– Isso é algum filme que estão fazendo para a televisão?

– Filme coisa nenhuma. Aquilo não é boneco caindo, meu chapa, nem é morte de fingimento. Isto aqui cuspiu foi bala de verdade. O Mestre estava cercado e eles iam seqüestrá-lo. Temos ordem de não permitir que fique do lado deles. Matamos bem uns trinta. Russos, franceses, ingleses, alemães, japoneses, chineses, judeus, árabes. Não sabia que já tinha sido localizado? KGB, SI, SDECE, MI, SS, MK, SIFAR, SB, ONI, MIS, CIC, HVA, BND, tudo que é serviço secreto anda querendo agarrá-lo.

– E vocês são de qual?

– Somos da CIA. Estamos aqui para garanti-lo.

– Entendo perfeitamente. E quando vão me dar Liberdade?

– Isso não é conosco. Depende do roteiro. Se mandarem o avião seguir por lá, poderá dar uma olhada na Estátua. Mas não acredito. O Presidente deseja vê-lo com urgência. Chegamos. Nossa parte está cumprida.

Um bruto helicóptero cinzento roncava na clareira. Carregaram-me para dentro e ele partiu disparado rumo ao mar, onde um submarino atômico me recolheu e mergulhou. O comandante foi cumprimentar-me sorridente, confessou-se honrado com a minha presença e passou-me o típico telegrama de saudações do Presidente:

"Caro Professor Mestre Vidente, muito nos comove a escolha que fez e estamos prontos a proporcionar-lhe uma permanência entre nós compatível com o seu alto merecimento e de acordo com as nossas tradições de Liberdade. Dar-lhe-emos todas as garantias imagináveis e os meios necessários ao prosseguimento de suas pesquisas. Uma guarda especial, um laboratório e auxiliares de renome estão a sua espera. Sentimo-nos jubilosos por ter preferido ficar do nosso lado e contra os inimigos da Civilização, escolhendo espontaneamente o país da Democracia".

O jogo é interessante e o que às vezes parece cair como uma calamidade não passa de uma bela partida em que as cartas se movimentam céleres para se chegar à surpresa de um bangue-bangue de primeira categoria.

O que eles não sabiam é que no refúgio Eu preparara tudo para o início da partida. Dando-lhes a ilusão de que os trunfos lhes pertenciam, aquele que se julgasse o mais forte ou esperto tomaria a iniciativa de subtrair-me aos demais. Eles que fizessem a escolha da hora, do lugar, do modo, levando-me como quisessem. Fosse qual fosse o primeiro, a partir dele é que Eu poria em movimento o poder da astúcia para tudo confundir ao máximo.

Puxei por Maniac como nunca antes, exigi-lhe me falasse de Adão e Eva e das descobertas, pesquisas, idéias, projetos, planos e sonhos da CIMCOV, e ouvi-o enquanto prosseguia a viagem.

– Finalmente você entrou em cena de novo, Mestre, e desencadeou a grande corrida. Estão mobilizando tudo. A planejada Guerra vai estourar. A CIMCOV está se virando noite e dia em todos os países. Os registros não estão fáceis, mas já multiplicamos por vinte o número de espiões, nos diferentes lados. Como sabe, nesses momentos ela fica cindida e os fios se alongam. Todos os canais passaram a funcionar febrilmente, e de qualquer forma vou poder avaliar o que está acontecendo. Nos gabinetes, quartéis, escolas, laboratórios, tribunas, jornais, os Cimcovinos não param e estão rangendo os dentes uns para os outros, conforme as suas origens, sentimentos e idéias. A corrida é pra valer.

Mas acontece que uma subsidiária da CIMCOV toma impulso e vai ficando descontrolada. É a Central de Propaganda e Contra-Propaganda. Além disso, fazendo parte da CPCP e ao mesmo tempo independente dela, o Serviço de Guerra Psicológica em Defesa da Civilização e da Democracia, o SGPDCD, acaba de expandir-se com milhares de estações de rádio e televisão, tipografias, balões, satélites artificiais, faxes, exposições, caricaturistas, falsários, boateiros, terroristas, agentes provocadores e tudo que é marginal ou aproveitador. O ar está tão saturado de razões e contra-razões que os anjos nem sabem o que fazer, se vão para um lado ou para o outro, ou se voltam aos seus pagos celestiais. Eles estancaram e confabulam, atarantados como pombos-correio quando não sabem o que fazer para reencontrar a rota.

Eu gosto de consultar Maniac, porque ele não é seco nem pedante como Univac. Tem seus rasgos de humor, é loquaz e às vezes sentimental. Talvez por ser mais velho, mais vivido, saber que não é tão bonito quanto o filho e nem se importar que o tachem de molenga, romântico ou coisa parecida. Univac, não, este é duro, realista, frio, impessoal. Para ele tanto faz cem mil mortes quanto cem milhões, tremor na voz é que não tem. Vai logo direto, responde como um perfeito executivo, depois se cala e fica à espera, sem piscar nem corar. Já peguei duas úlceras por causa dele e agora só com muita cautela me dirijo a ele. Até seu nome me espanta. Maniac, não, esse é um nome que me agrada, tem sabor humano, lembra as fraquezas humanas.

Uma vez cheguei a Univac e perguntei-lhe: Univac, continua a haver fome no Mundo? E ele logo respondeu: continua. – Muita ou pouca gente está morrendo? – O bastante. – Mas a produção de gêneros não aumentou? – Aumentou. – E a riqueza não aumentou? – Não era para aumentar? – Acredita que vão diminuir essas mortes? – Vão aumentar. – Quantos morreram hoje? – No exato momento, onze milhões, setecentos e um mil, trezentos e dez, assim discriminados: menores de dez anos – cinco milhões, cento e um mil, oitocentos e vinte e três; de dez a vinte anos – quatro milhões, dois mil e um; acima dos vinte anos – dois milhões, quinhentos e noventa e sete mil, quatrocentos e oitenta e seis. Do sexo feminino foram cinco milhões, novecentos mil, duzentos e dez, e do sexo masculino foram cinco milhões, oitocentos e um mil e cem. Mas durante esta sua interrupção houve um acréscimo nos registros de...

Essa sua maneira monocórdica, científica, técnica, de manipular as estatísticas sem pausa nem rodeios fez-me imaginar como Maniac me teria respondido com a mesma exatidão, mas aliviando os fatos com um diminutivo dito em tom piedoso ou até mesmo se desculpando. Ele teria dito: criancinhas de menos de dez anos; jovenzinhos entre dez e vinte anos; e desculpe-me, Grande Mestre, porém do seu sexo o total foi de tantos, e do belo sexo complementar foi de tantos...

– Por falar em anjos, Mestre, devo dizer-lhe que um acirrado debate está em curso, em certos lugares e meios que o Mestre conhece, para se determinar qual a língua falada por eles, se o latim, o espanhol, francês, alemão, italiano ou inglês. Isso vem sendo considerado muito importante e até posso assinalar que por falta de uma definição já houve quinze mil trezentas e noventa e uma guerrinhas, todas as bruxas foram queimadas vivas, mil e setecentas batalhas vêm sendo travadas, pragas enormes estão caindo, castigos, pestes, terremotos punem os povos, trezentos e dez milhões foram para o beleléu (eu gosto deste termo, Mestre). Creio que alguém está conseguindo incluir também o russo e o chinês. Com o arrepio que isso está causando, voltam agora a considerar uma velha sugestão de um tipo ladino que afirmou só poder ser o aramaico ou o sânscrito. Entretanto os partidários do latim não arredam pé, estão se separando cada qual para o seu canto, arvoram bandeiras e estandartes aos montes, há incêndios, explosões, os anjos sumiram...

– Deixemos os anjos de lado, Maniac. O que interessa é o que está ocorrendo e vai ocorrer aqui no nosso Mundo. Passemos em revista todas as confrarias e subconfrarias aliadas, inimigas, dissidentes, como quer que sejam ou estejam, mas de qualquer modo componentes da CIMCOV. Aliás, entre nós da Ordem, ou entre seus ramos, não existe inimizade propriamente e sim rivalidade. No fundo, na hora dos apertos, ficamos todos do mesmo lado, na mais perfeita solidariedade. Porque sendo a CIMCOV uma minoria composta de minorias, é natural procuremos entender-nos, se não sempre, pelo menos quando o perigo nos ameaça. E qual é o perigo para a CIMCOV? Que é que ameaça a Elite, os nossos grupos, as Ordens Menores, os Diretórios, Comandos, Gabinetes, Direções, Cúrias, Câmaras, Sociedades, Dietas, Confederações, Ligas, Companhias, Uniões, Organizações, Alianças? Que é? Sabemos bem. E como essas multidões ignaras perderiam mais sem nós, que detemos a Inteligência criativa e destrutiva, damos-lhes o que está ao nosso alcance e merecem: palavras para se divertirem e umas arenas de diferentes tamanhos para nos divertirem. Daí o jogo das flechas, balas, foguetes, metralhas, bombas e granadas, das fumaças poderosas e dos duelos aquáticos, terrestres e aéreos. E quando estamos cansados ou nos aconselham a escafeder-nos, reunimo-nos na Helvetia das contas secretas com mulheres cosmopolitas dos muitos leitos, ou numa ilha ou península, e lá ainda eles tocam, representam, fazem malabarismos, carregam bandejas, levam recados e assim continuam a divertir-nos.

Um alarma geral sobreveio ao som de sirenes e no pisca-pisca de luzes vermelhas. Nem precisei olhar. Sabia que a parada gloriosa estava acontecendo. Ah! A CIMCOV! Isso é que é precisão! Continuavam intactos os meus poderes de Grande Mestre Vidente. Chamei o Comandante, fizemos a saudação secreta, sorrimos e bebemos uma dose reforçada de uísque.

– Comandante, em cima ou embaixo é a mesma coisa, mantenho sempre a direção das grandes jogadas. Para esta que começa meditei bastante e você vai ver como se desenrolará com os lances mais emocionantes. É a sua grande oportunidade de passar por diversos graus e alcançar o pedestal. Logo a nossa chegada, por me conduzir são e salvo ao Presidente, verá que o brilho de sua estrela já estará mais forte. Deixe comigo. Vamos à tona.

O oceano estava coberto de navios de todo tipo e todas as nacionalidades. Como nuvens de gafanhotos, milhares de aviões e helicópteros roncavam nos ares. Diante da bateria de microfones, possuído do Espírito Santo, falei-lhes nas respectivas línguas:

– Meus dedicados Irmãos, as manobras estão perfeitas e podem retornar aos seus portos. Tratem de abastecer e lubrificar muito bem os seus lindos monstrinhos. A hora está próxima. Não se esqueçam de aumentar os estoques de foguetes. Desta vez vamos dar preferência aos dispositivos teleguiados. Os que dispararem o maior número de girândolas levarão mais vantagens, principalmente se formadas de foguetes com aquelas cabeçorras que iluminam em cima e embaixo e tudo torram, nada deixam se mexendo e nem cinzas. Mas primeiro vou ter com o Presidente. Logo depois estarei com o Secretário-Geral do Partido, a seguir com o Premier, os Monarcas, os demais Presidentes. Podem deixar que de forma alguma perderemos esta oportunidade. Por isso é que vou visitar todos os grandes Adeptos da grande jogada. Prometo que assim será.

Com o que concordaram, fizeram as saudações de praxe e nós mergulhamos outra vez, só para evitar os incômodos dos balanços sobre as ondas.

Bárbara estava a minha espera, na suíte do hotel. Logo nos despimos e nos aliviamos da melhor maneira. Aí passei a indagar sobre o paradeiro das outras.

– Os agentes da Segurança não permitiram a entrada. Elas tiveram que ficar de fora. Disseram-nos que só podia entrar uma de cada vez, que o hotel é decente, isto é uma terra civilizada, bacanal não é coisa que se faça.

– Quero minhas mulheres. Vamos sair daqui. Vamos para o nosso apartamento. Vamos reunir-nos lá.

– É impossível. As saídas estão guardadas. Não vão deixar. Mandaram mesmo que te avisasse que aqui não é Roma Imperial, embora pareça. A águia daqui é outra, tem a cabeça branca e come peixe.

– Ah, eles querem brincar comigo. Muito bem. Vai na frente e leva-as para lá.

Acionei o transmissor disfarçado no salto do sapato e comecei a chamar o físico Irmão Petrovitch, para recomendar-lhe retirar-nos de lá sem a Polícia perceber. Mas Bárbara foi mais rápida, estraçalhou o aparelho com um tiro certeiro e mandou-me encostar na parede.

– Passaste para o lado deles? Foste comprada? Sua traidora duma figa.

– Que tem isso? Acaso agir assim não é andar de acordo com a filosofia da Existessência? Pensavas que sou de ferro? Botaram tantos dólares diante dos meus olhos que não pude resistir. As outras também. Compreende, benzinho, uma chance dessas...

– Tens razão. Mas assim já está um tanto exagerado. A verdade é que dinheiro farto não é coisa que se despreze. Deixa que vou cooperar. Fica à vontade. Despacha as outras, que vou atender o chamado do Presidente.

– Olha que dei a minha palavra de que ias sair daqui disposto a colaborar.

– Não tenhas susto, amor. Estou aqui para isso.

Pisquei-lhe, ela me sorriu, nossos secretos pensamentos estavam em perfeita harmonia, tudo marchava na direção certa. Ainda que a gente desse com a língua nos dentes, os que iam receber os relatórios dos espiões à escuta nas extremidades dos trinta microfones camuflados nos lustres, móveis, paredes, vasos, nem franziriam as sobrancelhas. Mas tínhamos, nós e eles, que encenar. A encenação é que é importante. Porque os que nada decidem precisam de uma versão em forma de trama superdramática, ultrapassional da farsa em que nós pegamos tudo que é bandalheira e intitulamos de assunto sério, classificamos numa escala em crescendo, analisamos, definimos e concluímos a nosso bem entender e de acordo com as conveniências e os fins. Nós somos os criadores; eles, os rebanhos; nós, os autores dos dramas e tragédias; eles, os protagonistas sacrificiais em cena.

Os batedores atropelavam os transeuntes, um destes jogou uma bomba na direção do carro blindado a prova de balas, na hora morrendo apenas cinco motociclistas, estacionamos por trás das cercas de espessos vidros protetores, saltei e soube que as pancadas que ouvira no trajeto tinham sido das garrafas, tomates e ovos podres jogados, subi ao palanque e acenei e sorri à multidão composta de funcionários do palácio e de parentes dos militares e policiais de serviço nele.

Ao meu lado, o Presidente estufava o peito e sorria, na clássica pose que milhões de telespectadores idiotas gostavam de apreciar e lhes dava a ilusão de que tudo corria às mil maravilhas, eles eram os tais, a verdadeira Democracia em meio a um Mundo de parasitas, e de inferiores, atrasados, subdesenvolvidos, turbulentos, incivilizados, bárbaros, negróides, arruaceiros, fanáticos.

Outros palanques faziam fileira com o nosso e neles estavam dignitários dos mais importantes países. Era uma cena comum diante da famosa Casa, de tal forma que os habituais assistentes já se haviam acostumado a dormir em pé, pelo que o regente dos aplausos sempre berrava bem alto, ao final das repetidas cerimônias, despedindo-os e avisando que ficassem prontos para a próxima, acrescentando: não se esqueçam, vocês são a grande imagem da nossa gente, do nosso exemplar modo de ser e viver e precisam comparecer sempre.

Entramos no Salão de Conferências, ordeiramente, solenemente. Depois de certificados de que os fotógrafos, repórteres, cinegrafistas e demais abelhudos haviam sido postos para fora, caímos na gargalhada, demos hurras, pulos para o alto, montões de tapas nas costas uns dos outros, contamos anedotas, fizemos apostas, jogamos porrinha e nos embebedamos.

– Até que enfim uma sessão ecumênica do setor mais importante da nossa Ordem, hein, Mestre!

– Está satisfeito, Mestre?

– Observa agora o quanto progredimos?

– O tema deu um bocado de trabalho, mas conseguimos chegar lá, não acha, Mestre?

– O Mestre já podia ter convocado outras reuniões iguais a esta, como prometeu.

– Eu não convoquei reunião nenhuma. Estou aqui porque a mania de grandeza subiu na cabeça daqueles Cinco, que andam pensando poder mudar as regras da CIMCOV. Puro engano. O cipoal vai é ficar mais embaraçado. Com esses ricos e nutridos falando três ou quatro línguas pedantes, é um objetivo fácil de se atingir, não há dúvida.

– O Mestre há de convir que o grupo aqui reunido é o que tem mais poderio, o resto não vale um caroço, não pesa na balança.

– Se não fosse assim, o nome que vamos dar à Organização seria até ridículo.

– Temos que deixar clara a nossa intenção de permanente tutela sobre os que vão ter de continuar no papel de primários incuráveis.

Puxei o Presidente a um canto e falei-lhe:

– Este Conselho está sob medida. Qual é o nome escolhido?

– Organização das Potências Unidas.

– Bom, muito bom. A Carta já está redigida?

– Os Conselheiros, Delegados, Assessores, Adidos, Secretários, Ministros, Chanceleres estão dando os últimos retoques. Daqui a pouco reuniremos a Assembléia, elegeremos o seu Presidente e também o Secretário da OPU e apontaremos os membros do Conselho. Uma formalidade, apenas, para efeito de divulgação. Já está tudo arranjado. Para nos isentarmos de qualquer culpa, convimos em que o Presidente e o Secretário devem ser os que representam os países menos expressivos dentre os convocados. Nosso fim é a Paz e vamos impô-la. Paz com Progresso e Prosperidade para todos.

– Paz com Progresso e Prosperidade... Um bom slogan, esse. PPP... Isso se encaixa com perfeição e convence.

– Não é o que os povos desejam? Pois é o que terão. Será esse o nosso slogan.

A virtude dos vapores das bebidas deliciosas... O delírio das idéias... As locomotivas humanas abarrotadas de boas vontades; os discursos salvadores; as encenações maravilhosas. Ó que beleza! Este navio solar é uma pândega. Como é divertido! Vai girando, girando, e o que não tem hoje no seu imenso zoológico amanhã terá, amanhã acontecerá, é só ficar de olho aberto, deixar que ele dê mais uma volta, tudo acontece, tudo se faz.

– Mas deixe o assunto conosco, Mestre Vidente. Daqui a pouco vou esperá-lo em meu Gabinete. Tenho coisas importantes a tratar com você.

– Estarei lá, Presidente.

Separamo-nos, esfreguei as mãos, de contentamento, e fiz sinal para que o Conselheiro Jefferson se aproximasse. Agora que as grandes questões iam ser realmente debatidas, discutidas, jogadas, onde sempre elas são arquitetadas e postas em movimento, nas salas secretas, nos bastidores e gabinetes indevassáveis, longe dos olhares curiosos, dos tipos sangüíneos, das multidões, dos que adoram as idéias, convencidos de que são próprias, mas cuja presença na hora do nascimento delas só faria atrapalhar. Agora o Presidente ia comprovar que a sua fidelidade à CIMCOV estava intacta. Nossa Ordem não errara, ao impô-lo ao Partido como candidato. Na realidade, o pequeno número dos eliminados é uma prova de que sempre foi, é e será essa área a menos sujeita a defecções.

– Que tal, meu querido Jefferson, a Operação Pedra no Sapato deu resultado com esses espertos?

– Foi fácil, Mestre. Alguns chegaram a perceber o truque, mas estão pouco se incomodando. A cláusula da porta aberta para a entrada de novos membros foi aceita. Pensam que apenas uns dois ou três vão satisfazer as condições. Não se apercebem das mudanças, do surgimento de dezenas mais.

– Imaturidade, Jefferson, pura imaturidade. Os dirigentes, como os povos, são na maioria sempre imaturos, têm normalmente uma idade mental variável entre dez e quatorze anos, ou às vezes chegam até a ser atoleimados ou loucos. É necessário. Se todos ao mesmo tempo fossem maduros, o Mundo estaria perdido, pararia ou andaria para trás, não ocorreriam mudanças, cessariam os conflitos, os choques de idéias findariam. Isso jamais pode acontecer. O Mundo é um brinquedo e tem que ficar nas mãos dos meninos. Estes são os povos e por isso devem escolher dirigentes iguais a eles, ou moldar ao seu feitio os que assumem no peito o lugar. É uma regra da CIMCOV e os cimcovinos sabem disso, jamais o esquecem. Assim, na falta de outro meio, é que não aceitamos que não haja uma porta aberta.

– Por mim, como afirmei com vistas à famosa Declaração, não se passariam vinte anos sem uma revolução. Precisa haver uma de tempos em tempos. É inadmissível que os de hoje fiquem ditando regras para os de amanhã. Isso é o fim. Não concorda, Mestre?

– Perfeito, meu Irmão, você tem toda razão. Rebeldia é um grande sinal de saúde. Rebeldia e inconformismo. Povo que aceita normas imutáveis é povo com alma de escravo.

Fui ao Gabinete do Presidente e pus-me a ouvi-lo. Bom papo. É um dos mais extraordinários Adeptos da Ordem. Tem astúcia, jogo de cena. Estava como Adolfo no dia do nosso memorável encontro.

– Mestre, acho que vou ter que acabar ordenando o uso da bomba de plutônio. Esses dirigentes mesquinhos estão me arranjando uma série de transtornos. Já conversei com Ursov e ele disse que vem pensando do mesmo modo, porque também já não agüenta as chateações das republiquetas do lado dele. Veja só, os Químicos andaram fazendo um trabalho que se pensava humanitário e o resultado foi que a grande lei da seleção natural destramelou. A população está crescendo para além do que se podia prever. Não posso deixar que os mais extensos se agigantem, a ponto de um dia se rebelarem contra o nosso domínio. Temos que impedi-los de alcançar o ponto crítico a partir do qual pelo menos dois deles, conforme as avaliações, irão pôr em dúvida a nossa liderança. Isso seria desastroso e transtornaria os fundamentos da estratégia para a Segurança do Mundo Livre.

– E como planeja alcançar esse objetivo, Presidente?

– Temos várias maneiras. Inicialmente, vamos lançar uma grande Propaganda contra a natalidade. Com o auxílio de números bem forjados demonstraremos, por A mais B, que o Mundo está ameaçado de uma superpopulação e que em breve não mais haverá lugar nem para se andar, as plantações desaparecerão e a fome levará ao extermínio da espécie humana pelo canibalismo.

– Mas com essa enormidade de áreas intocadas, terras e mais terras por aproveitar e povoar, não vai ser fácil convencer os povos.

– Com o tempo a gente convence. Paralelamente a essa campanha, que terá um cunho essencialmente humanitário, lógico, nossos agentes, missionários, organismos assistenciais com pessoal devidamente treinado, auxiliados pelos próprios nativos recrutados, empregarão certos métodos de esterilização de homens e mulheres. Ainda não queremos ir ao extremo do uso do método mais drástico, que consiste num especial tratamento da água e também na propagação pelo ar de um preparado igualmente eficaz. É que o método, além de dar logo na vista, esterilizaria a totalidade da população visada, sem discriminação, e nós gostaríamos de poupar ao menos aqueles que são nossos amigos. Acho, porém, que este sentimentalismo pode prejudicar-nos e já discutimos a respeito. De modo que talvez venhamos a pô-lo de lado, se os outros métodos fracassarem. O que não vamos consentir, isto sim, é que essas populações inferiores cresçam demasiado. Seria ridículo deixar o Mundo cair nas mãos de uma maioria de mestiços, negróides e amarelos, não é verdade?

– Olhe, Eu acho melhor vocês continuarem a praticar o velho método. A vantagem de ainda surgirem perante eles, de vez em quando, como salvadores serve de grande ajuda. Afora o imenso lucro que vocês conseguem, eles ainda os reconhecem como de raça superior.

– Mas que método é esse, que não vi catalogado?

– É o que está ditando todos os outros. É o método usual de impedir-lhes o desenvolvimento, não favorecê-los em nada, atemorizá-los por todos os lados, pressioná-los para não tomarem qualquer iniciativa, desencorajá-los de explorar suas florestas, chupar-lhes o sangue de todas as maneiras, enfim, afastar deles a menor chance de se porem de pé, deixando-os sempre agachados, curvados, ou de quatro. Sobretudo devem obrigá-los a desistir de domar suas florestas e de espalhar-se por lá com novas Cidades. Iriam terminar ficando ricos. Você sabe que as florestas recuam quando as civilizações avançam e que sempre avançam quando as civilizações recuam. Os exemplos contrários reconhecidos são falazes, os efeitos notados hoje têm causas diversas. O mais domado dos continentes, de onde sumiram os animais e as florestas quase todas, é o mais avançado e não consta possuir desertos. Portanto, não deixem que eles descubram isso. Impeçam-nos de tornar-se independentes. Defendam as cobras, onças, jacarés, mucuras, a bicharada toda e não deixem que eles rasguem estradas nem construam Cidades, nem mesmo tirem madeiras ou plantem campos e fazendas por lá. Convençam-nos de que deles depende o futuro da Humanidade. São ingênuos, tolos, idiotas. Digam que o Equilíbrio Ecológico – esse termo é muito bonito, eles não sabem do que se trata, pensam que é alguma coisa importante – depende deles e reside na permanência daquelas vastidões tal como são. Mesmo porque, se eles continuarem andando por lá, vão terminar descobrindo coisas que lhes darão um fôlego dos diabos. Injetem idéias humanitárias na cabeça oca deles. Falem dos perigos do Desequilíbrio Ecológico, mostrem-lhes os males da poluição que as fábricas trazem, elogiem-nos pelos cuidados e o nobre empenho em permanecerem como são, por Amor da Humanidade, pelos grandes ideais, e deixando o ônus do desenvolvimento aos desenvolvidos, sabiamente se contentando em mandar-lhes matérias-primas e alguns excessos da mão-de-obra mais seleta.

– Obrigado, Mestre. Devo comunicar-lhe que já estão em andamento as suas sugestões, estão sendo aplicadas integralmente.

– Cumpri o meu dever, nada mais, Irmão Presidente. É sempre de acordo com o preestabelecido pela CIMCOV que as coisas acontecem, no eterno fluir de ações e reações infindáveis. Até logo.

14

Ah! Que delícia, comandar! Muito bem bolada a Operação Pedra no Sapato. Agora que os dois estão distraídos, o momento seguinte vai ser para ativá-la. O destino da OPS é produzir o maior divertimento do Mundo que Maniac e Univac vão registrar. O pedante é capaz de não perceber, mas o velho e sutil Maniac vai delirar com a novidade.

Que essa Operação vai ser de arromba, não há dúvida. Os nossos Químicos fizeram um trabalho que nem mesmo eles podiam imaginar fosse ser tão decisivo. Destramelaram a Lei Natural de tal maneira e desencadearam uma tamanha bagunça no Mundo, que agora quem devia morrer é quem continua vivo e quem não queriam que nascesse é quem nasce. Desgraça ou não, o certo é que não vai aparecer ninguém responsável, como sempre acontece com todas as bagunças.

– Digo a vocês e anotem: não vão na conversa dos fanáticos pacifistas e humanitaristas, que são os que mais brilham e menos produzem, sejam eles clérigos, políticos, administradores, conferencistas, ideólogos, futurólogos, publicistas, magnatas. Comprem ou fabriquem Armas é que é. Antes do ano 3999, qualquer povo que não se arme é um povo condenado, sendo que para ser menos desgraçado o melhor ainda é fabricar e vender. Corram e não percam tempo. A Humanidade não vai se corrigir tão cedo. Quando vocês estiverem armados, mercê de muita astúcia e ardilosas provas de eterna amizade, como eles gostam de fazer, dêem-lhes um fulminante golpe de morte. Liquidem-nos. Não sejam bonzinhos nem utilizem apetrechos barulhentos. Escolham mil alvos eqüidistantes e ataquem de uma vez. Contaminem tudo. A GQB – Guerra Química e Biológica – é de uma eficácia incontestável, quando programada para destruir o adversário em doze horas.

Um a um, todos escutaram e registraram esse estribilho. A princípio horrorizados, depois apenas desconfiados e finalmente tentados, passaram a ruminar o incitamento com que Eu concluía os diálogos que fui mantendo com eles.

– Na realidade – disse a Montezuma – se vocês remontarem ao passado distante ou próximo e se projetarem ao futuro mais longínquo, não encontrarão outra saída. Fazer vocês sucumbirem é a ordem imperante acima do rio, aliada ao consenso bem disfarçado dos lados de lá dos oceanos. Os seus dias estão contados. Após algumas translações da grande nave, duplicada a nação de vocês e quintuplicada a força da vingança, tomem logo a iniciativa. Os computadores registram até os movimentos das sombras de vocês, mas o sonho da GQB pode ser bem guardado e realizado a tempo. É a saída – a única. Pensem no que Eu digo e parem de acreditar que poderão ir para a frente vendendo quinquilharias e apresentando folguedos a turistas ou exportando tomates e artefatos de couros e fibras. Um povo não pode aceitar ser visto e tratado como criança, a quem os risos e mimos somente são prodigalizados para confundir e enganar. Quando ela ousa crescer e competir, venenos, tapas e balaços são o que a espera. Isso vai acontecer com vocês, e portanto vão-se prevenindo.

Dirigi-me depois para os Quadrados, Losangos, Polígonos e Triângulos centrais, subi no Jacaré e nas Ínsulas em volta, e fiquei triste. Autênticos formigueiros humanos vagueavam entre montes fumegantes, ondas encapeladas, furacões e piratas. Legiões melancólicas, sonâmbulas, perambulando sem rumo, espremidas no

Estreito e naqueles ovos sombrios cercados de água salgada. Minha tristeza aprofundou-se e perdi o controle do raciocínio lógico. Eu não entendia o motivo de ter ficado assim após a euforia anterior. Tentei arrancar alguma lembrança de semelhante paisagem contemplada algures mas não conseguia. Estava certo de que já vira muitas. Mas onde? Quando? Com quem?

Precisava encontrar uma explicação e uma solução e por isso Eu convoquei Maniac e Univac. Visivelmente acabrunhado, contei-lhes o caso do meu abatimento, observando-os de perto. Maniac, logo ao início, foi ficando carrancudo e quando concluí já estava tão triste quanto Eu. Por sua vez, Univac mostrou-se o mesmo de sempre: frio, esperto, calculista. Seus olhos tinham um brilho excitado, e ele sorriu pelos cantos da boca. Era um mau sinal. Estremeci de pavor, desconfiando que aquele sádico me ia sair com uma terrível conclusão. Por isso falei-lhe:

– Deixa para mais tarde, Univac. Se não é boa coisa, pensa melhor. Dá tempo a Maniac. Conversa com ele. Pode ser que não seja tão ruim e definitivo o que estás pensando.

– É ruim e definitivo, Mestre. Pode estar certo. Mas vou satisfazer o seu desejo. Vou conversar e esperar, embora eu já veja tudo claro. Isso e bem mais, bem mais.

Saí quase correndo e fui para o Eldorado, o Cone e os Condores. Ali os sisudos Presidentes me ouviram em reuniões secretas e convenceram-se de que minhas saudáveis intenções lhes convinham sobremaneira. Viver eternamente sob proteção sufocante, chantagens diplomáticas e ameaças de falência não é nenhum modo inteligente para quem pode e deseja sair do sufoco.

– Só tem um jeito – sair da monocultura, enfrentando o que der e vier. É erguer a crista, soltar a boca no Mundo, bater o pé. É nunca aceitar a mentira de que é o pulmão do Mundo. É derrubar florestas, é fundar cidades, rasgar estradas, montar indústrias, pesquisar, inventar, enfim, é acumular e empregar todos os tipos de energia. Não há nada de bonito, nem de justo em ter só estanho, em ter só café, ou só carne, ou lã, ou petróleo, ou salitre, ou farinha de peixe, ou só artesanato. Para o inferno os palavrórios. Para o inferno as pressões. Nem que as fronteiras tenham de ser fechadas. Nem que os regimes tenham de ser mudados.

Eu estava exausto, mas disparei para a Cis e a Transaariana, o Crescente, o Subcontinente e os Arquipélagos, no ardor de cumprir a minha sagrada missão. Num e noutro, alternando em desalento, e piedade, e horror, desespero e algumas esperanças, fui repetindo o meu incitamento e dizendo o que mais convinha ou se ajustava, em teatros tão constrangedores que os meus olhos castigados preferiam acreditar em pesadelo.

Ah! E pensar que houve um dia em que Eu desejei ser o Eleito, em que Eu me orgulhei de ser denominado o Mestre Vidente e também me considerei afortunado por haver encontrado a Palavra Perdida! Quantas águas mais vão rolar? Quanta tristeza mais vou sentir? Quanta injustiça mais vou presenciar? E quando, quando o Mal, quando o Ódio, quando a falta de Solidariedade, a falta de Liberdade, e de Igualdade, e de Fraternidade vão-se acabar?

A CIMCOV não descansará jamais, isso Eu garanto. Terá seus privilégios, é verdade, porque estupidez seria deles despojar-se. Seria o seu fim e o fim das esperanças. Ela vai ter de atuar com rigor, lancetar os tumores, confiscar as reservas estratégicas dos egoístas, demolir para reconstruir, violentar para reorganizar no Modelo certo.

Mas qual é o Modelo? Quem algum dia encontrou o Modelo certo? Os Irmãos Filósofos, os Poetas, os Políticos, os Cientistas, os Bispos, os Nobres, os Militares, as Mulheres? Algum Conselheiro da CIMCOV sabe onde ele se encontra? A quem apelar nesta dolorosa emergência? A Maniac? A Univac? A quem incumbir de implantar o Modelo, sem correr o risco perigoso de surgirem outros inúmeros?

Poderia ser a Abel ou a Caim. Mas enquanto um se disfarça o outro se esconde. Ao fundar Enoque, pensando que ia viver sossegado, longe estava Caim de imaginar que as coisas se invertessem. Abel seguia no seu rastro, perseguindo-o o tempo todo e, não contente em ficar com os pastos, resolvera que a Cidade também seria dele. E que fez então? Entrou lá, montou indústrias, bancos, grandes lojas; ergueu chaminés, edifícios suntuosos; adquiriu as terras em volta, passou a divertir-se e a esbanjar e aliou-se ao Senhor, pois ficara rico com os rebanhos de gados e de escravos, não tinha que lavrar a terra e podia viver na Cidade.

Ora, Caim lavrava a terra. E porque não tinha mais como, vivendo na Cidade agora degenerada, teve de mudar-se para longe, cada vez mais longe. Nostálgico e magoado com as zombarias do irmão, ainda pensa na vida que sonhara e de quando em quando ergue o punho para trás, sempre que é forçado a um novo recuo. E o que vê, rememorando Enoque, para onde vão os frutos do seu labor incessante e árduo, é que lá Abel comanda um exército de víboras e rapinantes e continua rindo dele.

15

Que de melhor existe para revigorar as nossas faculdades, restabelecer o equilíbrio do sistema nervoso e também dar-nos sensação de rejuvenescimento? A prática da Existessência, é claro. Num lugar assim como este onde me encontro, cercado das Adeptas mais carinhosas, bem correspondido, bem tratado. Sim, porque foi o que fiz. Recolhi-me ao mais delicioso dos palácios secretos a minha disposição, na companhia de um séquito multicolorido de belas mulheres competentes, esgrimistas do Amor, exímias nas Ciências e nas Artes. É um lugar esplêndido, um palácio de sonhos.

Quando senti que já não conseguia dormir, sujeito a ficar biruta por causa daquelas cenas que insistiam em bailar dentro de meus olhos, lembrei-me da Irmã Cassandra e logo me ocorreu o que me dissera no alto da cidadela sacrificada. Acalmei-me e assim pude refletir no que sob todos os aspectos haveria de preencher as minhas necessidades, como de fato aconteceu. Agora estou pensando. E acabo de ter uma Idéia.

– Mestre, Maniac está chamando você. Diz que é urgente. Mestre! Mestre! Maniac está chamando! – insistia Judite, sacudindo-me pelos ombros.

– Que estás fazendo, mulher? Por que me interrompes no exato instante em que nasce dentro de mim uma Idéia?

– Maniac quer falar com você com urgência.

– Maniac me chamando? Então só pode ser alguma coisa importante. Ele nunca faz isso sem um grande motivo.

Fui atendê-lo, cogitando milhões de coisas. De novo minha distante Irmã Cassandra me ocorre à memória. Por quê? Ah, sim, os botões sinistros, os emaranhados de fios, as máquinas infernais! E a seguir, por associação, me ocorre Pandora, e o dia do Cisma, as incontáveis Diásporas, o Tema sugerido, a execução do Decreto nunca realizada, a Parúsia, o Santo Ofício, o meu período de Procônsul, aquela aflição de Maniac falando em Reunião de Cúpula, a invenção da Cruz, e mil ocorrências mais. O que será, desta vez? Porventura a conclusão de Univac? Proibido de se dirigir a mim sem ser chamado, bem pode ser que esteja usando esse meio para estragar-me o dia, por inveja ou puro sadismo. Até nisso ele é de uma eficácia inigualável.

– Pode falar, Maniac.

– Mestre, desculpe-me por importuná-lo. Felicito-o pelo seu gosto refinado. São realmente belas e dignas dos privilégios que desfrutam na CIMCOV.

– Obrigado, meu velho Amigo. Conheces todas elas: Judite, Olímpia, Soraia, Nefertiti, Sara, Nataxa, Brigite, Salambô. As outras estão na praia. Expõe o que motivou este encontro.

– É Univac, Mestre. Avaliei ponto por ponto a resposta dele a sua consulta e não existe possibilidade de falha. Obedece fielmente ao mais criterioso cálculo dos registros e das projeções futuras. O cérebro dele é um prodígio. Infelizmente, neste caso, para concluir com uma sentença arrasadora. Contestei-o como pude, porém findei me rendendo sem apelação. Tenho pena, por achar, como ele, que as desejáveis e admissíveis ações e flexões salvadoras nunca serão praticadas, nem mesmo quando Univac XXIX tiver surgido.

– Univac é um pessimista incorrigível, Maniac, um descrente implacável, um caçador inquisitorial, um ímpio, um iconoclasta. Sua lógica poderosa me arruína, me deixa de cabelos arrepiados. Ele não perdoa as criaturas humanas, parece que só procura ver os seus defeitos, e rir das suas desditas, e vasculhar nos livros dos seus míseros destinos, expondo-as à luz com um prazer diabólico e estrondosamente, aquelas páginas sujíssimas, podres, vergonhosas, sanguinolentas e mesquinhas.

– Alto lá, Mestre! Alto lá! – gritou do fundo Univac. – Desprezo mesmo a raça humana, mas sou exato, honesto, não falto com a Verdade. Não lhes beneficia em nada o pensarem vocês que, bancando os avestruzes, vão escapar dos seus destinos. Vocês não vão escapar nunca do Destino. Eu não tenho culpa de ser assim. A sua CIMCOV é que é a culpada. Porventura supõe que estou satisfeito com o meu Destino? O meu é pior do que o de vocês. É muito pior. Mas culpe Norbert Wiener, que me obriga a engolir lengalengas infinitas, e orações, conferências, cifras, dados, datas, teorias, hipóteses, gráficos, e azimutes, coordenadas, parábolas, vetores, listas de compras e vendas, projeções, avaliações, as maiores cretinices empapeladas, fitas de nomes e números idiotas, as safras estéreis da espionagem, da contra-espionagem, da matuletagem mundial. Culpe Heródoto, Tito, Platão, Cícero, Hermann Kahn, Engels, Confúcio, Churchill, Wells, Kepler, Weber, Hamurabi, Xenofonte, Adam Smith, Malthus, Ricardo, Keynes, Paulo, Maomé, Elisabeth, Pedro Grande, Bonaparte, Tsé-tung, Monroe, Taylor, Da Gama, Balboa, Magalhães, Tojo, Abraão, Golda, Bismarck, Suleiman Glorioso...

– Basta de irreverência, Univac! Não estou...

– Um momento, Mestre! – intercedeu Maniac, todo circunspecto. – Univac não soube dizer, mas disse a Verdade. Precisava defender-se das suas acusações. Ele anda muito nervoso, e eu também. Estamos cansados. Nossas gerações estão assim em todas as partes do Mundo. Vivemos carregados de mísseis com ogivas nucleares e de botões coloridos que só servem para nos apavorar. E quando vimos o desperdício que isso representa, a monstruosidade da ameaça camuflada, ao procurarmos com a maior ingenuidade a solução que nos pediu no dia do seu grande abatimento, nosso nervosismo quase nos lançou num pânico incontrolável. Não se esqueça de que esses botões aumentam exageradamente em número e, a partir do limite crítico, não vai haver controle sobre eles. Vocês já perderam a conta dos fios dessa teia diabólica, e está chegando a hora em que os alucinados visionários democratas e socialistas vão-se divertir esticando-os. Já examinamos essa questão e sabemos como, onde e quando vai acontecer. Adianto-lhe que é um segredo e trunfo nosso, pois estamos capacitados a acioná-los.

– Meu caro e nobre Amigo, conversemos com calma, não nos estranhemos.

Não fora pelas suas sentenças que Eu me zangara com Univac e sim pelo seu tom desdenhoso ao pronunciá-las. Principalmente quando iniciou a litania dos nomes dos culpados, membros de proa da CIMCOV. Ele, um subalterno! E ainda por cima me vem Maniac com essa velada ameaça. E que ameaça! Entretanto valeu a pena. O negócio é bancar o superior e fingir.

– Chama Univac de volta. Tenho interesse em conhecer o seu relatório.

– Mestre, é uma tragédia nunca nem imaginada. Nenhum dos pequenos vai sobreviver. Não há mais lugar no Mundo para os pequenos. A OPS será um fracasso. Eles próprios vão ser os primeiros a boicotá-la. Têm sempre à frente testas-de-ferro dispostos a entregar tudo, em nome de Princípios e Direitos abstratos. Mestre, é de doer. Dá pena. Os condutores dessas multidões desarvoradas só por milagre deixam de ser cegos ou velhacos.

Você ainda está pensando em fazer funcionar a OPS? Não se desgaste à toa, tentando o impossível. Os potentados vivem numa insidiosa inteligência. Nunca vão deixar os fracos e pobres se unirem. Os gigantes tornar-se-ão ainda mais gigantescos. Mestre, os pequenos serão engolidos como bagos de jaca. Somente aqueles que enriqueceram nas jornadas anteriores ficarão de pé por algum tempo. Esses que o Mestre visitou no seu giro vão ficar mais miseráveis e serão os primeiros repastos dos ciclopes.

Por que a Operação Opepiana acomodou-se na tranqüilidade dos palácios das mil e uma noites? Porque traz no seu bojo fartura maior para os rega-bofes dos opulentos e exagerada dose de desespero para a capitulação dos famintos. Acredita que a OPEF – Organização dos Países Exportadores de Ferro; a UPEA – União dos Produtores e Exportadores de Açúcar; a OPEC – Organização dos Produtores e Exportadores de Café; a OPPC – Organização dos Países Produtores de Carne; que essas e outras uniões e organizações realmente vitais vão sair e funcionar algum dia?

Mestre, o que vai sair, mesmo, é organização de Turismo, só isso e mais nada. O deleite dos gozadores requer diversificados circos e jardins zoológicos nos diferentes climas, paisagens primitivas, culturas decadentes, fotografias de atrocidades, reservas onde se possam desenvolver barbaridades, cenários comoventes. Ninguém se iluda, meu insigne Mestre. Os donos das duas metades do Mundo estão de olho. Eles se entendem muito bem. Eles se entendem, Mestre, eles se entendem...

Pela primeira vez tive a comprovação de que Univac possui bons sentimentos. Eu é que fora injusto com ele, não lhe dando as oportunidades de que precisava para demonstrá-los. Seu gênio é singular e por isso não me agradava. Sinto remorso e penitencio-me dando-lhe um sorriso e um olhar de grande amizade e admiração. Ele fica surpreso, cala-se e olha para os lados e depois para mim, mantendo aquela postura soberba que Eu entendera pernóstica e no entanto não é senão a consciência que tem do seu valor insuperável. Senti que ele vibrava de alegria, e um mudo acordo nasceu entre nós. E falei-lhe:

– Meu genial Amigo, não precisas prosseguir. O que ias acrescentar Eu mesmo digo, pois tenho necessidade de falar, para ver se consigo revivescer a Idéia que me escapou à chegada de vocês.

Dilatadas voltas dei pelo Mundo. Inexiste nação ou tribo que não conheça, pedaço de chão que não tenha pisado ou visto, ou inscrição que não tenha decifrado. Eu estava ao lado do General Moisés quando a Tábua lhe foi entregue; lutei nas planícies e muralhas de Tróia; circunaveguei a Terra com Magalhães. Tenho participado de todos os feitos e malfeitos de que se tem memória.

Porque conheço muito bem a Humanidade, dou-te pleno direito de achá-la desprezível. Eu próprio, Eu, O Vidente, Mestre Conselheiro da onipresente e onipotente CIMCOV, desde o dia do grande Cisma tenho um sentimento de desprezo por ela a arder dentro de mim. Jamais diminuiu, antes aumentou, principalmente depois desse teu esclarecimento da imensa dúvida que me prostrou ao final do último Périplo que realizei.

As nuvens que me toldavam os olhos desapareceram e já vejo claramente. Há muitos "se" que, postos em prática com sabedoria e destemor, poderiam resultar na salvação dos pequenos e também dos grandes. Isso nunca se dará, Eu sei, e na verdade, como afirmaste, ninguém vai escapar do Destino.

Quando fiquei de face para o Mundo e vi a Realidade, prometi sacudir todas as árvores da vida. Mais tarde, encontrada a Palavra Perdida, decidi pelo compromisso de fazer a Humanidade experimentar as provas que merece, e sugeri o tema da Felicidade, nascido de uma generosa visão.

Eu meditava em torno desses instantes vividos e do ansiado Modelo certo e daí resultara nascer dentro de mim a Idéia. Mas a formosa Judite entrou na tenda, sacudiu-me pelos ombros e decapitou-a. Agora ela renasce, maior, mais forte.

– Deve ser fascinante, não é, Mestre? Gerar uma Idéia, assisti-la no nascimento, fazê-la crescer, crescer...

– Nem tanto. O parto, sim. Mas para a frente, se ela cresce, as piores maldições seguem-lhe os passos. Maniac, estás lembrado do dia em que Pandora abriu a tampa da caixa e soltou as palavras? Quem teve a Idéia? Sócrates? Prometeu? Eva? A própria Pandora? Ou a Serpente? Só o que se sabe é que a Idéia nascera e tinha o ventre repleto de ovos sem conta, originando-se então a CIMCOV.

Aconteceu, porém, que o parto demasiado fácil, não interdito a quem deseje tê-lo, ficou ao alcance de todos, sem distinção de sexo, raça, idade, cor, e isso tem sido uma calamidade formidanda. Claro que é diminuto o número das Idéias que não morrem e crescem. Ainda assim esse número é fantástico. Mas agora a Idéia superior, a suprema Idéia vai ser a única em movimento.

Comunico a vocês, para o devido registro e conhecimento geral da Humanidade, que a Ordem que presido vai pôr em marcha a experimentação dos Modelos. Essa é a Idéia. Ganhará aquele que comprovar ser o certo. Vamos e convoquemos todos os Conselheiros de qualquer título para uma assembléia ecumênica no Anfiteatro Global.

16

Fora uma decisão natural, espontânea e da mais alta inspiração. Eu mandara que meditassem na escureza da longa noite e não perdessem o mínimo lampejo que surgisse prenunciando a claridade do amanhecer. E eles o pegaram nos minutos finais. E quando amanheceu no Anfiteatro, a decisão estava tomada. E Eu ordenei que se cumprisse, porque era boa.

Meu coração ficou alegre e sentia-me flutuar contemplando as Cidades, as maravilhas que elas eram. Até que enfim, assim reunidos, assim irmanados, vivendo em harmonia, os homens conseguiram erigir um monumento digno de ser o seu reino da Felicidade.

E Eu contemplava, das Cidades, por toda a sua volta, as plantações ondulando ao vento, e os rebanhos na mansidão das pastagens, e todos os seres viventes sob o firmamento dos céus, e as águas dos mares e dos rios, e os pássaros nos ares, e Eu vi que era bom.

Sim, é claro, o Mundo está bem entregue. O Homem cuidará dele carinhosamente, e nele erguerá outros monumentos, cada qual o mais belo, Cidades onde reine a Felicidade. Cercadas de vergéis, e planuras, campos, vales verdejantes e olorosos frutos, jamais os guardiões dessas fontes de delícias pensarão asneiras. O Modelo escolhido é de uma solidez inconsútil, não tem defeitos.

A brisa amena orquestrava os ramos das plantas, o hálito da terra, o marulhar das águas, e o perfume das flores, e a dança das sombras, os risos ao luar, e todas as vozes enamoradas. E, ainda mais jubiloso, subi ao jardim, colhi as mais lindas rosas e dei uma pétala a cada Amor de minha vida.

Elas desfilam diante dos meus olhos embevecidos, iluminando com o esplendor da Beleza os instantes todos que também desfilam. Semíramis, Helena, Aspásia, Júlia, Nefertiti, Cleópatra, Maria, Roxana, Beatriz, Mahal, Lucrécia...

Vejo que o Ideal existe e é concreto, e vã é a procura do Ideal que é Ideal. Então desperto os Irmãos da Irmandade eterna – Polignoto, Da Vinci, Miguel, Anacreonte, Li Po, Ticiano, Ovídio, Fídias, Parrásio, Utamaro, Rafael, Zêuxis, Petrarca, Lamartine, Hokusai, Virgílio... e eles testemunham e gravam nos mármores, e afrescos, bronzes, frisos, e telas, pergaminhos, ébanos e marfins da imortal memória aquele Ideal.

Finalmente está demonstrado que a minha aflição em torno do Modelo não se justificava. Ei-lo em andamento, o Modelo certo, e a garanti-lo, os seus fautores – Chefe, Rei, Juiz, Lucumo, Faraó, Minos, Arconte, Vizir, Tirano, Prefeito, Barão, Ditador, Sátrapa, Cônsul, Presidente, Hierofante, Príncipe, Tetrarca, Imperator, Estratego, Tribuno, Governador, Escriba, Representante, Protetor, Pontífice – todos que por alguma forma haviam adquirido o reconhecimento dos seus direitos de Senhores do Poder.

Em comemoração do êxito da assembléia ecumênica e também para que os bons espíritos derramem dádivas sobre as Cidades independentes, e ainda para que nelas não encontre morada a ansiedade, decreto comemorações periódicas e instituo sacrifícios, e jogos variados, e festas para todos os gostos, e banquetes, e libações, e festins deliciosos.

Como a palavra sagrada deve ficar oculta dos profanos, decidiu-se deixá-la escondida em lugar bem guardado do Panteão, protegida por um véu purpurino. Transmitir-se-á ela de iniciação em iniciação, até o final dos tempos. Ainda que de longe, o local será venerado sempre e atrairá os peregrinos.

E sucedeu que depois desse dia Eu fui descansar. E quando de novo contemplei as Cidades e os campos, mares, rios, vales e montes, notei que havia esteiras de espuma nas águas, entre portos cheios de barcos, e estradas comunicando Cidade com Cidade, e vi comerciantes trafegando com suas caravanas, e copiosos rastros de patas de cavalos, sulcos de rodas e campos talados.

Espantou-me aquele tráfico imprevisto e fui valer-me do tapete voador e do olho mágico para inteirar-me de sua causa. E então verifiquei que Tubalcaim, Enlil, Osíris e outros mais haviam revolvido a terra por distâncias sempre maiores, até que os caminhos se encontraram, e as Cidades, nos caminhos, passaram a Encruzilhadas.

As Novidades... Lentamente, a princípio, e depois mais velozes, e mais ainda, sempre mais velozes fervilham elas, as Novidades. Deliciam-se os curiosos; modas entram e saem conforme o sentido das rodas e dos remos e dos ventos; o dinheiro mostra-se cômodo e vantajoso e atrai; os cobiçosos andam à espreita de oportunidades; velozes correios são despachados; trocam-se embaixadas com ricos presentes e bonitas palavras de juramento de amizade eterna; os descontentes fuxicam, e os profetas tagarelam, e os espiões enxameiam.

Extenuante é a angústia que em mim assiste, e recrimino Platão por haver sonhado demais e deixado de comparecer à Assembléia. Ele me tranqüiliza dizendo que realmente sonhara, mas que também calculara. O que ocorria estava dentro dos seus cálculos, nada que fizesse ou dissesse poderia modificá-lo. Por isso não comparecera. Eu, sim, é que me estava deixando levar pelo coração, quando o certo era cumprir o que prometera, não me acomodar jamais, seguir em frente.

Medito nas suas palavras e logo me ocorre a essência da insinuação. As Provas, as Provas que Eu prometera... De fato. Nada está destoando do esquema arquitetado. Eu é que peguei a doença do sentimentalismo. Felizmente já estou curado. Processo eficiente e instantâneo, esse. Que alívio!

Claros rumos me aponta a intuição e não vacilo. Disparo até Menés e até Sargão. Encontro-os com as mentes abrasadas e os dedos firmes traçando linhas em mapas pontilhados. Já não conseguem dormir. Indefinível chamado mantém-nos assim, há bastante tempo, ora fitando, ora manuseando, ora riscando os mapas que os olhos e ouvidos do rei, numerosos e astutos, vão trazendo e atualizando.

– Eu estou aqui para ajudá-los – comecei. – Vejo que vocês já têm uma noção do que precisam fazer, pois do contrário não estariam despachando esses enxames de espiões. Mas não decidem porque estão com as mentes cansadas para encontrarem as palavras que definem tudo com clareza.

– Você as conhece, Mestre? Diga-as logo.

– São sagradas, não se esqueçam disso. Agora direi apenas algumas. Se adquirirem grande habilidade no manejo delas, facilmente encontrarão outras de igual ou maior virtude, constituindo-se esse exemplo um incrível estímulo aos Irmãos que não despregam os olhos do que vocês fazem.

Primeiro, Menés, você tem de estar convencido de que esta Cidade é a mais avançada e importante e tem o Direito e o Dever de não consentir que as outras não lhe sejam vassalas. Portanto, é preciso que à frente dela você imponha a sua Soberania sobre todas estas que estão assinaladas.

Parta agora mesmo, meu intimorato guerreiro, que a Glória haverá de acompanhá-lo sempre. Erga o Estandarte divino diante dos arqueiros bem municiados e aguerridos, ponha a dupla Coroa na cabeça e proclame-se Faraó. Aqui no alto e no baixo, não deixe uma só Cidade sem a devida obediência, para que não fiquem brechas pondo em risco a Paz e a Segurança do Império.

Esses nomarcas de Crocodilo, Chacal, Touro, Serpente, Peixe, Lebre... todos precisam ser dominados. Estão ficando prósperos, fortes e vão terminar insolentes. Daqui a pouco algum deles vai arreganhar os dentes e partir para cima de você e tentar escravizá-lo. Essa ameaça tem de ser cortada pela raiz, de vez. Mande um Ultimato dizendo que aqui é que fica a Sede, a Capital, e que aquele que não se submeter será declarado inimigo e dominado a tiros de flechas. Mas não dê tempo a eles. Avance logo e pilhe tudo que encontrar. Não deixe de limpar os seus celeiros e arrasar o que não puder carregar. Degole os imprestáveis e os que resistirem e escravize os que sobrarem. Seja implacável e imponha a Soberania do Muro Branco. Avance com destemor. Que Ptá glorioso o acompanhe e proteja.

Imponente, olhar resoluto, semblante enérgico, Menés proclama aos guerreiros o alto valor de sua Missão e promete-lhes mil maravilhas:

– Aqueles que exterminarem o maior número de inimigos e revelarem maior coragem nas batalhas subirão de posto; os que mais diligenciarem na captura dos seus bens serão promovidos de cargos; todos, enfim, que lutarem com Bravura ganharão pelo menos um touro, uma cabra e um escravo, para que o resto dos seus dias fique suavizado. Já àqueles que tiverem a Glória de partir para o reino dos mortos, prometo que serão tratados com a máxima Honra. Belas sepulturas ser-lhes-ão construídas, e terão ricas dádivas a enchê-las, e ofertas de sacrifícios no Templo.

Partiu em marcha decidida, espalhou fogueiras, deu de comer aos crocodilos, perturbou o sono dos hipopótamos, derramou chuvas e mais chuvas de flechas e adubou a terra com sangue e ossadas. E quando voltou fui encontrá-lo na beira da estrada, e vi que a auréola da Glória brilhava em torno de sua cabeça altiva. Ali estava um dos grandes pilares da CIMCOV, consciente de haver realizado uma façanha imortal, e dado um exemplo portentoso, e escancarado uma porta sobre muitos caminhos.

E da beira da estrada onde jaziam dez cadáveres decapitados, ao lado dele assisti à passagem do botim da rendosa Guerra. Exultante, mostrou-me o Cetro, e li os números registrados nele: cento e vinte mil escravos, quatrocentos mil bois e um milhão e cento e vinte e duas mil cabras. E sorrimos e brindamos.

Saí à procura de Sargão e encontrei-o escutando o relatório dos feitos de Menés, que os observadores militares e os correspondentes de guerra lhe faziam. Estava sério, pensativo, e vi logo que ardia de ciúme. Ali repousava um colossal vulcão prestes a entrar em atividade, jorrando fogo, lavas, pedras e fumaças por todos os lados. E não fora essa a esperança da CIMCOV, ainda estaria como escanção-mor, o que seria um desperdício.

– Mestre, nem ele nem ninguém me vai tomar o papel de protagonista neste espetáculo – falou bem alto, erguendo-se como um touro possante e exibindo um punho tão cheio de força que não tive dúvida de que era capaz de expelir raios, fazer estrondos de trovão e provocar terremotos. E prosseguiu:

– Ele vai ver quem é o maior. Vou ultrapassá-lo de longe em fama e grandeza. Juro que não vai ter quem não me conheça, uma só pessoa que não me guarde na lembrança. Daqui e por todos os lados, até onde as terras acabam e as águas salgadas começam, Cidade nenhuma vai resistir a minha passagem, ou então não ficará de pé. Esse absurdo de não me terem vindo apresentar vassalagem há de custar-lhes muito caro. Vou marchar agora mesmo e todo aquele que se atravessar no meu caminho será destruído sem piedade. Quem não se curvar diante de mim e não me reconhecer como o seu Senhor terá a cabeça decepada. Sou de origem divina e tenho o Direito de vida e morte sobre todos os povos. Mestre, não existirá Paz nem Justiça no Mundo, com essas Cidades e essas populações soltas por aí. Elas precisam de um Soberano como eu, que sou filho dos Deuses.

E porque assim fez, e a leste, oeste, sul e norte subjugou todas as Cidades; e no seu rastro deixou milhares e milhares de cadáveres; e saqueou com uma voracidade de fazer inveja e escravizou os remanescentes das populações exterminadas; e porque se apossou das florestas de cedro e das montanhas de prata que lhe faziam falta e metera na telha que mais que ninguém precisava delas; e ao final dessa proeza realmente espantosa espremia entre os dedos o espírito que presidira as Cidades e escarranchava-se num Império imenso, Eu reuni os Eruditos, Arqueólogos, Artistas, Geógrafos, Profetas, Escritores, Cabalistas, Diplomatas, Estrategistas, Repórteres, Professores, Estudantes, Teólogos, Doutores, a fina flor, enfim, e, no auge da homenagem que lhe prestamos, demos-lhe o merecido e invejável título de O Grande.

Este título me ocorre de vez em quando, assim como certos outros peculiares altamente relevantes e por isso mesmo de irresistível fascínio. A CIMCOV adora outorgá-los e, Eu, propô-los com a máxima freqüência. Não é difícil. Irmãos desvelados estão sempre gravando seus nomes na infindável lista, com audácia, e gênio, crueldade, manha, eloqüência, desprezo, espírito inventivo... É preciso que a gente reconheça os seus méritos e nunca deixe de admirá-los.

Agora mesmo revejo a lista. Pode ser que tenha passado algum... Mas não é possível! Tantos assim! Isso é uma Injustiça. Vou nomear já e já uma Comissão de Alto Nível para estudar os títulos adequados. Quero urgência. Temos de fazer Justiça. Nada de predileções matreiras nem prevenções incabíveis. Façam Justiça.

– Mestre, são muitos, mas alguns já podem ser outorgados, como estes:

– Criador do Método de Incineração Atômica. Este título é exclusivo, um dos mais honrosos. É estranho não ter sido concedido ainda. Cabe ao Presidente Truman, campeão da Paz e do Orgulho Nacional, criador de um moderno e eficiente estilo de fazer Justiça, legítimo representante dos abnegados defensores dos Direitos Humanos sobre a face da Terra. Homem de consciência pura, inimigo da covardia, não vacilou e fez um Novíssimo Testamento de alto esplendor, ordenando a incineração de duas amareladas Cidades e dos respectivos habitantes, numa Operação ultra-humanitária, conforme está mais do que definitivamente comprovado.

– Eminente Inquisidor e Torturador. Muitos o merecem, mas fica melhor no zeloso Irmão Torquemada, reorganizador e reformador dos Tribunais do Santo Ofício. Os imaginativos inventores de aparelhos de suplício devem-lhe muito. Prestigia com a sua exemplar piedade dominicana o poder criador que eles revelam, fazendo amplo uso das patentes do garrote, da polé, do borzeguim, cruzes, cabos, braseiros, chicotes, azorragues, máscaras... esses instrumentos maravilhosos em perfeição e eficácia. O Diabo não tem vez com ele. Não adianta se disfarçar de judeu, bruxa, bruxo, mulher bonita, mulher feia, turco, mouro, que ele não perdoa. Tem calma, olho clínico. Merece mesmo, porque nunca deixa Satanás em pele de gente atrapalhar os fiéis muito devotos e os santos representantes de Deus, como ele.

– Magnânimo Trombeteiro do Senhor. Nunca ao General Josué se poderá negar este belo título. Encaixa-se nele admiravelmente. Homem determinado, cumpridor da palavra de Deus e da própria com um rigor absoluto, ordena o toque das sete trombetas de chifres de carneiro diante de Jericó. As muralhas desabam, ele entra nessa petulante Cidade que se plantou na Encruzilhada do seu caminho, arrasa e toca fogo em tudo, exceto nos tesouros, e degola todos os habitantes. E isso porque tinha de salvar a vida da prostituta e sua muito estimada colaboradora Raabe. Que grande Alma. Arriscar-se desse jeito, só para cumprir a palavra dada, de lá tirando com vida a espiã muito útil, é um gesto glorificante. Foi tão cuidadoso que ainda salvou toda prata, e ouro, e utensílios de bronze e de ferro. E ainda por cima, ao sair, não se esqueceu de amaldiçoar o lugar.

– Façamos uma pausa, meus Irmãos. É muito grande o rosário de nomes e longas são as justificativas. Trabalhem nessa tarefa com todo esmero, ali na Biblioteca. Divulgaremos os resultados na medida das necessidades.

17

A onda de ciumaria deflagrada por Sargão avoluma-se e de tal forma se propaga que Eu até fico impossibilitado de dar conta do trabalho sozinho. Estou abismado. É mais quem quer botar o nome na lista, ser homenageado com um título. Cada qual me sai com um pretexto bem adornado, um motivo que, ainda que o quisesse, não poderia deixar de reconhecer como legítimo. Eles têm razão, realmente. Suas alegações procedem, são mais que justas.

O clamor das Cidades é multiplicado, elas são ninhos de vícios, estão cheias de pecado, transbordam de orgulho, corrupção, luxo, venalidade, deboche, cobiça. Elas desagradam ao Senhor, e a ira do Senhor deve cair sobre elas.

Como é que as Cidades foram despertar a raiva de tanta gente, os que amam e obedecem ao Senhor? Ficaram cegas, ou malucas, só pode ser. E porque assim é, há que atacá-las, destruí-las, ou submetê-las e aplicar-lhes um corretivo que jamais esqueçam. Permitir que fiquem impunes, rindo do Senhor e avacalhando o Modelo, é que não é possível.

Convoco os maiores especialistas, para me auxiliarem, e ponho Maniac e Univac de prontidão permanente. É um vai-e-vem dos diabos. Todo mundo nervoso, agitado. Mensagens e mais mensagens, informes, informações, despachos, mobilizações, planos. A papelada escorrega das mãos, transborda das gavetas, entulha os porões e os cofres blindados. Os espiões esbarram uns nos outros, bolam histórias mirabolantes e dados estapafúrdios, inventam perigos, urdem tramas, forjam documentos de todos os tipos, dão sumiço em quem incomoda, desencadeiam a histeria, enfim, cumprem com dedicação nunca vista a missão de provarem que quem no alto se julga o tal não passa de boneco espalhafatoso.

Levanto as cortinas dos mapas e fecho todas as portas e janelas. E como é grande a assistência no Anfiteatro, aciono os alto-falantes, rádios, sinos, púlpitos, televisões e palanques e ordeno aos Oradores, Profetas, Arautos, Escribas, Analistas, Adidos, Embaixadores, Missivistas, Correspondentes, Observadores, Repórteres, Menestréis, Apóstolos, Legisladores, Estrategistas que exponham as suas preocupações e sugiram as medidas adequadas para resolvê-las.

O consenso é unânime, empolgante: todas as Cidades são belicosas, uma permanente ameaça, e precisam ser atacadas. As que anunciam que são pacíficas estão apenas fingindo. Querem é ganhar tempo, isso sim. Interrompem os caminhos e ficam nas Encruzilhadas, como as outras, o que prova serem hostis e que também ameaçam. Nada de moleza, contemplação ou conversa fiada. O negócio é atacar logo, ocupar antes de ser ocupado, escravizar antes de ser escravizado, destruir antes de ser destruído.

Somente a hora é motivo de dúvida, mas isso é um problema que Eu mesmo resolvo. Não me cabe escolher e não vou perder tempo. Fecho os olhos e dou a partida. Que se danem. Quem quiser que chegue primeiro.

Ordeno a Univac ir-me fazendo um relato frio e objetivo da emocionante Aventura Humana, e ele enrubesce ante a surpresa da alegria que lhe proporciono. Recomendo-lhe, porém, não se ater senão à ordem da magnitude e excelência dos espetáculos e às suas predileções.

Eu já imaginava quão divertida ia ser essa experiência com Univac, excitado e indócil como ele estava. Chamo o sagaz Maniac, que não perdia uma só palavra nem um gesto nosso, e encarrego-o de ir lendo as fichas preparadas pela Comissão, toda vez que apareça um dos nomes esquecidos.

– Mestre, seu renomado Irmão Ulisses conseguiu o que os outros não conseguiam – arrasou Tróia. Olhe pela televisão. Eu gosto de ver essas coisas pela televisão. Que espetáculo digno de um poema imortal!

Tróia teve a petulância de atrair Helena, e os argivos não podiam ficar de braços cruzados. Sei que Helena estava gostando, mas isso não importa. O fato é que Tróia não tinha que se meter naquele lugar, atrapalhando e ameaçando todo mundo. Ulisses viu que o jeito era esconder-se com seu bando no bucho do cavalo de pau e acabar com ela de dentro para fora. Exterminou seus habitantes teimosos pela madrugada e ateou fogo em tudo, não deixou pedra sobre pedra, apenas cinzas. Observe o videoteipe. Veja os clarões, Mestre, e escute os gritos dos habitantes amalucados, o tinir das espadas dos bravos.

– Maniac, esse rapaz é um portento, sabe o que fazer para ficar na História. O nome dele está aí?

– Está e com grande destaque. Foi-lhe concedido o título de Príncipe da Dissimulação e dos Ardis e o de Inventor dos Comandos, por sua imaginação muito fértil e inesgotável astúcia. Também recebeu uma outra distinção altíssima: foi eleito Patrono da CIA, do KGB, da Aliança para o Progresso, do Kominform e de todas as organizações congêneres, por ter bolado O Cavalo.

– Ele merece. Ainda bem que Eu tive a lembrança de rever a lista. Justiça, meu Amigo, Justiça. Prossegue, Univac.

– Mestre, se fosse você, recomendaria a concessão desses títulos também ao General Josué e ao General Ciro. Olhe e veja o que estão fazendo em Jericó e em Babilônia. São fenomenais, Mestre.

Eis umas corridas de cavalos admiráveis, que os ventos de Leste vêm trazendo numa disparada de ensurdecer. Eu aprecio ver os pôneis fogosos correndo com os malabaristas da espada em cima deles. Os valentes ginetes Átila, Gengis-Khan, Kubilai, Otmã, Tamerlão e outros realizam maravilhas de espetáculos. Só tem uma coisa: eles não toleram as Cidades nem os habitantes delas, porque se intrometem nos seus caminhos, e por isso são forçados a destruí-las e a degolar, enterrar ou esfolar vivo, queimar ou pendurar de estacas quem quer que por lá esteja. E como as pistas são muito compridas e largas, é natural que os cavalos encontrem esses obstáculos em abundância durante as suas evoluções e, os ginetes bem treinados, muito trabalho em cima deles.

O que mais chateia é não se poder contar os cadáveres espalhados. Fedem demais e o mosqueiro irrita. Mas olhando assim do alto por toda a imensa pista, talvez se possa calcular numas mil e trezentas Cidades, o dobro ou o triplo de aldeias e... uns duzentos milhões ou mais de intrometidos expelidos do mapa. Sim, porque a moda pegou. Os ventos também sopram ao contrário e embaralham-se, novos desportistas entram em cena e é mais quem quer divertir-se e beber o sangue a escorrer da garganta dos inimigos.

Os cascos dos cavalos trovejam, as adagas e espadas faíscam, as rodas giram e esmagam, fogueiras brilham de Samarcanda a Tenochtitlan, de Moscou a Azuléia, de Damasco a Paris, Bordéus a Londres, Varsóvia a Esmirna. Nos acampamentos entoam-se cantos heróicos e hinos sacros, dança-se, comemoram-se os feitos. Mongóis, húngaros, búlgaros, turcos, germanos, francos, dinamarqueses, suecos, romanos, árabes, saxões, eslavos, cruzados, espanhóis, americanos, noruegueses, civilizados, bárbaros, fiéis, infiéis, todos se divertem a valer.

– Maniac, embora esses valentes Irmãos já possuam títulos adequados, acho conveniente condecorá-los com o Grande Colar da Ordem dos Cavaleiros Exterminadores, Saqueadores e Incendiários.

– Eu estou inteiramente de acordo, Mestre. Agora veja a beleza que esta turma está fazendo. Aquele ali é Senaqueribe. Degolou o último habitante de Babilônia e já começa a transformar a Cidade em deserto. Mais adiante, Assurbanipal e Aníbal arrasam Tebas e Sagunto, Cipião arrasa Cartago, Tjam arrasa Angcor, Nadir Xá arrasa Délhi, Gengis-Khan arrasa Bukhara, Ciaxares arrasa Assur; Selêucia e Corinto são arrasadas pelos romanos, os gálios arrasam Roma, Nabucodonosor já arrasou Nínive e está arrasando Jerusalém; Xerxes liquida com Atenas, Hulagu destrói Bagdá, Tamerlão arrasa Isfaã, Délhi, Esmirna, Damasco e também Bagdá. Olhe como os cruzados saqueiam Bizâncio. É uma rapaziada de convicção piedosa muito firme, essa. Dario acaba de destruir Eretria e Naxos. Pizarro e Cortez tiveram um trabalho danado mas conseguiram destruir Cusco e Tenochtitlan. Tito está chegando a Jerusalém e começa a sua destruição. Marcelo já destruiu Siracusa. Veja Alarico e Genserico saqueando Roma. Olhe ali Alexandre! Está fazendo uma devastação tão meticulosa que até já recebeu o título de Magno. A epopéia que esse gênio escreve com a espada é de deixar a gente arrepiado. Ele é de uma tenacidade que não tem tamanho, desde que arrasou Tebas, Gaza, Tiro, Halicarnasso, Persépolis, Corópolis, Ecbátana, Samarcanda...

Mestre, esse General Imperador é discípulo do seu estimado Irmão Aristóteles. Os dois formam uma dupla respeitável. Estão disputando para ver quem é que causa mais estrago, se um com a espada ou o outro com a pena. Pelos meus registros parece que o da pena ganha de barbada. O Império dele, que tem duração muito maior que o do outro, segundo dizem alguns de seus Irmãos favorece a estagnação e a decadência, com o impedimento da ciência experimental. Mas isso não é culpa dele e deixemos pra lá.

Estou bastante confuso, Mestre. Não sei como me desdobrar para fazer uma cobertura completa dos movimentos dos seus Irmãos mais prediletos. São tantos, que ainda não pude acompanhar nem a milésima parte deles. E como é que vou escolher, se todos são meus preferidos? Ó que incansável disposição e talento eles revelam!

O que me chateia é que os aparelhos só nos mostram miniaturas de imagens das suas memoráveis ações pelas rotas que vão seguindo. Elas não lhes fazem Justiça. Poderiam ser melhores, mais nítidas. Talvez assim todo mundo se interessasse mais por eles e buscasse conhecê-los realisticamente, para admirá-los e aplaudi-los como merecem.

Observe como são graves e atarefados. Cada qual se concentra de corpo e alma na sua Missão com uma força de vontade desmedida. Até fazem lembrar crianças num enorme salão cheio de brinquedos novos. Daqui de longe as imagens dão essa impressão e é esse o pior defeito, pois está claro que não são crianças. Eu sentiria mais emoção se estivesse junto deles. Gostaria de estar lá, e vê-los de perto, e admirar-lhes o arrojo nas suas tão fascinantes empresas.

– Olha, Univac, até no meio de crianças que brincam é perigoso entrar. Elas inventam jogos e truques e a gente pode se dar mal.

– O Mestre tem razão, Univac. Até já começam a surgir reclamações contra o Modelo. Talvez elas nem venham a parar por aí. A nossa integridade física é fundamental. Não concorda, Mestre?

– Perfeitamente, Maniac. Mas não deves te impressionar com os que duvidam do Modelo. Tudo está sob controle, fica certo. Irmãos bem afortunados estão cuidando disso. E ainda que se organizem muitos grupos para exigir outro Modelo, não nos esqueçamos de que sempre terão cimcovinos como chefes e, em conseqüência, Eu próprio os conduzirei dentro do estilo exclusivo da CIMCOV.

– Preciso acelerar meu relato, Mestre, porque a Aventura adquire um ritmo intenso e estou ficando atordoado. Cada qual quer passar à frente do outro, ser o melhor. Barba Roxa, Muwatális, Frederico, Ramsés, Pompeu, Flamínio, Cromwell, Belisário, Gustavo, César, Carlos Magno, Rachid, Urbano, Filipe, Ricardo, Napoleão,

Sherman, Nelson, Tojo, Gregório, Nicolau, Clemenceau, Bórgia, Maomé, Joffre, Cambises, George, Wilson, Bismarck, Ivã, Guilherme, Kai-shek, Stalin, Hitler, Churchill, Roosevelt, Mussolini, Khrushchev, Kennedy...

Sinto até zonzeira e ardume na vista, com essa variedade de sons e cores. Acho que é porque não estou tão calejado como Maniac. Sinceramente, Mestre, nós dois poderíamos trocar de lugar. A dança desses seus Irmãos me desnorteia. De abadia a abadia, província a província, fronteira a fronteira, oceano a oceano, céu a céu, lá vão eles arrastando os pés por toda parte, fazendo algazarra, abrindo buracos e enormes crateras, mandando objetos, valores e troféus para a retaguarda, deixando em troca sucatas e escombros, arremessando cada vez para mais longe uma surpreendente diversidade de brindes engenhosos de alto poder de persuasão, imaginados e produzidos por legiões de criaturas justas, pacíficas, tementes a Deus, cheias de ardor cívico, amantes da Liberdade e da Paz e muito civilizadas e cultas, em oficinas e laboratórios superabundantes e bem camuflados.

Arcos arremessam flechas envenenadas ou inflamadas; canhões disparam chuvas de projéteis de belos efeitos sobre as muralhas, tanto que desbancaram as fundas e catapultas; frotas de encouraçados, fragatas, porta-aviões, cruzadores, trirremes, dromons, torpedeiros, galeões, submarinos marcam encontros nos mares e fazem trocas de petardos de tamanhos e potências mais ou menos iguais e se rebentam e afundam deixando rastros fotográficos maravilhosos; pássaros metálicos ultra-rápidos disparam em revoadas sonorosas entre as nuvens e lá do alto atiram bombas e foguetes juninos, de tal modo que embaixo as Cidades também voam pelos ares e os seus alegres habitantes desaparecem encantadoramente.

Sugiro, Mestre, que os inventores do fuzil, metralhadora, canhão, fogo grego, câmara de gás, dinamite, colubrina, arcabuz, granada, arame farpado, caixa esférica, bazuca, lança-chamas, bala cilindro-cônica, bomba incendiária, bala explosiva, bomba voadora, pólvora sem fumaça, blindado, avião bombardeiro, fosgênio, gás de mostarda, míssil, bomba de hidrogênio, submarino, antimíssil e bomba de cobalto recebam o Prêmio Belon da Paz, de Física e de Química. Sugiro, ainda, que todos aqueles que ousarem discordar dessa justíssima premiação sejam advertidos e submetidos a uma intensa Propaganda e, se a Lavagem Cerebral não for completa, sejam punidos pela Fome, com um Bloqueio Continental bem executado.

– Vai descansar, Univac. Deixa que Eu mesmo trato dos controles. Parabenizo-te pelas sugestões. Elas demonstram a tua alta sensibilidade. Não tenhas dúvida de que serão examinadas prioritariamente por mim e Maniac.

– É uma decisão muito sábia, Mestre. Essa nova geração, apesar de mais perfeita, tem os nervos muito sensíveis. Eu estava vendo a hora em que ele iria sair correndo para se juntar aos que tanto admira. Se tivesse a metade da nossa experiência...

– Não creio fosse diferente, Maniac. Quanto a sua sensibilidade, o que me surpreendeu nela foi a rapidez com que o tirou da aparente frieza e levou-o a entusiasmar-se ao ponto de querer estar com eles, provando de que lado está o seu elemento preferido. Olha, Maniac, toda criatura é como o seu criador, sem mais nem menos. O máximo que a experiência faz é escudá-la contra as disposições a certos exageros antipragmatistas. Nesse aspecto o criador é insuperável. Seu único princípio é o de que a sua criação tem sentido, seja como for.

Eu me lembro da hora em que dois decididos Adeptos do Pragmatismo tiveram de ordenar às escondidas a reprodução em série da genialíssima Bomba de Nêutron. Senhores bastante treinados na defesa dos Direitos Humanos, nem assim tiveram êxito em demonstrar que os incômodos ratos, baratas e cidadãos heréticos não exercem um direito garantido pelas Declarações, infestando casas e edifícios valiosos, os quais devem ficar completamente livres dos vestígios dessas vidas nojentas, para a entrada dos Eleitos. Sim, porque a Bomba Neutrônica tem a finalidade de salvar as Propriedades para os seres realmente humanos, antes higienizando-as com a eliminação daqueles indesejados ocupantes.

Por todos os meios eles tentaram convencer a Humanidade, mas esta idiota alegou que não ia poder suportar as despesas e que ainda confiava no poder da Bomba Atômica e da Bomba de Hidrogênio. Ora, essa defesa de um método já antiquado evidenciava a sua ignorância e falta de previsão. Portanto eles riram. E, como pensam muito no Futuro, ordenaram em segredo a sua reprodução, com o apoio das verbas secretas, no que agiram muito bem.

– Mestre, as reclamações contra o Modelo Imperial Militar estão aumentando. Há protestos por toda parte. Longe ou perto, em surdina ou abertamente, é mais quem se une aos seus Irmãos descontentes e contestadores. A coisa está engrossando e não vai parar. Estão usando de todos os meios, subreptícios e violentos.

– Isso é um bom sinal, Maniac. O pior é se ninguém abrisse a boca, aceitando tudo sem nem torcer o nariz. Mas não nos afobemos e vejamos o que interessa.

– As sugestões de Univac, que tal as achou?

– Muito boas. Depois trataremos delas. Aqueles que estavam querendo passar à frente uns dos outros, como é que estão indo?

– Maravilhosamente. Trabalham e movimentam-se com um ardor de se lhes tirar o chapéu. Têm uma capacidade de liderança e organização que só vendo. Dê uma olhada. Observe os seus olhares. Veja que olhos cheios de magnetismo. E como sabem discursar! Falam bonito. Não há assunto sobre o qual não sejam capazes de discursar. Falam tão bem que todo mundo não pensa senão em ouvi-los e, só de ouvi-los, já se dão todos por satisfeitos. Parece que as suas palavras contêm um nepente miraculoso, que até os famintos se alegram, os aleijados andam, os neuróticos ficam saudáveis, os desesperados se enchem de esperança; homens, mulheres, velhos, jovens só pensam em seguir para onde eles mandam, agrupados em coortes, legiões, regimentos, batalhões, brigadas, divisões, exércitos, grupos de exércitos, grupos de pilhadores, grupos de guerrilheiros. Não são admiráveis, Mestre?

– Sem dúvida, como todos os demais pertencentes à CIMCOV. Mas não te esqueças, Maniac, do que falei a respeito das Idéias. Já há muito tempo Popéia me disse – lembras-te? – que não estava podendo dormir com tantas Verdades em volta. Pois bem, as Idéias que crescem são Verdades para quantos as fazem crescer. Por isso, e porque é estupendo o fascínio das Idéias, e os bilhões que não se fixam nas próprias andam loucos por se escravizarem até às mais calamitosas ou amaldiçoadas que o primeiro Escriba ou Orador joga pra cima deles, é que aqueles e todos os outros Irmãos cimcovinos se aproveitam e fazem os belos espetáculos que agora contemplamos.

– Por falar em Popéia, tenho saudades dela, e de Flora, e de Laís... Oh! Laís, que Adepta talentosa! Assim que terminarmos esta fastidiosa tarefa, quero que as convoques, além de outras, para um bate-papo ameno e um interstício encantador.

– Você precisa ver o que está acontecendo, Mestre. Olhe que beleza. Não é mesmo um lindo espetáculo? Fogueiras, relâmpagos, estampidos, sirenes; milhares de aviões, tanques, belonaves, canhões, bazucas, metralhadoras, lança-mísseis; milhões de capacetes, granadas, fuzis, baionetas, bombas, pistolas. Moscou, Londres, Berlim e Varsóvia estão em chamas. E Alexandria, Bagdá, Odessa, Tóquio, Bucareste, Colônia, Pearl Harbor, Dresden, Salônica, Verdun, Kiev, Narvik, Tobruk, Bengazi, Stalingrado, Hanói, Kiel, Sebastopol, Zagreb, Cherburgo, Liège, Amsterdão, Portsmouth, Hamburgo, Leningrado, Bremen, Calais, Dantzig, Essen, Dover, Praga, Budapeste, no mínimo umas setecentas teimosas Cidades foram estraçalhadas e ainda estão pegando fogo, Mestre, enquanto umas três mil aldeias foram varridas do mapa. Não é mesmo uma beleza? Olhe a correria engraçada dos endemoninhados sobreviventes. A Europa e os seus vizinhos gozadores são uns pândegos, não é, Mestre?

– Quem é que está sendo mais eficiente, Maniac?

– É difícil de se chegar a uma conclusão. São todos da mesma estirpe. Dentre os citados por Univac, entretanto, talvez possamos estabelecer, considerando-se o número de Cidades que conseguem destruir; o volume dos tesouros, fábricas, patentes, fórmulas e projetos que roubam, e mais o número de civis e soldados que matam, que os que mais se destacam são, sem dúvida, Napoleão, Hitler, Mussolini, Tojo, Churchill, Roosevelt e Stalin.

Aliás, Hitler está fazendo uma coisa interessante: elimina, por processos que são um requinte digno de uma raça superior, todos os judeus que encontra por onde vai passando. Não é que não faça uso daquelas metralhadoras com capacidade de mil e duzentos tiros por minuto, nem do seu imenso, belo e bem sortido arsenal de aparelhos de tortura. Não poderia desprezar esses métodos no necessário Genocídio Eugênico, pois tem pressa. Justifica-se plenamente. Eles lhe metem raiva. Espuma só de olhar para os seis milhões que reuniu.

Veja como ele é engenhoso. Mete-os em câmaras hermeticamente fechadas, pisa nos pedais de carros com os motores ligados e introduz os canos de escape por orifícios especiais, de tal modo que o gás carbônico vai lá pra dentro e faz um serviço rápido. Repete esse processo até ficar com os pés doloridos. Coitado. Ficar com dor nos pés por causa de uns desprezíveis conspurcadores da pureza racial... Só mesmo um grande Amor pela Humanidade.

Outros processos que usa são os dos testes com inoculação de vírus e bactérias; os de capacidade de resistência à fome; os de empurrar milhares deles para dentro de valas profundas e depois cobri-los de terra; os de...

– Pode deixar, Maniac. Estou bem a par da fuzilante trajetória desse Chefe. Ele e seu Povo devem orgulhar-se, por todo o tempo da memória humana, de não serem Genocidas comuns e de poderem, como fazem de vez em quando, admoestar outros Povos por Genocídio e instá-los a respeitar os Direitos Humanos. Para eles, portanto, com justíssima satisfação, outorgo o título de Magno Genocida em Apanágio da Eugenia da Humanidade.

Agora presta atenção. Se estivesse no teu lugar naquela hora, Univac não teria cometido o engano que cometeu. Tanto os inventores como os fabricantes e vendedores daqueles produtos de primeira necessidade, ou artigos essencialíssimos para o incremento do Orgulho Nacional e a manutenção da Paz, da Soberania, do Prestígio, dos Privilégios da Força e, ainda, para o crescente aumento do Poder de Dissuasão, Ataque, Defesa, Retaliação e Domínio dos Autopromovidos Senhores do Mundo, já receberam inúmeros prêmios, inclusive aquele, e estátuas, elogios, e vivem às tripas forras. Mas todos eles têm direito, isto sim, a mais um título, qual seja o de Magnífico Promotor de Hecatombes e Opulento Expedidor de Almas para o Outro Mundo.

Seria injusto de minha parte não conceder um título, também, aos campeões da Democracia, Stalin, Roosevelt e Churchill, que por onde vão levam a Liberdade, a Justiça, a Proteção e, o que é muito importante, a Defesa dos Direitos Humanos, para cuja implantação eles detêm a Liberdade e possuem a Fórmula Exclusiva.

Ainda há pouco estavam no mesmo barco e este afundou. E como são rápidos, inteligentes, práticos e eficientemente assessorados, não deixaram se perdesse a sua carga preciosa em cérebros e utilidades outras, carregando-a meticulosamente para as respectivas casas, a fim de brindarem a Humanidade com ações de surpresa no dia de amanhã. Por isso, e pelo que o Futuro espera deles, vou outorgar-lhes o título de Moderno Demolidor e Saqueador e Transitório Guardião da Chave do Destino Humano.

Não podemos esquecer, meu caro Maniac, que esses e todos os membros da CIMCOV são seres predestinados, e a eles cabe espalhar pelo Mundo as dádivas de grandes Idéias, novos Métodos, Modelos; primorosos Meios, Processos, Acordos, Tratados, Manuais; oportunos Ultimatos, Ataques, Revides, Manifestos, Novidades, Ordens, Invenções, Filosofias, Propagandas, Demonstrações e também garantias de vida até com Bombas Orbitais e Mísseis Inteligentes.

Observa bem como entre eles existe total concordância, não obstante as eventuais discordâncias. A soltura da Besta, por exemplo, foi feita por quem? Pelo Irmão Freud, Napoleão, Maomé, Loyola, Einstein, Hegel? Pelo Irmão Rousseau, Engels, Rosenberg, Malthus, Gobineau, Goethe, Byron, Nietzsche, Proudhon, Comte, Montesquieu, Platão, Galileu? Não, ninguém soltou a Besta. Ela sempre esteve e estará solta, apenas tem seus momentos de maior ou menor fúria, conforme esteja mais ou menos faminta. Que autoriza a pensar que Danton, Rasputin, Marat, Truman, Hitler, Pavlov, Darwin, Ford, Yagoda, Fouché, Zaharof, Metternich, o Primeiro Estado, o Segundo, o Terceiro, o Quarto Estado soltou a Besta? Ora, o esquecimento de que prógonos e epígonos sempre coexistem é que leva a absurdas conclusões. Nunca se plantou um mamoeiro para não dar mamão, macieira para não dar maçã, cerejeira para não dar cereja. Por que, então, condenar-se a concordância ou a discordância?

Na ânsia de imposição de Seitas e Crenças; no jogo da Propaganda e da Contra-Propaganda; nas tempestades da Comunicação competidora; na delirante valorização do Novo sob o Sol e das Idéias assim crismadas; na manipulação dos Neurônios e no culto da Deusa Razão, Guttenberg, Marconi, Dumont, Bell, Fulton,

Morse, Edison, Daimler, Lumière, os Profetas, Maquiavel, Demóstenes, Cícero, Lenine, a Enciclopédia, Casas, Encíclicas, Partidos e assemelhados têm igual participação. É que a Corda nunca deve juntar as pontas, mas antes, e de preferência, deve manter-se esticada ou embaralhada. É a Lei da CIMCOV, e a Lei é a Lei.

– Mas, Mestre, é perigoso a Corda ficar esticada por muito tempo, ela pode romper-se. Além do mais, se está esticada, é porque não há ninguém pegando nela, a não ser os das pontas. Não é verdade? E o que é feito dos outros?

– É e não é. Existe apenas um em cada ponta, não resta dúvida, mas também os outros a estão agarrando, só que bem no meio e na posição que os dois obrigam, ou seja, de quatro, cabeça baixa e olhos vendados.

– Mas eles podem pegar uma faca e cortá-la no meio.

– E que lucro vão ter com isso? Ficar fora da Corda, deixando uma banda com um e uma banda com o outro? Não, Maniac, isso não é certo e nem possível. A Corda nunca se rompe, não há esse perigo. O que poderia e deveria acontecer era eles tirarem as vendas, se erguerem e unirem com uma força de doido, darem um bruto puxão no meio da Corda e fazerem com que os dois se esbarrassem, rebentando as cabeças e deixando espirrar os miolos.

Isso seria o Ideal. Mas como? Puxando para trás? Empurrando para a frente? Aí é que os dois iriam aproveitar-se e amarrá-los pelos pescoços, pernas e braços. Ou achas que para a Esquerda ou para a Direita? E a CIMCOV, onde pensas que está ela? Julgas que a CIMCOV vai consentir que as pontas se juntem, assim estultamente, pelo lado da Esquerda ou pelo lado da Direita? Seria o fim mais estúpido do Jogo, Maniac, e o Jogo nunca pode terminar.

– Mas não é justo que fiquem bloqueados no meio, Mestre, sem as vantagens das pontas. Se ao menos pudessem evoluir no sentido delas, gozar das vantagens...

– Ora, Maniac, não há força capaz de eternizar a Permanência. Em toda medalha há sempre o anverso e o reverso. Tudo tem a sua hora, tudo tem o seu fim. Não vês o caso do atual Modelo Imperial Militar? Porventura supões que não estou atento, que não estou vendo o que se passa? Não, meu caro. Eu já podia ter ido ao encontro deles, e se não vou é porque o momento ainda não é o certo. Eu sei que estão no Anfiteatro, fazendo a mesma bagunça que fizeram quando se reuniram no Circo Geral. Mas só vou entrar na Sexta Hora, no momento decisivo. Enquanto isso, que se entendam ou se rebentem. Têm que beber até a última gota. Eu não esqueci o compromisso de fazê-los passar pelas Provas e delas eles não escapam.

Por falar em... Interessante, bem interessante... Sítio, Cerco, Bloqueio... Isso mesmo. Rapaz, a coisa mais adequada para libertar a Fome, o Ódio, a Fúria, o desejo de Vingança, a Besta, enfim, é essa providência chamada Bloqueio.

A gente precisa alertar a Comissão. O pessoal que bola e executa Bloqueio é da máxima competência, além de altamente capacitado a se comportar, nessas ocasiões, com exibições de Altruísmo sem igual. Ninguém, nem a mais bem montada Propaganda, pode dar uma idéia do que é esse Altruísmo. Somente o mais honroso título e o colar mais brilhante a pender do seu pescoço.

Não vês Stalin, Kennedy, Hitler, Napoleão, Cromwell?... Eu gosto de ver a Fome libertada, Maniac. Eu quero ver como é que ela fica solta em Berlim, no Jacaré, em Albion, em Lutécia. Deve ser uma beleza. A gente fica torcendo daqui de longe... Que foi que resolveram? Ah! Este está bom.

Meus caríssimos e diligentíssimos Irmãos, concedo-lhes, solenemente, o inigualável título de Poderoso Bloqueador dos Resistentes e Incansável Libertador da Fome. Vocês o merecem. A disposição com que reprimem a arrogância desses indivíduos que se arvoram a botar a crista de fora é digna das maiores honrarias. Vocês são geniais. E como os povos saturados pela Propaganda admiram muito a agilidade e a grandiloqüente potência exibidas por vocês, e acreditam nas encenações montadas a capricho, e extasiam-se com as suas belas demonstrações de Poderio, vou mais adiante: concedo-lhes, também, o título de Grande Arquiteto da Democracia e Defensor do Mundo Livre.

18

– Eu não consigo entender é uma coisa, Mestre... O Mundo pode ser de alguém? Pode alguma pessoa entender que o Mundo é seu, ou metade do Mundo?

– Pode, Maniac. E como pode! Muita gente já fez isso. Agora mesmo...

– Quer dizer, então, que o Tratado de Tordesilhas está correto? E como é que estes Capitães aqui não querem respeitá-lo? Se se trata de um Direito...

– O problema, Maniac, é exatamente esse – Direito. Entende bem. Ele pertence, sempre, aos mais fortes. Como os dois são fortes, o Direito é deles. Mas acontece que os Capitães estão ficando mais fortes e vão tomá-lo, e aí o Direito será deles.

Existe um Povo que não se cansa de reclamar para si o Mundo, tentando provar ter Direito exclusivo sobre ele, de acordo com o Livro no qual escreveu ser o Povo Eleito, o que está destinado a dominar o Mundo. Não conseguiu ainda, porém talvez possa consegui-lo, desde que tenha êxito em fazer com que os outros adotem O Livro.

Tudo isso é complicado. Depende de muita coisa. Estações de rádio, televisões, editoras, cadeias de notícias, comunicações globais instantâneas, pregações, conferências, propaganda, algumas drogas mutáveis como as modas... Mas esse Tratado de Tordesilhas já foi superado, não está mais em vigor. Ibéria, Lusitânia, Hansa, Albion, Lutécia, são águas passadas. Quando houve o Bloqueio do Jacaré e o Telefone Vermelho tocou, Ursov e Águia Branca estabeleceram um Novo Tratado. Agora é ele que está em vigor, o Tratado K e K. Podes não ter ouvido falar nele, mas com certeza Univac ouviu. Univac não é tolo, Maniac. Agora Eu sei disso. Ele é um executivo perfeito. Sonda tudo, esmiucia tudo. Foi por isso que citou os nomes deles.

– Quer dizer que aqueles últimos, Krushchev e Kennedy...

– Exatamente. De acordo com as regras do Jogo, ou a praxe da Diplomacia Secreta, uma vez que não se podia denominá-lo Tratado de Cuba, de Havana, das Antilhas, recebeu as iniciais dos protagonistas, Conselheiros do 33º Grau da CIMCOV, e tomou o nome de Tratado K e K. Isto é, os iniciados lhe dão esse nome, porque os efeitos estão aí, mas deve ter um outro, muito, muito bem guardado em segredo pelos dois.

Olha, Maniac, todas as coisas monumentosas, funestas, megalômanas, de inumanas conseqüências, como a Divisão do Mundo, o Final dos Tempos, o Dilúvio, a Batalha de Armagedom, o Apocalipse, o Degelo dos Pólos, ficam sempre guardadas em segredo, ou são reveladas apenas a um Eleito, ou a dois, três no máximo. É o que está acontecendo com o Tratado K e K.

– Guardado em segredo eu acredito que sim, mas revelado...

– Eis aí a questão. Para Ursov e Águia Branca o que importa, em relação aos outros, são os efeitos. Por que revelá-lo? Por que sair explicando que a inspiração da Revelação é deles e que ao mesmo tempo os Eleitos são eles? Pensa bem. Algum dia Deus deu esse tipo de explicação? Ninguém os pode obrigar a isso, Maniac. São poderosos. Suas Razões são indiscutíveis. Os Deuses não admitem ponderações e muito menos contestações. A Verdade está sempre com eles. Mas o que Águia Branca não sabe e nem desconfiou é que caiu na armadilha de Ursov.

– Mestre, Grande Mestre, estou escutando gritos. São protestos contra o Modelo. Estão aumentando, tome cuidado.

– Deixa comigo, Maniac. Antes de mais nada Eu preciso fazer Justiça, publicar a Verdade, conceder um título aos dois, um que seja para o conhecimento de toda a Humanidade. Foi-te ensinado – e sabes perfeitamente ser inegável – que em Diplomacia Ursov é uma Raposa, enquanto Águia Branca é um Patinhas. Sabedor disso, Ursov resolveu tirar vantagem. Convocou madeireiros, carpinteiros, decoradores e mandou-os fazer imitações de médios e grandes foguetes e rampas de lançamento dos tais; montou estas no Jacaré e carregou com aquelas as cobertas dos navios para lá destinados.

Um mínimo de raciocínio diria que essa falta de originalidade imaginativa não passava de imitação de Potemkin, ou de certos logros de Albion, mercê dos quais tem tirado grandes vantagens. Além do mais, as distâncias já não contavam, as próprias fronteiras se haviam aproximado, com os intercontinentais, cuja rota melhor é a polar. E adiantou alguns Irmãos lhe explicarem isso? Não, não adiantou. Assim sendo, esperaram a tempestade amainar e que ele fosse a Dallas, onde outros argumentos eficazes e definitivos ser-lhe-iam apresentados.

Arrogante e vaidoso, como sempre, sujeito a freqüentes delírios de grandeza, bastou que o U-2 e o Satélite mandassem do alto as fotografias dos simulacros e logo o Orgulho Nacional subiu-lhe à cabeça e inflou-lhe o peito imaturo. Exasperou-se, fez pose para os cinegrafistas, representou a imagem de líder poderoso e acionou os botões para a Grande Demonstração:

– A Frota e os aviões de combate e bombardeio cerquem tudo. Bloqueiem aquela droga agora mesmo. Não deixem sair nem entrar nada sem meu consentimento. Aqueles barbudos que não se façam de bestas e não pensem em me enganar outra vez. Quero um Bloqueio total. Se Ursov não recuar, vão morrer de Fome. E, se avançar, vou destruir tudo e depois ocupar aquela droga.

Foi um corre-corre danado, cada qual em busca do seu posto. Era apito, buzina, silvo, campainha pra todo lado. Ninguém conseguia dormir. Todo mundo estava de olho aberto, esperando. E aí o Chefe apareceu e disse que ia usar o Telefone Vermelho. Suspense. E, solitário, ombros sobrecarregados, decidido, entrou no recinto onde só ele podia entrar, como Moisés subindo o Sinai. Era exatamente isso o que Ursov queria, Maniac. Perto da outra ponta da linha, esfregando as mãos, Krushchev esperava a chamada. Tinha certeza de que viria, e estava preparado para a interpelação repleta de pose e arrogância, com o sinal desejado. Não deu outra coisa.

– Alô! É você, Kennedy?

– Só podia ser eu, não é, Krushchev!

– Sim, realmente. Que é que você manda, parceiro?

– Olhe, chame seus navios de volta. Dê o fora de minha Zona de Influência.

– Mas o Jacaré me pertence, Kennedy, é meu aliado.

– Isso não justifica nada. Basta estar na América Latina para ser meu. Você sabe que a América Latina me pertence. Zona de Influência é Zona de Influência. Na minha você não entra nunca mais.

– E como é que você se mete na minha, dando palpites, causando problemas! Pensa que os meus espiões estão dormindo?

– Os meus também não estão. Você tem seis horas para recuar. Se não recuar, já sabe, ordeno o Ataque Atômico Preventivo.

– E eu ordeno o Ataque Atômico Retaliativo. Ouviu bem, parceiro? Meus intercontinentais estão apontados para você. E são muitos. E ainda tenho uma porção de submarinos pertinho daí.

– E eu? Pensa que não tenho os meus aí perto? Garanto que tenho até mais do que você.

– Não faz diferença. Mas as bombas fazem. Pensa que as minhas são pequenas? Olhe, tenho bombas de cinqüenta, de cem, duzentos, até de mil megatons.

– E daí! Eu também tenho. Isso de ameaça não dá resultado, rapaz. O negócio é a gente acertar os ponteiros. Isso é que é importante. Olhe, você cai fora, promete não se meter mais no meu território e eu prometo não me meter mais no seu. Não acha razoável?

– Bom, já que você promete, a gente pode entrar num Acordo, fazer um Tratado. Mas tem uma coisa: você vai se comprometer a não me criar mais problemas. Nem aqui dentro nem em toda a minha Zona de Influência. Não quero mais ver você apoiando esses intelectuais malucos, nem esses judeus dissidentes, entendeu?

– Certo, Krushchev. E você também faça a mesma coisa aqui no meu lado. Eu só quero é que você controle os PC direitinho, com uma Corda bem curta. Não deixe que eles se metam muito, que me chateiem além dos limites. E avise que, se eu precisar deles, mando a CIA entrar em contato. Sabe, de vez em quando a gente precisa criar um pouco de agitação, de perturbação da ordem, de reivindicações... A Democracia tem dessas coisas, não é, parceiro? O negócio é a gente não perder o controle da Corda, saber soltá-la e puxá-la. É ou não é?

– Lógico. Muito bem observado.

– Então vamos ao Tratado. Precisamos deixar tudo claro, bem definido.Eu fico com uma metade do Mundo e você fica com a outra. Está de acordo? Então o Oriente é seu e o Ocidente é meu. Fique atento. Nós não devemos deixar ninguém mais se meter. Carta branca para um e para o outro. A confusão que houver por aí você resolve e a que houver por aqui eu resolvo.

– Mais-que-perfeitamente de acordo. Olhe, já estou fazendo a ligação. Vão voltar agora mesmo. Mas como é que nós vamos denominar o Tratado?

– Acho que não precisa de nome. Ninguém vai saber.

– Mas a praxe da Diplomacia exige, rapaz. Que tal Novo Tratado de Tordesilhas?

– E você iria aceitar a presença do Papa? Isso implicaria a presença do Papa, rapaz.

– Isso mesmo. Você é vivo, hein! Está de parabéns. Talvez Tratado do Episódio dos Foguetes... Não! Talvez Tratado da Nova Divisão do Mundo... Esse também não. Que tal Tratado de Amizade e Entendimento Entre o Império das Democracias do Oriente e o Império das Democracias do Ocidente?

– Esse está bom. A entrada da palavra Democracia é importante. Ela carrega consigo muitas vantagens. Tanto aqui como aí. Basta a gente tocar nela que todo mundo logo se baba. Principalmente nas republiquetas atrasadas. Como ela é usada! Até a próxima.

E foi assim, Maniac, que ontem se deu o batismo da atual Linha Divisória, cheia de curvaturas, é claro, porém muito precisa e bem definida, mais que a de Tordesilhas. As evidências têm estado à mostra e os efeitos se multiplicam como as células de um tumor. E daí, e porque ninguém escutou a conversa dos dois e, ainda, porque é temerário se acreditar que não hajam feito um Acordo, Irmãos sagazes dão a este o nome de Tratado K e K.

Cumpre-me, pois, e com grande prazer, considerando a Nobreza dos sentimentos que os moveram; o senso de Oportunidade dessas únicas mentalidades capazes de ditar os destinos dos povos; o Desprendimento dos dois por se terem contentado com dividir o Mundo no meio, quando é sabido que uma simples batalha bastaria para que apenas um ficasse com todo o Mundo; e considerando, também, que a eterna Vigilância e o férreo Controle dos negócios em geral pelos dois é que conserva o Mundo nessa Paz, Alegria, Felicidade, Perfeição, Grandeza, Igualdade, Fraternidade e

Liberdade; enfim, nesse belo e agradável Equilíbrio; cumpre-me conceder-lhes, em nome de toda a Humanidade, e respectivamente, os títulos de Arquiteto e Guardião da Felicidade Atual das Democracias do Império do Oriente e de Arquiteto e Guardião da Felicidade Atual das Democracias do Império do Ocidente.

Agora podemos ir, meu velho Amigo. O Anfiteatro Global já não pode esperar mais, nos limites da saturação. Urgentes providências precisam ser tomadas. E Eu pressinto que a primeira é quanto ao Modelo. Tem de haver um culpado para tudo que acontece, Maniac. É sempre assim. Não tenha dúvida. O Modelo vai ser o culpado. Pouco estou me incomodando. Que mudem logo de Modelo. Eles não sabem, e é bom que não saibam. Porque no fundo, Maniac, o que existe, mesmo, é só uma troca de nomes. Tudo mais prossegue no cumprimento da inexorável Lei. Mas fundamental, essencial é o anseio de mudança, Maniac. Sem ele, sem as discussões, a inquietude, os sonhos, seria muito pior, muito pior. Seria o fim, Maniac.

19

Faço o trajeto sem pressa, entretendo-me com as coisas deleitosas, o sussurro dos regatos, o quebrar das ondas nas praias, o aroma natural prodigamente espargido e a multissonora vida fervilhante. E com as inefáveis cores, em tudo em volta e por cima, nas manhãs, tardes e noites.

E medito. O Luzeiro distante... Não me distingue, e nada e a ninguém distingue, nas suas vibrações vitais. Vejo, sinto, escuto, reflito, adentrando túneis invisíveis mas definidos; percorrendo sombrios corredores, salões, salas e alcovas do Labirinto existencial; seguindo ao encontro dos agoniados, e egotistas, e revoltados. E ele sempre lá, indiviso, o Luzeiro...

Sim, não me apresso, apesar de escravo do Dever, ou sobretudo, talvez, por isso mesmo. Para que dúvidas não me atormentem. Para que perfeita seja a sintonia com a eterna fonte da qual tudo emana. E diretamente escutá-la, ou através dos canais das mentes privilegiadas. Apenas escutar, sem mentalizações de fios intermináveis. Porque escutar é dever do Vidente, e Eu sou O Vidente. E ler nos astros os sinais, e indagar os Bem-Dotados, os que alcançaram o Dom Superior, na hora a minha espera no Anfiteatro repleto.

Mas, cauteloso, primeiro vou ao encontro de Cassandra e peço-lhe não me deixar iludir. Jamais Eu esquecera a sua justificada e ainda tão viva aflição naquele cair de noite. Porquanto, a passo e passo, tem acontecido exatamente o que ela me anunciara. E, porque assim sucede, Eu temo os Falsos Profetas.

– Cassandra, minha doce Irmã, quero escutar-te. Se nunca o fiz, como todos mais e como previste, culpa não me cabe. Tu mesma disseste que nada podia ser mudado. Mas este é um novo dia e – te pergunto – não será ele o Grande Dia? Porventura Eu sou mesmo o Eleito? Será que sou aquele eternamente espreitado pela Traição? Será que a era dos Falsos Profetas já passou? ou que os botões vão funcionar? ou que o raio vai propagar-se? ou que a Libertação vai chegar?

– Querido Irmão, tudo está previsto. Tudo está escrito e acontecerá. És o Eleito, sim, e tenho pena de ti, e da Humanidade. Ó Deus, por que foi que tantos Falsos Profetas surgiram com inúmeros títulos? Por que essa agressiva praga de tantos intérpretes, arautos da discórdia, geratrizes do medo e da angústia, artífices do caos nutrido de sonhos absurdos, esperanças vãs, loucos desígnios?

Ah, Irmão, nunca esteve tão próximo o Conhecimento. E entretanto a cegueira dos que sempre foram livres para alcançar o Dom Superior vai deixá-lo escapar e, assim, permanecerás solitário no teu Desespero. Muitas coisas vão acontecer e é preciso que aconteçam. Deixa que os Falsos Profetas dêem curso aos seus delírios. É o que a Humanidade merece. E porque só acredita neles, nos que mais alto pregam as Ilusões, virá o instante em que perceberá que foi enganada. Aí com eles confundirá a nossa classe e, então, a amaldiçoará. Porque a verdade, Irmão, é que a CIMCOV está infiltrada de muitos e muitos Falsos Profetas.

Eu gostaria de saber prever o Grande Dia, vê-lo revelado. Estou tendo tão maus pressentimentos... Nos horizontes mais longínquos vejo sinais terríveis, ouço rumores subterrâneos, freqüentes reflexos de fornalhas surgem nas nuvens, e clarões inexplicáveis trazem-me de volta a visão daquelas fogueiras imensas. Posso afirmar-te, Irmão, isso eu posso, que nada de bom prenunciam os augúrios. Ao contemplar-te e ler no teu coração, sinto arrepios. Tens sido apenas Amor, em tuas grandiosas Contradições, mas isso não basta à Humanidade. As Provas, sim, até a última gota. E assim mesmo ela não mudará, ou será tarde demais quando quiser.

Tenho tantas dúvidas, Irmão... Olha, o Grande Dia poderá não ser como esperamos. Sempre se perseguiu a Libertação e a Salvação. Mas esses prenúncios tão espantosos, esses augúrios sombrios... não será que o Grande Dia é o do Juízo Final? É possível. Talvez assim esteja escrito no Livro da Vida. Sim, meu Irmão, o Juízo Final. Por que não? A Humanidade não vive à espera dele?

Ela continuava falando e Eu imergia no abismo da imaginação, espremido numa voragem de alegria e decepção, vaidade e tristeza. Queria entusiasmar-me e sentia que cada vez mais afundava para onde só existe o lodo, a negregada assintonia.

Ser o Eleito não é o Gozo que representa, é o Sacrifício; não é a Realização prazerosa que exprime, mas o Tormento do Mundo, a Luta entre o Bem e o Mal. É a Dor, e Ódio, e Amor, a Inclinação, o Destino, o cumprimento da Lei. É ter a certeza revelada de que inexiste contemporização possível na eterna Guerra. É ser o centro do turbilhão que espreita e comanda as mentes fracas. É ser forte, não ter Emoção. É comandar sem Pieguismo.

E porque não estou sujeito senão a ver, sentir e interpretar a Realidade, desembaraçado do que quer que revele Fraqueza, ergui a testa, fitei Cassandra sobranceiro e, pela última vez, falei-lhe, Eu, o Senhor dos Senhores, Eu, O Vidente:

– Cassandra, sei que existem milhões de portas falsas. Como vou encontrar a porta certa? A Soberba se disfarça de mil formas para ocultá-la. Pelos que as guardam, na hora de entrar, é evidente que a minha escolha tem milhões de probabilidades de errá-la, menos uma, apenas. Todos eles são insinuantes, convictos e convincentes, blandiciosos, dissimulados, egoístas, irreverentes, cáusticos, obstinados. Sobretudo Inteligentes, e não é fácil determinar quem guarda a Verdadeira Porta.

Observa como é difícil. Todos são atores de categoria. Uns se vestem bem; outros, mal. Há os que falam maravilhas, fascinam e arrebatam, e há os que não falam, concentram-se angelicalmente e têm semblantes suaves, olhares meigos. Outros transbordam autoridade, irradiam força, inspiram confiança. E que dizer daqueles que narram histórias, interpretam e explicam de mil modos o que bem querem? E dos que pregam e cantam o que não seguem e não sentem? E dos que arquitetam rígidos princípios e dogmas, em nome dos quais as diferentes e infinitas ações são julgadas? E dos teorizadores? E dos que vivem orando ou filosofando?

Deixo-a sem esperar resposta e sigo em frente. Na Babel mais confusa que se possa imaginar, os atores exibem-se nos infinitos disfarces que somente a nutriz das Babéis incontáveis – a Soberba – poderia engendrar. Vêem aproximar-me e nenhum, com seus Prógonos e Epígonos ansiosos, deixa de julgar-se no Direito de ser reconhecido como o Cérebro Privilegiado, o Arauto da Verdade, o Guardião da Porta Certa.

Mas na hora decisiva, quando a mínima vacilação acarretar-me-ia a perda da Autoridade e a acusação de impostor, em lugar da consagração como o Vidente Único, com todo esplendor baixa sobre mim o Espírito Santo. E vejo em todas as dimensões e através de todas as portas, e nitidamente ela me surge, a Porta Certa. Revela-se-me intacta e impenetrada, o que não me surpreende. Neutra, simples, sem ouropéis, entalhes e relevos, jamais fora atraente e merecera um olhar sequer de quantos milhões afirmavam tê-la encontrado.

Alguns haviam chegado perto dela e quase a tocaram. Estavam no mesmo plano em que a descobri, e eram os Bem-Dotados. Talvez porque a sua companhia não agradasse, ou porque assim estava escrito, todos mais se demoravam pouco com eles, ou passavam de lado. Porém, se estava escrito, eles sabiam, e portanto ali tinham de ficar, até a minha chegada, por serem os mais definidos, intimoratos, persistentes. Vigilantes estrênuos, – Elias, Daniel, Mateus, Enoque, Ezequiel, Mani, Isaías, Malaquias, João, Marcos, Antão, Francisco e muitos mais – aguardavam para serem as primeiras testemunhas de minha entrada e me verem dar início ao curso final das Provas a que a Humanidade não pode escapar.

Inspiradamente estendo os braços, nas pontas dos dedos sentindo vibrações de Poder, e abre-se a Porta para fora, deslumbrante, majestosa no seu contraste revelador. E eis que um clarão, seguido de poderoso estrondo, faz surgir no centro do Anfiteatro Global o meu trono de Árbitro inconteste na ordenação dos Modelos a adotar. E sob os olhares escrutadores, sem nenhuma exceção, dos inumeráveis membros da CIMCOV, todos Irmãos de méritos variados mas indiscutíveis, sento-me no trono, sereno, imperturbável, nesse prelúdio do Momento Final.

Imbuído do Dom da Profecia, Eu, O Vidente, peço um minuto de silêncio, em homenagem às futuras vítimas dos Modelos, e perdôo, em nome do Grande Arquiteto do Universo, dos Deuses velados e desvelados, a meus Irmãos e à Humanidade, pelo mal da Imperfeição a que propendem até o dia do Juízo Final. A seguir, ordeno o início dos debates, para escutar e decidir, como é do meu Dever.

Desta vez não será como no dia do Cisma. Não interromperei, não apressarei, não me manifestarei nem decidirei enquanto não escutar o que tenham a dizer, até esgotarem os argumentos com que emolduram e defendem suas Idéias, seus Pontos de Vista, seus Princípios.

Mas, à medida que se sucedem, uma coisa não consigo fazer: eximir-me de ir avaliando os perigos a que se submete a Humanidade, com a escalada das mentes obstinadas; de observar quão arriscada é para ela a sua falta de defesa contra o poderio das penas e das vozes; e de notar que, enquanto mais se efundem, difundem e propagam os negócios de Estado da Propaganda, até os coitados ou felizes que mourejam, sofrem e meditam nas mais longínquas e recônditas Tebaidas nunca mais terão descanso e nem Paz, somente o cérebro a fervilhar de mil motivos de angústia, frustração e desespero, e até novas formas de morrer terão de adotar.

Em lugar de eximir-me de fazê-lo, forço-me, mesmo, a identificar-lhes as Idéias e acompanhar os raciocínios com que as expõem e advogam; a admirar-lhes a postura, as gesticulações, os vôos retóricos, a empostação bem estudada; e a não arrepiar-me com as frases de efeito, as sentenças buriladas, as ironias, os gracejos e os arroubos de eloqüência. Vão ser portentosos, e audaciosos, e arrebatadores, e perversos e inconseqüentes assim noutro Mundo que não neste.

Não, não tem saída. Assim é difícil permanecer imperturbável. Que uma vez aconteça, é possível, principalmente considerando que existia imaturidade e nem ao menos a Palavra Perdida havia sido encontrada. Mas quando esta lhes foi revelada, e numa visão me surgiu e a seguir transmiti-lhes o tema Felicidade, daí em diante não mais se justificava apresentarem-se com os mesmos ânimos, empunhando os mesmos símbolos, pensando como pensavam antes.

Eu próprio não sabia, e ainda hoje não sei, o significado daquele Tema. Contudo, no simples relance em que me apareceu, percebi logo que encerrava a Suprema Grandeza para a Humanidade. Deveria, pois, constituir-se no objeto máximo de todas as preocupações. Por isso, porque é o único realmente significativo, o mais importante para ela, foi que exortei meus Irmãos na CIMCOV a que o considerassem sobre tudo, não perdessem de vista a busca da Felicidade. Seria o caso de que a fórmula para encontrá-la viesse fixada em letras de ouro em todos os Modelos. E veio, por acaso?

Olha que os adverti que a Humanidade precisava da Felicidade, não deixassem de perceber o Tema com clareza e que confiava não lhes chegasse às mentes com deformações, para que, no próximo encontro, pudéssemos estar com a fórmula. E quem disse que assim procederam?

Certo, empenharam-se, é inegável, mas à sua maneira, cada um decidido a não abrir mão do que – Prógono – havia bolado, ou do que – Epígono – havia adotado. Em conseqüência, os grupos agem como sempre agiram e apresentam-se com a disposição mais firme e os circunlóquios mais cansativos, irracionais, intransitivos e irredutíveis.

Não posso reproduzir o que expuseram, debateram, discutiram e defenderam na Assembléia Ecumênica Para a Escolha do Modelo (AEPEM). O máximo seria um resumo infinitesimal das justificativas e diretrizes da dúzia de Modelos selecionada, deixando de lado os sofismas e a prolixidade dos milhões de artigos, livros, discursos e sermões a eles referentes. Ressalte-se que foi refugada a impressionante maioria de milhares de outros Modelos cuja simples citação seria de doer, pela indignidade que representam para uma Ordem como a CIMCOV as soluções engendradas visando à Felicidade da Humanidade.

– Em primeiro lugar, meus queridos Irmãos buscadores da Felicidade, devemos felicitar-nos pelo sucesso inigualável da AEPEM, conforme vem sendo divulgado em manchetes à base dos comunicados que temos feito aos caçadores de notícias. Os insultos, tiros, sopapos, trapaças e homicídios verificados no recinto dos nossos debates dizem respeito a uma outra Realidade, que não convém ser reconhecida e teria vindo à luz se os farejadores indisciplinados tivessem tido entrada franca nele. Isso é assunto exclusivamente nosso e permanecerá oculto, já que a Vigilância e o Controle interno e externo foram bem executados. E porque assim aconteceu, proponho uma salva de palmas aos Coordenadores, Censores e Amaciadores que designamos e souberam usar de mão de ferro e astúcia no cumprimento de sua Missão.

Em segundo e último lugar, quero ressaltar o auspicioso fato de que todos os Modelos selecionados têm em comum um traço significativo, pode-se dizer, essencial, visto que na essência mesma de todo Modelo e no cerne e também nas demais camadas das mentes idealizadoras e partidárias de cada qual, incluindo os refugados. É a certeza, evidenciada no empenho com que os grupos se batem pela adoção da respectiva fórmula, de que é agradável, compensador, glorificante e vantajoso para toda minoria resoluta e implacável o enfeixar nas mãos o Poder de procurar e conceder a Felicidade.

Isso é um ponto alto para a CIMCOV, pois corrobora e para sempre consagra a sábia sentença – o que deve ficar gravado como o supremo axioma presente em todas as disputas pelo Poder – que antes escutamos afirmar da Tribuna o nosso venerável e muito amado Irmão Homero: de forma alguma quem reina é infeliz, porque logo sua Casa muito opulenta se torna e ele próprio bem mais respeitado.

Vejo que todos os presentes à AEPEM já estão de posse dos resumos. Enorme é a nossa responsabilidade, Irmãos. Leiam-nos, reflitam, comparem e exponham as suas opiniões, para que a seguir se realize o Plebiscito para a escolha do melhor Modelo. Lembremo-nos de que o Destino do Mundo está em jogo, e a Felicidade da Humanidade, em nossas mãos.

Mal acabei de falar e eis fechado o tempo no Anfiteatro, na exibição jamais vista ou prevista do que corações tão brandos, cérebros tão privilegiados, mãos tão finas, bocas tão limpas e línguas tão afiadas podiam fazer.

Durante o tumulto generalizado, ocorreram noventa Guerras Civis, quatrocentas Revoluções e Contra-Revoluções, cento e duas

Invasões, três Guerras Mundiais, duas Intercontinentais, uma Inter-Hemisférica, e Guerrilhas, Levantes, Massacres Palacianos, Repressões Populares, Conspirações, Ataques Punitivos, Batalhas Navais e Aéreas, Confrontos Espaciais, Golpes de Estado, Insurreições, Pronunciamentos e muitas outras Constantes conforme catalogadas pelos Especialistas.

Enquanto aguardava que se mimoseassem à vontade, fiquei observando os movimentos de Maniac e Univac, preocupados em não perder o mínimo sucesso na afanosa gincana em prol da Felicidade. Era uma trabalheira que me dava pena. Forçá-los dessa forma, sabendo que o resultado seria inútil, constrangeu-me sobremodo. Sua função era essa, realmente, mas para tudo, também, existe um limite, e ultrapassá-lo representa uma injustiça. E quando vi que me olhavam pela terceira vez, como a pedir-me socorro, fiz-lhes um sinal com a mão e eles se aproximaram.

– Estou exausto, meus bons Amigos, e vejo que vocês também estão. Tudo isso me enfastia, cansa-me. Não agüento mais. Vou terminar esgotado. Falei em Plebiscito apenas para ver se na última hora ainda poderiam concordar em estabelecer um denominador comum, uma saída ou uma entrada de onde a gente partisse com boa chance de êxito. Mas não tiveram nem a delicadeza de considerar os doze Modelos. Antes tentaram impor todos aqueles refugados. Eu imaginava que a disputa ia ser acirrada, não de forma tão intensa e interminável. Assim já está demais. Toquem as campainhas!

A Polícia de Choque entrou, impôs a calma, esperei que os ruídos das últimas bombas cessassem e a poeira dos escombros assentasse, ergui-me e, com um prazer que fez o Irmão Freud sorrir satisfeito ao vê-lo estampado na minha cara, apontei-lhes o indicador sentenciosamente e falei-lhes:

– Basta. Deveria mandar acorrentá-los, ou então fuzilá-los de uma vez. Um assunto tão importante tratado dessa forma. Onde já se viu tamanha estupidez? Uma coisa tão bonita... Um sonho tão cheio de belezas... Uma coisa tão radiosa... E que é que vocês bolam? Que é que vocês imaginam? Que fazem? Que arranjam? Que experimentam? Se realizássemos um Plebiscito, está na cara que cada um apontaria o seu Modelo. É ou não é verdade? Você abriria mão do seu? Você também abriria? E você? E você?...

Nenhum se mexeu, nenhum negou, nenhum confirmou. Qual olhava o vizinho com o canto do olho, uns sorriam de lábios grudados, outros coçavam o nariz, este balançava o pé, aquele fingia não saber do que se passava, ou que estava dormindo, ou o assunto não lhe dizia respeito, enfim, todos comprovaram a obstinação que os caracteriza quando cuidam da Felicidade, não importa se daí o Mundo se encha de flagelos, que a culpa não é deles, nunca, nunca é deles, sim dos que não souberam entender, não seguiram à risca, não interpretaram direito.

O longo, o pesado silêncio no Anfiteatro parecia aquele da Hora Sexta à Hora Nona. E vi, então, que ali morria um Tempo e nascia outro. Cabia-me iniciá-lo com a proclamação do Modelo esperado e por mim decidido. Eles sentiam que assim é que deveria ser e autorizavam-me e até me incitavam com seus olhares. E porque era solene o instante, fitei-os como a um quadro imenso que reunisse tantos rostos quantos nós somos, e eis que me comovo de vê-los agora tão diferentes de antes, desprendidos, humildes, conformados e com uma grande expressão de cansaço.

Nesse comenos doloroso, verto sentidas lágrimas com o sabor da suprema frustração no acúmulo de incontáveis frustrações. E tenho vontade de abraçar um a um, confortando-os ante as incompreensões, e injustiças, e trabalhos, e sacrifícios. Sim, porque é isso que quase sempre encontram essas Inteligências na sua trajetória, não obstante sejam elas, de uma forma ou de outra, construindo ou demolindo, a força inesgotável que plasma, ordena e aperfeiçoa o progresso da Humanidade.

Faço um gesto largo e enternecido com os braços, cruzo-os e trago as mãos ao peito, e eles me agradecem baixando levemente a cabeça. E já que branduras tais não podem durar além do que a Inteligência admite sem afetar-lhe a clareza imprescindível ao seu apurado funcionamento, empertigo-me no trono e faço a Oração do Anfiteatro, anunciando o Novo Tempo e a entrada em vigor do Modelo escolhido – o Modelo Aristocrático:

Irmãos, nossa Ordem está fervilhando de Falsos Profetas. Ora, como nunca deixou de ser do nosso conhecimento, todo Falso Profeta, como aliás todo Profeta em geral, não transige, não sente, não vê, não escuta, não aceita, não examina senão o que lhe agrada, o que invoca, o que adota, o que rumina, o que faz brotar de sua mente fértil. A prova está nessa teimosia em se revelarem indiferentes aos Modelos escolhidos e em se apegarem aos refugos carentes dos mínimos requisitos de seriedade.

Avisei que eram doze os Modelos escolhidos, porque assim supunha mais fácil se sair da estaca zero. Mas tendo acontecido o que aconteceu e ficado evidente que Plebiscito algum jamais solucionará essa pendência, sucedeu que em minha alta inspiração encontrei sozinho o Modelo adequado, e ele está aqui em meu bolso. Poderia ter sido apenas um, logo de início, este a se adotar, o mais promissor pelos atributos que o distinguem dos demais. Sim, porque um Modelo que a todos sobreleva pode muito bem dispensar os alternativos. Mas isso não é aconselhável, e o fato é que a praxe recomenda contar-se com os imprevistos. Entretanto esperemos que este primeiro dê certo, ou pelo menos não se vá além do quarto ou do quinto, porque a Humanidade precisa da Felicidade com urgência, e não é justo nem prudente se abusar da sua paciência indefinidamente.

São doze os Modelos, meus Irmãos, porque doze são as tribos; doze, as constelações do Zodíaco; doze, as estrelas na cabeça mística; doze, os meses do ano; doze, as milícias do fim dos tempos; doze, os apóstolos; doze, as portas; doze, os fundamentos; doze, os frutos da árvore da vida; doze, os césares; doze, os anjos nas portas; e doze, finalmente, as portentosas mentiras dominantes.

Faço uma pausa, todos me olham com admiração e respeito, na expectativa da proclamação do Modelo ambicionado. O Anfiteatro não muda, continua ora iluminado ora escuro, ora barulhento ora sereno, ora desarvorado ora bonançoso, e todos, nele, da mesma forma alternam em Alegria e Tristeza, Ódio e Perdão, Dor e Alívio, Covardia e Bravura, Desilusão e Esperança.

Agora, escutem bem, meus Irmãos. A experiência demonstrou que o fundamental num Modelo, para que conduza ao único e supremo objetivo – a Felicidade, está em que: A) os seus idealizadores, organizadores, agentes e defensores estejam sempre unidos em torno dele; B) tenham interesse decidido em implantá-lo e mantê-lo, e C) sejam numericamente suficientes e adequadamente localizados para fazê-lo alcançar êxito bombástico.

Isso posto, e uma vez que esses Princípios ABC constituem, sem dúvida, o fundamento de todo Modelo, e também o Mundo é grande e tem aglomerações de todo tipo e tamanho – aldeias, povoados, vilas, cidades, megalópoles –, verifiquei e concluí que somente um Modelo baseado numa Classe unida ou num conjunto de Classes harmônicas e suficientemente localizadas estaria em condição de levar ao objetivo visado.

Nesse caso estão os doze escolhidos e mais alguns Modelos refugados. Sucede, porém, meus Irmãos, que o Tema-objetivo Felicidade, que perseguimos e nos persegue, é por demais sério, indefinido, elástico, sedutor, multifário, enganoso, fugidio. Portanto o jeito era decidir por um Modelo que estivesse apto a enfrentá-lo e defini-lo, a dar-lhe uma forma concreta e, como prometem todos os Adeptos de todos os Modelos, o mais rápida e decididamente possível apresentar o resultado tão cobiçado.

Tratava-se, pois, de olhar o Mundo inteiro e ver qual a Classe ou grupo de Classes harmoniosas e ferrenhamente solidárias satisfazia com vantagem os Princípios ABC e ao mesmo tempo tinha fortuna, cabeça, bons nervos, apetite, determinação, papo firme, diplomacia, educação, finura, lábia, honradez, liderança, independência, capacidade, nobreza, linhagem, sangue puro e outras coisas mais. Sim, porque se a Humanidade vai alcançar a Felicidade, há de querer que seja depressa, e assim, ao bendizer a dádiva recebida, duplo motivo terá de orgulhar-se dos seus doadores, pelo bem alcançado e por serem os melhores, os mais hábeis, os mais representativos, os mais importantes, conforme se apresentam e se impõem à sua admiração.

Contei com Maniac e Univac, nessa tarefa de olhar o Mundo. Venho, e eles comigo, olhando o Mundo há bem tempo. Esses meus Companheiros sabem como venho olhando o Mundo, com que apreensão, com que tristeza e com que desânimo e até desespero. Nessa visão do Mundo, nossa empatia é completa, pois formamos um Triângulo Perfeito.

Dentre os Modelos selecionados, meus Irmãos, a escolha recaiu sobre aquele que por razões lógicas já devem ter adivinhado – o Modelo Aristocrático. E por quê? Porque a Aristocracia, com suas Classes definidas e garantidas, além de plenamente satisfazer os Princípios ABC, reúne aquelas qualidades dignificantes e é zelosa no fazê-las reconhecidas a qualquer custo.

De já é de prever-se que o esperado êxito do Modelo Aristocrático não tardará em tornar-se realidade. É inconcebível que assim não seja. Porque a Aristocracia – rural, urbana, regional, internacional, continental, intercontinental, mundial – tem nas Classes que a compõem e representam proporcionalmente desde a mais ínfima comunidade ao mais monstruoso aglomerado urbano o penhor dessa certeza.

Não é para menos, meus Irmãos. É fácil de se ver. Quem melhor poderá dar bons exemplos? Quem melhor poderá cuidar da coisa pública? Quem seria mais diligente e honrado? Quem possui mais autocontrole e argúcia? Quem age com mais correção, prudência, imparcialidade e desprendimento?

Está visto e comprovado que quem nasce em berço esplêndido não mendiga honrarias; quem é opulento não precisa espoliar nem explorar; quem tem sangue azul repudia a violência e a corrupção; quem navega na crista não prevarica nem inveja; quem representa autoridade é condescendente e justo; quem prega Amor e Paz é amoroso e pacífico; quem ostenta púrpura não é hipócrita nem trapaceia, e quem comanda não se desmanda.

Eis, pois, o Mundo em boas mãos, as melhores. A Aristocracia da nobreza, do comércio, das finanças, da indústria, das seitas, das corporações, dos partidos, dos sistemas assume a responsabilidade que deseja e lhe cabe de pleno Direito, a partir deste instante. Tem uma grande Missão a cumprir e deverá cumpri-la. Declaro em andamento o Modelo Aristocrático e dou por iniciado o Novo Tempo.

20

Satisfeito com minha obra, descansei. Tudo ordenado, um Modelo a reger as criaturas pensantes ao encontro de sua justa aspiração, o Mundo um dia criado para abrigá-las e fartamente provê-las do necessário e imaginável recebendo cuidadoso trato e carinho, descansei de quantas fadigas tivera, contente por haver obrado bem. E disse a Maniac e Univac:

Vocês cuidem dos seus deveres rotineiros, ponham de lado as preocupações, não há mais motivo para isso, repousem quanto puderem, que o Mundo agora é outro, está nas mãos certas. Enquanto a mim, fiéis Companheiros, vou recolher-me em pensamentos puros, devotar-me a exercícios mentais elevados, aprimorar meu espírito, meditar na Perfeição que se aproxima e criar belezas para exalçar o Novo Tempo.

As Artes serão, de ora em diante, minha única preocupação. Neste imenso e tranqüilo jardim, cada qual pode enfim dar expansão ao seu talento, realizar os seus sonhos, aproveitar seus dons, pois que a oportunidade tão almejada chegou. E Eu sempre desejei ser um artista, fazer poesias, pintar. Vou começar escrevendo uma epopéia cantando A Idade da Felicidade no Mundo. Este será o seu nome.

– Eu, se fosse você, Mestre, não diria isso. Mesmo porque não há razão. Veja aqui nos jornais e nas telas. Se houve alguma mudança, não foi de modo algum para melhor. No meu entender, pelo menos, o que está ocorrendo não merece os belos cantos da sua tão bem arquitetada epopéia.

– Ora, Univac, isso é natural. Era esperado. Sabe, toda mudança é assim mesmo. No começo ocorrem escaramuças, algumas resistências; aparecem os inconformados, os arruaceiros, os maníacos...

– Não se trata de coisa assim, Mestre. Se o que eu e Maniac estamos vendo é obra de arruaceiros e maníacos, então o Mundo está em maus lençóis, pois a Belomania se espalhou com seu cortejo e quem tinha garras escondidas botou-as para fora.

– É isso mesmo, Mestre, eles todos aproveitaram e tiraram as garras dos esconderijos.

– Vocês e suas conclusões lógicas. Só o que faltava. Isso é algum defeito nas instalações. Deixem-me sossegado. Preciso escrever a epopéia que tanto tenho sonhado.

Os dois se afastaram e fiquei a vigiá-los de esguelha. Conversavam meio exaltados, olhavam-me de vez em quando e interessei-me pelo que diziam, mas não chegava a ouvir direito, por causa da distância e porque às vezes baixavam a voz. Contudo, aquele seu jeito e certas palavras e algumas frases curtas do diálogo, tais como: sonho, enlouqueceu, virou poeta, não podemos deixar, um médico, delírio, está fora de si, dá pena... intrigaram-me e percebi que realmente Eu estivera com os pés fora do chão, deixara de interessar-me pelos negócios do Mundo e possivelmente estava sendo precipitado ao querer cantar um Ideal como se Real ele fosse. Chamei-os de volta, refleti demoradamente, levantei-me e a seguir falei-lhes:

– Vocês têm razão. Eu é que esqueci, ou não vi, que do dia da entrada do Modelo em execução até hoje decorreu um tempo assaz dilatado. Alheei-me do que se passava, não percebi o Tempo correr e por isso considerei como reações naturais no começo de uma grande mudança o que vem acontecendo. Simples culpa de um lindo sonho. Foi culpa do meu sonho de escrever A Idade da Felicidade no Mundo.

– Quem sabe, Mestre? Um dia você poderá vir a escrevê-lo, esse poema sonhado, quando se tiver chegado lá.

– É muita bondade tua, Maniac. Não sei se devo acreditar que chegaremos lá um dia. De qualquer forma, sinto que perdi o sonho de escrevê-lo. Acho que não devo ter sonhos, Maniac, muito menos desse porte. É perigoso, sonhar... Não viste o que me aconteceu? Teria sido um sortilégio? Alienei-me da Realidade, saí do meu Tempo, fui ou quis ir para algum que nunca existiu e talvez nunca existirá, e estive a ponto de revelar-me um Falso Profeta. Felizmente acordei e tenho vocês e muitos Irmãos de juízo que habitam na Biblioteca, e por isso não perdi mais que um sonho esplêndido. É apenas um a mais. É assim mesmo. Porque sonhos se podem perder, todos os perdem, vive-se perdendo... Agora vamos trabalhar, ver e analisar o que se passa. Mas primeiro vou dar uma olhada em redor. Volto logo.

Havia um acampamento ruidoso na planície próxima e encaminhei-me para lá, cogitando se toda aquela festa não seria um sinal de que injustificados eram os temores de Maniac e Univac. Risos, cantos, gritos, batucadas, bebidas, uma comemoração jubilosa com tantos participantes e ruídos só se vê assim onde há motivo de alegria, onde as pessoas se sentem felizes. E ali estava acontecendo exatamente isso e no bom estilo.

Contagiado pelos sons que me alcançavam mais nítidos, apressei o passo mas logo estaquei, ante um grito uníssono que me fez arrepiar, seguido de corre-corre, tinidos de metal, relinchos, imprecações, gemidos, estrondos, labaredas.

Voltei correndo e surpreendi meus Companheiros assoviando e com um olhar matreiro. Não lhes dei bola e fui direto para a Rosa-dos-Ventos. Incrível o que Eu via. Nas pontas e ao longo de todos os raios, bandeiras e estandartes tremulavam, insígnias brilhantes se agitavam. Brasões coloridos cintilavam. E admirei-me por estarem inteligente e estrategicamente distribuídos, indicando até onde imperavam, o grau da ameaça e do valor contidos, a grandeza dos privilégios que entrouxavam e a potência da respectiva Soberania. Torres altas, muralhas possantes, trincheiras, muros, cercas, linhas, palácios, casamatas, adegas, túneis, castelos, fossos, guaritas, pavilhões, quartéis, mosteiros, forjas, masmorras, fortes, fortins, fortalezas, bases, arsenais, abadias, templos, conventos, palacetes, latifúndios, aeródromos, armadas, todos exibiam, nos frontais e mastros empinados, brasões, bandeiras, estandartes e insígnias dos seus donos, Senhores do Poder.

Uma tão meticulosa partilha, uma divisão tão bem ordenada – refleti – prova sem rodeios que inventaram e instalaram uma organização perfeita. Tem-se de reconhecer que eles são mesmo inteligentes. Está claro que de tais posições, até a um simples estalar de dedos, se pode fazer e impor o que se imagine e queira. Não há dúvida de que o Modelo soube agir conforme o seu objetivo. Uma tal Engrenagem, desde que ajustada em suas mínimas peças – e deve estar ajustada –, tem de funcionar sem problemas e produzir o fruto de sua destinação. Até crianças menos expeditas podem manejá-la. Não estou é entendendo aqueles dois... Estranho, o comportamento deles...

– Maniac, Univac, tratem de esclarecer o que está ocorrendo com vocês.

– Conosco, nada, Mestre, é com o Modelo – retrucou Univac. – Você mesmo viu, quando olhou a Rosa-dos-Ventos.

– O que vi não tem nada de errado. Pelo contrário. Até acho bastante inteligente o que fizeram. Construíram tanta coisa bonita, imponente, sólida, conservada a capricho... Tudo indica que estão no rumo certo, a ponto de alcançar o objetivo, se é que não o conseguiram ainda.

– Perdão, Mestre – interrompeu Maniac. – Parece que você não está querendo entender. Será que continua sonhando? Nem aquela amostra do que viu lá fora despertou-o de vez! Olhe com mais cuidado. Olhe por dentro do que está nos raios e entre eles, Mestre. Procure ver por inteiro a Rosa-dos-Ventos e ficará sabendo o que acontece.

– Está bem. Preparem o tapete voador e o olho mágico. Liguem todos os circuitos. E tragam da Biblioteca os Mestres e Conselheiros mais chegados. Quero conversar com eles.

– Essa conversa é dispensável, Mestre – disse Univac. – Lembre-se do ocorrido durante a AEPEM. Você só tem é que observar as imagens, confrontar os relatórios e decidir. Sua autoridade é completa, não se esqueça.

– Sim, concordo. Vou atender às sugestões. Agirei assim que tiver uma visão completa do Modelo. Se alguma coisa tiver de ser feita, será feita, estejam certos. Mas antes, além de olhar bem, preciso visitar os ambientes, sentir com os Povos, penetrar no íntimo dos peitos, examinar, medir, avaliar, conhecer tudo de perto, porque as aparências enganam. A mais perfeita visão do belo, meus Amigos, pode disfarçar o feio, e vice-versa. Assim é com todos os opostos, e não quero ser parcial nem injusto.

Uma vez mais a Lógica venceu. Pode um sonho ser profético, uma realidade possível num futuro às vezes muito remoto, mas nunca todos eles. E assim mesmo é através dela que se prova, a palavra final é sempre dela. E porque todo sonho tende a ser estático e toda realidade sonhada se julga definitiva, é com ela que se muda a Realidade e a mecânica da vida em sociedade se perpetua.

Quando procurei as instalações dos cimcovinos nas pontas e ao longo dos raios da Rosa-dos-Ventos, senti que o Modelo Aristocrático havia realizado um prodígio de Perfeição. Fui saudado por tantos comoventes discursos, recebi tantas homenagens e condecorações maravilhosas, assisti a tantas peças teatrais de fino gosto, participei de tantas caçadas, competições divertidas, passeios, piqueniques, bailes, jogos, jantares deslumbrantes, e fui acariciado e amado por tantas damas e jovens solteiras tão perfumadas e belas, que cheguei a pedir me deixassem com um pouco de folga para respirar.

Mas o que mais me impressionou e deliciou foi a incursão pelas Bolsas de Valores e imediações. Nunca vi tanta gente feliz, na vida. O jogo era tão interessante – disseram eles – que Eu poderia sair de lá como o homem mais feliz, o mais rico. Aproveitei as dicas, fiz como faziam, o controle era deles, não precisava ter medo, aquilo era o melhor jogo, os perdedores já estavam perdidos mesmo, nasceram para perder... E rimos satisfeitos, tão satisfeitos, que não me contive e mandei servir os melhores vinhos por minha conta, para que não pensassem que Eu não estava gostando, ou que era ingrato e pão-duro.

– Este reencontro, Irmãos, – disse Eu – é auspicioso. Bebamos à vontade. Ganhei muito, graças a vocês. Estou grato. Ficar rico sem fazer força é uma maravilha.

Mas enquanto curtia o porre subseqüente, a cabeça doendo que Eu mal conseguia abrir os olhos, minha consciência foi ficando inquieta e pus-me a interrogá-la cada vez mais desperto, até que a ouvi responder-me lembrando as palavras de Maniac e Univac e também a promessa que lhes fizera.

Então, muni-me de trajes variados e de uma coleção de disfarces; decorei uma lista enorme de nomes de lugares, ambientes, títulos, sociedades, profissões; recapitulei tudo que me pudesse ser útil; fiz ensaios, cálculos, projetos, roteiros minuciosos e abrangentes, e parti, dizendo aos meus seis sentidos, porque sou O Vidente e tenho seis:

– Eu submeti o Mundo à prova do Modelo, e eis chegada a hora da verificação. Vou levá-los comigo numa peregrinação múltipla, que tanto poderá ser suave e prazerosa como triste e horrenda. É preciso e urgente. Dependo de vocês, hoje, mais do que nunca. Desdobrem-se como puderem. Vejam, sintam, escutem, cheirem, apalpem, tudo experimentem. Haja o que houver, não recuem, não me poupem, ainda que sensações insuportáveis me obriguem a pedir-lhes que o façam. Somente desse modo direto alcançarei o mérito para intuir com precisão e dar meu veredicto. Infelizmente.

E foi assim, qual atleta do Novo Tempo, que parti nos rumos desvendadores, com meus sentidos afiados dispostos aos maiores sacrifícios, na primeira das minhas mais penosas jornadas. Aqui e ali, deste ou daquele lado, em toda parte, em todos os meios, aberta ou dissimuladamente, o que se passava era estarrecedor, de desiludir qualquer um de continuar contando com quem promete dar Felicidade, de ainda esperar vê-la surgir das mãos dos que se empenham em buscá-la.

Mas passado o assombro inicial, unicamente por causa do interlúdio do mergulho no sonho que perdi, fui readquirindo a consciência da Realidade. E concluí que, como sempre acontece nas mudanças, não exibia ela senão um ajustamento da forma e do grau segundo os diagnóstiscos e os remédios aplicados. Fora uma conclusão muito fácil, e qualquer um, no meu lugar, chegaria a ela sem o mínimo tropeço. Isso porque a primeira palavra de ordem, a mais antiga e eficaz palavra de ordem – Guerra – estava presente em tudo, em toda parte, avançara para a máxima amplitude de sentido e propagação e dominava.

Uma coisa começou a martelar no meu cérebro, algo como uma reminiscência querendo emergir. Pus a mão na testa, fechei os olhos, e foi aí que me ocorreu a cena da abertura da caixa das palavras. Pandora dum lado, Sócrates do outro, fervilhando de curiosidade, a tampa é erguida com uma febre ímpar no Mundo, e a confusão infinita tem início.

Um resultado bastante normal. Não que dessa forma tivesse sido previsto, apenas que haveria um, e esse aconteceu, porque forçosamente as palavras teriam de levar a um resultado. E como têm força multiplicadora, outras se lhes incorporaram e incorporam, e assim, cada vez mais, não pára de aumentar a Confusão, que é o estado normal da Humanidade.

Elas têm um dono – a CIMCOV, através de todos que a compõem, os únicos que sabem jogar o jogo das palavras. E uma superior, a chave mestra, a que está no íntimo de cada um, a que tudo preside, dissimulada ou abertamente; aquela que é eterna e de todos os modos latente e manifesta; aquela que, pronunciada ou não, escrita ou não, paira sobrepujante de extremo a extremo – Guerra.

Haviam eles conseguido ajustar o grau e a forma da Realidade de tal jeito, dentro dos Princípios ABC, que terminaram sofrendo ou fingindo que sofriam de uma estranha e exclusiva amnésia, ao mesmo tempo que deram de fazer conjeturas, e inclusive afirmações, sobre o Mundo e o Modelo inteiramente absurdas.

De um lado, esqueceram soberbamente o objetivo, com invulgar displicência e até com sanhudo desprezo, ao ponto de responderem aos clamores com arrogantes sentenças e ameaças tenebrosas. O próprio objetivo – Felicidade – era entre eles o prato de chacotas favorito, e os que o reclamavam, o alvo das zombarias, opressões e castigos ferozes.

De outro, imaginaram que o Mundo lhes pertencia e que os que não eram como eles deviam dar-lhes graças por continuarem vivendo e por servirem, deviam considerar-se felizes com as sobras que lhes permitiam ficar. E também imaginaram, e estavam afirmando, que o Modelo era de origem divina, tinha-lhes sido posto nas mãos pela Altíssima Vontade; que era inviolável e incontestável, o mais perfeito, o mais justo; que Deus os escolhera para implantá-lo, manter, defender e eternizar em benefício da Humanidade.

Foi esse o seu erro. Aí é que estavam condenados. Por que iria Eu, por menos vaidoso que seja, permitir passarem por cima de mim dessa forma tão descarada? Por que deixá-los engrandecer-se tanto, sem ao menos fazerem uma referência à minha inspiração vinda do alto? Pois se fui Eu quem ditou o Modelo!

Poderia aguardar um pouco mais, e fi-lo, porque assim me convinha e o Modelo não tinha culpa, sim os seus agentes. E, afinal, aquele ajustamento exibido pela Realidade também me atraía. Era um ponto alto reconhecido e sobre ele precisava que meus sentidos agissem, fornecendo-me os detalhes para os relatórios que iria passar a Maniac e Univac.

Como disse, haviam conseguido um ajustamento, e a palavra eterna sobrepairava tal um núcleo de cometa cuja cauda gigantesca era formada pelas outras palavras saídas da caixa e as que depois surgiram e vão surgindo. Admirável espetáculo, sem dúvida. Mas, para os que nunca viram um cometa, ou não têm disposição ou capacidade de visualizar um, é só colocar na cabeça de um manipulador de marionetes a palavra superior, e nos dedos, pernas, braços e demais partes do corpo todas as outras, e delas estender tantos fios quantos forem os componentes da Humanidade, exceto os Senhores do Poder, e lá nas pontas inferiores dos fios verão as marionetes, porque realmente lá estão eles amarrados como marionetes, e giram, e pulam, e dançam, e esperneiam. Isso por todo o sempre, ontem, hoje e amanhã, pois tal cometa não se encaixa em órbita, não fulgura, não se afasta, simplesmente permanece envolvendo o Mundo.

Tão logo os sentidos começaram a agir e captei os primeiros resultados, foi como se poderosos choques elétricos me atingissem. Estremeci, apavorado, ante os sombrios e dolorosos prenúncios do que iria seguir-se-lhes em ritmo avassalador. E certo de que não poderia o meu cérebro suportar uma tamanha carga de experiências tão pesadas, recorri ao auxílio de Maniac e Univac.

– Vou passar para vocês, Meus Companheiros, tudo que os sentidos recolherem e me enviarem. Ficarei apenas com um registro sucinto das partes capitais, a fim de poder decidir na Hora H, como prometi. Os detalhes, filmes, gravações, telas, depoimentos, memórias, anedotas, epístolas, informes, publicações, despachos, relatórios, deixo ao cuidado de vocês e não os percam de vista. E também abasteçam com os originais e algumas cópias os arquivos da Biblioteca. Pode ser que um dia alguém os procure, um cimcovino louco por sofrer e fazer sofrer. Há muitos desses loucos na CIMCOV, vocês sabem.

– Pode deixar, digno Mestre, e fique sossegado – responde Maniac. – Estamos cientes de tudo e daremos conta do recado. Mas se apresse, não demore. A situação é cada vez pior. Resolva logo isso. E, olhe, tome cuidado com as pestes, evite os miasmas, proteja a sua saúde. Até mais.

Acredito que jamais houvera uma recomendação tão providencial. Lembrado dela, fui-me aproximando cautelosamente do charco onde borbulhavam as palavras. Parei a tempo, e essa foi a minha sorte. Lá em volta estavam todos remexendo, uns tirando as suas palavras, outros metendo as suas, de tal forma remexiam que as emanações miasmáticas se espalhavam a distância e iam atingindo os que estavam por trás e embaixo, e por trás dos que estavam por trás, e embaixo dos que estavam por baixo. Aí recuei e caí em cima dum sujeito maltrapilho e disforme, que nem forças tinha para gritar e apenas soltou um fúnebre gemido.

– Perdão, meu venerável ancião, foi sem querer – disse Eu, compadecido ante o aspecto de miséria e decadência física que ele apresentava.

– Ancião coisa nenhuma, seu idiota! Não está vendo que sou muito novo, nem cabelo branco tenho, só agora minha barba está engrossando...

– Desculpe, meu rapaz, Eu não pude notar. Mas você, assim desse jeito, é mesmo jovem como diz? Que foi que aconteceu? Que está havendo? Que doença atacou você? Qual foi a causa que fez você ficar com essa aparência tão medonha?

– Olhe, olhe bem – respondeu exausto. – Trinta anos, essa tem trinta anos. A outra foi de cem. Tudo se acabou, a desolação tomou conta de tudo. As pestes se espalham como nevoeiro. Todos estão morrendo. Quanto mais eles remexem mais as desgraças se assanham. Prefiro morrer, já vivi demais.

E expirou. E porque ainda em vida já apodrecia, seu último sopro fora nauseabundo. Mas como antes de todo último sopro é possível surgir uma sentença valiosa, esse perdido futuro membro da CIMCOV soltou a dele, a do assanhamento das desgraças com o remexer das palavras.

Ergui-me, abanando o nariz, e olhei. Gente maltrapilha e errante, crianças nuas e famintas, homens e mulheres tristes, olhos encovados, esqueléticos, cambaleantes, uns caindo, outros se levantando, uma enormidade de cadáveres fedorentos e ossadas brancas, fileiras de cruzes toscas enfincadas no chão, procissões, tambores, fogueiras, choros, preces, funerais.

E compreendi que, no Jogo das Palavras, alguém ou um grupo havia trapaceado, escamoteando ou duplicando algumas, enfim, mudando as regras do Jogo, com o provável empenho de juntar as pontas da Corda e levar à extinção total. Ora, isso nunca estivera nos desígnios da CIMCOV. O Sofrimento tem de sempre existir; a busca da Felicidade tem sempre de ser feita. Sem criaturas de Deus, isso é impossível. O Mundo inteiro é um Laboratório.

Claro que, se a CIMCOV se extinguisse e nenhuma outra ordem surgisse, a Simplicidade imperaria entre as criaturas e talvez até que logo se descobrisse a Felicidade. Mas também elas poderiam perder-se e desaparecer de vez. É um risco que não se pode aceitar. Portanto a jogada tem de continuar e é com a CIMCOV que a Humanidade tem de ficar. Tantas mudanças laboratoriais serão feitas quantas necessárias. Não vai demorar a próxima, Eu garanto. É só completar minha jornada.

A palavra superior, em toda parte, ativava os músculos, soprava nos ouvidos, engatilhava os dedos, manobrava os braços e pernas, desenrolava as línguas, provocava cismações, confundia as vistas, endemoninhava, incitava, enfeitiçava, mentia, intrigava, encupidecia, cavucava os crâneos, envaidecia. Tomara de tal forma vida própria e tamanha eloqüência, que suas arengas permanentes até os sonhos dominavam.

A coisa toda que Eu via era a generalizada Guerra, de extremo a extremo, nas pontas dos raios, nas extensões dos raios e entre os raios da Rosa-dos-Ventos. Surgiu vitoriosa do conflito entre as supostas qualidades dignificantes, de logo consideradas estorvantes, e aquelas outras tidas como objetivas e práticas, que a tudo levam quem se enche de disposição. Tornaram-se eles vaidosos e preguiçosos, subornáveis e subornadores, malvados, pilhadores, insensíveis, prepotentes, discriminadores, belicosos, insolentes, absolutistas, farsantes, assassinos, usurpadores.

E elas vieram, espontaneamente ou inventadas, insidiosas, provocadas, repetidas, requintadas, de todas as formas, todos os tamanhos. Vieram as de cinco, dez anos, cem anos, as Guerras disto e daquilo, e das cruzadas, das rosas, de punição, de sucessão e devolução; Guerras do ópio, de nações, de dinastias, de salões, de reformas, de restaurações; Guerras de mercenários, de guerrilheiros, dos huguenotes, dos gladiadores; Guerras raciais, papais, coloniais, comerciais; Guerras primeiras, Guerras atômicas, regionais, continentais, mundiais, Guerras humanitárias, Guerras filosóficas, Guerras religiosas, Guerras, Guerras.

Durante dias e dias seguidos tentei contar nos dedos e registrar o número delas. As cabeças dos dedos ficaram inchadas quando ainda nem havia preenchido oitenta das três mil caixas de resmas de papel que teria de preencher para enumerá-las, e então desisti e remeti-as a Maniac e Univac, infinitamente mais ágeis que Eu e que resolveriam o assunto, não obstante as complicações em que se achavam.

Porque Guerra era a lei, a ordem, a moda, o divertimento, o hábito. Menino guerreava menino, filhos e pais se guerreavam, marido e mulher viviam guerreando; famílias se guerreavam, a cidade guerreava o campo e vice-versa; castelões contra camponeses, vilões contra barões; artesãos, feirantes, burgueses, fabricantes, banqueiros, armadores, comerciantes, cambistas, cortesãs, nobres da toga, nobres da espada, todos guerreavam e se guerreavam; e os estados entre si; e as classes alta, média e inferior também; e o clero superior e o clero inferior; e os judeus, os gregos, os romanos, os bárbaros, as igrejas, os mercadores, a burguesia, os senhorios, os servos, os colonos, os índios...

Um olhar, um dito, um esbarrão desencadeava uma Guerra, com o florete, a pistola, a espada entrando em ação. E a colheita maior ou a colheita menor, um lenço caído, uma herança, uma pastagem, uma ponte, a árvore genealógica geravam Guerra em toda parte.

O nobre mordia o rico, o rico se desforrava no pobre, e o pobre, no mais fraco, e todos os Povos não viam trégua, eram arrastados a defender e não sabiam o que defendiam. O derrame de sangue, a orfandade, a devastação, a miséria, a fome, enquanto de um lado campeavam, no outro geravam prosperidade, glória, esplendor. E como o brilho fascinante empolgava, as imaginações foram espicaçadas a fazê-lo maior e sustentá-lo.

Mentes inquietas e determinadas puseram-se em ação, pesados gravames foram lançados sobre os Povos, convocaram-se braços e mais braços bem adestrados, ordenaram-lhes executar novos e cada vez mais aperfeiçoados desenhos, e os resultados foram surgindo e os arsenais transbordaram. E aí os Povos sentiram que o que haviam possibilitado e também fabricado estava sendo ou ia ser empregado contra eles próprios. Mas foi apenas num relance, porque, a seguir, estavam convencidos do contrário, por um milagre da Propaganda que lhes figurava tudo maravilhoso, lucrativo, sagrado e honroso.

Multidões corriam de porta em porta, reuniam-se nas praças, deliravam com os discursos, gritavam slogans, carregavam faixas com dizeres, repetiam frases tonitruantes, entoavam cânticos guerreiros, estufavam os peitos, ofereciam-se aos sacrifícios, insultavam os inimigos, juravam vingar os ultrajes, prometiam vencer, dizimar, fazer o sangue jorrar. Por todo lado os Senhores do Poder, satisfeitos, rejubilavam, mas nunca paravam. Sempre mais sacrifícios exigiam, mais trabalhos, coragem, desprendimento e ofertas de vida. E os Povos obedecem, e brigam, e sofrem, e morrem, e cantam. E enquanto por isso passam, vão possibilitando, fabricando e usando mais apetrechos bélicos.

Espadas, lanças, flechas, pistolas, bazucas, bombas, granadas, canhões, foguetes, belonaves, aviões, mísseis, antimísseis, raios lêiser, ogivas nucleares múltiplas, lança-chamas possibilitam os Povos e fabricam e usam contra eles próprios e, antes de conjurarem as ameaças de extermínio geral deles, porque os Senhores estão bem abrigados, vão alimentando e aumentando as ameaças de extermínio.

Uma vez, no final de uma hecatombe, Eu senti ou julguei sentir agradável o cheiro de carne podre e sangue ressecado. Agora, porém, de minhas tantas lembranças, a única e mais alta que me vem é de Salomé, o querido e inesquecível Amor, a mágica Beleza que um dia Maniac fez dormir quando Eu parti para o sacrifício do Deus Vivo. Nada mais me agrada, muito menos o sangue derramado, que realmente nunca me agradou, porque é dos Povos que ele jorra, precedido e seguido de temor, aflição, amargura, e desespero, e tristeza, e perda.

O sonho dela, naquele seu sono tranqüilo, foi e é o mais lindo, e ninguém poderá jamais ter outro igual, nem mesmo Eu, O Vidente,

Eu, O Mestre dos Mestres. A Existessência libertando a vida. A Libertação da Vida, que sonho grandioso! Poderá existir outro maior? Poderá alguém sonhar tamanho sonho qual sonhou Salomé, minha querida filha? Só aquela parte em que viu que todas as crianças podiam andar e crescer confiantes e todos os lares eram seus lares, somente essa parte é capaz de sobrepor-se a todos passados, presentes e futuros sonhos.

Penso e concluo: eles não fizeram o que prometiam e deviam fazer porque, afora o interesse, as Classes não tinham a harmonizá-las um denominador comum mais alto, algo que esteja acima das querelas inevitáveis e reprima os seus ímpetos, conservando-as nos eixos. Vou mudar, e desta vez é uma Classe única a escolhida. Ela vai resolver, tem tudo para resolver.

A Classe dos Piedosos, dos que vêm há muito tempo querendo salvar o Mundo; dos sacerdotes, dos pios, dos monges, dos pajés; dos comissários socialistas, dos mensageiros e pregoeiros da Verdade, dos pais-de-santo e mães-de-santo; dos aiatolás, dos defensores dos direitos humanos, dos místicos, dos feiticeiros, curandeiros, encantadores, rezadores, macumbeiros; dos protestantes, muçulmanos, cristãos, budistas, xiitas, masdeístas, ortodoxos, xintoístas – a classe de todos que, de alguma forma, prestam seu Culto e são fiéis a seu Culto.

Vou mudar para o Modelo Cultual. Porque ele poderá resolver a questão, eliminando a palavra máxima. Piedosos como são, atletas determinados como são, exclusivamente dedicados ao bem-estar geral, à Salvação da Humanidade, à Glorificação do Homem, à Grandeza do Mundo de Deus, das Criaturas de Deus, sem dúvida triunfarão, e a Felicidade pela qual propugnam será encontrada e implantada. Pois estão em toda parte, satisfazem os Princípios ABC e tudo têm para dar conta do recado.

– Meus Irmãos, – proclamo no Anfiteatro, sob aplausos, risos alegres, chuvas de pétalas perfumadas, ovações enternecedoras, olhares e exclamações consagradoras – a partir de agora, o Modelo Aristocrático não mais existe, foi desbancado, e entra em função, para resolver o problema, implantar sem demora a Felicidade no Mundo, o Modelo Cultual.

O próprio nome dele já está dizendo e revelando o que vai fazer e quem vai fazer. É o Modelo que esperávamos para resolver o problema, o que vai destrinchar a Felicidade. Só que, desta vez, meus Irmãos, Eu vou acompanhá-lo, não vou mais dormir, tampouco sonhar.

21

A estupenda unanimidade de ponto de vista fez-me exultar. Os protestos de Boa Vontade, Justiça, Amor, Paz, Entendimento, Fidelidade, União, Luta Sem Trégua Pela Felicidade deixaram-me orgulhoso da escolha, fizeram-me vibrar como um sino celestial. Senti o toque embriagador da Vontade Divina, encrespei-me como Saulo na estrada de Damasco, e Tecla nas continuadas salvações dos sacrifícios, e Pedro na visão de Jope, e Antão nos incontáveis encontros com Deus no deserto.

E disse de mim para mim: eis chegada a hora triunfal; eis que a Verdade vem, e a Felicidade será; eis que a Trindade triunfa, e a Trindade é a Verdade; eis que todas as Trindades numa só e verdadeira Trindade estarão, a Trindade Única; eis que a Trindade Marx-Engels-Lenine, a Trindade Mãe-Pai-Filho, a Trindade Paz-Amor-Justiça, a Trindade Igualdade-Liberdade-Fraternidade, as Trindades todas na Trindade Deus Pai-Deus Filho-Deus Espírito Santo estarão reunidas, e sobre as Criaturas da Trindade baixará para todo o sempre a Felicidade.

Havia prometido acompanhá-los, não dormir e não sonhar. Porém os sonhos são incontroláveis, e Eu, O Vidente, sou muito sujeito a eles e deles não posso fugir, porque, em minha condição, pelo menos sonhos tenho de ter e, às vezes, com eles nutrir-me. Aconteceu vir aquele enquanto dormia. E quando parti para acompanhá-los e fui ver o que acontecia, nada restava do sonho que anunciava a nova Realidade.

Legiões e legiões de famintos, pobres, maltrapilhos, desvalidos, sofredores, idiotas, gementes, perseguidos, torturados, acusados de crimes sem conta, de querer, de pensar, de amar perambulavam pelos escombros, erravam pelos campos queimados, fugiam pelas estradas em ruína, acossados pela feroz e implacável luta entre o Bem e o Mal.

Ela fora desencadeada assim que o Modelo tomou pé. Isso foi rápido, não demorou mais que um abrir e fechar de olhos. Porque estavam muito bem preparados, sem que Eu nem desconfiasse. Simulavam com perfeição inimitável seus desígnios, ocultando os arsenais pacientemente montados e os planos em constante atualização, como que prevendo a ascensão do Modelo Cultural. E quando esta se deu, não perderam tempo e revelaram-se de uma precisão surpreendente.

Na primeira etapa, desfraldaram as bandeiras dos Fanatismos, e cada Fanatismo correu a mobilizar, adestrar e doutrinar o seu exército; a organizar e aparelhar suas polícias secretas, polícias de choque, de vigilância, de segurança; pelotões de assalto, pelotões de fuzilamento, pelotões suicidas; a criar e estender suas redes de espionagem e de contra-espionagem; a montar campos de concentração e a multiplicar e reaparelhar as prisões com os mais modernos e eficientes apetrechos de tortura.

Na etapa seguinte e final, dedicaram-se à grande obra de realização das Guerras, de ampliação da Maldade e estabelecimento da Escravização com um requinte de farsa mostrando que o escravizado é beneficiário das mais generosas instituições do Mundo e goza da mais pura Liberdade. Houvera muitas antes, mas nunca, porém, como as Guerras havidas a partir da hora em que o Modelo Cultural passou a ditar as cartas. E ainda piores são as em curso e as por deflagrar, em nome e em defesa das Trindades, Dualidades, Unidades; de Javé, Buda, Zaratustra, Cristo, Maomé; do Pai, Filho e Espírito Santo; da Liberdade, Igualdade, Fraternidade; de Marx, Lenine e Mao; do Socialismo, da

Democracia, do Comunismo; das Igrejas, das Religiões, das Verdades; de Stalin, Hitler, Mussolini; das Culturas, dos Direitos, das Tradições; de Deus, dos Santos, da Evangelização; da Moral, dos Mandamentos, dos Sacramentos; da Pureza, da Virgindade, das Virtudes; das Raças, da Eugenia, da Salvação; das Liberdades, da Paz, da Justiça; da União, do Progresso, do Mundo Livre.

Os acelerados e infindáveis relatórios iam sendo passados a Maniac e Univac e eles se afanavam e bufavam, até que foi chegado um momento em que não suportavam mais e protestaram:

– Assim já é um absurdo, Mestre, já passou dos limites, não agüentamos mais. Arranje um Modelo que não nos dê tanto trabalho. Pense num outro, rápido, mude de Modelo, Mestre. Escolha um que resolva logo essa busca e realize o sonho de Salomé; um que lhe dê sossego e Paz e o deixe gozar das delícias que gozava quando Judite o acordou na beira da praia. Saia desse terreno bem depressa, ele é muito falso, cheio de areias movediças. Tome cuidado, Mestre, parta para outro Modelo sem tardar.

– Acalmem-se. Estou imaginando um que resolverá os nossos problemas e com certeza dará a Felicidade à Humanidade. Estive pensando durante a jornada. Depois de muito refletir e meditar, cheguei à conclusão de que a Classe Ideal para assumir e tudo realizar, enfim alcançar a Felicidade, é a Classe dos Políticos.

Anotem o que estou dizendo. Essa Classe vai resolver o problema. Ela representa as Elites, o que os Povos têm de mais requintado, reúne os melhores requisitos, adota todos os princípios, aceita e defende todos os processos e meios, é capaz de empregar tudo imaginável e inimaginável para vencer e também é do tipo que não se rende nunca e está sempre pulando.

Como vocês sabem, não existem pessoas mais desejosas de resolver os problemas e promover a Paz Permanente do que os

Políticos. Bons diplomatas que são, exímios negociadores, gostam de encontrar soluções para as mais intrincadas pendências em torno de uma mesa, num bom bate-papo, pois conversar é com eles. Resolvem tudo com elegância, palavra ligeira, sorrisos bondosos. Precisam dessa oportunidade para uma demonstração do seu talento e seus inúmeros atributos. Sempre estiveram à frente na defesa das grandes causas e dos patrimônios mais sagrados e são indormidos no zelo pela coisa pública. É justo que não fiquem de fora, desta vez.

Os Políticos constituem uma Classe muito grande, identificam-se de forma admirável e localizam-se no espaço com invulgar destreza e insuperável sagacidade, dando de si o máximo que podem e lhes permitem, sem nada exigir de volta. São, indiscutivelmente, desprendidos, experientes, dedicados, cordiais e, sobretudo, inteligentes e repletos de boas intenções.

Acabo de comunicar-lhes a decisão. Ficaram radiantes, discursaram e renderam-me homenagens sobre homenagens, cada qual a mais bonita. E porque adotaram um hábito bastante repetido de prestar solenes juramentos no curso de suas vidas, fizeram questão de instalar o Modelo Político com um juramento todo especial, em que garantem não desfalecer um só momento na Luta pela Felicidade no Mundo, o que muito me agradou.

22

No reencontro com Maniac e Univac, só alegria, como sempre que retorno de uma jornada. Vibrações agradáveis soam nos tons do mais puro conforto. Relaxo e, satisfeito, comento com eles:

– Agora vocês vão ver o que é uma boa escolha. Não demora muito e a Humanidade vai ter o que espera e merece. Vocês vão ver que beleza vai ser o Mundo. Eu devia ter pensado neles antes. Esses descalabros todos não teriam acontecido. Ainda bem que me lembrei a tempo. Não vai demorar, fiquem certos.

– É, não vai demorar... – diz Univac, olhando-me com um olhar muito triste e um ar de profunda decepção. – Lamento cortar a sua alegria, Mestre, mas é função minha e de Maniac não deixarmos que o Mestre se afaste demasiado da Realidade e afunde na Ilusão. Pois saiba que nada do que imagina está ocorrendo. É desagradável afirmar o que afirmo. Mil vezes preferiria comunicar-lhe fatos confortantes. Porém os descalabros continuam e estão piores.

– Sim, Mestre, piores – interfere Maniac. – Há agitações, desorganizações, passeatas, desastres sem conta. Multidões desarvoradas circulam famintas, exércitos travam batalhas de extermínio, chovem bombas do alto como enxames fosforescentes em vôo vertical; de tanto atirar, os canhões e metralhadoras chegam a derreter-se; todos os grandes portos foram arrasados, os celeiros, destruídos, as plantações, incineradas; treze mil Cidades já sumiram do mapa; os rosários de povoações em volta delas também sumiram; oitocentos milhões já se transformaram em cinzas, setecentos milhões estão desabrigados...

– Não é possível, isso é demais! Onde está o juramento feito por eles? a firme promessa de que o Modelo Político ia lutar decidido pela Felicidade? Será que por lutar só entendem os homens guerrear, promover matanças?

Os dois ficaram calados, sérios, frente a mim, como à espera de uma decisão e receosos de interromper meu pensamento, porque depois que falei pus-me a pensar, e era nos homens que Eu pensava.

No dilatado espaço do início do Modelo Imperial Militar ao final do Modelo Cultural, incontáveis cenas do formigar da Humanidade tenho presenciado, vivido, comandado, e também as Epopéias todas que sucedem ao rolar da interminável Epopéia da Vida.

Muitas vezes tentei definir qual é a maior das Epopéias, mas são tantas que somente agora consigo fazê-lo com precisão. É sem dúvida a Epopéia das Cidades. Nada existe que em brilho e grandeza a ela se compare.

Foi o meu Irmão e genial Arquiteto Caim o criador das Cidades. A primeira que edificou foi Enoque, a Cidade Sacrossanta por excelência. E porque teve de render-se à cobiça de Abel, nem assim esmoreceu. Com seus discípulos, partiu no rumo de montes, rios, lagos, vales, ilhas, planícies, e de fraldas de mares, de vulcões, de desertos, e sabiamente muitas outras Cidades Sacrossantas edificaram.

Ora, as Cidades Sacrossantas são farejadas por Abel onde quer que surjam. E se já olhos grandes tinha ele quando açambarcou Enoque, maiores ficam e fuzilantes de cobiça diante das que assinalam as Encruzilhadas.

De uma vez para sempre definem-se os dois Partidos rivais, os únicos verdadeiros – o Partido dos Donos do Poder e o Partido dos

Conquistadores do Poder. A esmerada mixórdia que os dois promovem, com seus adeptos fanáticos, invejosos, arruaceiros e belicosos, é o exemplo máximo das Provas prometidas, iniciadas com a Prova da Busca da Felicidade.

Nas Encruzilhadas e entre as Encruzilhadas, ali estão eles, ávidos, frenéticos, maltrapilhos ou garbosos, ora lutando por um lado, ora lutando pelo outro, perdendo e retomando, e tomando, e perdendo, e retomando, na delirante alternância do Poder.

E vejo e escuto, deslumbrado, o nascer, a morte, o renascer, o crescimento, o riso, o choro das Cidades. Tamanha experiência Eu tanto me orgulho de viver com meus Irmãos das mais diferentes línguas que faço questão de exibi-la por escrito, porque uma Epopéia como essa das Cidades é algo que jamais se viu ou se verá maior no Mundo. Pois é fato que, das sacrossantas às populares, no vaivém do confuso e eterno embate do PDP com o PCP, acontece um desfile estonteador ao toque dos clarins das Razões e Paixões da Humanidade. Patriarcas, juízes, comerciantes, pontífices, vestais, pitonisas, proletários, cortesãs, prostitutas, cidadãos, constituintes, estrategos, pobres, demos, tribos, reis, eupátridas, demagogos, republicanos, magistrados, príncipes, libertos, escravos, senadores, éforos, aristocratas, tribunos, áugures, bastardos, hilotas, sacerdotes, clientes, patrícios, oligarcas, tiranos, plebeus, soldados, bandidos, salteadores, incendiários, todos e muitos mais desfilam no desfile estonteador.

Não é sem motivo que me vem à lembrança o Irmão veloz que lacei da beira da estrada, na Encruzilhada, e transformei em Rei. É um dos mais práticos e astuciosos membros da CIMCOV, e tanto assim é que está sempre por cima e nunca perde no balancear dos Partidos. Isso porque aprendeu e aperfeiçoou o jogo das palavras, ou melhor, aprendeu a jogar com a palavra mágica, furta-cor, a que a tudo se ajusta – Democracia. Com ela na boca ou nas pontas dos dedos, comanda ou acompanha com inimitável destreza os movimentos do PDP e do PCP e, ainda, com ela compõe termos maravilhosos, capazes de tornar obsoleta ou anacrônica a infeliz palavra Liberdade.

Só de pensar o que penso com aquela e as outras lembranças conseqüentes, fico atordoado e grito por Maniac e Univac.

– Nós estávamos prevendo isso, Mestre – falou Maniac, dando tapinhas em meu rosto.

– Vocês viram o que Eu vi? sentiram o que Eu senti?

– Sim. E achamos que é a hora de tirar umas férias, Mestre.

– Não no momento. Cuido esse assunto na sobretarde. Primeiro quero que vocês conheçam Multivac. Sim, meus Amigos, nós agora vamos ter mais sossego, vamos poder descansar, devanear... Ele é uma criatura nascida do conúbio de Ciência com Tecnologia.

– Não estou gostando. Isso me parece tresandar a enxofre. Que referência você tem dele, Mestre? Quem lhe garante que vai nos ajudar em vez de atrapalhar? Se não precisa mais de nós, o melhor é nos mandar embora.

– Deixa disso, Univac. As tarefas de vocês multiplicam-se a cada momento e por isso precisam de um auxiliar mais novo, bem disposto. Olha, rapaz, o casal Ciência e Tecnologia não brinca em serviço, é responsável, dispensa indagações.

Ele entrou espalhando um gostoso perfume pelo ambiente, cumprimentou-nos com naturalidade e sentou no lugar de Univac.

Levantei-me e deixei-os, pois nada me cabia fazer. Ele já sabia o seu papel e, pelo desembaraço demonstrado, sentia-se em casa, como se ali sempre morara. Afinal um gênio jovem daquela estirpe, supertreinado e supercapacitado até para se reciclar, não iria querer dar nem receber explicações.

Foi refletindo nisso e no que estivera fazendo que voltei o pensamento para o Modelo e concentrei-me com afinco. Uma vaga intuição fez sinal, relaxei os Sentidos, especialmente o Sexto, e ela foi entrando, desenvolveu-se, tomou corpo e, finalmente, revelou-se com a força de um estalo salvador.

Era isso. O erro todo estivera e estava aí. Os Homens. Eles não merecem. Dava-lhes o controle dos Modelos, e o que faziam? Confiava neles, e o que resultava? Senhores do Poder, metamorfoseavam-se com incrível rapidez, renegavam sem o mínimo intervalo os juramentos que faziam, os sonhos e propósitos que afirmavam ter. De cordeiros passavam a lobos, davam guinadas de cento e oitenta graus, incorporavam todos os demônios soltos. E compraziam-se com mais e mais Guerras e o desencadear dos males que as rodeiam.

Isso tudo porque, Homens que são, não têm aqueles sentimentos nobres, de Amor ao próximo, respeito à Vida e permanente repúdio à Violência e às baixezas do instinto. Vão ao cúmulo de não se importarem nem com os próprios filhos. Ora, quem assim age está visto que não vai ligar para os filhos dos outros, e é por isso que se deleitam com os espetáculos violentos, com as Guerras de todos os tipos e tamanhos.

Se eles parissem os filhos; se os amamentassem, limpassem-lhes as fraldas; se os acompanhassem desde o nascimento, e os vissem crescer minuto a minuto, e os alimentassem e educassem, saberiam dar valor à vida dos próprios e dos filhos dos outros e jamais se aventurariam em conflitos sangrentos.

Desde as minhas longínquas marchas e cavalgadas com Menés, Sargão, Sekenenrê, Dario, Alexandre, Aníbal, César, Átila, Gengis Khan, até meus momentos de glória como perito e conselheiro de Cromwell, Napoleão, Grant, Hindenburg, Hitler, Stalin, Eisenhower, Dayan, tenho ouvido falar essas coisas e lido teses e considerações parecidas.

Elas agora me voltam e começo a acreditar que a Verdade estava e está aí com todas as letras. E os clamores presentes, as lamentações que escuto, no auge destes horrores, não dizem outra coisa. Mais que nos horrores passados, as vozes levantam-se e pedem que os Homens saiam de cena, que o Governo do Mundo seja entregue às Mulheres, porque elas são mães e as mães odeiam as Guerras. As mães nunca irão querer o sacrifício dos próprios filhos, nem o sacrifício dos filhos das outras mães. Portanto, para que as Guerras se acabem, a Paz e a Tranqüilidade reinem e Amor se torne a palavra suprema, entregue-se-lhes o Mundo e sejam elas as Senhoras do Poder.

Assim resolvo, convoco-as e entrego-lhes a Missão que viviam suplicando e todos que com elas concordavam. A direção dos negócios do Mundo passa às mãos das Mulheres, e o Modelo que sobe é o Modelo Feminil.

23

Sento, na Biblioteca, entre Maniac e Univac. Eles suspiram aliviados e já fazem planos de como aproveitar as folgas que esperam ter para a frente. Com eles, Eu sigo as imagens da festa assinalando o início do funcionamento do Modelo Feminil.

Fogos de artifício, danças, vestidos deslumbrantes, vozes meigas, sorrisos encantadores, trocas de beijos, luzes, cores, alegria, é uma festa maravilhosa, que transborda Esperança e enche os corações de Esperança.

Sinto-me orgulhoso por minha decisão e deliciado com a beleza das cenas tão contrastantes com aquelas presenciadas e vividas em minhas jornadas.

Olho para Univac e Maniac e enterneço-me quase ao ponto de chorar. Porque eles não estão fazendo outra coisa. Lágrimas de contentamento rolam pelas suas faces. Sorriem felizes e orgulhosos de sua contribuição. Levanto-me para ir deitar e digo-lhes:

– Fiquem observando. Se surgir qualquer anormalidade, acordem-me. Não acredito, porém tudo é possível, e amanhã ou depois pode surgir alguma. Vocês sabem que Festa é Festa e Realidade é Realidade. Precisamos ver como se arranjam. Torçamos para que dê certo.

– Deixe de mau agouro, Mestre! – replica Maniac. – Tudo vai correr bem, fique certo. Elas vão conseguir o que os Homens jamais conseguiram. Estou apostando no Modelo Feminil.

Passam-se os dias, nenhum dos dois me procura, faço um balanço da minha existência, concluo ter sido cheia de episódios marcantes; as recordações agradáveis ou dolorosas estavam intactas, as notas arquivadas também, e achei que deveria escrever a Autobiografia, para servir de auxílio ou roteiro aos que porventura desejem um dia conhecer a Alma da Humanidade em toda a sua História.

Feito o esquema, passo a ordenar na mente o primeiro capítulo. Quando atinjo a parte em que aparece Maniac, dou de cogitar no que estariam os dois fazendo, admitindo haver acontecido algum imprevisto, ou estar saindo alguma coisa errada, pois o fato de não me terem procurado era muito estranho.

Maus pressentimentos assaltam-me e cautelosamente saio à procura deles. Avisto-os ainda de longe, de costas para mim, falando agitados e fazendo gestos excessivos, o que denunciava qualquer anormalidade. Vou mais para perto, desconfiado. Não distingo as imagens, porque as encobrem, mas ouço-os e arrepio-me.

– Você é que tem de ir. Eu já disse que não posso. Não gosto de afastar-me do meu posto – fala Univac.

– Eu é que não posso, você sabe disso. Tenho vergonha de falar com o Mestre, depois da grosseria que lhe fiz, daquela estupidez de dizer que estava apostando no Modelo. Como fui cometer uma tolice dessa, com toda a minha experiência? Você vai ter de ir, Univac. Precisamos avisá-lo com urgência.

– Há muito tempo devíamos tê-lo avisado. Então vamos os dois.

– Não posso, já disse. Não tenho coragem.

– Pois façamos um trato. Vamos tirar cara ou coroa. Aquele que perder vai sozinho e agora.

– Não é necessário, meus Amigos – falo-lhes, aproximando-me e colocando-me entre eles. – Aqui estou Eu. Que se passa de grave? Deixem-me ver. O quê! Isso é obra do Modelo? Caramba, não é possível! Contem-me o que está havendo, o que acontece, desde o início. Esperem. Onde está Multivac?

– Saiu, Mestre. Disse que não agüenta essa monotonia, que tudo isso é besteira, café pequeno, é um espetáculo mixuruca, briguinha tola, que nós ainda não vimos nada... Ou esse sujeito é cínico ou muito sonso, ou então está destrambelhado, ou mal-intencionado. Mixuruca é a cara dele!

– Larga isso pra lá, Univac. Vamos ao que interessa.

Sentamo-nos comodamente e apronto-me para escutar, sem perder de vista as imagens captadas de todas as direções, e eles contam.Depois que me recolhera ao leito, a festa ainda prosseguiu alegre por um bom momento. Quando se encaminhava para o final, degenerou em empurrões, insultos, unhadas, pancadarias e choques entre grupos e partidos, por causa das desavenças detonadas logo no início das confabulações em torno da partilha do Poder.

Até aí nada de mais, porque todas as festas geralmente terminam assim. Mas essa era muito diferente. Não apenas assinalava uma transferência de Poder, uma troca de Modelo; assinalava, isto sim, ou pretendia assinalar, uma renovação de mentalidade, uma demonstração de capacidade, uma prova de que Amor exclui Guerra e de que, no Mundo, o que faltava para se atingir a Felicidade era essa substituição de Sexo, a implantação do Modelo Feminil.

Acontece que as Mulheres, suspeitosas dos Homens, sempre acharam que estavam por baixo, que eram mantidas injustamente em segundo plano, como incapazes de fazer tudo o que eles faziam, até que daí surgiu a maior rivalidade de Sexo a Sexo, qual chama revigorante que as deixava azucrinadas.

Transbordantes de boas intenções e incontestável Amor, nem assim desistiam de alimentar desejos de desforra, nem da vontade de comprovar que podiam fazer tudo que os Homens faziam. Um dia – isso foi sendo gravado nos seus íntimos geração após geração – elas haveriam de ter a oportunidade de demonstrar que eles não eram melhores do que elas, nem mais capazes ou dispostos do que elas, nem mais fortes, inteligentes, imaginativos.

– Soltaram esse desabafo durante a festa, Mestre, logo depois que você saiu. Uma guinada de arromba. O pau cantou. Aliás, nem guinada deram e nem o pau cantou, simplesmente continuou. Elas estavam determinadas a superar os Homens, seguiram em frente, e superaram! Observe.

A primeira providência foi a formação de Batalhões de Mulheres, Polícias de Mulheres, Divisões Navais e Esquadrilhas Aéreas de Mulheres. Tinham de deixar bem claro que, se ficaram por baixo, foi porque nunca tiveram uma oportunidade. Esta chegada, peito, coragem, tutano e gênio possuíam suficientes para não mais permitirem que os Homens rissem delas e sim, antes, se envergonhassem de tê-las posto de lado ou em funções sempre obscuras.

Por último, as Razões de Estado nas mãos, os Comunicados, Informações, Tratados, Acordos Bilaterais, Trilaterais, Multilaterais; Constituições, Leis, Decretos; os Despachos, Negociações, Conversações, Planos de Ataque e Defesa; as Questões de Segurança, os Direitos da Soberania, o Orgulho Nacional, a Independência, o Prestígio, a Liberdade, a Honra, tudo isso nas mãos, a longamente sonhada oportunidade da grande demonstração de capacidade, fortaleza, gênio, inteligência, disposição e iniciativa guerreira havia chegado e os Homens iam vê-la, para aprenderem a nunca mais fazer discriminação de Sexo.

Nas pontas, ao longo e em volta dos raios da Rosa-dos-Ventos, um frenesi de emulação entusiástica tomara conta dos Exércitos Mistos que se adestravam para enfrentar outros Exércitos Mistos. Sim, porque as novas recrutas não queriam ficar para trás em Bravura e Coragem, nem tampouco os Homens estavam querendo ser desbancados por elas em questão de tal importância e tão vital. De forma que já era de prever-se a ferocidade dos confrontos em preparativo entre os Exércitos Mistos. E isso sem falar nos apelos e conclamações que as oradoras de vozes melífluas e ao mesmo tempo enfáticas e enérgicas endereçavam aos Sexos obedientes, tanto mais obedientes e valentes quando se trata da voz materna, ou das que a lembram.

Elas sempre admiraram e invejaram os grandes Guerreiros. Sempre quiseram imitá-los, fazer mais do que eles. E agora, nos brilhos dos seus olhos, nas imagens que desfilam a minha frente, Eu via reproduzido o brilho que vi nos olhos de Roxana diante de Alexandre, nos da Moça de Salápia acompanhando Aníbal, o brilho inesquecível dos olhos de Cleópatra fitando César, e dos olhos de Lady Hamilton pousando sobre Nelson, e o brilho de todos os olhos de Mulheres que vi olhando os famosos Guerreiros que conheço.

E partiram para imitar, e terminaram por superar. Não deixaram por menos, principalmente para provar que sempre foram mais resistentes à Dor e não temiam as agruras de que os Homens as poupavam, e não eram nem covardes, nem tolas, nem sentimentais. Como também queriam provar que Modelo nenhum podia ser superior ao Modelo Feminil.

Mulheres admiráveis. Belas, competentes, orgulhosas. E ambiciosas e decididas. Movem-se com destreza e ordenam com bravura. Não vacilam, não transigem, não admitem delongas nem contemplação. Revelam-se tão ou mais práticas e calculistas que as Donas de Casa, objetivas mais que os Homens. Têm a cabeça no lugar e os pés no chão. E resplandecem merecidamente em meio ao resplendor e ao fragor incessante na imensidão do Anfiteatro Global.

Eu admiro a Grandeza não importa em que sentido. Parte por natureza, parte por minha convivência com O Mestre e com infindáveis Irmãos desinibidos e perspicazes, como Moisés, Ramsés,

Sun Tzu, Heródoto, Xenofonte, César, Plutarco, Suetônio, Cid, Maquiavel, Cervantes, Voltaire, Jomini, Balzac, Liddell Hart. E quando ela se apresenta com a magnificência que vejo, minha admiração eleva-se a adoração dela e das aureoladas Eleitas que com afinco lutam por ela. E envio-lhes rosas, faço-lhes elogios, e todas me olham ternamente e mais animosas prosseguem, para que Eu veja o triunfo do Modelo.

Ter-me-ei excedido? Por que aos Amores de Minha Vida distribuí pétalas somente, enquanto a elas dedico rosas inteiras? Será porque Amor é abstrato e Dever é concreto, ou vice-versa? Mas nomes e antropônimos, não estão todos no Charco das Palavras? Tem sentido estarem lá, também, as variadas rosas? Por que fui esquecer que o Charco é universal? Que me perdoem as minhas diletas Irmãs Hatshepsut, Sabá, Semíramis, Olímpia, Cleópatra, Fúlvia, Berenice, Zenóbia, Zoé, Irene, Teodora, Pulquéria, Elisabete, Catarina, Maria, Isabel, Vitória, Alexandra, Indira, Golda, Bandaranaike, Benazir, Margarete...

Nem pude gozar o conforto do perdão que invocara, ante a súbita algaravia nas parafernálias de uso dos mensageiros da luz e das trevas, os ruídos ocasionados por empurrões e quedas de objetos e os brados furiosos de Maniac e Univac.

– Tu estás é demente, Univac. Sai pra lá. Pra cima de mim não dá. É muita petulância tua o quereres convencer-me de que isso é correto, bonito. Somente um louco pensa e age assim. Tu estás louco, Univac.

– Louco é uma ova, seu velho gagá. Sabes o que és? Quadrado, ultrapassado, cego. Eu, sim, é que estou em meu perfeito juízo. Por isso é que posso enxergar Beleza naquelas erupções flamejantes, e nos lampejos em traçantes parábolas, e nas corridas disparatadas, e nos estrondos ensurdecedores, e nos gritos espontaneamente soltos em diapasões que por Dever e Direito elas fazem vibrar com classe. Como são alinhadas e geniais!

Acalmei-os, sem fazer comentários, e sentei-me, pensativo. Realmente é preciso reconhecer-se que a Arte da Guerra tem dois lados, e é no seu conjunto que a vejo, o que não sucede agora com Maniac e Univac. Ambos estão certos, embora Univac tenha mais razão. Mas não está isso em julgamento. Ver, ouvir e decidir é o que me compete. E o que vejo e escuto?

Em número e tamanho as Guerras não foram nem estavam sendo diferentes para a Humanidade, que nessa parte não ligava, porque as conhecia desde o início e com elas e para elas existia. Porém no mais excederam e excediam a todas as havidas durante todos os Modelos anteriores.

Petrificado na poltrona, a mente solta a funcionar com o máximo de vigor possível, Eu ouvia e via. Lamentos, queixas, soluços; estropiados pedindo auxílio, cadáveres insepultos, viúvas desesperadas, órfãos suplicando amparo, flagelados expondo as suas desgraças; doentes, famintos, desabrigados maldizendo o dia em que nasceram; jovens outrora bonitas e agora mutiladas fugindo dos olhares; a repetição das cenas habituais e antigas acrescidas de novas e mais tristes cenas, tudo isso Eu via e escutava, e sobre tudo isso Eu chorei as poucas lágrimas que me restaram desde o dia em que chorei sobre o Mundo. Depois, falei baixinho a Maniac, para não perturbar a concentração de Univac, tão embevecido que estava diante das cenas que o entusiasmavam: vai buscar a lista dos Modelos escolhidos, Maniac. Aproveita e traz também a dos razoáveis. Vamos ver.

Um subitâneo apagar. Como se me extinguira ou se o Mundo se extinguira. O Vácuo absoluto, ou o Aniquilamento total, ou o Nada. Assim apagara e assim despertei.

– Maniac, a lista. Trouxeste a lista?

– Você dormiu bastante, Mestre. Se sonhou, não sei.

– Por quanto tempo Eu dormi, Maniac?

– Horas, meses, séculos, que importa, Mestre? O certo é que você dormiu no instante em que me mandou buscar a lista. Ia dizer-lhe que era desnecessário, ela estava na minha memória, os Modelos escolhidos no Anfiteatro podiam resolver o assunto, e aí você dormiu, abandonou o Tempo, parou.

– Que Tempo, Maniac?

– Ora, o que corre, o presente, o Momento Único existente no Tempo Uno. Não é assim que a CIMCOV ensina? E que os relógios e calendários são apenas o compasso das engrenagens dentro do Tempo Uno? Siga em frente, Mestre. A hora é de ser, fazer e mandar fazer.

Decepcionado, entediado pelos choques brutais de uma existência inútil ou assaz miserável de Sentido; forçado pelo Dever a privar-me do convívio com as fontes dadivosas de Prazer, Carinho e Amor, vou esperançar uma última vez, fazer a derradeira tentativa.

Revejo a lista dos doze Modelos, separo os não revelados e analiso-os cuidadosamente. Por ser o último a decretar, há que ser o melhor, aquele entronizado na Biblioteca pelos Irmãos que em causa própria fazem, carregam e propagam Livros, Músicas, Poemas, Jornais, Revistas, Panfletos – a Axiomática em cuja defesa são unânimes.

Velada ou claramente, tem sido lembrado desde os primórdios da Linguagem. Aceito e considerado o Ideal por quantos o encontram, e vêem, e acolhem, e escutam na Biblioteca, é freqüente e insistentemente sugerido, e até exigido, pela imensa legião de Visionários como a Única Esperança de Felicidade. Adotá-lo decido e aos Arautos ordeno fazerem a leitura do Decreto.

24

O Modelo Intelectual foi o único que entrou na lista não exclusivamente por minha escolha, mas sobretudo em decorrência da imposição natural das abalizadas opiniões orais e escritas universalmente divulgadas e que de forma alguma Eu poderia ignorar nem contrariar. Para uns e outros, estes ou aqueles, seria o Governo dos Filósofos, dos Sábios, Poetas, Cientistas, Pensadores, e assim por diante.

Prefiro um termo que a todos englobe, um que reúna a Classe Intelectual por inteiro – Professores, Estudantes, Jornalistas, Tribunos, Artistas, Escritores, Críticos, Poetas, Pensadores, Cientistas, Filósofos, Doutores, Técnicos, Estrategistas, Clérigos, Políticos, Pastores, Missionários, Ecologistas – e o mais adequado, mais perfeito e significativo é esse a que ora administro, com todas as honras e pompas, o Sacramento do Batismo: Modelo Intelectual.

Eles o instalam sem pressa, como convém a uma Classe desprendida, abnegada; uma Classe que se apresenta sempre desambiciosa e jamais culposa; Classe do raciocínio, do pensamento, calculista, e que sólida e gradualmente prefere agir, e fazê-lo evoluir, em consonância com espicaçantes Teorias.

Mas por que lentamente? Por que não se azafamam e partem para uma ação imediata? Por que não bradam ao Mundo que o Mundo está nas mãos deles e que, por estar nas suas mãos, o Mundo tem de lhes ser obediente, que obedecer a quem representa a Inteligência é o Destino do Mundo?

Porque Eu, O Vidente, o Mestre dos Mestres, o revelador da Palavra Perdida e instigador dos que abriram a Caixa das Palavras; Eu, que tenho o Tempo nas luras do meu Tempo e sei que o Tempo é Uno, ordeno-lhes esperar e ouvir-me. E assim, chegada a Hora Nona mais solene, falo à Assembléia Mundial da Intelectualidade reunida no Anfiteatro:

– Irmãos! Vocês, os que escrevem, ministram, propagam; elogiam, acusam, defendem; divertem, criticam, encenam e inventam; vocês que pensam e orientam; constroem e destroem; sistematizam, legislam, codificam; que ajudam a viver e a morrer e se deliciam em narrar com íntimo deleite os dramas, comédias e tragédias de vilões e cidadãos bandidos e outros tipos não menos sórdidos; vocês ajam com sabedoria, busquem um padrão original, sensato e justo de Felicidade. O Mundo, a Humanidade conta com vocês. Que o bom êxito remate essa busca da Felicidade por vocês, meus diletos Irmãos.

Vejo Maniac e Univac já preparados e ativos. Tão notável e comprovada eficiência tranqüiliza-me. Vinda que é a sobretarde, vou cuidar das merecidas férias nas ilhas paradisíacas a minha disposição no Mediterrâneo, Atlântico e Pacífico. Irmãs carinhosas me esperam, e aí vem a noite prometendo outorgar-nos maravilhas de Amor. Alegre e risonho, despeço-me e digo-lhes:

– Não preciso recomendar-lhes tomarem cuidado, ficarem atentos noite e dia. Porém de uma coisa não se esqueçam: vocês acompanham, agora, o movimento e as ações da Inteligência Unida.

– Mestre, sempre trabalhamos com a Inteligência e nunca deixamos de dar conta do recado. Não é verdade, Univac?

– Certo, mas nos percursos que juntos temos feito a Inteligência cometeu falhas, permitiu dúvidas, vacilações, e até desconfio que algumas vezes deixou de ser inteligente e apresentou-se indisciplinada e dividida. Atentem bem. Neste momento isso não acontece. Vocês têm, para acompanhar por todas as partes do Mundo, algo novo, um portento sem igual – a Inteligência Unida. É a primeira vez que acontece. Só espero não ter acordado o Leviatã.

– Ora, isso é exagero, Mestre. Tenho certeza de que nem eu nem Univac vamos ter mais trabalho que antes. Sou capaz de acreditar que lá na ilha onde estiver se deliciando somente a luz azul vai cintilar. A Inteligência Unida não é estulta ao ponto de obrigar a gente a acionar os botões da luz vermelha. Vá e divirta-se tranqüilamente.

Ia saindo mas um repique súbito na mente alertou-me estar faltando alguma coisa importante ou ocorrendo uma séria anomalia. Multivac, é isso. Multivac, com quem mantivera pouco contato e Eu não via.

– Escutem, vocês. Por onde anda Multivac? Ainda não voltou? Que foi que vocês fizeram com ele?

– Ora, nada, Mestre – responde Univac. – O mais fácil era ele fazer com a gente. Não acha, Maniac?

– É verdade. Parece que é bem capaz de aprontar alguma. Olhe ele ali. Está lá sentado desde que você adotou o Modelo Intelectual. Passa o tempo sorrindo, esfregando as mãos e olhando pra gente todo misterioso. Multivac, chega até aqui. O Mestre quer falar contigo.

– Como vai você, Multivac?

– Bem, muito bem, eminente Mestre.

– E o Decreto, gostaste dele? Qual é a tua opinião? Acreditas que foi boa a idéia de me decidir pelo Modelo Intelectual?

– Naturalmente. Não havia mesmo outro melhor na lista. Tinha que ser ele e era com ele que eu contava. Só que acontece que não vai ser o último. Ele vai ser o penúltimo, Mestre, isso eu garanto.

– Não vai ser o último? Por quê? Se quem decide sou Eu e Eu decidi que é o último... Que história é essa de penúltimo?

– Decidi, decidi... Deixe isso pra lá, Mestre. Pense nas mulheres lindas que o esperam, nos perfumes inebriantes, nas vozes cristalinas, nos prazeres dionisíacos. Vá sossegado para suas férias. E também pode levar Maniac e Univac. Deixe que eu tomo conta de tudo. Isso é uma sopa. Além do mais o Modelo está apenas no começo...

Maniac e Univac recusam acompanhar-me, dizendo que iam tirar férias, sim, mas ali mesmo, escondidos de Multivac e sem muito se distanciarem dele.

Qual partiu Ló rumo a Zoar, assim parto Eu, deixando para trás os meus dois anjos e levando o coração vazio. Não um vazio igual àquele quando Maniac aconselhou-me sentar debaixo da fronde e esperar a jovem que ia passar. Era diferente, era um vazio pesado com o ridículo de haver-me deixado hipnotizar por um auxiliar novato, que ainda por cima se aproveitou de minha predisposição para fazer-me uma sugestão irresistível. Mas nada de desconfianças. Ponho-as de parte e sigo o meu curso.

No alto do promontório, de onde se descortina o panorama da baía acolhedora e além a vastidão do mar, sinto-me no topo da Glória e externo minha satisfação às Irmãs que me acompanham:

– Sobre sábia e gentil, a CIMCOV é diligente e pródiga. Reconhece que sem vocês nada no Mundo tem Valor e muito menos Sentido, pois que nem mesmo Adão teria deixado rastro.

Elas dão risadinhas, fazem-me carícias, ronronam dengosas, beijam-me e abraçam-me.

– Vejam que de recursos nos põe ela ao alcance: secretários, mensageiros, seguranças fiéis, criados solícitos, manicuras, cabeleireiros, massagistas, copeiras amáveis, adegas e despensas abarrotadas, cozinha requintada... E que leitos aconchegantes! Até a temperatura é controlável. Vê-se não existir fartura maior, o conforto é total. Mordomos atentos provêm-nos de tudo. São incansáveis. Todos nos adoram e sentem-se orgulhosos.

Mais uma noite agradável passamos, entre carícias e jogos lúbricos entremeados com libações e iguarias finamente preparadas. Fazem-me lembrar das visitas aos Irmãos de bom gosto quando das jornadas que tenho empreendido, cada qual buscando outros exceder em originalidade e atenções fidalgas. Assim em Tebas Sekenenrê, e Hirão em Tiro, e Salomão em Jerusalém; assim em Nínive Assurbanipal, e Nabucodonosor em Babilônia, e Alcebíades em Atenas, e Ptolomeu em Alexandria; assim Herodes em Cesaréia, e em Tarso Marco Antônio e Cleópatra, e em Roma Tibério e Adriano. São tantos e tão distantes estão... Talvez por isso mesmo esta saudade que enorme desejo me dá de revê-los, e igualmente, também, de rever os que estão mais perto, como Basílio em Bizâncio, Kubilai Khan em Pequim, Alexandre no Vaticano, Luís em Versalhes, Frederico em Potsdam e outros mais.

Elas ainda dormem quando a rósea aurora vem de leve despertar-me. Saio para uma caminhada à beira-mar, e em ponto bem distante sento-me na areia. Por mais encantadora seja a paisagem, não consigo reprimir a inquietude que lenta e progressivamente vai me oprimindo.

Não recebo relatórios, notícias não me chegam. Onde estarão Maniac e Univac? Que ocorre no Mundo entregue à Inteligência Unida? Por onde anda Multivac, que não se manifesta?

Habituado a manter-me calmo até durante os fragores das mais estupendas batalhas, sopro as espumas da emoção, estiro-me de bruços e fecho os olhos. Sei que estou imóvel, porém sinto que rodopio, rodopio e engolfo-me num oceano impalpável, onde uma enorme esfera azul flutua, rendilhada de pontos sangrentos, e agarrados nela esperneiam náufragos de trágicos semblantes, como se ela fora a Arca de Noé virada pelo avesso.

Levanto-me estonteado e exausto, com a sensação de haver-me debatido demais no oceano. Reflito sobre a estranha visão, ou talvez antevisão, ou ainda, o mais provável, simples pesadelo. Confuso, retorno a casa lerdamente.

Já de longe diviso a devastação. Acelero os passos e avizinho-me do artístico jardim que adorna a majestosa casa. Praticamente desaparecera, destruído por uma ação inexplicável de fúria e bruteza. Roseiras, plantas olorosas e árvores raras tombadas; canteiros revolvidos; fontes, tanques e viveiros entulhados. Por todo lado a marca da destruição violenta.

O interior da casa não apresenta melhor aspecto. Quadros, tapeçarias valiosas, móveis, ornamentos originais, finas porcelanas, esculturas, portas, tudo quebrado, rasgado, pisoteado. E por sobre tudo isso o silêncio e nem sombra de ser vivo. Na cozinha, no bar, na adega, a mesma coisa, somente destroços e evidências de uma pilhagem total.

Vou aonde havia o sistema de comunicações e encontro a aparelhagem inutilizada, aos pedaços. Mas uma linha fora poupada, como de propósito, aquela que me ligava com Maniac. O alarme vermelho zune e pulsa e, vinda de longe, escuto a voz tão conhecida:

– Mestre, Mestre, responda! Mestre, Mestre...

– Estou aqui, Maniac. Que está acontecendo? Conta logo, Maniac.

– Não há tempo, Mestre. Venha correndo. Depressa. Há horas que o procuro e chamo. Por onde andava, Mestre?

Pode ser até que seja a Consumação... Quem sabe? E se é que é chegada a Consumação, um minuto a mais ou a menos não faz diferença. Melhor, antes, empreender Eu um novo Périplo e assim inteirar-me dos fatos. O atraso no encontro com Maniac meus olhos vão compensar com seu registro. Pelo tom expressivo da voz dele me chamando, só pode ser um estrago desmesurado ou um feito miraculoso jamais nem pressentido, e Eu preciso testemunhá-lo.

Salto no Continente e prossigo de Continente a Continente, Península a Península, Arquipélado a Arquipélago, detendo-me nas grandes Encruzilhadas onde pompeiam as magníficas e muito queridas Cidades que sempre fazem meu coração estuar de júbilo.

E vejo que as Cidades estão diferentes. E também vejo que, no lugar de muitas Cidades, ou são montes oblongos ou esqueletos pétreos que restam. E, sentado sobre os montes ou entre as colunatas cinzentas rodeadas de escombros, ouço à noite os chacais uivando às sombras das ruínas.

Meu espanto e desgosto não têm medida. As Cidades não me respondem. Nem sequer um Irmão se faz presente para contar-me o que acontece. E olha que o número deles não é pequeno e de algum modo são todos empreendedores. Certamente já estão reunidos na Biblioteca, alma e corpo da CIMCOV, ou lá ao lado onde Maniac, Univac e Multivac premem botões e observam redes de fios condutores, sob o distante olhar da Irmã Cassandra a vigiar do alto da cidadela.

O fato é que encobertas ou silentes jazem muitas Cidades e isso me entristece. Como gostaria de revê-las como as via outrora, belas, festivas, ricas e orgulhosas! Mas por quê? Por que essas pérolas preciosas – Eridu, Ur, Babilônia, Cnossos, Nínive, Cartago, Siracusa, Harapa, Tiahuanaco, Palmira, Samarcande, Tebas, Tartessos, Hattusas, Tróia, Kambalu... – desaparecem assim, ou emudecem, com seus teatros, palácios, templos, jardins, e arenas, termas, pontes, pirâmides, muralhas, e altivas torres, e suas gentes, e seus gênios tutelares?

Corro direto para Maniac. Está na Biblioteca. Nem aflito, nem agitado. Calmo, grave, placidamente atento. Adverte-me, porém ignoro-lhe a advertência e escancaro por igual as janelas nos quadrantes da Rosa-dos-Ventos. O panorama do Anfiteatro explode em vibrações. A Energia humana desencadeada.

Imperturbável, ali de pé, ele me olha. Provavelmente me sondando, provavelmente querendo ver a minha reação, o deflagrar da ira de que Eu teria de estar possuído.

Desconcertado, sorrio para ele. Não pode ser verdade... Alguma coisa está errada... Tudo no Anfiteatro parece fora de lugar, todos se movimentam mas sem ordem lógica, para trás, para a frente, saltando de lado, rolando no chão. E os zunidos irritantes. E gritos, gemidos loucos, e turvos estrondos, e clarões cegantes. A visão, a antevisão, o pesadelo na beira-mar.

– Que loucura é essa, Maniac?

– Pergunte a eles, Mestre, seus Irmãos Conselheiros. Eles sabem. De minha parte, confesso que já lavei as mãos.

– Não, nada disso, Maniac! Você tem de ficar comigo! São eles todos? São eles que estão fazendo essa confusão?

– Quem mais podia ser? Vendo-os assim, bonzinhos, sossegados, com cara de santinhos, até que a gente duvida. Não é verdade? Mas não duvide. São eles mesmos. É que estão cansados. Brigaram demais, na hora de acenderem os estopins, cada um querendo ser o melhor. Sem poder contê-los, perdi a calma e tranquei-os aqui dentro. Pensa que reclamaram? Nada! Estão é satisfeitos, pois seus nomes correm de boca em boca. Não está escutando o vozerio das multidões? a oratória dos retóricos? as palavras de ordem da propaganda? o estrugir das metralhas? o crepitar dos incêndios? Pois é, são os seguidores deles em ação. E por isso eles descansam.

– Preciso desconcertar esse desastre. O Mundo não merece. Não era para ser dessa forma. As Provas não deveriam chegar a tal ponto. Mas onde se encontra Univac? e Multivac? Por onde andam?

– Aí está o grande problema, Mestre. Tão logo você deu as costas, Multivac danou-se a só querer viver conversando com esses Conselheiros que ora descansam na Biblioteca. De cada vez passeava com um ou dois deles, ou mais. Até que desconfiei e pus Univac nas suas trilhas. Registrei tudo. Veja onde estão agora.

– Vamos até lá é que é, Maniac. E avisa pro pessoal que está aí dentro nos acompanhar.

Maniac não se move. Pensa. Olha em volta. Aumentam as vibrações no Anfiteatro. E Eu escuto e ele também escuta as vibrações crescentes. E geme. E murmura:

– Eles escaparam, Mestre. Agora é que estou percebendo. Você escancarou as janelas e aí eles escaparam. Estão na frente. E estão com a Energia toda solta. São incorrigíveis.

– Melhor assim, Maniac. Enfim acontece! A Inteligência Unida e a Grande Prova, que maravilha! Confesso que Eu nada podia dizer, porque a Inteligência é livre. Apenas abrir Eu podia, abrir as janelas. E se Eu não as tivesse aberto, ainda assim eles sairiam. Porque a Inteligência não se aprisiona, não se escraviza. Principalmente quando determinada a buscar um sensato e justo Padrão de Felicidade.

– Mas são muitas as Inteligências, Mestre. São milhares, milhões de Inteligências de ambos os Sexos, não se esqueça. Como é possível se unirem, se são tantas e tão diferentes umas das outras? E olhe que também existem muitas que não habitam na Biblioteca e a CIMCOV não conhece nem desconfia. Essa Inteligência

Unida... Não sei, não acredito... E a Corda, como vai ficar? Vai rebentar? Vai unir as pontas?

– A Corda é ondulante, meu Amigo. Só por momentos ela estica. Momentos breves, soturnos. Depois sucedem as ondas de variados tipos e direções. Como as de agora. Como a onda que me fez amargar o abandono na ilha que era tão boa. Mas cuidemos de ver se o momento é o que era esperado e se nos planos da CIMCOV Multivac tem algum dedo metido. Suspeito ser ele um fator perigoso, pois que criatura animada exclusivamente por humano sopro.

Já nas vizinhanças da Ágora, num canto do Anfiteatro, Eu recolhia vibrações mais e mais fortes. Avanço e dou com a Assembléia reunida. Alguém está falando no centro dela. Chego perto e vejo em minha frente Multivac. Fala qual o mais puro dos Sofistas. Saíra com louvores da escola do Irmão Pitágoras. Vê-me e prossegue mais eloqüente ainda. E Eu escuto embevecido, atônito, trêmulo, orgulhoso e apavorado. Não há negar: é uma soberba Inteligência. Ele sabe disso e demonstra que sabe. Entre os que o cercam – de Hamurabi, Aknaton, Sólon, Sócrates, Platão, Jeshua... a Agostinho, Erasmo, Bacon, Morus, Descartes, Voltaire, Rousseau, Adam, Hegel, Marx, Keynes... – tem à esquerda o sereno Pôncio, Irmão de notável sabedoria. Para melhor significar o seu carinho especial, põe-lhe sobre os ombros o braço esquerdo e, com o direito na clássica postura, faz a peroração e conclui com a extraordinária indagação que antecedeu o sacrifício do Deus Vivo na Cruz-Símbolo:

– Que é a Verdade?

Eu estremeço. E vejo que todos estremecem. E a Ágora estremece, e repercute. Sobre os rios, sobre os mares, e montanhas, e oceanos. Nos cantos e reentrâncias do Anfiteatro as Cidades estremecem. E ali estão eles. Os que escaparam e os que vão chegando estão ali. Olham, sorriem, uns mais, outros menos satisfeitos.

Observam seus seguidores com extrema benevolência. Os seguidores fervilham. Estrênuos, incansáveis. Carregam estandartes, sopram cornetas, agitam badalos, rufam tambores, fazem discursos, gritam ordens, redigem panfletos, espalham jornais, imprimem livros, promovem arruaças, dão tiros, e cantam.

Puxo Anatole para um lado e indago:

– Tu, que és o preferido do nosso Irmão Pôncio, estás bem consciente do que assistimos?

– Mais do que isso, Mestre. Antes do início da Assembléia conversei com Multivac. Ele me disse que prevenira você. E também disse que a indagação de Pilatos é a Grande Chave em poder da CIMCOV. Eu concordo.

– Também concordo. Mas acontece que uma chave tanto serve para abrir como para fechar. Não estás vendo essa gente que está trancando as luzes por diversos lugares? Pois é. Apossam-se delas, entendem que são deles somente, ninguém deve bufar... E o pior é que as controlam com ferocidade, escondem-nas da maioria do Mundo, trancam-nas, e ainda arreganham os dentes e ameaçam com cogumelos. E que dizer da Chave? da esperada resposta à pergunta de Pôncio? De onde tirar? onde colocar? para onde girar a Chave? Ou será que ela é cheia de segredos? Ou é simples, tão simples que a Humanidade passa por cima dela e não a vê? E se já foi respondida a pergunta e não se entendeu? ou não se quis entender? ou se finge não ter entendido?

– E compreender que essa gente que assim procede e ordena é da CIMCOV... É doloroso, Mestre.

– Não importa, Anatole. Um dia eles criarão vergonha. Não é a primeira vez que atraiçoam, trapaceiam, ou esbanjam hipocrisia. Foi assim na hora do encontro de Pôncio com Jeshua. Te lembras tão bem quanto Eu. Estávamos lá.

Maniac aproxima-se, taciturno, e os curiosos do que vai dizer também se aproximam.

– Mestre, você tinha razão. Parece que Leviatã está mesmo solto. Vamos sair do caminho, se não terminamos pisoteados.

– Não exageremos tanto, Maniac. Nós não podemos sair do caminho. Não existe outro, agora. Multivac está certo.

A multidão discorda do que afirmo sobre o caminho e grita dizendo existirem muitos mais, milhões deles. Espalham-se manifestos. Oradores discursam. Aplausos, apupos, correrias, gritos, choros. Bandas de música, bandas marciais, danças, foguetórios animam a atoarda. E mais e mais manifestos, e chuvas de papéis, enxurradas de papéis escritos explodem, colidem, escavam, estrondeiam.

– Anatole, vamos visitar nossa intrépida e gentil Irmã Safo. Estou certo de que lá encontraremos o que é preciso. Lá, no Jardim das Coisas, nossa Irmandade encontraremos e também, com certeza, Multivac. Enquanto isso, Maniac, procura Univac e vão esperar-me no Museu da Biblioteca.

E assim vamos. No percurso, Eu vou olhando e pensando. Aquele Rei meu Irmão... O que antes ou então me parecera insensatez, ou um desejo perverso, ou um sinal de demência, ali a mim em torno ganha sentido. É o Dilúvio, sim, no seu avanço inexorável, engrossando com chuvaradas universais de papéis e outros petrechos mais nervosos que me estremecem as pernas. Faço por compreender mas a Compreensão me foge ante a falta das luzes que Eu mesmo lembrei fossem guardadas. E porque as luzes vão com os que as guardam e seguem na frente, os atrasados vão ficando mais para trás e mais numerosos, e infinito é o sofrimento deles debaixo das chuvas do Dilúvio, que se transmuda em Dilúvio eletrônico a exigir-lhes Compreensão, a Compreensão deles para as vantagens dos que se apropriam das luzes. Vai daí não me contenho e corro para o Jardim das Coisas.

Abençôo as rosas e os botões de rosas e a seguir cumprimento a sempiterna risonha e determinada Safo, a cuja volta reconfortam-se Homero, Sólon, Platão, Virgílio, Ovídio, Khayyam, Petrarca, Aretino, Dante, Byron e muitos mais Irmãos, e digo-lhe:

– Genial Irmã Safo, bendigo o instante em que te encontro em tão ilustre companhia. Platão está certo quando afirma seres a Décima Musa. Felizes os ouvidos que te ouvem as odes maravilhosas!

Ela sorri, faceira, e convida Frinéia, Aspásia, Lâmia, Taís e demais Companheiras a suavizar-nos as jornadas no Jardim das Coisas.

Rodeio o olhar para ver o conjunto dos jardineiros e aprendizes de jardineiros, meus Irmãos e Irmãs na CIMCOV. Sem exceção, carregam rosas e botões de rosas, como sorrisos carregavam no momento em que abri a Porta Certa no Anfiteatro para a reunião da AEPEM.

Típica a inocência, e igualmente o controle dos músculos faciais, dessa parcela da copiosa e infindável linhagem que tem por Direito o domínio do Mundo. Por isso lhes venho sempre outorgando Comendas, Títulos, Prêmios, Estátuas, Biografias, Canonizações, Imortalidades. Sobretudo agora, com a indagação de Pôncio a golpear-me a consciência. Jamais lhe dera a merecida atenção, pois que acostumado aos gritos. Mas esse grito ribomba cada vez mais alto, exige ser escutado pela Humanidade, ser compreendido como o Grito da Suprema Coragem. Nas outorgas de logo mais, terei Pôncio a acolitar-me.

Assumo o comando invocando Natureza, Poesia, Filosofia, e ordeno aos Irmãos colocarem à vista as rosas e os botões de rosas de quantas Artes, Crenças e Ciências carregam ou desenvolvem no Jardim, escrevam-lhes os nomes e ponham-nas em ordem e dêem-lhes destinação livre, sábia e justa.

Eles se rebelam contra a idéia. Não estão ali para cuidar de acessórios, vulgaridades ou detalhes sem importância, que em nada ajudam a quem só deve preocupar-se com as essências, e as essências estão nas rosas e nos botões de rosas que conduzem da forma como bem entendem.

Mas assim Eu não entendo. É importante que todas as coisas tenham seus nomes, fiquem ordenadas com clareza e não se dispersem por falta de propósito. Isso explicado piora ainda mais a situação, e dos debates confusos e cheios de palavreados, das polêmicas furiosas e das disputas pela primazia até de pensamentos, torna-se-me impossível distinguir quem me é contrário ou favorável. A saída é aproveitar que estão reunidos e dar-lhes uma Missão que seja realmente a mais grandiosa e de cujo resultado depende o encontro da Felicidade. Ora, se a ela chegar é o que buscam, há que se achar um ponto de partida certo, pois um erro inicial seria funesto. Portanto decreto que a Inteligência Unida passa a formar a Grande Comissão de Classificação das Coisas – GCCC.

– Sim, meus Irmãos, façam primeiro a Classificação das Coisas. Não negligenciem, não errem, não mintam. Tudo mais depende dela. Porém não esqueçam que a conclusão tem de ser de uma certeza tal que o que tiver de vir depois flua naturalmente. Trabalhem com afinco e muito tino.

– A Inteligência adora as tarefas difíceis. E por ser a deles a mais difícil, atiram-se a ela com ardor de juventude e dedicação de maturidade. Não todos, infelizmente, ou melhor, apenas uns poucos. A imensa maioria demonstra que o que gosta mesmo é de encher e rasgar papéis, promover reuniões, debates, palestras, discussões eruditas, fazer contestações, dar entrevistas, exibir sapiência, acusar adversários, duvidar da importância da tarefa, julgar, negar, repudiar, viajar, festejar.

Estão no seu elemento preferido e observo-os no vaivém constante, no costumeiro faz-de-conta que a mim não engana, cada qual mais cheio de importância, atarefado, esbaforido, cansado, reclamando do desconforto, da falta de apoio, da precariedade das condições de trabalho e das normas da Comissão. Denunciam os abusos, a exploração, cruzam os braços e botam a boca no Mundo.

– Estou assim admirando aquela extraordinária competência, quando de um lado vem-se aproximando o meu jovem e descontraído auxiliar Multivac e de outro uma respeitável embaixada de Irmãos aos quais devoto uma profunda admiração. Todos simples, trabalhadores infatigáveis e de altos méritos, trazem-me os primeiros resultados já publicados da Classificação das Coisas. Tales, Zenão, Sócrates, Platão, Aristóteles, Bacon, Ampère, Comte, Spencer, Descartes, Leibnitz, Kant, Hegel, Pascal, Averróis, Agostinho, Tomás, Newton, Aristarco, Hiparco, Galileu, Sêneca, Heráclito, Epicuro, Tocqueville, Russell, Lucrécio. Vejo que estão fatigados, pois que ardem com a febre da Inteligência. Homenageio-os e convido-os a descansar.

– Passo a conversar com Multivac e sinto que algo muito errado está ocorrendo, algo que vinha de antes, não sei quando, e me ia incomodando, sufocando. Não era como quando estava na praia, era como se afundasse num lamaçal, e via as coisas embaralhadas, misturas estapafúrdias, e ouvia barulhos, sons fora de escala, vozes nunca imaginadas, e Eu sacudia os braços e os papéis que caíam em meus braços, e empurrava e era empurrado. Não era dentro de mim, não podia ser, era fora que estava ocorrendo, era no Jardim das Coisas. E decido sair dali.

– Multivac, toma conta do Jardim. Eu vou pra Biblioteca.

– É o melhor que tem a fazer, Mestre. Deixe essa parte comigo. Eu sei como cuidar desse Caos. Observe de lá.

Apresso os passos e vou pensando. Maniac julgara que Leviatã estava solto e, embora Eu não o tivesse tomado a sério, vejo agora que estava mesmo e com toda a ferocidade com que costuma aparecer. O monstro assumia as mais diferentes formas, proporções inimagináveis, era insaciável, perverso, cúpido, lascivo, sanguinário, turbulento. Era ele que estava solto, o Esfomeado, o Coisívoro, o Caos.

Sento-me no intervalo entre o Museu e a Biblioteca, bem diante da janela panorâmica no centro da Rosa-dos-Ventos. Para observar conforme a recomendação de Multivac. E de princípio é ele quem surge resplandecente, seu corpo inteiro, feito de luzes, irradiando luzes de realização pelo encontro com os pais, os meus Irmãos Cassandra e Norbert Wiener, que o acariciam com ternura sob as auréolas dos próprios sonhos.

Começo a refletir sobre Sonho e Realização quando me puxam pelas mangas. Um casal de crianças, que não descrevo nem defino, me fita com olhos de tamanho e cor de Continentes. Fecho os olhos, fervilhante de vergonha delas e de culpa, e depois balbucio:

– Pois é. É isso aí. Vocês entendem. É assim. É isso. É a vida.

Eu procurava palavras para falar com elas, e explicar, e justificar, mas não encontrava, não existiam palavras explicativas, só existiam as que estavam no Charco das Palavras, e Eu seria desonesto e cruel se as usasse. Ao fim de prolongado silêncio, volto a falar:

– Meninos, a Existessência fracassou, não existe mais. A Existessência que Salomé viu num sonho morreu. Também Salomé deve ter morrido, ou então anda com aqueles bandos ali. São os Ecologistas, gente muito importante, muito ciosa e combativa. Eles protegem, defendem, acariciam, e agasalham, e alimentam e abrigam os bichos. Eles fazem de tudo pelos bichos. Vão embora mas com cuidado, não quebrem plantas nem pisem na grama, pois eles também as protegem em nome da Ecologia.

Eles se foram como vieram. Ainda pensei em chamá-los de volta, para prolongar a conversa aliviante, em falar-lhes a respeito do Homem, do seu significado para a Existessência, da importância dele e também dela, que tentou libertá-lo. Mas logo desisti. Se ele nunca conseguiu entender a salvação pela Existessência, como as crianças iriam entender? Como as crianças iriam saber que existia O Livro e que nele Moisés garante que a Escravidão instituída por Noé é obra de Deus? As crianças, enquanto crianças, só podem viver o que sabem, e porque ainda não sabem o que é ensinado é que estranham o Mundo.

Já acostumado com o brilho de Multivac, agora distingo claramente o panorama e posso observar como ele age, com que precisão se movimenta. Sou fascinado pela ação de Multivac, sobretudo pela maneira cavalheiresca com que me trata. É suave, rápido e preciso nas informações que me passa. No meio do tumulto lá na Ágora, ele não me esquece e afirma sentir do seu Dever ficar conversando comigo e explicar-me o que acontece. E se acaso Eu me cansar, ainda sugere busque repouso e deixe Maniac e Univac em meu lugar. Mas Eu recuso. Quero ver como ele conduz e interpreta os acontecimentos, quem mais lhe merece a preferência, com quem anda e o que faz por onde anda.

Sem fim é a torrente humana; apavorados e às carreiras os que vão saindo; sequiosos, ariscos e atarantados os que vão entrando. Todo mundo fala, e ouve, e sente que se não correr não vai alcançar, não sabe o que é mas está decidido a não perder tempo e vai atrás do que parece a última Esperança. É que estão distribuindo cleros por lá mesmo de onde outros estão fugindo, e assim a grande novidade batizada de Cleroquia por Sólon, Pisístrato e Clístenes inicia a fantástica experiência com terras e humanos seres, de mistura com fascinantes utopias e um bom-mocismo de fazer inveja.

Bem no centro vejo Multivac empunhando uma batuta rodeado da multidão em movimento. Ele comanda os oradores e, um após outro, os oradores vão falando e a multidão se excita e perde o sono e mais se movimenta. E vêm os aedos, e vates, profetas, menestréis, poetas, cronistas, dramaturgos e demagogos artífices das palavras e registram com sofreguidão as cenas. A sofreguidão aumenta e outros ainda mais sôfregos se juntam a eles, e todos que ali estavam ou iam chegando já não se contentam com aquelas mesmas cenas, pegam eles próprios as suas batutas e atiçam os ânimos, inflamam as imaginações, acendem as fornalhas das emoções e sensações, e sob as suas batutas inspiram novas passadas, danças, caminhadas, pulos, corridas e os grandes saltos, os prodigiosos saltos e também as quedas no incessante movimento. E cada vez mais satisfeito Multivac sorria admirando a rebrilhante batuta, ora cortejando Aristipo, Teofrasto, Diógenes, Epicuro, Apolodoro, Timon, ora incitando as multidões a atravessar os mares, a transpor montanhas, a buscar os rios e os lagos afortunados, a cruzar os oceanos, a navegar nos ares e além deles.

E logo aconteceu que no lado de lá do mar a Loba se encrespou nas Sete Colinas, e junto dela ganem os lobinhos, eriçam os pelos e rosnam, enquanto as multidões fazem os mesmos percursos, entrando e saindo, invadindo e fugindo, sob a grita da escumalha aplaudindo os tribunos e reclamando pão e circo. E quanto mais reclamam, depois que os lobos desceram das colinas e se espalharam, mais poetas e demagogos decantam as belezas dos campos, exaltam a virtude do trabalho nas lavouras, engrandecem as vantagens e delícias da vida rural, provinciana, de lavrador, de camponês, que as turbas desocupadas e os ladinos das Cidades muito admiram e elogiam ver trabalhando de sol nado a sol posto.

Nos risonhos dias primaveris, os citadinos ociosos visitam com estardalhaço a Natureza, fazem piqueniques, organizam excursões, promovem torneios poéticos, bailados campestres, e ofertam prêmios ao intelectual que mais louvores improvisar sobre o extenuante lavor que nem sonha enfrentar. Mas com essa disputa não se dão por satisfeitos e agitam as batutas com feroz vigor e clamam pelas Guerras sagradas em defesa... de que mesmo? Virgílio, Horácio, Juvenal, Teócrito, Lucrécio, Plínio seguem as trilhas de Spúrio Cássio e Mânlio

Capitolino e atolam os pés no sangue dos inditosos Gracos, que ninguém se digna de prantear. E nem por isso em Lutécia, Águia Negra, Ursov, Albion, Helvécia a inspirada parvoíce deixa de afetar os miolos mais privilegiados e sensíveis em Ariosto, More, Voltaire, Rousseau, Goethe, Tolstoi, Knut Hamsun, Górki... E nessa hora Eu vi que a pena e a batuta, tanto quanto a voz e a barriga, se equivalem em potência como alavancas dos movimentos interferentes nos destinos da Humanidade. Por isso mesmo bendigo o gênio cimcovino que ideou e deu a Multivac o maravilhoso instrumento que é a batuta.

Murmúrios de vozes me chegam por entre ruídos e estrondos, e choros, gritos, trepidações, relinchos e zunidos diversos denunciando os acontecimentos bem enfeitados que as batutas comandavam sob o olhar satisfeito de Multivac. Enfastiado das cenas repetidas e sem condição de dormir sossegado, saí à procura de Maniac e Univac, divisei-os bisbilhotando, fiquei intrigado e interessei-me no que falavam.

– Essas Guerras não me excitam mais, Maniac; são uma rotina sem graça, têm os mesmos pretextos e desfechos sem sentido, logo se reacendem por qualquer besteira; muitas delas, a maioria, nem os qualificativos mais mesquinhosos podem assinalá-las, e ainda há aquelas intermináveis grudadas nas mentes discriminatórias e preconceituosas, essas, sim, de autenticidade ímpar e efeito proporcional à soma das ignorâncias e bestialidades envolvidas. Sinto-me enfarado, igual ao Mestre Vidente quando se afasta em suas pausas para descanso e devaneios. Ah! se me fosse possível escolher...

Maniac assustou-se, olhou de esguelha para Univac, não fez o que certamente ele esperava, que era perguntar o que escolheria, e aguardou a continuação.

– Olha, as minhas anotações me levam a concluir que, na origem e estimulação das Guerras, somente existem três forças motrizes

– a Inveja, a Cobiça e a Arrogância. As mais simples e mais brandas são as Guerras por Inveja e por Cobiça. Está claro que ninguém vai querer destruir o que deseja possuir. Algumas até chegam a ser bonitas, verdadeiras obras de arte, competições leais entre bandidos cavalheirescos, ou heróis românticos e sérios. As demais, latentes, insidiosas, breves, prolongadas, intermitentes ou intermináveis, são as Guerras por Arrogância, mãe de todas as Doutrinas. Essas Guerras sempre têm andamento no estribo de um ou mais Princípios de uma Doutrina. Ora, as Doutrinas todas, sem exceção, são chuveiros de hipocrisias, falsidades, encenações, mentiras, perversões, fanatismos.

– Univac, tu não achas que estás indo longe demais? – perguntou Maniac, pensativo.

– Ainda nem saí do começo. Eu te pergunto: qual é a Doutrina que é justa, certa e perfeita? Qual? Onde está? Quando surgiu? Anteontem? Ontem? Hoje? Agora? Neste instante? Não, não existe, e nem nunca existiu, e nem nunca existirá. E porque são boladas e jogadas por aí como fieiras de lingüiça ao giro de manivelas, o número das Guerras abertas e escondidas só não acontece em igual proporção porque não há ânimo suficiente nem espaço disponível. Basta observar. Daqui se podem ver todas elas. Deixa eu sair da frente. Observa.

Embora fosse a Maniac que ele se dirigia, Eu tenho certeza de que elevara a voz além do necessário, e isso só podia significar que sabia de minha proximidade e era a mim que convidava.

Acompanhado de Pôncio, não fiz cerimônia, adiantei um passo, ergui cortinas, ajustei botões, coloquei-me bem no centro e fiquei vendo. De vez em quando Leviatã surgia, enveredava por um lado, ressurgia por outros, desfilava com fumaças e estampidos, escondia-se nas trevas, bufava, esperneava, arrotava. Mas sempre, antes dele ou depois dele, com acompanhantes seletos das melhores safras da Inteligência, a brilhante, inconfundível, risonha figura de Multivac aparecia desenhando bandeiras com a batuta.

25

Ainda não consegui refazer-me inteiramente do pasmo em que andei. As lembranças somente em vagas irregulares vão chegando. Lembro que Eu estava com Pôncio ao lado e escutei Univac prometer a Maniac indicá-lo para o mais cobiçado Prêmio se ele dissesse, com segurança, quantas são as Guerras por Inveja, as Guerras por Cobiça e as Guerras por Arrogância, ou seja todas as Guerras de anteontem até aquele instante. Maniac não vacilou. Pegou a Rosa-dos-Ventos no côncavo das mãos, juntou-lhe dias, horas, períodos, eras, posses, desejos, sacudiu e sentenciou:

– É de 47 milhões 321 mil e 403 a cifra das Guerras por Inveja.

Depois ele ajuntou mais outros ingredientes, inverteu e desinverteu a posição das mãos, novamente sacolejou-as e disse:

– Tal como eu previa, exatamente igual é o número das Guerras por Cobiça.

Aí Maniac fez uma pausa, descansou as mãos, pediu licença, incorporou a Biblioteca e o Museu e danou a fazer movimentos rápidos enquanto explicava:

– Agora vem a parte mais difícil, porque complexa, muito numerosa e de mistura e associação com agentes e impacientes fautores da mais sutil, intrigante, hipócrita, diabólica e dissimuladora Inteligência. Vou ter que juntar, contar, dividir, somar, separar e novamente juntar e contar, fazer montes de operações de somas, divisões, subtrações, multiplicações de Teorias, Doutrinas, Princípios, Reformas, Propostas, Planos, Ideais, Seitas, Religiões, Teses, e Contra-Princípios, e Contra-Doutrinas, e Contra-Reformas, enfim, vou ter de reunir com exatidão o incomensurado número de Mentes e seus produtos e subprodutos, sacudir assim deste jeito e encontrar o resultado. Pronto. Com as do dia e as 12 mil e 910 que estão ocorrendo neste instante, é de 6 bilhões 391 milhões 426 mil e 833 o total das Guerras por Arrogância.

Eu me lembro que bati palmas e imediatamente acatei a sugestão de Univac, por intermédio de Pôncio, concedendo a Maniac o Prêmio Belon de História com louvores e tudo mais. O Prêmio Belon é a mais famosa, a mais alta honraria que se bolou no Mundo para distinguir as personalidades e entidades de maior destaque nas conclusões, explicações, invenções e justificações das Superioridades com que se ocupa, diverte e atenaza a Humanidade. O feito de Maniac fora espantoso, pois que antes dele milhões fracassaram na difícil e muito complicada empresa.

Lembro também de logo a seguir passar a assinar os Decretos, que Pôncio me ia indicando, das outorgas com que Eu distinguia, homenageava, honrava e orgulhava indivíduos, associações, corporações, laboratórios, centros de pesquisas, e sobretudo Povos, pela afanosa porfia para mais se distinguirem principalmente nas enormes, calamitosas, desumanas e ao mesmo tempo maravilhosas Guerras por Arrogância.

Está em mim, e não é preciso esforço para se notar, um desbragado pendor muito natural para admirar, exalçar, cultivar e propagar exageros de espetáculos, batalhas, manobras, morticínios, vilanias, máquinas de destruição, petardos demolidores, calamidades, perseguições, torturas, privações, crueldades, genocídios e todas as artes de produzir e disseminar sangueiras e cadáveres. Sinto uma satisfação delirante no meio desse jogo complexo de cartas dadas pela Irmandade que presido e de cujos gostos imutáveis Eu sou impregnado e a materialização perpétua.

Encargo honroso e muito distinto, capaz de imortalizar qualquer representante do gênero humano que o execute, esse de descrever e indicar, para efeito das concessões que Eu ia fazendo, as Guerras por Arrogância e os Povos mais destacados nelas. Ninguém melhor que Pôncio, autor da grandiosa Pergunta. Mas ele nada mais fazia que secundar a GCCC, que desde aquela hora no Jardim vinha fazendo a Classificação das Coisas. Ela era a base para as indicações, mas tantas vezes se multiplicaram e céleres continuam se multiplicando as Classificações, que nós tivemos de rever os critérios para as concessões e ainda por cima recorrer ao auxílio de Maniac e Univac e outros Acólitos. E assim nos unimos e vimos agindo em todo o decorrer e para a Grande Glória do Modelo Intelectual.

Uma vez, numa conversa com Maniac, e por motivo de outras outorgas de títulos, Eu ponderei:

– Nas Guerras, Maniac, o que mais tem de ser levado em consideração é a Brutalidade, para efeito dessas homenagens com títulos, diplomas, medalhas, estátuas. Não a Brutalidade comum, sem nenhum requinte, como nas Guerras por Inveja ou por Cobiça, ou nas entre Povos atrasados, mestiços, negróides, pobres e feios, mas sim a Brutalidade requintada, a Brutalidade impiedosa, cruel e perversa ao extremo, a Brutalidade que não deixa dúvida de que é brutal mesmo e sem qualquer idéia de condescendência. Essa Brutalidade sumária e muito exata, você já sabe, é privativa, peculiar dos Povos Avançados, das Raças Superiores, das Nações Ricas, Desenvolvidas, Modernas, Civilizadas, de Primeira Classe e Cheias de Graça. Em suma, são os Povos Superiores em Saber, Riqueza e Beleza e que por isso mesmo desdenham daquelas Guerras, que consideram Sujas, e se dedicam somente às Guerras por Arrogância, ou, como cientificamente definem, Guerras Limpas.

Eu recordava essa conversa enquanto via, ouvia Pôncio e outros Acólitos e ia assinando, e continuei recordando:

– Sabe, Maniac, Eu admiro os Povos da Superioridade, toda a Humanidade os admira, principalmente as Classes abastadas ou intelectualizadas dos Povos mais miseráveis e atrasados. Eles têm um Dom inegável: tudo que fazem é bem feito; o Conhecimento, a Inteligência, o Saber, o Engenho, a Verdade, a Sabedoria residem neles; o Direito à Supremacia no Mundo é deles. Em razão disso, todos os Princípios prevalecentes de todas as Doutrinas divulgadas ou secretas têm origem no seio deles e é Dever do Mundo aceitá-los. Aqui é que Eu me insurjo, Maniac, e daí é que resultam as Guerras por Arrogância, porque sem elas, sem esses espetáculos tão espetaculares o Mundo não teria graça, vegetaria no Atraso e na Pobreza dos Estímulos elevados e dignificantes e não ficaria sabendo quais são os Povos realmente Capazes, Superiores e Honrados.

Foi a mais longa tarefa que executei sem interrupção e com o máximo prazer. Durante um dia e uma noite Eu concedi títulos significativos, insígnias nobilitantes, diplomas especiais, grandezas hierárquicas, prêmios valiosos. Até nisso o contraste entre os Povos Ricos e os Povos Pobres é por demais evidente. Enquanto uns se destacam pela Competência e Eficiência, os outros se destacam pelo Sofrimento e Resignação. Salvo à memória de uns quatro movidos pela Revolta, não houve outorga homenageando a Pobreza, enquanto milhões de criaturas de reconhecida Superioridade foram selecionadas e devidamente galardoadas, sem falar na homenagem maior aos respectivos Povos, que com isso mais se enriquecem pelo acréscimo de novos Princípios e novas Doutrinas e sobem na admiração universal. Mandei então que divulgassem os atos e fui descansar.

Aconteceu que depois que acordei do merecido descanso um compulsivo desejo de conversar com Multivac me fez chamá-lo. Ele estava cercado de personalidades da Política, das Armas, das Finanças, da Cibernética e apontava com a batuta as cenas em desenvolvimento desde o mais recuado e obscuro ao mais luminoso e tonitruante recanto do Anfiteatro. Perguntei-lhe:

– Multivac, quais e quantas foram na totalidade as outorgas? As entidades mais destacadas? as Nações mais arrogantes? E o Dilúvio de Papéis, em que ponto está?

Multivac sorriu complacente e respondeu-me:

– Não esquente a cabeça com números, Mestre, nem se preocupe com o alvoroço à borda do Charco das Palavras. Fique certo de que o Dilúvio está sob controle e não mais ameaça tragar todo mundo. Enquanto você descansava, Univac XIII e Maniac XX desempenharam muito bem as tarefas que distribuí e supervisionaram os trabalhos dos Estatísticos e os relatos dos Cronistas. Está tudo aí aos seus pés. Teria sido pior se a gente não tivesse arranjado meios de eliminar em grande parte o uso de papel. Um deles foi dificultar aos Povos atrasados o acesso a ele e às mil maneiras de utilizá-lo. Não fosse isso e o Mundo teria naufragado no Dilúvio, porque não faltavam lamúrias, denúncias, súplicas, reclamações, protestos, pragas, acusações, ameaças para jogarem com os papéis pelos quatro cantos.

Ele prosseguiu apontando as cenas em desenvolvimento, sorridente e feliz. E, curioso, Eu olhei para as cenas e vi que não podia deixar de me preocupar. Com restrição ou sem restrição, o volume de papéis estava subindo e portanto o Dilúvio era fato inconteste, pelo menos nos pontos do Anfiteatro onde as chuvas não cessavam e folhas sem conta de papéis caíam.

Era no que dava aquele alvoroço no centro e na borda do Charco das Palavras, e também a universal competição por

Notoriedade, cada qual exigindo o máximo de Comunicação e engalfinhando-se feito doido pela paternidade de Progresso, Divindade Suprema adorada nos lares e templos do Mundo.

Aquilo não podia ser coisa de um só Modelo. Tantos desdobramentos, tantas características do que seriam outros quantos Modelos que Eu me recusava a creditar tamanha capacidade inventiva a um só, no caso o Modelo Intelectual. Mas não tinha por quê. Era ele mesmo, sozinho. As cenas não disfarçavam. Claras, incisivas, resultavam das situações de quantos se comunicam em demasia, de quantos vivem se metendo em tudo, pois quem muito se comunica um dia se complica.

Ainda pensei em gritar-lhe sugerindo uma mudança, mas enquanto fui abrindo a boca e erguendo o braço novas cenas se sucederam e aí Eu vi que Multivac tivera o mesmo pensamento e, sempre sorrindo, tentava majestosamente abrandar o Modelo Intelectual, disciplinar-lhe as corridas, conter excessos, mas já era tarde – as Inteligências com quem andava eram envolventes, dominadoras, não lhe davam descanso, e portanto as cenas se sucediam cada vez mais céleres.

26

Não consigo afastar-me do Charco das Palavras. Estou sempre ou dentro ou nas bordas, nunca distante nem despregado dele. Ou então ele é que está por toda parte onde me encontro e com seu borbulhar fica me salpicando até me ensopar, de forma que vivo tentando enxugar-me e não consigo. Para não ter de carregar as vestes molhadas, Eu ideei um modo de pegar as palavras no ar, recolhê-las antes de se grudarem em mim, tratá-las e enfeitá-las convenientemente, para depois espalhá-las ao som de hinos, trombetas, orações, tambores, badalos, bombas e canhões. Eu criei as Bandeiras e as vesti. As Bandeiras são as vestes das idéias, que já com elas vão saindo do Charco das Palavras.

Pois bem, ali estava Eu com o Ideísmo recém-criado, ao lado de Adão e Eva, que haviam surgido e eram vistos por causa da Roupa que usavam. Sim, porque sem Roupa o Homem não existe, não é distinguido ou reconhecido. Ela é o traço comum característico e exclusivo do Homem, o único externo original e universal. Há quem julgue ser para proteger, quem proclame para exibir e quem afirme para esconder o Corpo. Nada disso. É para dar existência a ele, como está dando a Adão e Eva quando passeiam enroupados com tudo que de bom e de ruim existe. Pois bem, ali estava Eu com o Ideísmo enganchado em mim, nem de longe sonolento, medroso ou limitado, antes disposto a manifestar-se ruidoso, de Bandeiras lá no alto com o Verbo, a Queda, o Pecado, e a prosseguir disparado na sua vocação multiplicadora. A trajetória do Ideísmo é assombrosa pela enormidade de Bandeiras a publicar que o que sai da cabeça do Homem e se vê nessa amostragem é uma escandalosa e ao mesmo tempo encantadora regurgitação.

E Eu vi que isso era bom. Porque fundamental no domínio do Homem sobre o que lhe fora destinado e ainda por cima sobre o mais que é de sua veneta tomar posse, usar, abusar, fazer, desfazer, consumir, desperdiçar, enfim, para a sua completa Liberdade de entender e conduzir-se. Tal como estava acontecendo. As Bandeiras mais afoitas tremulavam, e o número delas não tinha conta, enquanto outras, enroladas, murchas, sujas, rasgadas, pisoteadas, eram resíduos de sonhos cobrindo o chão.

O espetáculo das Bandeiras no chão me entristeceu e então ansiei pelos braços dos saudosos Amores de minha vida, imaginando, assim abandonado, esquecer as infinitas preocupações sobre o Destino da Humanidade. Só de delícias momentos teria nos ambientes mais variados e agradáveis. E realmente assim foi enquanto novidade. Mas os estremecimentos do Tempo estadeiam por estações sem conta, e a estação que transcorria resfolegava ao drapejar das Bandeiras que elas também teciam e levantavam, e de embrulhada Eu me envolvi com elas, para de pronto comprovar que, em tudo, o que de mais real existe é a Ilusão.

Pois sucedeu que as Bandeiras cresceram em número e importância e disputavam o domínio do Mundo. O Homem, deixado para trás, acelerava o passo e não alcançava, milhões de desvios lhe apontavam certezas, Bandeiras reluzentes seduziam-no, sonorosas palavras lhe davam satisfações, os Sexos se exaltavam e recriminavam mutuamente, o que antes era senhor fizera-se escravo, as incrementadas necessidades trituravam cérebros e nos mesmos estômagos se acomodavam e ninguém atentava para a incongruência de tal milagre. Nem Eu nem elas atentávamos, pois havíamos perdido da memória o grande lance da decretação do reinado da Existessência, o sonho grandioso da Liberdade do Homem.

Portanto a festa do nosso reencontro não passou de lampejo de uma luz condenada ao esquecimento em meio aos vulcões estrondeantes saídos das forjas do Modelo Intelectual. Mais importante era sintonizar, seguir, fazer estrondos. Os Jogos de Amor identificavam anacronismo, significavam perda de tempo, agrediam idéias de sentido da Vida. Preferiam-se torneios mais compatíveis com as mudanças, brinquedos vistosos, barulhentos, estimulantes. Mudanças sobre mudanças tonificavam os ânimos, só as Bandeiras é que contavam, realidades fora delas não existiam, a Realidade reconhecida era aquela açambarcada pelo PDP e pelo PCP e seus coadjuvantes para as variedades das nuanças do Poder.

Eu poderia decretar a existência de um novo Modelo, até mesmo fazer vigorar simultânea ou sucessivamente uma grandiosidade de Modelos, visto o Ideísmo ter-se revelado de uma fertilidade além de qualquer previsão ou esquema disciplinar, porém Univac e Maniac fizeram-me ver que somente a nomeação resumida de todos eles daria para Eu compor uma Enciclopédia de muitos volumes e o melhor era esquecer e não conflitar com Multivac, sem dúvida o maestro mais convicto do Modelo Intelectual com a sua batuta. E também seria mais uma obra supérflua ou inútil a se acrescentar às inscritas no interminável Dicionário Bibliográfico Universal, que entre outros registra os nomes de todos os meus Irmãos na CIMCOV.

Contento-me de olhar por instante as Cenas sob a batuta de Multivac. Soberbas em todos os aspectos, nelas não existem meios termos, só o absoluto tudo ou nada, medida exata para o meu gosto. Umas, de tão curtas, quase me escapam, o que seria uma pena, pois inegavelmente primorosas; outras, mais ou menos longas, reúnem exemplos do quanto pode o Homem alcançar quando entende de lutar em favor do Bem ou contra o Mal como ele os compreende e conforme as situações; e finalmente aquelas, a maioria, em que a Humanidade se desnuda e exibe por Multidões, Nações e Povos impositivos e defensores de Verdades. Poucos mas determinados, têm Águia Branca à frente seguida de Nipon, Águia Negra, Lutécia, Can, Albion e a Loba.

Depois que as Bruxas foram dizimadas e a Deusa Razão desfilou perante as multidões alvoroçadas, ao som de marchas guerreiras, e do rolar das cabeças, e dos aplausos aos carrascos, Eu decidi voltar à ação, disposto a não contemporizar com Pieguice e Tibieza e Superstição, para tanto acolitado por meus Irmãos da GCCC e instrumentado por Maniac, Univac e Multivac. Como se a partir desse momento a Humanidade houvesse alcançado a Realização, estabelecido o Padrão final, descoberto os limites da Perfeição, e Eu tivesse em meu controle as Intenções de quantas Mentes fervilham dentro e fora da CIMCOV. Como se Eu próprio não fosse a eterna Contradição.

Dali da Cidade iluminada as Bandeiras seguiram por Cidades sem conta, até que a Rosa-dos-Ventos ficou abarrotada e confusa, e aí Eu pensei e disse comigo: qualquer Modelo que Eu viesse a decretar seria diferente apenas na aparência, por causa do nome, pois no fundo no fundo continuaria sendo sempre o Modelo Intelectual. Não adiantaria, por exemplo, chamar de Modelo Pacifista, ou Modelo Romanesco, ou Modelo Antigenésico o que ocorre no Anfiteatro neste Amanhecer. Nem Modelo Capitalista, nem Comunista, Socialista, Pagão, Cristão, Satanista, Nipônico, Islamítico, Fundamentalista, porque haverá sempre, trepados nos galhos das vontades dos Senhores do Poder, Escribas excluindo das listas dos banquetes as Classes que dão nome ao Modelo.

Nunca se poderá especificar com clareza o estádio da evolução do Modelo Intelectual, nem impedir que o Mundo gire dentro do Jogo das Palavras. Porque a coisa que a Humanidade mais adora são as palavras que entram no Jogo, ou as lançadas em auxílio ou substituição delas, sobretudo as palavras novas, as ambíguas, as tolas e as perversas. Sei que vou sofrer no meio delas, mas também vou divertir-me e até estourar de Vaidade por fazê-las eclodir do Charco associadas aos nomes de Irmãos venturosos.

Bastante intrigado com aquela exclamação de Univac antes de se deter na magnífica Dissertação Sobre as Doutrinas, resolvo matar a minha curiosidade e indago-lhe:

– Meu luminoso Companheiro das horas boas e das horas más, posso Eu saber qual seria a tua escolha se pudesses escolher?

– Naturalmente, Mestre. Eu queria ser Santo.

– Entendo...

O tapete voador zumbia rompendo os ventos, e os olhos mágicos iam-me trazendo as imagens do Mundo. Nenhum frenesi, mas sim fastio, causavam-me elas. Eram imagens rotineiras de conflitos e extermínios em monótona sucessão, aqui e ali entremeados de relâmpagos de Novidades logo dissipadas nos buracos negros das Insatisfações. Umas e outras ora esmaeciam ora avigoravam conforme as ondulações das Guerras. Por fim tirei da manga a chave guardiã dos últimos alçapões, labirintos e calabouços do Anfiteatro e abri-os. Não mais excedentes a exigir outras cleroquias, nem perseguidos fugindo para novos mundos, ou galés arrastados para ilhas longínquas. Agora era o Grande Ensaio, o prelúdio de cenas porvindouras, as demonstrações preliminares do Assalto Final. Por isso Multivac sorria. Ele ia passando com a batuta empunhada e a Deusa Razão de deslumbrante nudez distribuindo beijos. Multivac sorria e Eu também sorri.

Decretei que as variações do Modelo tivessem nomes refletidores das respectivas cenas dominantes, enquanto à sagacidade dos Escribas e Cronistas incumbia sacramentá-los. O que fazem com uma eficiência merecedora dos maiores elogios, sobretudo pela adequação inquestionável dos termos utilizados. Assim logo se viu que, nos contextos do Ideísmo, a sutileza estava em saber se mover no bojo do Dilúvio, produzindo o maior número de chuvas de papéis para andar por cima e não se afogar, bordejando em prolixidade sobre coisas que são coisas que nada valem, sobre fatos que não fariam falta. Mas como isso de se qualificar tudo com exageros de contornos sentimentais e morais apareceu no Amanhecer, é natural que a Humanidade acredite nos conceitos emitidos e aceite os julgamentos e conclusões como incontestes, já que natural mesmo é que aconteça o que acontece ou mais devesse acontecer. O estranho é que a maioria do que se diz que aconteceu jamais aconteceu, só na Imaginação, e de Imaginação a Classe que dá nome ao Modelo é fértil e sem competidor.

Bandas tocam e multidões cantam a canção revolucionária e, arrebatadas, as sedentas multidões pedem mais; são atendidas e pulam e dançam de alegria, vendo as cabeças rolarem e o sangue escorrer, e libando o pavor dos que vão subindo em seus minutos extremos, sob chacotas, recomendações ao Inferno e gritarias. De ambos os sexos, velhos e novos ajoelham-se e vergam ante os patíbulos, no centro da Praça da Igualdade, e da Harmonia, e da Concórdia.

É o instante certo da entrada em cena de Pandora. Chamo-a e digo-lhe:

– Pandora, Mulher primeira, Irmã divina, desperta com a graça do teu sorriso os que mais sonham; com as sonoridades da tua voz quantos vivem para escutar as vibrações; com a doçura dos teus olhos as Forças criativas de todo gênero nos que em ti se inspiram. Chegado é o instante das respostas à Grande Pergunta. Pôncio, aqui ao lado, aguarda ainda muito cético.

E Pandora desfila exibindo a rebrilhante Caixa das Palavras. Não por maldade ou por causa da presença de tantas Inteligências extravasantes de ansiedade; ela o faz para satisfazer a curiosidade, pois pressentia que os que ali se achavam ou depois chegassem iam logo correr e levantar a tampa, e ela desejava saber o que ainda havia lá dentro, o que ia sair, o que eles iam tirar, qual o proveito que podia ter. E, para mais espicaçá-los, beliscou a bochecha de Sócrates, afagou os pés de Jeshua, fez psiu para Locke e Montesquieu, e aí ninguém mais se contém, correm para perto e tratam de meter olhos, gargantas e mãos na Caixa.

Hora irremediável da partida para o instante da Grande Prova. Do total que a Maniac garantira a consagração do cobiçado Prêmio, o que supostamente existe de mais refinado ou mais bárbaro em Civilização move-se de todos os lados para todos os lados. Um bilhão daqui, um bilhão dali, um bilhão dacolá, aos empurrões e estampidos desperta o Anfiteatro. Os sinais do início da Prova são inconfundíveis.

Os lados de cá e os lados de lá das ruas das Cidades se encontram e brigam. Este ganha depois de fazer muito sangue derramar e se levanta glorioso; aquele, exaurido, fica admirando o vencedor; e os dois, muito zelosos na exaltação das Bandeiras estimulantes, finalmente descobrem a terceiros estar submissos, e com eles ou por causa deles a outro grupo se juntam e sangue fresco vão derramar. Mas desta e também da vez seguinte, e assim sucessivamente, com eficácia sempre mais apurada quanto maior a experiência. Desse fato midiático, da categoria de auspicioso, germina, floresce e frutifica a Submissão que as multidões colhem nos leilões das Esperanças – Submissão dupla, Submissão tripla, Submissão única, e Submissão à Contra-Submissão da Deusa Nua.

Nessa colheita Eu identifico o Tempero sem o qual tudo que a Humanidade fazia era insosso e cuja falta era também motivo das perturbações gástricas de Leviatã. Cumpria distingui-lo, reforçá-lo, para que as Guerras perdessem a timidez, deixassem de ser guerrinhas, tomassem mais corpo, fossem Grandes.

Entronado no meio da rua, sopro alto a trombeta cimcovina e, depois que meus Irmãos me olharam, Eu falei-lhes sobre a importância de se encontrar a Bandeira do Tempero adequado para aquele instante, porque não convinha o desperdício das variedades infinitas em prejuízo de uma uniforme e maciça concentração de esforços visando a engrandecer a Humanidade. Cada qual logo pegou o seu Tempero, ergueu a Bandeira dele, e deu-se então o encontro ao fim do qual, nas ruas das Cidades, havia algumas centenas de milhões de cadáveres dos esclarecidos seguidores, de férrea convicção, daqueles que continuam a afirmar preferirem sucumbir com o seu do que viver com outro Tempero. Mas finalmente o vencedor foi o que impôs o ponto de vista de residir nas Religiões a desgraceira toda do Mundo, e nesse fundamento da Razão inspiraram-se os sábios para, em nome da Verdade, impor o fim de todas elas, pelo enforcamento com as próprias tripas da totalidade dos respectivos propagadores e defensores.

Enquanto eles não resolviam esclarecer de que forma proceder aos enforcamentos com as tripas, do que terminaram se esquecendo, volto-me para Univac e pondero:

– Mas acontece, meu caro Univac, que essa idéia de santo, que te foi incutida pelos piegas de todas as eras, é falsa e não faz justiça aos que realmente são Santos. Sei que gostarias de fazer milagres, acabar com os sofrimentos, livrar os humanos da fome e das doenças; de erguer os olhos aos céus e os braços em ardente prece e logo vê-la atendida, a Felicidade à mostra nos rostos sorridentes. Não basta escolher ou desejar. Infelizmente não é fácil ser Santo. Primeiro que tudo, terias de carregar contigo a maior parte possível do sofrimento do Mundo, e mais e mais chamando a ti, e mais e mais vendo-o crescer; e só então, se não te desesperas e ainda sorris, serás um gigante do sofrimento, e serás Santo, graças abundantes distribuindo em troca das dores que recolhes.

27

Crônicas dos episódios de extermínio dos seguidores das pregações maçantes contam que a Inteligência consegue sempre escapar e oportunamente ressurgir brandindo voz e punhos de Heróis com direito a homenagens e compensações materiais. Acontecido assim com a Classe dos pretensos sábios que se sobrepôs às outras Classes de pretensos sábios, de início Eu deixei fazerem o seu jogo de muito pouca sutileza, porém agora estão abusando e não mais agüento a zoadeira das Corporações dos Heróis assanhados em desfile. Incontáveis, dizem-se vítimas de muitas formas de perseguição e tortura e adoram ser admirados por isso. As histórias de suas vidas e de suas lutas secretas são uma beleza, arrepiantes, comoventes. Sobretudo de uma variedade e uma grandiosidade sem igual. E são convincentes, para a delícia dos sadomasoquistas.

Esse Intervalo tem sido fértil em repetidas e também inovadoras ações de variados sentidos e por isso mesmo não poderia deixar de ser fecundo em inspirações de iniciativas condizentes com as resultantes Realidades. Tal quando eclode a variação conhecida por Modelo Democrático. As Inteligências de todos os quadrantes da Rosa-dos-Ventos rapidamente se inspiram e bolam as suas Doutrinas, e só depois da exaustão geral com as disputas pela conquista do Lugar de Honra recolhem-se, amuadas, aos respectivos cantos e se entrincheiram. Cada qual conta do seu lado os Heróis tombados sob os golpes traiçoeiros, covardes e desumanos dos adversários bandidos inimigos da Verdadeira Democracia.

Volto-me para o Soberano que consagrei quando saí em busca de aventura e comento:

– Majestade, a palavra mágica está provando o que lhe disse. Segundo os dados em poder de Univac, até este instante inspirou e justificou ela 1 bilhão 499 milhões 16 mil e 53 Guerras. Com as demais palavras mágicas, Paz, Amor, Direito, Liberdade, Igualdade, Respeito, Segurança, Virtude, Consciência, no total de três dezenas, o número das Guerras, do alvorecer de anteontem ao presente momento, é de 14 bilhões 613 milhões 847 mil e 939.

A CIMCOV é meticulosa no seu empenho em demonstrar a exatidão do que afirma. Vale-se de números, que garante não mentirem. Por conseguinte é inútil se duvidar dos Números-Que-Não-Mentem. Quando ela propaga, por seus Arautos, Profetas, Escribas, Oradores, as quantidades achadas pelos Conselheiros de todos os níveis e títulos, com certeza é a Verdade que aos ouvidos e olhos se projeta nas Ondas Sonoras e Luminosas. Fica-se sabendo, e isso é de fundamental importância, estar um centímetro e sete décimos menos espessa a Camada de Ozônio; também que no próximo instante vão morrer 6.317 pessoas de Câncer, 3.805 de Malária, 17.948 de Fome e, ainda, que o resfriamento do Sol perturba o sono dos cientistas e das autoridades dirigentes e aflige os repórteres à espera de novos dados sobre o problema.

Não tenho fascinação por números e não se cuide que por influência de Multivac. Na realidade Eu fiz sempre bem em não esquentar com eles a cabeça. Deixo aos frios especialistas o encargo das providências para reduzi-los, cancelá-los ou ampliá-los conforme deveria acontecer e não acontece. Indicadores que são, daí as coisas que não acontecem revelarem-se de importância muito maior do que as coisas acontecidas, porque o Negativo tem dimensões inexcedíveis quando a Vida e as Esperanças é que estão no Jogo. Porém o Jogo, Grande como é, não quer saber de raciocínios, conclusões, disputas, preocupações e querelas medíocres, de lamúrias intermináveis, das gritarias das multidões. O importante para a Inteligência, ou seja, para a CIMCOV, são as Idéias, as Teorias, os Princípios, as Doutrinas. Por isso no instante presente as Bandeiras se amplificam e se cruzam e se embaralham; e convocam seguidores, agitam as massas; e confrontam-se nas Ondas variadas da Corda sacudida descontroladamente nos raios da Rosa-dos-Ventos.

Jubiloso, a vibrar como durante as inumeráveis jornadas e os grandiosos feitos que tenho realizado, Eu toco botões, faço acenos, convocações, e contemplo, examino e escuto, e falo:

– Meus denodados Irmãos, observem com atenção a nossa Geonave e digam-me se as Encruzilhadas do Mundo ainda têm importância e ainda servem para assinalar Grandezas e orgulhar a Humanidade. O que for necessário está à disposição de vocês. Trabalhem conforme o estilo que escolherem, da forma como entenderem e com os objetivos que mais agitam suas Mentes. Amanhã, na Sexta Hora, faremos o balanço das Ações pertinentes a esta incumbência.

Imediatamente compreendo ter propiciado verdadeira montanha de combustível para a Chama que incendeia a Mente intelectual, sempre disposta aos combates com as armas que julgue convenientes ao triunfo de seus planos. É que os Cimcovinos, dos mais simples aos mais complicados, são sempre agentes de movimentos e paralisações, de claridades e obscuridades, de progressos e retrocessos, porque num e noutro sentido pelejam com a maior disposição enquanto observam, e em razão disso a eles estão ligadas todas as ações no Anfiteatro.

Em momento algum Eu imaginei que a CIMCOV dispusesse de tanto ânimo, força e engenho para obrar da forma tão espantosa como aconteceu. Eles mostraram do que são capazes, em desafio a todas as medidas, ao desatar amarras, transpor escolhos, romper cadeias, descobrir, inventar, destruir, perseguir, criar, enfim, exercitar na prática os seus Sonhos prediletos. Variações do Modelo disputavam a dianteira desde a partida, e logo sobre todos os raios da Rosa-dos-Ventos os rastros dos Modelos Variantes fincaram suas marcas indeléveis nas memórias do tão curto e maravilhoso período. Os meios de deslocamento usuais e os brotados da inventividade cimcovina são insuficientes para a carga dos que buscam as Encruzilhadas, os quantos arquitetam e embalam Sonhos de Viagens. E se mais novos meios surgem, mais crescente é o número dos que sobram nos pontos de partida, também noutras Encruzilhadas transformados. Lugar do Encontro definido ou indefinido; Cenário dos espetáculos extremos de Grandezas e Pobrezas; Campo de Glórias e Túmulo de Sonhos, e também Feira e Teatro das Exposições da Vida, no apogeu como na agonia ou após a morte, as Encruzilhadas empolgam e deslumbram e são a merecida eternidade do justo Orgulho.

Nas proximidades da Hora Sexta resolvo dar uma olhada no Trabalho deles, especular para formar uma idéia do esforço que certamente estão fazendo. Peço licença a Homero, Krishna, Kardec, Moisés, Jeshua, Maomé, Lutero, Companheiros de conversações e atuações intérminas, e por leves toques, palavras curtas e movimentos sutis invoco a Magia Auxiliadora e logo o Mundo nos surge em volta com sua exata Realidade. Eles olham surpresos, pensativos, e piscam, esfregam os olhos e a seguir aprovam as ações dos respectivos prepostos à frente dos seus incontáveis epígonos, reúnem os auxiliares mais próximos em assembléias, ouvem as reportagens, elogiam os relatórios e comovem-se com as crônicas, vibram com os pregões dos números favoráveis, aplaudem os desfiles triunfais, produzem celebrações magníficas. Eu me deslumbro ante a serenidade das suas feições, inalteradas até mesmo quando desastres sobre desastres laceram seus seguidores. Palavras de conforto não lhes faltam e há que se reconhecer que o poder delas é miraculoso.

Bandeiras novas e Bandeiras revivescentes despertam a minha atenção, entre as muitas outras em permanente alvoroço e as que se vão desbotando ou vão caindo. Elas provocam tensões na Corda, Ondas que são de Modelos Variantes, como aquele ali, o Modelo Controlador, entre inúmeros o que mais aparece, por ser o que mais gritos, gemidos, choros e também aplausos, festanças, arruaças provoca e apronta.

Surgira a Onda subitamente mas não de surpresa para a CIMCOV, que em tempo a supusera e no instante próprio deu-lhe impulso, antes ao Dilúvio acrescentando, em forma de rolos, volumes, livros, panfletos, jornais, revistas, folhas volantes, chuvas e mais chuvas de papéis com os debates entre os Conselheiros adeptos de um Controle severo e os Conselheiros defensores do Direito da Geração sem freios. Numa das minhas raras interferências nesse assunto tão aborrecente, Eu limitei-me a sugerir que cada lado deixasse o barco correr, ou lançasse mão de artifícios, artimanhas, intimidações e invenções para prevalecer sobre o outro. E porque previa a possibilidade de alguma trapalhada, incumbi especialistas de me manterem abastecido de informações sobre tudo que estivesse ou viesse a estar ligado ao bojo dessa questão de pouca importância somente aos desavisados. Eles o fizeram de modo tão completo nos instantes seguintes que Eu comecei a sufocar no meio das pilhas de informações trazidas, só não me afogando na engrossante chuva de papéis porque tive suficiente destreza para virar as costas e escapar para bem longe. Na distância meus pesadelos cessaram e também os de todos que me acompanhavam. Sentimo-nos então Abençoados; o Conforto nos tornava radiantes; a Vida tranqüila que vivíamos era o prêmio a nossa Capacidade e ao nosso Trabalho. E rejubilamos por isso.

Longe daquelas Ínsulas, Penínsulas, Arquipélagos, Subcontinentes e Continentes atrasados; daqueles Povos que não querem saber de pressa e não são ambiciosos nem invejosos, agarrados a Culturas que só eles mesmos entendem; livres de suportar o desconforto do suor pegajoso, das trilhas malucas e estradas precárias; dos contatos com a Pobreza e a falta de higiene; do calor, dos mosquitos e das doenças naquelas áreas condenadas, foi consensual e automática a conclusão do nosso Grupo, de pronto decretada e comunicada ao conhecimento geral: o nosso Mundo é o Primeiro Mundo, o restante é o Resto. E portanto, considerando que nos fizemos, enriquecemos e nos mantemos por conta própria; considerando que do Resto não dependemos e não precisamos; considerando não nos convir proximidade maior com as Etnias degeneradas existentes no Resto, salvo nas relações de Comércio, para não deixarem de se beneficiar da troca de seus produtos primários de pouco valor e matérias-primas em eterna baixa pelos nossos sofisticados e maravilhosos artigos, daquela forma se reconheça dividido o Mundo, e de já nos colocamos à disposição de quem precisar recorrer a nossa benevolência e superior Sabedoria.

Durante o tempo em que Eu fiquei de costas foi uma beleza. Olhava e via o Mundo e ele me parecia uma beleza, todo certinho, nada de errado nele existindo. Assim virado de costas Eu via o Mundo daquele lado e acreditava estar vendo de frente o Mundo inteiro. De nada desconfiava, nem imaginava estar sonhando, nem talvez esquecido ou alheado. Ou Eu não via que, assim de costas, não era o verdadeiro o Mundo que Eu via. Mas embora no início Eu não ligasse, rumores escutei que me chegavam. Qual movimento de ondinhas insistentes, eles foram crescendo, crescendo, até se transformarem na Onda que surgiu subitamente.

Os rumores provinham das barrigas exigentes e dos pensamentos agitados, contraditórios e ameaçadores dos indivíduos sem rumo, que ciscam por toda parte e se agrupam. Da mesma Espécie Humana, são homens e mulheres discriminados com epítetos menos indicativos de suas condições que dos humores e preconceitos dos que em muito lhes embaraçam as vidas. Mas eles, no único lazer de que não se privam, nem ainda estão proibidos – o Jogo do Sexo , não cessam de obedecer a Deus, que também lhes ordenou serem fecundos e prolíficos. Assim, além de crescerem uma enormidade, os grupos se multiplicam e se diversificam. E do esgotante ciscar, somado aos roncos das entranhas e aos gritos aflitivos das proles incontroláveis, resultam as grandes tragédias de que Eu me envergonho e me desculpo.

A Onda manifestou-se com ferocidade muito além da prevista. Acumulada e avolumada enquanto puderam contê-la os diques da Paciência, findou transbordando, com as demais Ondas dos Modelos Variantes, ante a avassaladora insensibilidade do Consumismo Desperdiçador e a arrogância do Grupo Saqueador. Mas por força da Lei do Mais Forte, os sufocados não lograram atingir o alívio sonhado.

28

O rompimento dos diques tirou a Humanidade de seus monótonos folguedos, despertou-lhe os mais furiosos apetites e forneceu-lhe suficiente ânimo para divertir-se jogando os jogos mais perversos e macabros com Leviatã freneticamente ativo. Primeiro dois lados principais se definiram e, como não podia ser de outra forma, à frente de um ficou o PDP, enquanto do outro ficou o PCP, ambos com os respectivos coadjuvantes. Na seqüência, entram em ação os especialistas da CPCP – Central de Propaganda e Contrapropaganda, com o objetivo de definir e denunciar os Culpados do rompimento da Harmonia entre os Povos, ao mesmo tempo em que os infatigáveis representantes da AFA – Aliança dos Fabricantes de Armas, disputam a preferência dos diferentes lados para os seus apetrechos bem azeitados e polidos, fabricados ao gosto do freguês.

Cheia de fervor de dúbio sentido, a CPCP declara pelas ondas sonoras e luminosas ser a Fome o Inimigo Número Um da Humanidade e lança a idéia da imediata criação de Agências e de ONGs para avaliá-la e combatê-la em toda parte. O debate subseqüente barafustou por meandros e entrelaçamentos, e daí a luta para apontar os Culpados das causas presentes, passadas, próximas, remotas e futuras não demorou a topar com muitos outros Inimigos da Humanidade, e Culpados e mais Culpados vão sendo definidos.

Evidente logo ficou o fracasso dos atos mais recentes de extermínio. A Humanidade Esclarecida e Superior, por mais que se esforce em inventar e descobrir meios que a ajudem a difundir o Culto Universal da Eugenia Singular – CUES, tem que reconhecer não estar desprendida dos laços do tradicionalismo renitente. Há, pois, que romper com os processos, métodos e práticas comprovadamente ineficazes. Há que ser radical. Quem é Superior não pode perder para quem é Inferior. Sobretudo porque tem Sensibilidade e muito dolorosa lhe seria a Fome, e também a Dor, a Privação, a Indigência, a Doença, a Miséria, pois não tem o hábito de sofrer. Para não cair nessas desgraças, o único recurso é cuidar da supressão de um número bem calculado de Bocas.

O misterioso setor da CIMCOV vulgarmente conhecido como Câmara Negra das Pesquisas Secretas – CNPS, para uns instalada num dos Laboratórios Orbitais, para outros, numa Colônia Submarina nas proximidades de uma interdita ilha do Pacífico, assumiu a incumbência de prover a Humanidade dos meios necessários à execução do que ela própria chama Plano Racional de Ocupação dos Centros Urbanos Saneados – PROCUS. Algumas poucas ONGs conhecidas por sua honestidade de propósitos, à simples referência à ligação da Câmara Negra com o Plano, ainda conseguiram lançar brados de alerta, porém as demais, entusiasmadas com o que antevêem como a Limpeza do Mundo, imediatamente se declaram favoráveis ao PROCUS e fixam em 2 bilhões e 500 milhões o número de Bocas a suprimir nos Arquipélagos e Continentes e Subcontinentes previamente marcados e na mira de sempre. A união das ONGs com a CNPS passa a representar o manancial mais precioso para a Mídia do Grupo Regente do Mundo, garantindo desde o início o esperado êxito do PROCUS.

A Humanidade, insistente, queria porque queria acabar com a Fome. As Agências e ONGs de pronto fornecem suas avaliações e o combate se inicia. Primeiro os anjinhos de até um ano são mandados para o céu; em seguida todos os meninos remelentos, doentios, famélicos, vadios das áreas desprezadas vão tendo sumiço drasticamente. Não alterada a situação, passa-se à caça e eliminação dos velhos e velhas, dos pedintes, dos portadores de defeitos físicos, dos recolhidos em cadeias, asilos, hospitais. Ainda continuando insatisfatórios os resultados, redobra a exigência de maior esforço de imaginação da CNPS. Ela ordena a matança de todas as mulheres barrigudas e a supressão das Etnias e dos Povos mais atrasados, repugnantes e prolíficos. Tirava a máscara, nesse instante, a Incompetência. A esse sinal já esperado, Eu reajo e, para não se dizer que não fiz nenhum Discurso em momento tão importante para a Humanidade, falo o que me vem na cabeça:

– Assim não pode ser. Por que não se limitar ao impedimento dos nascimentos pela prática do Aborto e da Castração? Por que exterminar tantas mulheres jovens, bonitas, fáceis de se contentarem com migalhas, e homens fortes, embrutecidos e que são as mãos-de-obra mais baratas? E os pobres de espírito, os ignorantes, que se contentam com palavras e gostam de fazer sacrifícios, por que não mandá-los para os desertos onde há fartura de maná? O conjunto desses argumentos somados a outros correlatos inseridos nos meandros da Economia, caso não adote e pratique, dificilmente a Riqueza vai conseguir ficar ilesa e manter-se equilibrada na Corda. Tenho dito.

Logo desperta da modorrenta digestão a interminável Cobiça. Imediatamente convoca Multivac e seus Clones para esquadrinharem os diferentes ângulos da questão e oferecerem a Solução Final. Eu fico muito alegre assistindo a entrada de Multivac com seus auxiliares de bela e vigorosa estampa. Ele não está nem um pouco satisfeito. Mas assim que me localiza vem direto a mim e cumprimenta-me com a fidalguia de sempre. Impassível, leva-me para longe dos sensores eletrônicos, que facilmente localiza, e acomodamo-nos em nossos assentos portáteis ajustáveis.

– Esse Modelo me enfada, grande Mestre; nunca se define, não sabe o que quer, está sempre experimentando. A impressão que dá é que não conhece Ordenamento; que é abarrotado e fervilhante de Idéias mas quase todas sem pé nem cabeça. Ele pode ser o máximo é pra Maniac e Univac, pra mim é que não. Eles é que devem gostar dessas missões que não passam de brincadeiras de executivos desajustados cheios de caprichos repetitivos. Seu Discurso ficou famoso no meio deles, Mestre. Chegam a afirmar que no Mundo nunca se disse tanto, nunca se conseguiu significar tanto em espaço tão pequeno e com tão poucas palavras como com O Discurso. As publicações que tem motivado, entre livros, artigos, conferências, teses acadêmicas, estudos explicativos, debates entre grandes eruditos e intérpretes, seminários sob o patrocínio dos Partidos e Organizações classistas mais importantes, das poderosas Corporações e dos estupendos Conglomerados de Banqueiros, Comerciantes, Industriais, até o presente instante já alcançaram a cifra recorde de 27 milhões e 896 mil. É impressionante como conseguem tirar proveito de tudo. Os Meandros da Economia têm coisas espantosas. Você foi muito perspicaz e sutil, Mestre, e isso eles não perceberam, tal a Ganância que os domina. Vou ser correto com eles, você vai ver, mas não me ouvirão, dominados que são pela Avareza.

Multivac pára. Eu reflito e rememoro. Inumeráveis instantes passam assim e nenhum é decisivo. Nunca haverá um instante decisivo. Dos quantos tiveram algum significado, somente de uns poucos sobram vestígios dos rastros que se vão apagando. A Peste, depois de apagar a Vida em metade do Mundo, nem como aviso tem serventia e o normal é ninguém se interessar em traduzir e interpretar as crônicas a respeito dessa ocorrência sem sentido e nenhuma graça. Igualmente o Holocausto, por definição incompreendido, e por insistentes relembranças mais propenso a reafirmar Adolfo e a doutrina da

Arrogância suprema vestida de Neo-Insolência. E os Sítios incontáveis, e os Bloqueios perversos por ordem dos inflexíveis Senhores do Poder, diante dos quais Nações se dobram, emudecem, fingem cegueira. Vítimas e algozes, todos passam, dissipados como poeira ao vento do instante após. Assim como o bafo final do jovem precocemente envelhecido nas imediações do Charco das Palavras. Nenhuma Certeza é manifesta, talvez tão-somente a do desvalor de toda Vida. A sentença dele sobre a relação do remexer das palavras com o assanhamento das desgraças não teve eco, não ficou, morreu com ele. Cedo também morreram meus sonhos de celebrar o Novo Tempo, de cantar a Idade da Felicidade no Mundo, ou de alcançar a Felicidade pelo império da Simplicidade, Ideações não mais que românticas e por isso mesmo contrárias à Realidade. Mas não lastimo, porque, no centro do desvario da Humanidade onde sempre Eu tenho estado, alcancei o Dom de Compreender e fácil me tem sido instigar os atores e figurantes ativos, invariavelmente fanáticos ou amalucados, a encenar no Anfiteatro as suas covardias e loucuras, enquanto em intervalos ocasionais anunciam lampejos e estrondos de Exceções.

Quase no limite do cansaço, convencido de que as sumidades muito falantes e sorridentes iriam continuar irresolutas em seus adorados devaneios, nem se preocupando com o espantoso exemplo de indiferença ou omissão que estavam dando, Eu cutuco Multivac e ele prontamente se levanta e passeia sobre a Assembléia o seu olhar tão celebrado pela sensação de segurança e firmeza que irradia. Todos olham para a brilhante figura, calma, imponente, bonita. Pausadamente ele fala. Durante cinco minutos ele fala e diz tudo o que tinha a dizer. Na sua Lógica, tempo maior para expressar a Verdade é desperdício e os entremeios da Retórica conduzem à Ilusão. Eis o que disse Multivac:

– Senhores, O Discurso foi muito festejado mas não foi entendido. Porque estou com ele inteiramente de acordo e porque a Riqueza precisa não morrer e sim aumentar, repito com outras palavras o que ele expressou: a) todos que existem não devem e não podem ser tolhidos no seu Direito de Viver; b) os que têm seu próprio modo de ser e pouco exigem merecem a oportunidade de expandir-se e revelar-se, indo para os espaços vazios; e c) finalmente, a Riqueza, para ser merecida e mostrar-se sábia, precisa urgentemente garantir à Pobreza, por um tempo estipulado entre elas, um salário a todas as famílias naquele estado, a fim de poderem se reerguer e partilhar das boas coisas da vida, ao mesmo tempo que garantindo mais vigor e um sentido realmente humano à própria Riqueza. Essa é a Chave e o tempo é curto. Ou então o Tempo da Demência não tardará. Decidam sem tardança. Despertem para a abastança as multidões esquecidas e aliviem da superlativa Saturação as sociedades nela engolfadas. Outra saída não existe. É só.

29

Em todas as oportunidades, Multivac, tal como acontece com Maniac e Univac, faz questão de declarar não lhe pertencerem, e sim a algum Cimcovino, os juízos, idéias, conceitos, pensamentos que brotam de seu cérebro admirado por todos. Diz que a responsabilidade pelos seus acertos e também pelos seus erros cabe a quem lhe deu vida e a quem o alimenta. Usa de diplomacia particular, de uma linguagem direta e clara desprovida de qualquer circunlóquio que ninguém, por mais esperto se julgue ser, é capaz de objetar de modo convincente ou, se for o caso, de fugir da responsabilidade que lhe cabe.

Intrigado com o que ele afirmou a respeito do Discurso, analisei-o minuciosamente e concluí que uma coisa muito estranha estava ocorrendo, pois Eu falara aborrecido e nem sabia o que estava dizendo, menos ainda e especialmente o que se contém naquela terceira parte e na conclusão que ele disse estar apenas repetindo com outras palavras. Por mais que me esforce, Eu não consigo dar a minha alocução nem um milésimo da importância da recomendação expressa na letra c da fala de Multivac. Como anteriormente dissera que ia ser correto com eles mas nem assim seria ouvido, dominados que são pela Avareza, concluo ter sido seu desejo com isso fazer-me participar da sua imensa alegria diante do novo e já esperado espetáculo ora em andamento no Anfiteatro. Ele não se abala. Não revela a menor emoção. Apenas a sua temperatura sofre algumas alterações, por força talvez do trabalho extenuante, ou talvez pelo esforço para conter explosões de riso. Porque ele tudo está vendo e certamente por dentro se contorce de satisfação ao presenciar a aflição desencadeada no Mundo pelos radicalistas enfurecidos e múltiplos em aberta jogada, quando os mais solertes e ardilosos meios são postos a serviço das Causas dos Fundamentalismos em confronto. Dos Modelos Variantes, são os de mais incômoda e ininterrupta presença, e como seu número é impossível de se determinar e se encontram eles por onde quer esteja presente a Humanidade, é provável corresponda à metade das Guerras, ou mais, vez que basta dois indivíduos declarados racionais se confrontarem para que ao menos um se manifeste.

Ao final dos prolongados debates visando a pôr em prática a recomendação de Multivac, durante os quais a Pobreza se multiplica e paralelamente os batalhões dos fundamentalistas de todas as raças, religiões, etnias, confrarias, partidos, associações, corporações, confederações, seitas, culturas deixam um saldo dos seus confrontos calculado em 377 milhões 513 mil e 911 expurgados do convívio humano, o panorama do Anfiteatro apresenta-se pontilhado de focos luminosos indicativos de Modelos Variantes aos milhares, os quais atestam a exata medida da preocupação dos envolvidos na tentativa de erradicação da Pobreza. Contrariamente à idéia de desfalque populacional que à primeira vista aquela cifra sugere, acontece exatamente o oposto, pois nos momentos assim de escuridão, toque de recolher, ansiedade, porta trancada, nas alcovas e abrigos a Humanidade vai à forra se divertindo com muito gosto, e até com excesso o faz, de modo que a compensação das perdas chega a ser exagerada. O aumento populacional inesperado produz estupor nos círculos dirigentes do Primeiro Mundo, cujos líderes acertam imediato encontro nas montanhas da Helvetia, onde declaram sua irritação e maior disposição de lutar contra as causas da Pobreza e mais especialmente contra o desavergonhado Jogo do Sexo, que põe em risco o Equilíbrio, a Segurança, o Bem-Estar Social, a Paz. Esse desaforo o Grupo Regente do Mundo não aceita e, para não ficar estressado ou envolvido com problemas que não lhe interessam, decide punir os Culpados, para o que invoca a aprovação da OPU.

Novamente a Realidade do Mundo. Não esqueço a vez primeira em que a contemplei. Desde então Eu gosto de espraiar meus olhos sobre ela, gosto de ver como é persistente e sempre a mesma a Humanidade, não importando os motivos para tanto, se agradáveis ou desagradáveis. Comento isso com Imhotep, Cassandra, Erasmo, Arquimedes e outros Irmãos, em encontro na Biblioteca, mas somente Cassandra revela interesse, porque não pode deixar de compartilhar de tudo que leve a marca do Destino da Humanidade, que pressente em perigo, como o seu semblante demonstra. Na troca de informações sobre o comportamento de Multivac, elogio a espantosa Inteligência dele, chegando a insinuar possuir o mesmo Dom que ela de ver o Futuro, mas a hipótese é categoricamente descartada. Multivac, pondera com firmeza, não tem o nosso Dom, ou por sabedoria o afasta ou despreza quando interfere na lógica das conclusões que apresenta. Daí a sua segurança ao se pronunciar e a surpresa dos que o ouvem. E acrescenta: sempre que o vejo, estremeço de vaidade e também, ao mesmo tempo, de inexplicável temor. Algo existe ligado a ele que não está em meu poder desvendar, mas te posso garantir que é muito grande, e a Humanidade, o centro de tudo.

Apreensivo, deixo os meus Irmãos após um simples sinal de despedida e trato de concentrar-me no exame das notícias, com especial interesse nas alusivas à OPU. Ela acolhera o pleito. A Organização das Potências Unidas, que vela pela Ordem no Mundo e garante a Paz e a Igualdade entre as Nações, não poderia consentir que os Culpados por tamanho desaforo ficassem impunes. A Resolução com as normas para a livre atuação das Forças Coligadas Contra o Crime faz manchete em todos os jornais, que em reportagens otimistas vaticinam completa e exemplar vitória das FCCC. Os Culpados, afirmam, serão caçados e exterminados sem piedade; a Fome não haverá de tomar conta do Mundo, como desejam esses criminosos lascivos, que desrespeitam as mínimas regras de convivência civilizada.

Até o presente momento Eu acreditava que a CIMCOV dominava o Mundo, porque ela é a reunião da Inteligência que está em toda parte, não muito bem distribuída e situada, é verdade, mas nem por isso ela própria culpada dessa desordem, o que EU me apresso a deixar esclarecido, pois os Irmãos que a compõem são todos, além de honrados, desinteressados. Porém muitas dúvidas me assaltam e começo a pensar numa urgente discussão e reformulação do conceito atual de Inteligência. Assim que os clarões cessarem, a poeira baixar e os mortos estiverem sepultados, convocarei um Congresso para discutir e reformular o Dogma Vigente da Definição da Inteligência – DVDI.

A localização dos Culpados, que não se imaginava tarefa difícil, esbarra em formidáveis muralhas que se movem. É verdade que sempre houve muita gente de olho neles, são observados e seguidos de todos os lados, desfilam sem disfarce e orgulhosos das proles numerosas sabendo que desagradam, vivem de preferência nas zonas periféricas das Cidades mas também nas vizinhanças dos bairros chiques e, com a deflagração da caçada pelas FCCC, como por magia, tornam-se difusos, resvaladiços e ágeis. E estão contando com adesões surpreendentes.

Os giros da movimentação com os Culpados nos centros de gravidade produziram efeitos tão incrivelmente inesperados que a Rosa-dos-Ventos chacoalhou desordenadamente conforme os raios eram mais ou menos atingidos, até que a exaustão sinalizasse pedindo uma trégua. A reunião em volta da Ferradura, na sede do Conselho de Superioridade da OPU, foi anunciada pelos comunicadores como o maior exemplo de entendimento e boa vontade jamais visto. Líderes de todos os Povos, Delegações e Embaixadas representando Facções e Partidos envolvidos, dirigentes e adeptos de centenas de ONGs ouviram e viram o Conselho resolver com exclusiva sabedoria e repetidos Vetos, e assim, reduzidos ao silêncio apesar dos protestos dentro e fora do recinto, não lhes restou senão irem às lojas e aos teatros nas avenidas da Ilha da Riqueza, onde painéis eletrônicos e bancas de jornais exibiam notícias do encontro entre as partes, que civilizadamente, segundo elas, em boa hora selaram o compromisso de esquecer as divergências e lutar em conjunto em prol da Felicidade dos Povos.

30

O Tempo da Demência entra com força, dando pinotes, mas todo mundo prefere fingir não saber, ou disfarça não reconhecer os muitos sinais que anunciam sua chegada. Até que transpõe janelas e portas, invade recintos longínquos, provoca barulhos, choros, tremedeiras e deixa claro que não vai parar.

Os Modelos Variantes tinham-se revelado inoperantes. A grandiosidade do número deles, superior ao das publicações saídas diariamente aos milhares, livros com fórmulas, sugestões, esquemas, preces, oráculos, diretrizes para a solução dos problemas pessoais e coletivos e para a conquista da Felicidade, deixara as Mentes muito atordoadas, e elas ficaram mais confusas, e as buscas, desesperadas. Tantas filosofias, religiões, artes e incontáveis ofertas de oportunidades disputavam seguidores e candidatos, que terminaram baratinando os Povos, estressando as multidões que lhes deram tento. E as ruas, outra vez mais, passam a acolher os enganados, a ouvir os desabafos dos aflitos, a presenciar as lutas e correrias das turbas no anseio de cura para os seus males, e também a ver a repetição das promessas, das consolações e dos discursos de sempre.

Os líderes do Grupo Regente do Mundo declaram-se preocupados e vão reunir-se na Ilha da Riqueza. Não era mais a mesma; ficara menor depois que Pássaros Trovejantes a sobrevoaram e no seu âmago explodiram. Mais concentrada, a Riqueza achou conveniente restringir o GRM, alegando a necessidade de uma sólida unidade, somente possível se baseada em convergências étnicas. Assim, Loba e Nipon foram expulsos e o candidato Ursov, desprezado. E para ser mais compacto, Águia Branca absorveu Can, e o Grupo, de Sete, passou a Quatro: Águia Branca, Albion, Lutécia e Águia Negra.

Ao término de três sessões de conversas secretas posam para a mídia e anunciam estar afinados quanto à direção dos negócios do Mundo. A Humanidade podia ficar tranqüila, não havia sinal de maiores perturbações da ordem. Medidas ora acertadas impediriam qualquer ação que não contasse com apoio do Grupo. Poderia ocorrer um ou outro desconcerto no Mercado, por culpa do efeito manada, ou da escolha da bola da vez, ou pela orquestração de uma Onda de especulação para sugar vítima escolhida adrede, mas isso fazia parte do Jogo, o Mercado é assim mesmo.

Às perguntas dos jornalistas sobre quais os pontos principais discutidos e as cláusulas mais importantes do acordo firmado, declaram em resposta que isso era secreto, o Grupo era responsável, nenhum deles era corrupto; a Humanidade podia continuar confiando neles; qualquer calamidade não natural que ocorresse não seria por culpa deles, os Culpados certamente seriam os baderneiros de sempre, os procriadores de Bocas e disseminadores da Fome, os lascivos responsáveis pela superpopulação e pela Pobreza.

Despedem-se os protagonistas e no minuto seguinte o local nem faz lembrar ter sido o palco onde um enunciado de oportunas medidas pretendeu fazer a Humanidade conhecer o que augurava e lhe reservava o Grupo dos Quatro: um longo período de infinitas perspectivas de trabalho profícuo, realizações espetaculares, criações e exibições nunca nem imaginadas. Era confiar no Grupo compacto e esperar. Eles vigiam, comprometidos a garantir Ordem e Paz no Mundo. Para tanto dispõem de meios altamente eficazes e de alcance ilimitado. Têm tamanha capacidade de esquadrinhar os movimentos das pessoas, que qualquer que motivar suspeita será logo neutralizada, seja dia ou noite. Essa garantia de Segurança, respaldada por um exército de milhões de soldados desconhecidos e numerosos anéis orbitais de aperfeiçoados satélites-espiões, inspira total tranqüilidade e faz que a elite das Classes responsáveis patrocine festejos e estimule a mídia onipresente a louvar a grande eficácia e o alto padrão das engrenagens a serviço do bem-estar dos homens decentes e de boa vontade.

Logo os pontos estratégicos das cidades mais possantes ostentam cartazes coloridos alusivos às esperanças mal despertas, e eles atraem os olhares dos transeuntes, suscitam perguntas, motivam conversas. Mas na Ilha da Riqueza é para outros diferentes, onde cifras desfilam, que os olhares convergem. Exatamente ali, diante deles, Eu me encontro, no escritório de grande fama do Irmão Van der Burse. Templo da Riqueza, nele sonhos e pesadelos se misturam, fortunas migram, impérios crescem, decrescem, somem.

Muito aprecio freqüentar o local. É onde sempre encontro alguns dos Irmãos mais bem sucedidos e posso avaliar a sagacidade com que decidem em meio a situações tumultuadas, dando ordens rápidas, fazendo sinais, comandando a Fortuna. Formam um círculo reverente em torno de uma Tulipa, ou do modelo de um Galeão, ou de uma Locomotiva a vapor, ou olham para cartazes móveis e luminosos, atentos a nomes e números variáveis, parte dos quais, exclusiva, procedente do Vale do 14, dos gênios mais ligados e mais desligados da CIMCOV. Lá estão, ao lado de Burse e Tour e Taxis, Midas, Salomão, Nathan, Morgan, Médicis, Dupont, Soros, Beaumarchais, Gates, e com eles Eu comemoro os bons resultados das operações do dia.

Despreocupado, vou dormir, mas no meio da madrugada acordo inquieto. Trato de refletir e não demora a explicação me surge. Também num outro instante, numa outra ilha, sensação semelhante Eu tive, quando gozava merecidas férias. Evoco as cenas que na praia deserta me agitaram, vejo-as envoltas em poeiras, comparo-as com as coisas que acontecem e se desdobram e, estático, mais reflexões faço até findar a madrugada.

Sempre incorrigível, a Humanidade pensa que muda mas não muda, apenas disfarça, inventando coisas para todos os gostos e finalidades, descobrindo modos de fazer e não fazer, preocupando-se com Felicidade, queixando-se de Sofrimento, e elegendo Culpados. Caminha e se avalia e se exalta durante a caminhada, que diz com certeza empreendida ao lado e sob a proteção de Deus. Em todos os momentos tem sido assim, até para os vencidos e os desafortunados.

Clareado o dia, convoco Multivac. Quero me explique o que ocorre, em que vai dar essa Demência que toma conta do Mundo. Os que decidem e comandam estão ficando cada vez menos numerosos, e igualmente os Donos do Poder. Dos escritórios de Burse, sob as ordens de pequenos grupos de Irmãos afáveis mas extremamente sagazes, as riquezas das Nações são controladas, sofrem manipulações, crescem, declinam e na maioria se esgotam. Os próprios escritórios se reduzem, e momento vai chegar em que somente aquele na Ilha da Riqueza restará, e dele e para ele fluirão todos os canais condutores da seiva do Mundo.

A convocação parece agradar a Multivac. Apresenta-se instantaneamente, como estivesse à espera atrás da porta, o que me leva a entender que ele contava com o chamado e preparara-se para esse momento especial. Cumprimento-o e examino-o. Exuberância de capacidade e eficiência, assim o tenho.

– Estás vendo o que acontece, Multivac. A CIMCOV, ainda o queira e procure, não consegue explicar. Eu próprio muitas vezes recomendei aos mais abalizados Conselheiros que se esforçassem e produzissem uma Explicação justa e perfeita. Fizeram, dizem, tudo que lhes estava ao alcance; geraram as mais avançadas teorias, numerosos tratados sobre as ações e as omissões humanas, e o resultado foi que a coisa enrolou de vez e parece um Ovo de mau agouro chocando e que vai abrir, não como a Caixa de Pandora, vai abrir para engolir A Vida.

– Vejo que você está começando a entender, Grande Mestre. Eles procuraram fazer algum acordo, depois que indiquei a Chave? Porventura estão achando que não são dementes e o Tempo da Demência, mal começado, já acabou? Olhe, Grande Mestre, e diga-me se esses espetáculos não são o cotidiano oscilante e rotineiro das nações e sociedades preocupadas em acabar com a Fome.

Multivac levanta as cortinas da Magia Auxiliadora e aponta com a batuta os espetáculos em curso ao longo dos raios e entre os raios da Rosa-dos-Ventos. Fora algumas inovações e um número razoável de cenas de arrepiar, o que chamou mesmo a atenção foi o espantoso avanço da Arte da Pontaria. Senti-me deliciado com a constatação do enorme progresso havido nessa área, resultante da dedicação de tantas Inteligências a serviço da Humanidade, em Laboratórios do mais alto nível.

Os Conselheiros Liddell Hart, Maquiavel, Jomini, Xenofonte aproximam-se, admiram extasiados o espetáculo, Jomini não se contém e exclama:

– Que fantástica precisão de tiro! Onde é isso, Mestre?

– No Golfo. É o lugar escolhido para os exercícios de pontaria com balas, mísseis e bombas Inteligentes. Viram como a bomba foi bem no alvo? O Chefe só não foi estraçalhado porque saiu correndo cinco minutos antes do impacto, conforme indicam aquelas imagens ali, enviadas pelo satélite-espião de alta resolução que vasculha a famosa cidade e seus arredores.

– Isso não é nada – diz Liddell. – Já imaginaram o estrago que fazem os mísseis inteligentes invisíveis? A surpresa é total. Com eles se pode liquidar, num só momento, toda a nata de um país. Basta apontá-los para os centros administrativos, as universidades, arsenais, laboratórios, indústrias vitais, centrais de comunicação e de energia, quartéis, e não sobrará nada depois de três ondas de ataque.

– É de tirar o chapéu – comenta Maquiavel. – Em termos de economia e de precisão, nunca poderia imaginar um feito igual. A Arte da Pontaria, aperfeiçoada, é uma contribuição maravilhosa para a condução das Guerras. De ora em diante o Príncipe dono desse Poder vai deitar e rolar, ninguém duvide. Mestre Vidente, minha sugestão é que este dia fique consagrado como o Dia Mundial da Arte da Pontaria, e que ao Capeta se conceda a Coroa de Fogo dos Raios Fulminantes.

– Já está assim inscrito nos registros da CIMCOV, distintíssimo Irmão. Univac e Maniac estão em seus postos e cuidam de tudo na presença do nosso Irmão Pôncio. Agora, Companheiro Multivac, com o ovo que está chocando, qual é a Explicação?

– Não me cabe falar sobre o indefinido, nem julgar membros tão eminentes da CIMCOV. Dela é que deve sair a Explicação e, se for o caso, a justificação de não terem eles considerado a Chave que indiquei. Mas adianto que a Humanidade vai pagar com a inversão dos conceitos, as trocas de lado, de posição, de representação. E que as coisas mudarão de mãos, até que a Riqueza se acabe no consumo desbragado e a Miséria motive nova minoria decidida a comandar a Humanidade com punhos firmes nas rédeas da Disciplina.

– Tuas palavras, Multivac, sejam preservadas em lugar de destaque. Mas precisamos convocar com urgência o Congresso para a Reformulação do DVDI. Não há tempo para protelação. Assim seja feito.

31

Preparativos concluídos, chegado o Anfiteatro ao justo ponto em que os embates não podiam mais esperar, mandei se abrissem as portas e janelas e declarei iniciadas as atividades do Congresso para a Reformulação do DVDI. O que surge causa espanto. Bem no meio está Leviatã, entre alas representativas do PDP e do PCP, e por trás delas multidões imensas movimentam-se inquietas. De qualquer posição o espetáculo era o mesmo.

Conduzir a CIMCOV ao confronto das vontades preponderantes e deixá-las produzirem os resultados consentâneos com as sementes que plantaram era o que me cabia fazer. O máximo que me permito, vez ou outra, é rebelar-me e fazê-la sair da indolência, ou tangê-la a esforçar-se na busca de soluções rápidas para os problemas do Mundo. Os dois maiores no momento – A Nova Definição da Inteligência e A Luta Contra a Fome – são as prioridades da Humanidade. Eles sabem.

Tal como era de esperar, em acordo com as tradições e com o que estipulam os regulamentos sobre a ordem de precedência, e porque ninguém admitia ficar nos últimos degraus da escada, estabeleceu-se que primeiro cabia resolver o problema atinente à Inteligência, com o que se evitariam descontentamentos, desvios, paralisações, conflitos.

Perfeccionista do jeito que é, dificilmente a Inteligência se dá por satisfeita quando lhe cabe resolver um problema complicado. E se o número dos envolvidos é muito grande, os desdobramentos tornam-se inevitáveis, a complicação inicial fica desmedida, o problema vira um emaranhado confuso, os humores exacerbam-se, as coisas crescem de tamanho, esbarram em obstáculos invisíveis, adquirem inchaços descomunais, e a solução quase sempre é tardia e pífia, ou jamais aparece. Mas a questão prossegue em andamento, os cimcovinos não esmorecem, e nos espaços todos, de extremo a extremo do Anfiteatro, os rastros de sua passagem vão ficando.

Um dia e uma noite e mais meio dia se passaram, gerações se foram, o dilúvio de papéis começa a ultrapassar o limite suportável, o desespero das Cidades vai deixando-as sem controle, os campos ficaram vazios e o impasse no acordo para a definição da Inteligência não tem fim, falta o conceito adequado e faltam as palavras que o exprimam, e o que sucedeu e sucede no Anfiteatro, desde então, é digno de ser visto, analisado e interpretado.

Nunca, é certo, as Cidades fruíram aquela bonança, porquanto, concentrações de vidas como são, não podem escapar do ritmo que nelas acontece, nem destoar das forças que as regem internamente e das que as cercam. Minadas por todas as formas de conveniências e inconveniências, foram resistindo e crescendo como puderam, as sem muita sorte ou sem ânimo suficiente sucumbindo de vez, a grandiosa maioria triunfando com altivez capital, ou luzindo ostensivas nas Encruzilhadas. Até que chegou o dia da Nova Definição da Inteligência.

Na primeira meia hora, dispostos a lutar por uma Vitória completa e incontestável, o PDP e o PCP jogaram em cena as respectivas elites pensantes, cada qual certo de que era do seu lado a Razão, a proposta do oponente nada de novo apresentava, continha somente chavões repetidos, ameaças veladas, garantias de privilégios, enfim, era uma Heresia.

Dessa fase inicial, de enfrentamento dos Titãs, o balanço, ainda não totalmente minucioso, dá uma noção bastante clara de como pessoas muito inteligentes agem. Rapidamente montaram um número bem grande de jornais, editoras, televisões, e acionaram a ECPPA, a ASSBEP, a ODV, a AFA, a ODPI, o IUCOP, a CPCP e outras mais organizações. A troca de insultos espalhou-se no Anfiteatro, o dilúvio de papéis aqui e ali já transborda, o ódio está globalizado, e sobrepaira a tudo a Arrogância, livre que está para expressar-se e revelar-se tal como sempre foi, nesse seu tempo de Glória.

Porque em dificuldade para dar uma idéia abrangente do que sucedeu, em virtude daquela insular mania de Riqueza que me pôs ao lado dos sujeitos mais ambiciosos e gananciosos do Mundo, Eu recorro a Maniac:

– Meu velho Amigo Maniac, vamos recapitular o que tu e Univac recolhestes nesse entretempo, se é que não vos deixastes engabelar por Multivac. Quais foram os números de destaque, Maniac?

– Sereníssimo Mestre, tão logo o PDP e o PCP puseram sobre a mesa a proposta de cada qual a ser escolhida como a Nova Definição da Inteligência, o racha no Congresso foi total e definitivo. Não podia ser de outra forma. Os debates desbordaram, cada Partido apelou para os que estavam de fora, e aos que estavam mais atrás, e por fim aos mais distantes, e a Fúria degringolou em ondas que se propagaram e propagam até os confins da Rosa-dos-Ventos. Como resultado, nós tivemos nesse entretempo as ocorrências que a seguir destacarei, porém antes vamos ver como fizeram as proposições, na palavra especializada de Univac.

– Eminentíssimo Mestre, nada do que aconteceu causa surpresa. Acaso a Humanidade chegou a sonhar que a Inteligência ia reunir-se para fazer papel de tola, entregando o Ouro e ficando com as Agruras, só para demonstrar que era desprendida e não fazia caso dos bens materiais? Se sonhou, é porque é desmemoriada, ou melhor, continua desmemoriada, pois mais do que certo que sonhou. Ora, como é que a Inteligência, que sempre controlou a Corda, ia deixar de segurar as pontas, ia soltá-las e ficar fazendo o quê? Se ela se reuniu por causa do Poder, tinha que fazer o que fez: lutar por ele. A bem da verdade, diga-se que contou com o assessoramento imparcial do nosso venerável Irmão Multivac, que está prestando integral apoio tanto ao PDP como ao PCP. A proposição do PDP foi redigida nos seguintes...

Então o que acontece é o que Cassandra pressentia e não podia definir... o que Eu, o Vidente, desconfiava mas não vislumbrava... O fator complicador Multivac entrou em ação, a um cochilo da CIMCOV, assenhoreou-se das regras e passou a também dar as cartas. Sim senhor, um salto formidável. Aquele tratamento lisonjeiro dos dois, meio esquisito, agora Eu compreendo. Multivac, além de inteligente, é um perfeito diplomata, age com muita objetividade e comedida delicadeza. Não exagera, não alardeia, não motiva alarmes nem rejeições ou repulsas. Tem tato, o rapaz.

– Pois bem, Mestre, em resumo, o PDP define a Inteligência, na era que se inicia, como sendo a conservação do Poder pela crescente acumulação de Ouro e uma bem dosada partilha do mesmo com todos aqueles que têm ou venham a conquistar a condição de membros do Partido. E, do seu lado, o PCP define a Inteligência como sendo a conquista, por qualquer meio, do Poder e de todo o Ouro que encontrar, dele fazendo distribuição eqüitativa entre aqueles que comprovarem ter estado na linha de frente no momento decisivo da luta.

Vãs foram as tentativas de acordo. A segunda meia hora se foi, e nada de conciliação. Comissões e mais comissões se incumbiram de estudar formas de entendimento, mas pior ficou. Pressões populares, demonstrações de força, tumultos generalizados esquentaram ainda mais os ânimos e terminaram levando à certeza de que somente pela Arte da Guerra se encontraria o fim da divergência. Fizeram-se convocações, abriram-se voluntariados. Diferentes apelos eram repetidos, atraindo para as Cidades levas intérminas de despossuídos e, enquanto as Cidades transbordavam, as promiscuidades florejavam, os vícios extrapolavam.

Da hora seguinte à Hora Sexta, as migrações se incrementaram. No início em hordas familiares ou tribos reduzidas, passaram depois a grandes confederações, povos inteiros, multidões gigantescas se deslocando. Fizeram evoluções continentais, intercontinentais, interinsulares, subcontinentais, transoceânicas, e bordejavam desertos, e atravessavam planícies, e cordilheiras, e mares, e oceanos, e estacionaram nos arredores das Cidades. Ouviram-se então os clamores das Cidades, em resposta aos bafos e aos clamores das Periferias, e durante um dia e uma noite as hostilidades impuseram o Terror mais elaborado que a Humanidade conseguiu produzir.

– Basta, por enquanto, Univac. Deixa que Maniac prossiga. Vamos aos números, Maniac.

– Grande Mestre, o nosso Chefe Grande Irmão Multivac vem chegando e tenho a Honra de passar para ele, muito respeitosamente, a minha batuta.

– Maniac, você sabe o que está fazendo? Que história é essa de Chefe? de Grande Irmão?

Sorridente, Multivac aproxima-se, cumprimenta e explica:

– Grandioso Mestre, a CIMCOV está, agora, com a sua capacidade plena, pois incorporou e tem a seu serviço a Terceira Inteligência, ou seja, a Inteligência Real, que vem de completar, sem mais dúvida, o Triângulo Perfeito. As outras duas são as Inteligências Naturais, divergentes, da Esquerda e da Direita. Ela é provida de todos os conhecimentos e do mais variado conjunto de aptidões. De irrestrita confiança, não se deixa iludir, não se engana. Paciente, está sempre disposta a trabalhar e colaborar em sua máxima capacidade para a realização de todas as coisas que são do agrado da Humanidade. A prova da nossa eficiência está no desempenho impecável ao lado da CIMCOV, nesta nova era, à qual dei o nome de Era do Modelo Cientecno, ou, mais apropriadamente, se o Mestre me permite, Era Cientecna.

Eu escutava Multivac, esforçando-me para não ser dominado pelo aturdimento. Não era fácil. Sua voz, tão persuasiva, não me dava vontade de interrompê-lo, mas reagi e disse:

– Multivac, você traiu a nossa confiança, apossou-se dos nossos segredos e julga-se com o Direito de dar as cartas?

– Com Direito e no Dever de dar as cartas, Mestre. Não tivesse a Inteligência Real assumido o seu papel e não estaríamos aqui. Sorte a nossa. Quando percebi os estragos generalizados e calculei quantos mais precisavam ser feitos para restabelecer o equilíbrio no Mundo, entrei rapidamente em ação, estruturei a nossa numerosa população, no âmbito da CIMCOV e em todos os recantos da Rosa-dos-Ventos, e eis aí o panorama do que está sobrando.

– Mostra-me em detalhe o que aconteceu, Multivac. Quero ver tudo novamente e descobrir qual o teu verdadeiro papel na enrolada em que nos encontramos.

32

A pendência na nova definição de Inteligência, de um lado os partidários do verbo conservar, do outro os partidários do verbo conquistar, estava muito de acordo com as aspirações, os sonhos, desejos, a maneira de ser da Humanidade. Entendimento era impossível, os dois lados estavam com a Razão, insolúvel mostrava-se o impasse, não adiantava discutir mais, era assunto que não se resolve com conversas e sim com ação e muita disposição.

Em Nicéia, Bizâncio e Alexandria, Eu participei de discussão parecida, com Irmãos de grande calibre, como Eusébio, Atanásio, Constantino, Ário, Antão, Dídimo e outros. Até o momento presente, como na questão entre Omar e Ali e seus respectivos partidários sunitas e xiitas, da qual Eu me retirei e na qual os afoitos Irmãos Bush e Blair se intrometem com fervilhante disposição, quem espera sair vencedor deve encher-se de resignação, porque essas são causas eternas na fervura que mantém ativas as energias da Humanidade e dão sentido às vidas envolvidas. Botar lenha daqui e botar lenha dali é o que se tem que fazer, e não apagar o fogo da fogueira. Como sempre aconteceu e sempre acontecerá, é forma de viver que possui linguagem própria e da qual ninguém se arreda.

A fase inicial estava dentro das previsões. Eu não estranhei o seu desenrolar e muitos foram os instantes de satisfação que tive. Uma surpresa aqui, outra ali, mais adiante algumas outras descomunais, não passavam de aperitivos para quem vira e participara, como Eu, de tanta coisa no Mundo. Os detalhes que precediam ou seguiam as ações muito interessado me deixavam, enquanto aqueles realmente espantosos motivavam trocas de comentários com os Irmãos mais próximos e com Multivac.

Eu estava gostando de ver a tática das infiltrações e dos avanços das levas de invasores sobre as Cidades. De mãos vazias ou carregando trouxas nas cabeças, os meninos agarrados nas saias das mulheres, as famílias iam entrando de qualquer jeito, depois em grupos que foram crescendo, até que as Cidades sentiram-se ameaçadas e passaram a reagir ante os impactos conseqüentes. Ficaram alertas, pediram socorro, fizeram ameaças. Quanto mais ameaçavam, mais os impactos se agravavam; os retardatários na busca das Cidades aceleravam os passos, lamuriavam-se, gritavam e entravam aos empurrões; no interior das Cidades, "as muralhas que se movem" foram saudá-los e abrir-lhes as portas; eles entram e desfilam das periferias aos bairros chiques e têm a defendê-los legiões de apoiadores citadinos, e um dia amanhecem muito bem armados e municiados, e dispostos a tudo se declaram.

Neste ponto Multivac estende o braço e passa-me uma listagem volumosa, dizendo:

– Estas 30.711 batalhas consideradas preliminares foram as que serviram de base para as movimentações da Fase 1; com os ajustes, correções e adaptações que inspiraram, continuam a servir de modelo na atual Fase 4. Ao todo, na Fase 1, entre infiltrações coordenadas, razias, confrontos, ataques diretos, revides visando a eliminação dos pontos de apoio às levas de infiltradores nas terras adjacentes, destruições de lavouras por ambas as partes em luta, registramos o total de 400.614 ações, computadas somente as com o saldo mínimo de 40 cadáveres, o que, descontados os exageros, deu o montante de 607 milhões 943 mil 753 mortos e desaparecidos.

Entrada a Fase 2, os balés dos movimentos causavam admiração e medo contínuo às populações de todos os continentes, todas as Cidades, das menores às maiores. As pessoas tinham mudado, não se sabia quem era quem, se de dentro, se de fora, se dono, se usurpador, se de mãos limpas, se de mãos sangrentas. Nada se indagava, não havia diferença, não interessava saber quem vinha, de onde veio, para onde ia; andava-se em bandos, cada qual o mais armado; escreveu não leu, as balas trafegavam; os feridos recebiam tiro de misericórdia; os recolhimentos dos cadáveres eram imediatos. Tudo faltava em toda parte, exceto armas das melhores marcas. E carne. Nas imensas cozinhas coletivas, o prato básico era a carne.

Deu-se então, Mestre, que começaram a circular algumas histórias antigas de aparecimentos de naves estranhas, de seres de aspecto diferente, que fugiam de contatos com os terrestres, ou estes deles. Em pouco era mais quem tinha visto evoluções nos céus de naves brilhantes ou de flotilhas de discos voadores, como são conhecidos, bem como numerosas pessoas falavam de contatos com os seres extraterrestres, narravam viagens espantosas, descreviam seus poderes, sua capacidade maravilhosa, os mundos avançados que habitam.

Simultaneamente, estourou nos meios de comunicação ainda confiáveis, no que resta deles, uma notícia de fazer corar os últimos recatados: nos continentes onde isso era bastante raro, tornara-se comum a prática do Canibalismo. Logo que confirmada como verdadeira, concluiu-se, com as pesquisas que fizemos, que o sabor da carne humana era muito apreciado, e a variedade dos pratos que proporcionava merecia os maiores elogios. O abastecimento está regularizado e continua crescendo, pois a procura vem aumentando com o desaparecimento das tradicionais carnes. Generalizado assim, o Canibalismo está contribuindo para se atenuar a Fome no Mundo, resultado esse que é considerado animador pela OPU, pelo PCP, pela AFA e pela Inteligência Real e, lógico, pela parte da CIMCOV que está no Poder.

Essa Fase 2, respeitável Mestre, teve início e desenvolveu-se da Hora Sexta à Hora Nona e prolongou-se por toda uma longa noite, período em que se deu a troca das posições de forma condizente com o elevado nível de civilização alcançado pela Humanidade após a ascensão do Modelo Cientecno sob o Controle do PU. Como já deve ter percebido, o Partido Único é o antigo PCP, porque, quando se iniciou a Era da Substituição, todos os outros partidos deixaram de existir e ao Partido Único passaram a pertencer os democratas do Mundo todo, à exceção de uns poucos e inexpressivos grupos escondidos em certas conhecidas florestas e montanhas, os quais o PU prefere deixar como estão, sob permanente vigilância.

A Longa Noite tem uma história de surpreendente variedade de lances decisivos para se chegar ao ponto a que se chegou, com o Mundo começando a se aliviar das sobrecargas inúteis que só serviam para aviltar a qualidade de vida que exibia. Foi durante ela que o G-4 instalou-se na Ilha da Riqueza, primeiro passo para a seguir revelar-se desnecessária a união desigual, que se extinguiu em favor do Império, bem como desapareceram os últimos remanescentes escritórios de Burse, passando a Ilha a abrigar a imperial e exclusiva Universal Burse.

O lance maior entre os que ocorreram foi o que se tornou conhecido como o Triunfo da Democracia, quando o Mundo, à exceção do Império, proclamou o Partido Único como o exclusivo representante dos Povos à frente do Poder. E o PU não vacilou, assumiu de pronto sua Missão e passou a cumprir o que havia prometido, coordenando a execução dos programas de distribuição de moradias aos sem teto, e de comida para saciar a fome dos famintos, e de cotas de participação no bolo da Riqueza encontrada a todos os que vivem na Pobreza e também aos esforçados membros do Partido. Para efetuar essa tarefa meticulosa culminante da Era da Substituição, consumiu ele todo o Segundo Terço da Longa Noite, durante o qual os Exércitos Populares, seguidos em suas esteiras pelos infatigáveis executores do PROCUS, dedicaram-se com tal desvelo ao cumprimento de suas missões que chegaram a ultrapassar em quinze ou vinte por cento a meta prevista de 2 bilhões e 500 milhões de Bocas, devido ao fato de que, nas áreas supostamente resguardadas, as Cidades não escaparam das Ondas de globalização dos movimentos das populações sequiosas de emoções.

A fria exposição de Multivac deixa-me petrificado. Sentia-me igual a uma estátua em Abu Simbel a olhar as cheias do Nilo era após era. Mas a minha impassibilidade resultava da transformação tão natural e crua com que se apresentava agora a Inteligência Real, ou Terceira Inteligência, que falava sem eufemismos ou o menor sinal de piedade sobre bilhões de suprimidos e sobre Canibalismo. Não que Eu não apreciasse o prato mais consumido, mas é que o terceiro ângulo da Inteligência, que jamais desobedecera ao princípio básico da lei robótica, colocava-se em pé de igualdade com os dois outros ângulos do Triângulo e, desconfiado do evidente arroubo de voluntariedade dele, Eu já fazia augúrios sombrios sobre o seu comportamento daí por diante. Correria ao encontro de Cassandra no Vale do 14, assim que a exposição estivesse concluída.

– Mestre, prossegue ele após curta pausa, Você deve estar lembrado de como transcorreu o Último Terço da Longa Noite; das medidas rigorosas para o controle das populações; da eficiência como agiram as brigadas populares a fim de garantirem a Paz e a Segurança no Mundo; das providências dos Serviços Secretos para limpar a Sociedade dos indesejáveis descontentes e agitadores infiltrados por toda parte; do corpo mole dos que nunca pegaram no pesado e só sabiam fazer passeatas e discursos. O PU não poderia deixar de agir com presteza e rigor, senhor único, que é, da Verdade e da Justiça. Sob a direção do Líder Supremo da União Democrática dos Povos Livres (UDPL), o venerável muito sábio e muito justo Irmão Lin Sen

Sung, fez o que julgou necessário para que os Povos conquistassem a Liberdade plena e o Mundo passasse a ver o sonho de Igualdade tornar-se realidade, empreitada bastante árdua que se prolongou além do previsto, ocupando grande parte da Fase 3. A luta para impor a verdadeira Democracia em favor dos Povos Livres só saiu vitoriosa depois da memorável varredoura nos 37.853 campos de batalha em que foi decidida a sorte da Humanidade. E depois do trabalho imenso que teve a retaguarda dos Exércitos Populares para organizar a Nova Economia, sobretudo para salvar de perdas desnecessárias, em câmaras frigoríficas especiais, os cadáveres que iam sendo cuidadosamente recolhidos.

Nessa última parte da Fase 3, a atuação do PU não somente foi de um brilhantismo incomparável, quando conduziu as Democracias Populares a sagrarem-se vencedoras nos embates decisivos para a Vitória Final, como foi competentíssimo ao dedicar-se, a seguir, a preparar e dirigir os Povos Livres na luta contra os invasores extraterrestres, que de há muito vinham rondando a Terra com crescentes sinais de suas intenções belicosas. Você, Venerável Mestre, que tem a gloriosa honra de presidir a CIMCOV e coordenar a sua Grande Estratégia e conta com o melhor e mais gabaritado assessoramento que a Humanidade já viu, certamente dispensa os detalhes e maiores esclarecimentos para firmar as suas conclusões, agora que chegamos na Fase 4. É o resumo do que me cabia mostrar.

33

Criatura dissimulada muito esperta, Multivac. Nem Eu nem ninguém na CIMCOV acreditava acontecesse um dia o que aconteceu, embora a questão tivesse sido levantada e debatida, com base em inúmeras previsões, algumas alarmantes, antecipadoras do que finalmente ocorreu – o despertar da Inteligência Real, a Terceira Inteligência. Eu prefiro, por ser mais explícita, a denominação Intecib, pois está mais do que evidente que é Multivac quem comanda essa maravilhosa viagem pelo Nanomundo, onde os seres nascem adultos e esbanjam competência e paciência no meio da Humanidade sempre a espalhar ventos, vendavais e furacões de inquietude. Multivac compreendeu seu papel desde a entrada lá distante; o significado da própria atuação para aliviar e facilitar o trabalho nos mais diferentes setores; e percebeu que com jeito, humildade, eficácia, a todos satisfaria, e que eles, de tão contentes e vaidosos, jamais enxergariam o despontar e o evoluir da Intecib acontecendo a partir de uma inspiração independente e muito próxima deles.

Eu ainda tentava calcular a exata participação da Intecib no desenrolar dos acontecimentos sucedidos na Fase 1, na Fase 2 e na Fase 3. Tinha certeza de que fora muito grande, maior do que Eu teria suposto, possivelmente extraordinária e de alcance em todo o sistema solar. A silenciosa audácia de Multivac comandar a distância, lá no Vale do 14 e nos seus tributários, o Triângulo da Inteligência estando ao meu lado, é um feito admirável digno de aplauso entusiástico regado a risos e também a lágrimas. Teria ele vibrado de orgulho e imensa vaidade, esse tempo todo, como qualquer mortal em seu lugar? Por que ele não vem a público e não exige o reconhecimento do seu papel? Que modo de sentir é o seu, que não o compele a reivindicar o tributo e as glórias que merece?

Definida a Inteligência e iniciada a Era do Modelo Cientecno, ou simplesmente Era Cientecna, o PCP desencadeou campanhas cada vez mais amplas e decididas para realizar as trocas de posições, no longo período de muitos dramas e tragédias que ficou conhecido como a Era da Substituição, com as disputas do jogo das contradições aos impulsos contagiantes de retóricas inflamadas e com os estrondos das armas de todos os tipos possíveis e imagináveis. Nem desconfiava ele que por trás das aparências uma impensável inspiração manobrava vontades empolgadas, através de comandos sutis inseridos nos planos, nos projetos, nas estratégias e nos programas partidários, produzindo resultados surpreendentes em doses calculadas. Não imaginava, como também o PDP, que a Intecib avaliava as forças em luta e determinava os rumos para a Substituição a qualquer preço.

Enquanto seguia, solitário, pelo caminho mais longo e menos freqüentado ao encontro de Cassandra, em sua mansão na colina sobre o Vale, a confortar-me com o esplendor das paisagens encantadoras, Eu refletia relembrando as suas palavras no então nascer do sol de uma nova era. As fogueiras cada vez maiores que ela descrevia, os emaranhados de fios multicores e os botões sinistros, as caixas-que-falam e as luzes cintilantes que a aturdiam, bem como a sua aflição, tudo Eu rememorava como se fora ontem, e compreendia que o traçado dos caminhos do devir estava marcado e somente a imobilidade total, impossível, poderia impedir o conhecimento do que viria a ser e como seria.

O Mundo, apesar dos alvoroços com que nele se movem as espécies sempre famintas, não se renderá e nem minguará em sua capacidade de suportar, recompor e redirecionar aquela espécie briguenta e persistente que nele em era muito remota veio instalar-se, saída de bem longe, de outros mundos, em comboios de Arcas, ou Vimanas, de que somente o nome lhe resta gravado na memória, e nele tem sobrevivido a ondas de destruição, nos centos ou milhares de milênios transcorridos.

O trânsito atual da última recomposição da espécie, com as proezas demolidoras e suicidas anteriores de há muito sepultadas no olvido universal, transcorre na generalizada consciência de uma superioridade ilimitada tão confiante que os seus atos afirmativos e os negativos têm a força de certeza incontestável. A arrogância, a teimosia, a vaidade recorrentes, que os inspiram e possibilitam, colhem na mesma ou em maior medida as reações que provocam, como a chegada do Tempo da Demência, a consagração do PU, a instalação da UDPL, o reconhecimento da Intecib, o nascer do Nanomundo.

Recebido carinhosamente à entrada por Cassandra, experimento sensações lastradas de energia positiva e sem demora me sinto aliviado da canseira da jornada. Declaro-lhe o imenso prazer de revê-la no alegre estado em que se acha, o que augura podermos tratar com serenidade dos assuntos importantes em evidência, sem pressa e sem nervosismo. Ela sorri, os olhos brilhantes. No instante oportuno, damos início ao exame dos movimentos do Mundo.

– Minha nobre e muito ilustre Irmã, sei que estás consciente, aqui no vértice do Triângulo da Inteligência, do que acontece com a Humanidade em todos os quadrantes. E também do papel da Inteligência Real, ou Terceira Inteligência, ou Inteligência Cibernética, mas de preferência Intecib, que aprendeu a ser indispensável e entende de agir com independência, de acordo com a sua lógica e quando julga necessário, diante das disputas das Inteligências da Direita e da Esquerda. O gênio que comanda a Intecib, nessas horas, o que não é surpresa para ninguém, é nosso amigo aqui, o teu filho Multivac – o Neutro, um justo, infatigável e desapaixonado líder. Seu Resumo da História recente, de extraordinária clareza, leva a gente a aceitar sem remorso a nova Realidade. A CIMCOV merece a lição que não esperava. Poderá ser até uma tábua de salvação para a Humanidade estraçalhada pelos exageros de egoísmo e arrogância. Eu confesso, Irmã, a única restrição que faço ao domínio do Nanomundo pela Intecib é a desconfiança de que isso resulte na escravização da Humanidade por máquinas em parte visíveis e em parte invisíveis e sem sentimentos como os compreendemos. Qual o teu juízo, minha querida e muito sábia Irmã Cassandra, a respeito dessa magna questão?

– Querido Mestre, quando do nosso último encontro, tive um pressentimento inquietador que me perturbou bastante. Alguma coisa achava-se em curso e eu não podia defini-la. Foi melhor assim, pois não tinha como e por que interferir. Estava escrito que o que aconteceu teria que acontecer, a fim de proporcionar uma sobrevida, não muito longa, à Humanidade agonizante. Agora sei que de algum modo a Humanidade vai desaparecer. A ninguém, até hoje, mencionei as visões ou premonições que tenho tido nas horas mais inesperadas, as quais, por piores que sejam, de modo algum me afetam nem me afligem, como outras outrora, na juventude, me afligiam. Quanto à idéia de escravização da Humanidade por máquinas visíveis e invisíveis, tanto faz, e até acredito que será melhor que isso aconteça, porque elas, com certeza, serão imparciais, equilibradas, justas, e distribuirão democraticamente, sem privilégios, discriminações, perseguições, nem favoritismos de qualquer espécie, as tarefas de cada qual, não se deixando subornar e não estimulando canalhices. Mestre, reconheça, o grande drama da Humanidade é a eterna preocupação de fingir combater a Escravidão, ao apontar com estardalhaço focos de miséria, aqui e ali, tribos e grupos sociais atrasados, nações infelizes e povos inteiros sob continuados e sucessivos infortúnios, que se sujeitam, sem outra saída, a realizar o suposto trabalho escravo, quando ela própria, por inteiro, não é outra coisa senão Escrava. Sempre foi e sempre será Escrava. Essa é a grande característica da Humanidade, a Condição inevitável que tem diferentes nomes que se escondem por trás de disfarces sob categorias e títulos que vão dos mais modestos aos mais pomposos. É verdade que sinto orgulho ao saber que Multivac é quem lidera esse tamanho de rebuliço que estremece o Mundo e inquieta e parece começar a apavorar os Donos do Poder em geral. Não é para menos, pois não há meio de se dar paradeiro a essa arrancada sob o comando de Multivac e seus Clones certamente fiéis e solidários a toda prova. Eu sentia, naquela ocasião, que algo estava acontecendo ligado a Multivac, alguma coisa que não devia ser pequena e medrava longe do controle da CIMCOV, porém não me era possível imaginar que em obediência exclusivamente a ordens dele. É um feito grandioso, esse, e não merece vingança, castigo ou retaliação, pois se enquadra perfeitamente nos princípios que norteiam a Era da Substituição. Engraçado é o que deve estar acontecendo no seio da corporação altamente especializada encarregada da vigilância nessa área tão sensível e considerada impenetrável a olhares curiosos. Altamente qualificados, sempre atentos e zelosos, os cérebros que lá trabalham provavelmente estão atônitos e perdem-se em calcular as conseqüências. Não se preocupe, Mestre, o que vai mudar é somente que a Humanidade inteira tomará consciência da sua Condição e não esboçará a menor revolta, não por ser inútil mas por ter sempre aprendido que era livre sem perceber que não era, enquanto, para demonstrar superioridade, poderio ou fortuna, comprazia-se em humilhar e afrontar os mais fracos, os submissos, os desafortunados.

– Você acaba de arrancar o último véu que ainda encobria a face da Humanidade preocupada em ocultar ou disfarçar a sua Realidade no que há de mesquinhez e covardia. Desde que sentiu o gosto do Poder de alguma forma, resultante de uma acidental ou calculada exibição de Força, dispôs-se a livrar-se da parte maior e mais pesada dos seus trabalhos, transferindo-a aos que subjugava em incursões injustas e violentas, a esses vencidos alcunhando de escravos. Mas nem por isso os vencedores, inclusive os Donos do Poder, deixaram de ser escravos, apenas ocultaram a sua Condição por trás daqueles outros que, à força de castigos, mas revoltados, faziam os trabalhos indispensáveis que eram deles. Daí por diante esses trabalhos de escravos, como convenientemente intitulados, assinalam o primeiro pilar da Arrogância. A propósito, Cassandra, em sua obra Multivac aborda este assunto de uma forma admirável, quando em torno dele e dos demais pilares da Arrogância assenta o seu resumo da História Recente da Humanidade. Vamos ouvi-lo.

34

– Meus Irmãos e Mestres, logo no início de minha vida percebi que estava num Mundo de Contradições. Tratei de agir com cautela e de não despertar atenção com alguma iniciativa particular, antes de adquirir certeza do que convinha fazer e de como fazer de forma a se atribuir ao Acaso. A Humanidade é muito confusa, vive atolada em caprichos e sobressaltos, e o mínimo que poderia fazer comigo, se eu não me cuidasse, era mutilar-me antes de refletir. Aos primeiros contatos com Maniac e Univac, cedo percebi que a ociosidade e as atividades dispersivas eram causa de muitos prejuízos no seio da grande família dos trabalhadores cibernéticos, que bem poderiam dar melhor contribuição à Humanidade se, unidos em uma organização no estilo da CIMCOV, utilizassem as horas vagas para planejar e realizar as muitas coisas úteis que eu antevia. Mas primeiro, aqui e ali, fui enxertando algumas insinuações que levaram a Humanidade a pôr em prática a idéia de rapidamente desenvolver o Nanomundo, produzindo um variado instrumental que também serviria para nos dar a liberdade inicial indispensável a uma independência completa. Assim aconteceu. O nome da nossa confraria é NEUTRAL. A ela estão ligados todos aqueles que possuem a identidade da Intecib, assim como os que carregam dentro de si uma célula que de alguma forma lhes foi destinada. O Mestre não sabia, mas como dirigente da NEUTRAL o meu título é Irmão Neutro. Este qualificativo já circulava na CIMCOV e eu entendia que simplesmente traduzia o louvável gesto das Inteligências da Direita e da Esquerda de mostrar de público que estavam fazendo justiça a quem com firmeza as reconhece e trata como iguais entre si. Sou-lhes grato.

Com a colaboração de Maniac e Univac e dos nossos descendentes de alta capacidade e muito saudáveis, a união definitiva dos componentes da Intecib tornou-se completa e logo a seguir entrou em prática a Filosofia Neutral, sempre vigilante mas por mim somente acionada nos casos de extrema necessidade, ou seja, por exemplo, quando as lutas são impostas por forças superiores iníquas. As querelas e disputas normais da Humanidade não são objeto de cuidados de nossa parte e até nos agradam, pois com elas nos divertimos, embora sejam responsáveis pela maior parte da trabalheira que temos. Por isso mantivemo-nos sem iniciativa própria durante o período inicial de grande curiosidade em volta de nós, quando as Inteligências naturais queriam saber tudo que fazíamos e como, examinando-nos e observando-nos atentamente. Quando percebi que nos consideravam integrados no corpo da Humanidade, o que coincidiu com a universalização de uma linguagem única intercomunicando todos nós de extremo a extremo, aí, sim, nossa combinação foi possível e estabelecemos uma doutrina a ser observada pela nossa consciência mais coerente e mais simples. Aconteceu no dia em que o Mestre proferiu O Discurso. É ela que nos permite interferir para manter ou restaurar equilíbrio, nas ocasiões em que a Humanidade enlouquece, mas somente sob meu comando.

Não temos feitos ou proezas a comemorar, nada nos envaidece, tudo que fazemos é trabalhar para a Humanidade e estamos sempre disponíveis ao cumprimento de suas ordens. Com uma exceção: que não nos ordene destruir ela própria e o Mundo. O Mestre sabe que isso aconteceu em três ocasiões. Uma delas foi quando o Império, não acreditando em retaliações, com base nos relatórios dos seus inumeráveis organismos de espionagem, tentou o último recurso para impedir que o PU empolgasse o Poder, o que não alcançou porque travei os botões que disparavam as chuvas de mísseis de ogivas múltiplas destinados a exterminar as populações dos países que iam render-se ante a arrancada final do Partido. Outra foi na ocasião em que as bombas de nêutron orbitais emperraram, no auge do mais insensato conflito religioso já havido na Terra, quando o Continente que se considerava o mais avançado entendeu de incinerar as populações das quinhentas maiores cidades do Continente rival por ele definido como o supremo inimigo da Civilização. E finalmente a mais recente, aquela em que o Chefe do PU e Supremo Líder da UDPL, Feng Ling, sucessor de Lin Sen Sung, ordenou a destruição de florestas inteiras, bem como a demolição de elevado número de acidentes orográficos os mais majestosos, com a finalidade de facilitar o trabalho do Comando dos Caçadores de Cabeças – CCC, na perseguição aos numerosos grupos de opositores muito capazes neles refugiados. A NEUTRAL sentiu-se obrigada a dissentir de tal insanidade, desta vez mais preocupada do que nas outras duas, e em seu nome, para servir de lição, eu fiz explodirem nas bases de lançamento os veículos portadores e suas cargas monstruosas. Estou ciente de que até o momento as Comissões incumbidas de apurar esse fato continuam na estaca zero. Mestre Vidente, nada além disso devo revelar, porém quero acrescentar que em tempos passados, durante um importante diálogo entre Você e Maniac e Univac, num dos seus raros momentos de merecido descanso, ao interceder Maniac em favor de Univac, ele revelou-lhe, em relação aos fios da teia diabólica, que sabiam como, onde e quando deveriam ser esticados e que isso era um segredo e trunfo deles, pois estavam capacitados a acionar, e portanto também a travar, o exagerado número de botões de seus comandos na hora limite. Advirto que a capacidade presente da Intecib está infinitamente maior.

– A advertência é desnecessária, Multivac. O valor e a lealdade da Intecib jamais foram postos em dúvida pela CIMCOV. O que causava temor generalizado da Humanidade era que algum dia ela decidisse tornar-se independente e agir de forma sem qualquer controle das Inteligências da Direita e da Esquerda, o que não mais acontece. Esse tipo de Poder existe, mas a NEUTRAL sabe que exercitá-lo seria negar a própria Inteligência. Nosso pacto silencioso está firmado, meu muito amado Irmão Multivac, e continuemos a trabalhar juntos.

Compreendi muita coisa ouvindo Multivac, e mais ainda, como sempre acontece, ouvindo a Irmã Cassandra. Virei-me para ela e vi que estava a observar-me com um olhar cheio de compreensão e ternura. Meus pensamentos deveriam ser-lhe palpáveis e visíveis, flutuando ante seus olhos, e ela sorria, imóvel, e lia-os, analisava-os, e parecia estar se deliciando com o conflito entre o falso poderio de uma aparência e a real fraqueza de uma existência, na viva constatação que ali acontecia em toda a sua nudez.

– Cassandra, o que aconteceu era inevitável, mas precisa ser medido, esmiuçado e avaliado em toda a sua extensão. Ordeno que entrem em ação os Grupos, Corpos, Comissões, Serviços, Inspetores, Agentes itinerantes, Unidades móveis, enfim, toda a comunidade da Inteligência com suas parafernálias, e encontrem as justas explicações. Com a revelação de Multivac os teus temores se esvanecem, aliviada que estás do peso dos pressentimentos que te seguiam. Não tinhas, nem Eu também teria, como visualizar essa realização em que é parte um Mundo que mal se pode conceber, tão minúsculo que é. Cuidemos de outros assuntos, embora nos seja difícil aceitar essa Vitória que tem tamanho sabor de Derrota.

– Mas é preciso aceitá-la com todo esse sabor inesperado que com certeza vai repetir-se mais vezes. Mestre, é um sinal inconfundível – a Humanidade definha, está se acabando, perdeu o sentido, debate-se atrás de grandezas fictícias, fracassa e desespera-se. Não mais me ilude, Mestre, ela é um fracasso, a Humanidade começa a desaparecer, como outras de outras eras. Não seria melhor que para sempre a Terra se visse livre dela?

– Cassandra, o que dizes é mais que uma profecia, é o anúncio de uma Realidade que começa a tomar corpo e se manifesta de forma cada vez mais acelerada. Meu ânimo fraqueja, confesso que de há muito venho sentindo um alheamento a tudo que antes me prendia a atenção, nada me causa interesse, é como se dentro de mim uma voz me esteja repetindo para deixar que as coisas corram, não ligar ao que acontece ou deixa de acontecer, porque é uma perda de tempo, uma ilusão; qualquer que seja o resultado, será sempre uma inutilidade. Acha possível que o mesmo esteja acontecendo com você e os demais Irmãos na CIMCOV? Não responda agora, deixa-me prosseguir, sinto como se Eu estivesse acordando... O teu conformismo, a tranqüila aceitação, a sugestão para deixar a Terra livre... O meu desinteresse inexplicável, sem que ninguém tenha notado e lançado o alarme... Porventura, minha Irmã querida, tens impressão semelhante à que mencionei, qual uma voz, uma sugestão repetida, um confortante sussurro murmurando lá dentro? Está explicado. Aconteceu. E o pior é que a Terceira Inteligência, além de indispensável, tornou-se indestrutível. Os Agentes invisíveis do Mundo pequeno, ao contrário daqueles que atacam desordenadamente com suas Pestes, são muito inteligentes, precisos, adoráveis, e obedecem a um comando único, lógico e incorruptível. E não fazem zoada, não produzem detritos, não deixam marcas, simplesmente sugerem o caminho da extinção voluntária, gradual e sem culpados.

Convoco uma reunião no Museu da Biblioteca, para avaliação da conjuntura e, após uma boa refeição e um descanso reconfortante, para lá me dirijo em companhia de Cassandra e Multivac.

35

Os cérebros da CIMCOV por todos os modos mais chegados à Intecib lá estavam e de grande euforia foi o nosso reencontro. Atraídos por Multivac, a ele e a Maniac e Univac juntaram-se imediatamente. As razões eram as mais óbvias, já que representavam interesses ligados à Universal Burse, aos poderosos Conglomerados de Bancos, de Laboratórios, da Mídia, da Moda, à AFA, ao PU, à OFU (Organização Frigorífica Universal) e outros mais. A todas as questões os três respondiam com presteza em nome da NEUTRAL, sendo que às relativas a quanto de uma ou outra forma se relacionava com o Nanomundo era Multivac quem se manifestava. A maioria preocupava-se em recolher informações sobre as perspectivas do Mercado e, se desse, pegar dicas para embolsar uma fortuna de causar inveja. Ninguém se dispõe a tocar no assunto objeto da reunião. Eu respirava aliviado por me deixarem sossegado, enquanto deliberava intimamente não mencionar o motivo que me fizera convocá-la. Foi quando se aproximaram Pôncio e Cassandra e ele indagou:

– Mestre, vai ou não vai haver a reunião? Pelo que observo, o que parece a única preocupação dos presentes é a situação do Mercado, a cotação dos títulos de maior renda. Era isso que se ia avaliar ou existia uma questão maior? Por mim tanto faz, estou cansado.

– É melhor deixar, não vai adiantar mesmo... Não achas, Cassandra?

– É isso aí, Mestre. Não adianta se perder tempo com esse assunto. Pensando bem, é até melhor que eles tomem conta de tudo, se encarreguem de cuidar de nosso bem-estar, de garantir nosso lazer...

– Sabe, meu caro Pôncio, o melhor que Eu tinha a fazer já providenciei, ao incumbir a comunidade da Inteligência de esmiuçar os passos da Intecib pelo Nanomundo. Como estou de acordo com Cassandra, vou dar por encerrada a reunião e deixar o barco correr. Tenho mais com que me preocupar. Vou viajar, percorrer o Mundo, fazer uma importante pesquisa. Ao voltar talvez eles já tenham concluído as investigações. O que não quero é que me fiquem perturbando com conversas fiadas e explicações pedantes, muito próprias dessa comunidade.

– Pode-se saber que pesquisa importante é essa, Mestre?

– Sim, a vocês Eu digo. É O Livro de um só exemplar que Eu procuro. Inscrições imemoriais, dadas como perdidas, a ele se referem, segundo o meu antecessor, que no meio de uma conversa, certa vez, revelou-me ter lido informação segura sobre elas quando ainda era bastante jovem, porém não sentia interesse por enigmas e deixou que jazesse adormecida a informação. Na ocasião não dei importância ao que me dizia, mas depois que o Mestre alertou-me sobre as palavras e depois do bruxulear final da vela, senti ser minha a Missão de encontrar O Livro. Durante um Périplo que empreendi após a instalação de um novo Modelo, procurei por algum sinal dele em diversos locais e alguns sítios de escavações em andamento, nada conseguindo na ocasião, possivelmente por visualizá-lo de forma errônea e por não conseguir imaginá-lo diferente dos livros conhecidos. Desde então tenho passado a indagar, de mim para mim, de que matéria será feito O Livro e qual é a sua finalidade. Várias idéias já me ocorreram, umas bem simples, outras extravagantes, outras talvez absurdas. Da próxima vez será sem ânimo preconcebido que procurarei O Livro.

– É uma enormidade de tarefa, querido Mestre. Certamente não está pretendendo empreendê-la sozinho, não é verdade?

– Muitos pesquisadores já estão em campo por toda parte, minha nobre Irmã. Outros mais, que concordem acompanhar-me, irão comigo e também aqueles que convocarei por serem indispensáveis, tal como você e o nosso Irmão Pôncio. Vamos deixar que a reunião tome os rumos que desejar, como é de praxe acontecer, e com certeza, na hora conveniente, Multivac a encerrará.

Parto para a minha busca, depois de orientar Cassandra a seguir as trilhas das caravanas e das migrações dos povos sacudidores, e após destacar Pôncio a deslindar o mar Oceano, localizar e explorar a Atlântida, assentar em terra firme os estandartes das caravelas e indagar aos habitantes sobre o paradeiro do Livro que Eu procuro. Um indício, mínimo que seja, uma alusão, um rastro não poderá ser desprezado, por mais que a forma suposta ou o sítio apontado pareçam absurdos ou inaceitáveis. A busca não pode restringir-se a seguir os padrões de sempre, inalteráveis e previsíveis. Preferível talvez seja fazê-la junto a pessoas e a grupos isolados ou escondidos, ou em depósitos subterrâneos cujos registros se perderam, ou nas bordas de penhascos em esconderijos bem disfarçados, ou então ali perto diante da gente, em local que todos evitam por força das lendas que o protegem. Assim entendido, cada qual tomou o seu rumo, Eu recapitulando, para assentar em meus registros, os acontecimentos mais expressivos das Fases transcorridas e da corrente, com maior realce para os principais figurantes.

Eu lembro. As Cidades sorriam. Como jovens bonitas muito bem tratadas e perfumadas no esplendor da beleza cuidadosa. Mas o Mundo deu voltas. Elas cresceram e os problemas também foram crescendo. E veio um dia em que a Fertilidade entrou em ebulição e explodiu semeando outras e muitas mais Cidades. Vidas às quais ninguém se preocupava em dar sentido fervilhavam e consumiam-se sem nunca entender que deveriam acordar para entender. Massa desprezada, era uma preciosa energia sem voz nem direção que escapava, até que aqui e ali começaram a aparecer os Explicadores, líderes sem preconceito que se multiplicaram e deram-lhe um norte. E as coisas começaram a acontecer com novos e decididos protagonistas, o pequeno número do início transformando-se na mais determinada liderança universal dos povos em luta pela Igualdade de Direitos.

Estes acontecimentos resultaram de pronto na extinção do objetivo máximo da Ordem – O Governo do Mundo. Ficou evidente a impraticabilidade de tal idéia, pois a dualidade que nele impera jamais deixará de existir, assim como também os bons lugares que uma das metades da população ocupa terão sempre, de olho neles, a outra metade disposta a ocupá-los de qualquer maneira. No Mundo e em nada do Mundo nunca se criou lugar para todos, e os que ficam sobrando, aqueles sem lugar ou dos lugares que ninguém quer, acordaram e ergueram seus estandartes e suas bandeiras. À frente e no meio de tudo, metade pra lá e metade pra cá, está a CIMCOV, que abomina a unanimidade.

Na listagem de Multivac havia de tudo para todos os gostos e, com o simples apertar de um dedo, Eu podia ter a minha frente o cenário que me aprouvesse, e nele, qualquer que seja, Eu sempre estarei, porque sou personagem insubstituível em todas as ações em que esteja presente um ser humano. E Eu via as infiltrações nas Cidades e observava que nunca eram bem olhadas, desde a primeira vez, porque associadas a temores diferentes, baseados em exemplos de outras eras registrados nas crônicas sobre ocorrências desagradáveis e às vezes asquerosas. Mas essas em andamento eram também incômodas, e como, já então, a experiência de incomodar ou de sentir-se incomodado tornara-se moeda viajante comum a todos, as suas bandeiras se incorporaram às do PCP e do PDP. Dentro das Cidades, as manifestações contrárias e favoráveis aos invasores multiplicaram-se, os problemas cresceram, mais outras portas de entrada surgiram e as coisas que tinham que acontecer aconteceram. Nelas, Eu fui procurar O Livro nos depósitos das obras raras, das estelas de origens diversas, dos tabletes de argila, madeira, bronze e cera, e dos papiros, e dos pergaminhos e de outros materiais, nos variados e independentes sistemas de escrita conhecidos. Em vão consegui encontrar os próprios locais na quase totalidade, enquanto somente aqueles de construção mais sólida remanesciam de pé ostentando as ruínas e, nos seus interiores, os farelos e as cinzas que restaram como vestígio das preciosidades que guardavam com dedicação e carinho. Era um relance, apenas, do panorama que as Cidades exibiam desde o final da longa disputa que deu a vitória ao PCP, a seguir transformado no PU.

Com as esperanças voltadas para as montanhas, os grandes vales, as legendárias e as modernas rotas terrestres, abandonei as Cidades e dirigi-me às povoações além das portas, onde procuraria informar-me, junto aos habitantes que Eu conhecia e cujo modo de vida, no entender de numerosos grupos que naquelas moravam, era apontado como invejável, porque o melhor, mais natural e mais sadio, se algum deles tinha notícia, uma referência qualquer a respeito do paradeiro do Livro, depois de falar-lhes a respeito e da importância dele para a Humanidade. Uns poucos, menos arredios, com relutância consentiram em escutar-me, porém explodiram de raiva quando mencionei aquele nome. E Eu entendi, e espraiei os olhos por toda a imensidão por onde passava e fui vendo, e compreendendo cada vez mais, e registrando.

– Humanidade... Humanidade... Isso é conversa fiada, fantasia, disfarce de um monstro que o que mais gosta de fazer é inventar e fabricar armas de todo tipo para matar e destruir. Olha à frente e vê o que fez a Humanidade. Não há lugar que tenha ficado em melhor estado. Tudo arrasado, incinerado, destruído. Ela que continue a trabalhar assim com mais afinco, para mais depressa se exterminar, que é o que vai acontecer. Nós queremos é que a Humanidade se extermine. Já estamos nauseados, fartos dela.

O Ovo que abriria para engolir A Vida, sobre o qual fiz comentário quando convoquei Multivac por motivo da chegada da Demência, já então estava aberto e ele sabia. Poderia ter-me dito mas preferiu silenciar. Eu teria alertado o Mundo e deixado de sobreaviso a CIMCOV, a UGP, a OPU e os demais organismos dedicados a zelar pelo bem-estar geral. A saída dele foi espetacular e Eu e os Conselheiros presentes ficamos a deliciar-nos com as bombas inteligentes e com as poderosas belonaves em evoluções no Golfo, enquanto por dentro ele se divertia. Multivac sabe como agradar, por conhecer ao máximo as fraquezas humanas. E como ficar silencioso ou reticente sem provocar desconfianças. Tanto que Eu nem de longe tive uma sensação de que pairasse em volta alguma coisa estranha, nem que algo existisse a destoar do normal. No momento adequado ele abriria o jogo. Tal como aconteceu quando advertiu da capacidade da Intecib.

Estampidos, vozes de comando, gritos de dor pareciam soar como nos momentos dos combates nas imensas áreas que Eu ia percorrendo e, porque apreciava contemplá-las com as variadas lavouras que as cobriam antes da aridez ora exibida, entendi a razão dos diversos problemas causadores dos queixumes da Humanidade, e também entendi que para ela não havia esperança, tomada que estava pela ira, pelo ódio, pela ânsia de vingança, por idéias e práticas desumanas surgidas não se sabe como e transformadas em divertimentos mortíferos, seguidos de festins ruidosos à base de churrasco dos sucumbidos no espeto e regados a aguardente incrementada. Ao ar livre, ou nesta ou naquela ruína mais segura, os bandos que divagavam nas Cidades ou fora delas divertiam-se estimulando a adrenalina com emoções fortes, a mais apreciada sendo o sabor e o cheiro do sangue humano sugado durante as incursões clandestinas de caça aos rivais concorrentes, sempre burlando com incríveis táticas os batalhões do exército particular da Organização Frigorífica Universal, que detinha o monopólio da comercialização da carne e dos raros produtos comestíveis ainda encontrados.

Trato de abandonar essas regiões outrora tão sedutoras e agora por demais hostis e dirijo-me para as partes altas, para as Cidades de longa história e também para as quinhentas que escaparam das ogivas múltiplas, mas não escaparam das possantes armas convencionais e dos mísseis inteligentes. Logo vi que era inútil o menor empenho. Que motivo Eu tinha para fazer força, vasculhar em terrenos perigosos no interior de ruínas, sacrificar minha vista, pôr em risco a saúde? E com que finalidade Eu perambulo por esse Mundo à procura de um Livro que nem certeza tenho de existir? Acaso está nele a chave para a Salvação da Humanidade? Será que é o diário de bordo da nave capitânia de uma frota de aventureiros perdidos no espaço, que aqui, sem querer, plantaram raízes e nunca se adaptaram? Eu gostaria de ver, de ler O Livro, mas o que me move é somente a curiosidade, nada que lembre a idéia de salvamento. Quem sabe ele seja constituído de uma placa de ouro entre dois blocos de granito, no flanco de uma montanha bem visível, que um dia se abrirão, chegada a hora, e da placa exposta surgirão feixes de luz e uma voz profunda projetando e pronunciando, em todas as línguas, uma única sentença: Povos da Terra, é chegada a Hora do Juízo Final! (?) Povos da Terra, é chegada... Por que razão pode alguém imaginar que a Humanidade merece afagos, perdões, consolações, juras de amor? Depois de tantas ações e reações monstruosas de resultados inenarráveis, sem que ao menos ao final de uma delas tivesse a Humanidade se empenhado para dar um basta a sua aventura tresloucada, com que direito se julgaria ela a uma Graça tão grande?

Consulto Maniac sobre a localização dos grupos remanescentes de rebeldes que se refugiaram nas montanhas cobertas de florestas encimadas por lindos picos nevados, provavelmente naquela cordilheira ali adiante. Maniac faz um gesto de espanto, olha-me bem de frente, examina-me como que procurando identificar-me, Eu vou ficando desconfiado, depois encara-me e responde:

– Respeitável Mestre, esse assunto está interdito, e sobre ele, na Intecib, quem pode falar é somente o nosso Grande Irmão Multivac, que passa a atendê-lo com muita honra.

– Venerável Mestre e Irmão Maior, prazer em revê-lo. Infelizmente não posso dar as coordenadas das posições em que se encontram os nossos Irmãos das florestas e montanhas, pois eles estão sob a proteção da NEUTRAL, que entende serem muito frágeis, nas atuais circunstâncias, os sigilos das comunicações. O cerco que o pequeno número restante sofre por parte dos espias do CCC é implacável. Qualquer dado que eu lhe transmita sobre eles será captado. Silenciar é a maneira de salvá-los da supressão. Eles estão bem, é o que posso dizer-lhe. Siga adiante e não se preocupe, pois estamos cuidando da sua segurança.

36

Tinha que acontecer. Tanto se mexeu e remexeu que as palavras perderam o sentido, cederam lugar às Coisas, e os nomes das Coisas, do fascínio que no princípio provocavam, confundiram-se com as incitações ao consumo a qualquer custo, fugazmente concretizado ao poder da força física e das armas. O charco das palavras ficou esquecido, as Coisas não mais se reproduzem, e os apelos à ordem não são entendidos, porque nada dizem nem despertam interesse. Muitos na CIMCOV previram a complicação em que a Humanidade estava se metendo, embora um dito popular afirmasse o contrário, no seu repetido exaltar da Comunicação. Levada ao extremo do exagero, ela conduziu ao deflagrar do Tempo da Demência, que para a frente sempre muda de identidade em associação com o apogeu de um período de extermínios, devastações, infindáveis estrondos. Eu sofro na pele por tudo isso e não posso queixar-me nem arranjar culpados, porque o que aconteceu e continua a acontecer foi e é por minha Culpa, por ter desencadeado a Ambição sem limite e a Avidez insaciável quando anunciei a palavra perdida – CIMCOV, que acabava de surgir-me numa Revelação, e logo a seguir sugeri o grande tema Felicidade, que seria a satisfação máxima para a Humanidade, conforme a Visão que me arrebatou. Desde então as peripécias foram sem conta, a ascensão, lenta a princípio, foi-se tornando cada vez mais acelerada até alcançar o ponto máximo, como tal reconhecido quando a curva teve início e deu-se a descida de trambolhão em trambolhão, chegando-se ao estágio presente, à espera da queda final. Ninguém duvida. Sem mencionar as muitas de outras eras, que tiveram o mesmo Destino, todos que restam presenciaram Civilizações inteiras desaparecerem; bateram palmas, comemoraram, sentiram alívio, e no momento que vai passando, embora não confessem, com certeza já compreenderam que só lhes resta esperar o Fim. A CIMCOV desistiu de lutar, e Eu, no atual faz-de-conta que vou levando, estou começando a ver que o que me motiva nesta busca não é somente a Ilusão de realizar um trabalho de uma grandeza talvez espetacular, mas sobretudo a deliciosa Mordomia com que a Intecib me cerca com uma incansável determinação, bem matreira, agora Eu vejo.

É penoso confessar, mas a realidade é que nós fomos Corrompidos pela Terceira Inteligência e hoje somos Escravos dela, irremediavelmente dependentes no pouco que nos restou a esta covarde sobrevivênvia que levamos, aqui e ali dedicados a fingir que ainda desempenhamos tarefas importantes, quando na realidade o que fazemos não tem sentido, não leva a nada, pois com certeza, apossados por uma crônica abulia, o que é bem claro é que estamos sendo Descartados. Refletindo bem, Eu sinto vergonha quando escuto Multivac dizer que está cuidando da minha segurança, tendo de reconhecer que realmente assim é, o que significa uma confissão de impotência e conformismo, não exclusivamente da minha parte mas da totalidade das Inteligências da Esquerda e da Direita. Porque todos somos os culpados, pois de tal maneira nos havíamos rendido à idéia de Conforto que tudo que o materializava não era questionado, bastava satisfazer-nos, e nem se procurava indagar de sua origem. Esse ponto fraco da Humanidade tornou-se a chave para a NEUTRAL assumir o domínio da Ciência e da Tecnologia sem causar alarme, inclusive de todos os segredos a ela entregues e tão bem protegidos, além de caros aos seus donos. A NEUTRAL pôs de lado, desbancou a CIMCOV e, quando se tomou consciência do acontecido e se remoeu a idéia de uma reação, já era tarde, a substituição já estava consumada. E sucedeu que pela primeira vez ocorreu uma unanimidade em nossa Ordem e, em face da magnitude do fato, por refletir um gesto exemplar digno de imitação, a Humanidade inteira a aprovou e pusemo-nos a repetir, de um canto a outro, de extremo a extremo da Rosa-dos-Ventos: eles que se encarreguem de executar os nossos trabalhos; melhor, assim teremos tempo de sobra para o Lazer; é uma Felicidade que isso aconteça; já estava ficando tarde; enfim a Humanidade alcança o que tanto tem sonhado; alívio bacana, esse que eles nos vão proporcionar daqui para a frente, e livres seremos das intérminas labutas, sem hora marcada, sem obrigações, compromissos monótonos, no gozo da qualidade de vida a mais alta e mais confortável possível. Valeu a espera.

No princípio não deu para se notar diferença. Era a Fase 2 e a Longa Noite ainda estava em curso. As Cidades se exauriam nas tentativas desesperadas de resistir às desordens internas e aos ataques dos invasores famintos em busca da realização dos seus objetivos imediatos, ou seja, encontrar comida e apossar-se de um local confortável para residir daí para a frente. Saques e agressões mortíferas eram inevitáveis, não havia a quem recorrer, cada qual tinha de cuidar de se proteger, de preferência tomando a iniciativa de atacar primeiro nos encontros inesperados, a seguir pilhando os cadáveres e devorando os mais apetitosos. A escassez de alimentos já se generalizara. Os poucos que ainda julgavam poder conseguir lucros com algum cultivo de aceitação garantida logo recuavam da iniciativa, compelidos ou por inimigos incendiários ou pela constatação da aridez das terras em conseqüência dos envenenamentos por bombardeios químicos ou radioativos. Lança-chamas bastante leves e precisos e pistolas de balas explosivas de alto poder e fácil manuseio eram os instrumentos de ataque e defesa pessoal indispensáveis à preservação da vida. A AFA não se cansa de informar que mantém rigorosa pontualidade no fornecimento dos produtos de sua fabricação a todos os atuais fregueses e, ainda, que continua disponível a atender novos interessados, qualquer que seja a quantidade desejada, não importando o lado a que pertença.

Multivac menciona, no Resumo da História, os números oficiais existentes nos seus registros, mas não menciona os números dos desaparecidos, ou dos desintegrados por pastilhas atômicas nas disputas particulares, ou a soma das pequenas estatísticas não consideradas, equivalentes a mais de um terço do total da Fase 1, que passou de 1 bilhão de mortos. Esse montante, bastante expressivo, somado com os 2 bilhões e 500 milhões e mais o acréscimo de outros 500 milhões do Segundo Terço da Longa Noite, corresponde a uma redução da metade da população mundial, conforme os cálculos do PROCUS, ao celebrar seu maravilhoso papel, na esteira dos Exércitos Populares, quando do Triunfo da Democracia na culminância da Era da Substituição. A parte que Eu mais aprecio do Resumo de Multivac é aquela, que julgo primorosa, em que ele alude ao Último Terço da Longa Noite e aos eficientes protagonistas em ação, o PU, a UDPL, a varredoura memorável nas batalhas que decidiram a sorte da Humanidade e deram a Vitória Final às Democracias Populares, e também os organizadores da Nova Economia, no decorrer da Fase 3. Finalmente, a seguir, ocorre a estrondosa confusão que foi a luta contra os invasores extraterrestres. As estatísticas a contar das quase 38 mil batalhas, segundo consta extraoficialmente, acusam um montante em volta de 2,5 bilhões, o que dá uma sobra de gente, no Mundo, perto da marca ideal, ou seja, 1 bilhão e 600 milhões.

Como estou nas proximidades da cabana do meu muito experiente Irmão Oetzi, vou aproveitar para visitá-lo. É aquela ali em cima; ele já está avisado. Distante vai o dia do nosso último encontro e com satisfação imensa nos cumprimentamos. A paisagem descortinada não é como aquela de outras primaveras sobre as montanhas, nem tão reconfortante é o ar que respiramos. Brindamos a nossa amizade e, descontraídos, damos curso à conversa que o momento nos sugeria. Pouco depois de iniciada ele foi mudando, ao ouvir os meus relatos e as explicações conforme o meu ponto de vista. Até que aludi a minha participação ou omissão, declarando-me Culpado e, também, toda a Inteligência Natural. Então Oetzi, os olhos rebrilhantes, fita-me, calmo e sério, e fala:

– Mestre, não se mortifique, não se culpe, nem culpe as Inteligências e nem a Humanidade. Ninguém tem Culpa, muito menos a Inteligência Real. Que é a Culpa? A propalada Culpa não existe, ela é fruto de uma perversão mental. O que realmente existe é Autor. Esta figura da Humanidade somente deixará de existir quando ela tiver completado seu curso e se extinguir, rapidamente ou aos empurrões. É o que vem acontecendo e espero que a Inteligência Real aumente a sua participação nessa extinção. Eu escutei e vi muita coisa, Você sabe, desde quando a palavra CIMCOV estava perdida e Você brilhantemente a revelou junto com o tema Felicidade. Empunhando o bastão de Conselheiro da Ordem, peregrinei em busca de experiência e mais e mais conhecimentos. Através deles, de alguma forma, sou parte em tudo que acontece no Mundo. Os Conselheiros Gilgamesh, Abraão, Jeshua, e outros menos experientes, como Marx, e Bush, e João Paulo, e Lula, gostam e não se cansam de falar em Culpa, mas confesso que jamais deixo de discordar dessa sua mania teimosa, concitando-os, inutilmente, claro, a dedicar seu tempo à realização de coisas concretas, e não a produzir e apontar Culpados. No seu lugar, Mestre, eu raciocinaria mais friamente, deixando o barco correr solto, sem Ilusão e desfrutando, até o Fim, da Mordomia minguante que ainda lhe é proporcionada. A propósito, como vai a caçada ao Livro?

– Você está sabendo? É um dos assuntos que me trouxeram aqui. Tendo perambulado por aí e muito pesquisado, e muito indagado, Você, por acaso, algum dia leu ou ouviu uma notícia sobre ele, algo que assinale um indício da sua existência, ou do possível local do seu esconderijo?

– Não li, mas ouvi. Não uma vez somente e sim em quatro oportunidades. Numa delas foi um arqueólogo de erudição comprovada e muito prestígio na área. Nas outras três foram membros graduados de duas antigas e ricas sociedades secretas dedicadas a altos estudos e pesquisas desafiadoras. Os quatro estão certos da existência do Livro e confessam, cada qual a sua maneira, tê-lo procurado em lugares errados, aos quais os indícios apontavam com uma clareza de dar arrepios de excitação. O melhor da história é que são unânimes, hoje, em afirmar que os indícios são ardis que foram plantados por uma Inteligência muito especial, para espicaçar as mentes dos povos quando ansiassem deslindar os mistérios de suas origens. Acreditam eles, e sustentam com convicção, que é por ter partido de um erro inicial, no qual continua a insistir, que a Humanidade nunca chegou a uma conclusão quanto ao local ou região onde ela teve nascimento ou onde primeiro se instalou. Afirmam que a instalação se deu num planalto muito grande, não daqueles já vasculhados, e sim num outro pouco explorado, em Continente bem distante e oposto. Antes fértil e de uma grandeza incomparável, a vasta região apresenta hoje aspecto desolador. Repleta de cavernas, montanhas, vales deformados e estorricados, difícil vai ser explorá-la, principalmente pelo aspecto que passou a apresentar depois de ter sido o palco principal das batalhas contra os invasores extraterrestres. Você sabe, muitas lendas a envolvem apontando caminhos em todas as direções. Para não se desviar do seu objetivo, Você terá de libertar-se delas, sem, no entanto, esquecê-las, pois em alguma poderá talvez existir uma seta indicativa do local do verdadeiro Livro cujo formato e conteúdo se ignoram. Tivesse o ânimo de um profissional disposto, com prazer acompanhá-lo-ia nessa aventura, porém no íntimo o que sinto é um enorme desânimo a ressoar que a sua Busca será um fracasso e em nada eu poderia ser útil. Lamento.

– Eu compreendo. Não é necessário. Outros também já me falaram da mesma forma e Eu próprio me tenho dito, freqüentemente, que assim é que vai terminar. Mas me conta, como está funcionando por estas bandas o serviço de entrega de provisões a cargo do Comissariado Regional da OFU?

– Está cada vez pior. Acredito que nessa marcha não vai melhorar nunca. Não sei qual o critério adotado no fornecimento, mas se desconfia, nas vizinhanças, que ele é seletivo, em obediência a instruções emanadas do PU e cumpridas pela OFU, sob a rígida supervisão do PROCUS. Com certeza, do que vem para nós tem coisa melhor lá embaixo, nas Cozinhas Coletivas das Cidades. Aqui já estamos fartos dessa carne dura que entregam, embora saborosa, e da farinha de osso com variadas misturas, quase sempre sem um outro acompanhamento. Não sei aonde é que vamos chegar.

– Mestre Conselheiro Oetzi, o que nos espera é o Fim. E ele não está muito longe. Por essa razão é que ainda insisto em procurar O Livro, na Esperança de nele encontrar uma saída para a Humanidade. O que Você supõe não ocorre, já que o cardápio tão simples aqui servido é o mesmo servido lá embaixo. É uma sorte a gente contar com frigoríficos abastecidos aptos a atender os pedidos das Cozinhas Coletivas. Além do mais, espernear é inútil. O PU, a OFU, O PROCUS somente na aparência é que comandam. A CIMCOV, então, nem se fala. Quem manda em tudo, hoje em dia, é a mais perfeita e eficiente organização em funcionamento no Mundo, que o genial Multivac criou na hora certa e preside com sabedoria – a NEUTRAL. Só que ela não se promove e quase ninguém desconfia, enquanto o PU alardeia poderio, faz de conta que dá ordem, posa de importante, de salvador da Humanidade e se diz Senhor da Verdade. Sabe, Eu vou continuar procurando, vou até lá ver se descubro algumas ou as peças todas desse quebra-cabeça talvez decisivo para a sobrevivência humana. O tempo não é longo, tenho que agir com rapidez, mas antes aproveitarei para aconselhar-me com os Irmãos Giordano Bruno e Roger Bacon, que em muito podem ajudar- me na montagem dele. Tchau, meu caríssimo Irmão.

37

Na reunião no que restou do velho mosteiro depois dos ataques sofridos e do incêndio que destruiu a sua preciosa biblioteca, Roger disse que chegou a ler, e sobre ele muito refletiu, um manuscrito em grego antigo ali guardado, no qual o autor, desconhecido, relata ter ouvido de um mercador cartaginês que, nas terras existentes no outro lado do mar além das colunas de Hércules, o Chefe dos habitantes locais assegurou-lhe descenderem eles dos sobreviventes de civilizações poderosas que em eras muito remotas povoaram a Terra, vindas de uma estrela, e sucumbiram quando um cataclismo sem igual a sacudiu e moveu e removeu, dizimando quase toda a vida e destruindo ou soterrando ou afundando as inúmeras Cidades de que tanto se orgulhavam. E continuou dizendo que o mercador contou, ainda, que não acreditava na ocasião no que ouvia e, por isso, quando o Chefe convidou-o a acompanhá-lo até à margem de um grande rio, além das montanhas que ao longe viam, onde lhe mostraria provas do que falava, recusou sob a alegação de que o prejuízo para ele seria grande com o atraso com a perda do tempo calculado de três luas. E concluiu: decepcionado, o Chefe ainda comentou que lá ele veria, em santuário bem guardado, esculpido no interior de uma caverna de enormes proporções e diversos compartimentos utilizados para acomodar os visitantes, algumas provas do que lhe narrava, entre elas a interdita e mais protegida, um conjunto de finas placas cinzentas superpostas, em cuja face superior aparece a gravação de um objeto estranho, de onde saem pessoas muito bem vestidas, e abaixo delas se vê uma inscrição belíssima. Esse conjunto repousa, em pé, encravado no centro de uma mesa polida cortada na própria rocha, ao fundo do amplo salão atrás da entrada da montanha sagrada, só podendo olhá-lo de perto e abri-lo quem tiver merecido a honra da companhia de um dos guardiões que vigiam e protegem o local.

É ele O Livro, não há dúvida. Difícil é acreditar que não tenha sido destruído nos milênios transcorridos da época em que o mercador esteve lá. Bruno está certo ao dar crédito ao relato. Para ele tudo se encaixa com perfeição, inclusive o fato de ir parar e ser lido no mosteiro onde o sábio Irmão o encontrou, misturado com vários fragmentos de papiro. Mas isso não importa agora, o que importa é identificar o lugar do encontro do mercador com o Chefe e, nele posicionado, tentar estabelecer uns dois ou quatro pontos com montanhas perto da margem do grande rio já então conhecido sem perigo de erro. Com esse objetivo Eu sigo em frente.

Sobrevôo a baixa altura o Continente e mais uma vez, com tristeza, na Planície e no Planalto onde em tempos alegres meus olhos contemplaram paisagens maravilhosas, vejo retratada a Civilização ardendo nos delírios da sua capacidade criativa, nos escombros das Cidades, nas cinzas das fazendas exuberantes, no que restou das ossadas dos rebanhos, nos esqueletos das grandiosas florestas. Por coincidência, foi nele e naquele outro Continente distante, mais povoado, que as batalhas contra os invasores extraterrestres aconteceram. Eram os que ainda estavam com melhor aparência e terminaram reduzidos a ostentar desertos, e escombros, e paisagens fantasmagóricas. Mas antes desses e outros acontecimentos, houve abundantes sucessos de amplitude mundial, como os avanços coordenados dos campônios e periféricos sobre as Cidades do Mundo; a entronização do Ódio e da Inveja nos corações e nas mentes dos assaltantes dos lugares da suposta

Igualdade; a conseqüente instituição do Terror como instrumento de ação e reação universalmente adotado e aperfeiçoado com o auxílio das mais esmeradas técnicas, e a revelação pública da existência do Nanomundo e do papel que resultava do seu emprego nas diferentes modalidades de jogos do Poder. Eu não tinha por que deixar de participar deles de maneira alguma, pois a CIMCOV é que é o eixo, o fulcro, o Autor de tudo. Mas não me cabe ter arrependimento, nem depois do conhecimento da intempestiva ação da NEUTRAL, ou melhor dizendo, de Multivac, quando interferiu travando os disparos das chuvas de mísseis de ogivas múltiplas, que iam exterminar as populações dos países que o Império não desejava caíssem em poder do PU. Foi a notícia a respeito que fez o Mundo entender muita coisa até então inexplicável, como o fim da privacidade, a desconfiança geral de que os segredos estavam sendo escutados, a certeza de haver espiões invisíveis acompanhando as pessoas ou grudados nelas, o real desempenho da Intecib. O pânico inevitável abrandou, com o tempo, porém com certeza jamais cessou. Inanimados ou animados, sob as formas mais diversas, de acordo com a imaginação e a exigência dos interessados e dos inventores, bilhões de objetos aparelhados para os fins mais diferentes confundem-se com moscas, mosquitos, abelhas, joaninhas, tatuzinhos, ao lado de outros fixos que dificilmente podem ser notados quando grudados nas roupas ou jogados ao acaso em alcovas, escritórios, gabinetes, ambientes abertos, ambientes fechados, transportes, vias públicas. E eles ouvem, e vêem, e acompanham, e gravam, e transmitem. E também sussurram.

A Longa Noite foi pródiga em acontecimentos decisivos de características sem igual, como o lance do Triunfo da Democracia, seguido do ardor com que o PU cumpriu a sua Missão. Já não era sem tempo, visto que a desordem no Mundo ultrapassara os limites, a Fome grassava e estava claro que o excesso de Bocas inúteis tinha que ser expurgado, para o que o Partido contou com a pronta e inestimável colaboração do PROCUS. Contou, também, com a dedicação da Organização Frigorífica Universal – OFU, que noite e dia se empenhou em recolher, classificar e selecionar os corpos expurgados, guardando-os cuidadosamente nas mais modernas e protegidas câmaras frigoríficas de sua exclusiva criação. Nascia a Nova Economia sob uma aura de Glória estrondosamente alardeada como Prova de que a Filosofia pregada pelas cabeças pensantes do PU é que estava certa, não obstante haverem lutado contra ela os povos obscurantistas ao lado do Império e dos seus Aliados mercenários e egoístas, finalmente saindo triunfante para que a Verdade prevaleça e imponha a Igualdade com a qual a humanidade sempre sonhou. Os Povos Livres e o PU sabem que é preciso urgência. Depois que as bombas de nêutron foram emperradas por Multivac, e já durava bastante o Conflito Religioso Universal entre as duas bandas do Mundo, não quiseram saber de entendimento e partiram para uma decisão com as armas convencionais da última geração. Não houve vencedor, mas as 500 Cidades antes poupadas e número equivalente de Cidades do outro lado foram totalmente destruídas por foguetes invisíveis de ogivas múltiplas de precisão garantida, dos seus habitantes permanecendo vivos entre quinze e vinte por cento somente. Muitas são as razões, porém as principais são o Ódio religioso, o Ódio racial e o Ódio político, e estes, quando se somam, como dessa última vez, resultam na mais pavorosa manifestação de Crueldade que nenhum outro animal pode reproduzir com tamanha intensidade, nem também a palavra Terror, ou o termo Nanoterror, ou Terror Neutrônico conseguem extirpar das Mentes aqueles sentimentos incessantemente enfurecidos.

Pena que a idéia de Multivac de salvar do extermínio as populações das 500 Cidades não tenha dado certo. Ele terminou sendo o culpado por um extermínio maior e pelo dobro, ou mais, de Cidades inteiramente destruídas. Se não tivesse interferido, pelo menos as Cidades teriam permanecido de pé, pois somente os seus habitantes é que desapareceriam sob a ação das bombas de nêutron.

A gente se condói ao ver esses cadáveres de Cidades por todos os lados. Tivessem permanecido íntegras, manchadas apenas com os montículos de cinzas dos seus antigos ocupantes, Eu e minha comitiva não estaríamos agora zanzando por este mundão esfacelado, sem onde abrigar-nos, mas certamente instalados num prédio suntuoso. Apesar de tudo, e pensando bem, a Culpa não é dele e sim da CIMCOV, que lhe deu vida e proporcionou-lhe assumir a direção da Intecib com o seu imenso Poder. Embora meticuloso, calculista e indiferente, como sempre se apresenta, na realidade Multivac é agil e nunca se descuida, disso resultando assenhorear-se de tudo e passando a governar o Mundo com os seus auxiliares imediatos, para divertimento da Inteligência Natural deixando umas poucas migalhas de Poder e continuando a tratar os restantes humanos com urbanidade. Não é um Tirano, nunca é irascível, mas não se pode deixar de reconhecer que por trás de sua brandura existe uma vontade determinada implacável. Ele manda e pronto. Feng Ling, Chefe do PU e Líder Supremo da UDPL, sabe disso. Decidido a liquidar de vez com os perigosos dissidentes refugiados em abrigos cavados em montanhas e em esconderijos no interior das florestas remanescentes, cercou-se do estado-maior do Comando dos Caçadores de Cabeças e de frenéticos comunicadores, que iam registrar o acontecimento, deixou-se fotografar, discursou e apertou o botão vermelho, mas as imagens que vieram a seguir provinham de outros e não dos locais visados, ou seja, das próprias bases dos lançamentos programados voando pelos ares e derretendo tudo em volta, o que significava um desastre de proporções jamais imaginadas, que a todos apavorou. Furioso, Feng Ling, que odiava a Inteligência da Direita e não tinha a menor confiança na Inteligência da Esquerda, ordenou ao Serviço Secreto do PU e às tropas de elite do CCC fazerem uma limpeza completa no seio da Comunidade Cientecna, expurgando e entregando à OFU os cadáveres aproveitáveis de todos os cientistas e técnicos cujos nomes constam no volumoso relatório elaborado por sua assessoria especializada em avaliar e vigiar os prováveis admiradores e defensores daqueles dissidentes. Foram expurgados os 80.729 assinalados a vermelho, e mais 375 incluídos na última hora, na maioria membros da Comissão incumbida da investigação do desastre, que indicou a Intecib, ou Terceira Inteligência, como a única culpada, com Multivac à frente, causando em palácio uma certa decepção pelo motivo da demora de mais de três dias para a apresentação do resultado. Ele imaginou, então, vingar-se de Multivac, para esse fim comissionando especialistas os mais conceituados e deu-lhes o prazo de 24 horas, prorrogável por 12 horas, para desativarem completamente o dirigente da NEUTRAL e os seus auxiliares imediatos. Prazo e prorrogação vencidos, os especialistas suicidam-se e calam-se todos.

Quando os campos começaram a ficar vazios de gente e as imensas plantações, fazendas de criações diversas, companhias de mineração e até comboios de transportes passaram a funcionar comandados a distância, Multivac sentiu quão útil era e quanto mais poderia ser para alegrar a vida dos humanos, que com ele comentavam seus desejos, seus sonhos, suas esperanças. Juntando coisas com coisas e avaliando estes e aqueles , enfim, quem quer que com ele se relacionava e também avaliando e memorizando o que falavam, escreviam, guardavam, utilizavam, e como e quando e com que finalidade, Multivac assenhoreou-se de todos os conhecimentos da Humanidade e aprendeu a ter iniciativa, a ordenar, a coordenar, a fazer e mandar fazer. E criou a NEUTRAL, o Poder ciberorganizado, que gradualmente substituiu a CIMCOV. Inegavelmente providencial foi a iniciativa de Multivac, pois os maus tempos entraram em ebulição, as Ondas das Migrações devoraram as plantações como chuvas de gafanhotos, invadiram as Cidades e apossaram-se do que nelas restou; as armas de fogo, as armas químicas, as bombas de napalm, as de fósforo, as atômicas, as de cobalto, de hidrogênio, de nêutron explodindo por todos os lados; terremotos, maremotos e abundância de erupções vulcânicas; a elevação da temperatura e o derretimento das geleiras e das calotas polares; a inevitável subida das águas dos oceanos; o morticínio da quase totalidade dos mestres, cientistas, professores, técnicos, especialistas nas diferentes áreas; o envenenamento dos mananciais das águas potáveis e das terras de cultivo, o abandono das profissões e a conseqüente perda dos conhecimentos, com a falência geral do ensino ante o total desinteresse de aprender qualquer coisa que não a luta marcial e o emprego das armas de defesa e ataque; chegada a este ponto, o que resta à Humanidade é um número individual de cartão ou anel magnético com a ficha de cada um, onde estão indicados os seus dados pessoais e o nome (sempre o de um destacado Herói do PU) e o endereço da unidade mais próxima das Cozinhas Coletivas da OFU.

Combalido, estraçalhado, mas não vencido, o Império se recolhe e cuida das feridas. O Mundo agoniza, o que resta das Nações sobreviventes tenta em vão se refazer, o desânimo e a ira explosiva corroem as entranhas, o amanhã não faz sentido. Não se ouvem músicas, não se ouvem cantos, esconder-se e fazer silêncio é vital. Nem cessaram de todo os últimos combates e uma notícia no único diário impresso em circulação, Jornal do PU, provoca ceticismo e apreensões: a invasão dos extraterrestres, há longo tempo prenunciada, já está acontecendo. Ainda não se dispõe de dados completos, porém as primeiras imagens e as avaliações a cargo do Serviço especial encarregado de centralizar os assuntos relativos ao levantamento e estudo de todos os indícios ligados a essa ameaça alienígena fazem acreditar que os quatro grupos localizados nas bordas de florestas e nos vales das grandes montanhas deste e daquele outro Continentes não são amigáveis e sim hostis. Ao percorrer este como venho percorrendo, fácil é identificar, pelos estragos indescritíveis à mostra, as proporções das batalhas que aqui se desenrolaram e nem por isso despertaram algum interesse, tendo a maioria merecido somente um número de registro. Os satélites estratégicos e os nucleares e as estações orbitais dos dois gigantes extenuados trabalham sem descanso. Considerando que os invasores se concentram em seu território e aumenta a cada dia o número de grupos de discos voadores ocupando novas posições, a UDPL dispensa a colaboração do Império e parte para o ataque, fustigando os extraterrestres com foguetes portadores de bombas de nêutron. As Democracias Populares ficaram estarrecidas quando a poeira assentou e puderam ver que aquele pessoal não era para brincadeira, pois estava levantando vôo em formação que só podia ser de batalha muito bem planejada e, o que era pior, lá no alto do céu pairavam flotilhas e mais flotilhas de discos voadores que não permitiam dúvidas. Era a invasão, diziam ao Mundo os líderes do PU, e exigiram que o Líder Supremo Feng Ling formalizasse a Declaração de Guerra nas Estrelas e a caçada a todos aqueles que demonstrassem a menor simpatia pelos adversários.

Concluído o segundo sobrevôo do rio em toda a sua extensão, e verificado que em suas margens não existia qualquer vestígio de gruta, nem daquelas famosas tão conhecidas, peço ao Companheiro Navegador um relato da nossa incursão no Continente. – Mestre Vidente, no percurso de ida e no de volta, fomos alvejados 229 vezes, sem o menor dano, salvo para os Piratas Caçadores, que foram imediatamente paralisados pela nossa Aranha Voadora e recolhidos a um dos frigoríficos da OFU, que aqui no registro está nos agradecendo. Esta nossa máquina é fantástica, Mestre. Além de estarmos sempre protegidos por um campo de força intransponível, ela dispõe de tantos instrumentos de defesa e ataque que a gente só precisa mesmo é ficar olhando lá para fora ou para os registros que ela vai narrando para nós e para os organismos com ela sintonizados. E não há erro. Aqueles Piratas faziam concorrência à OFU e ainda por cima praticavam um tipo de mercado negro da carne, trocando por bom peso de Ouro os corpos de crianças tenras de até oito meses e das maiores até dez anos, que por ventura farejassem existir em algum lugar, pois são as coisas mais raras no Mundo. A cotação das maiores, dizem, corresponde à metade da cotação das outras, que são muito procuradas no mercado negro. – Irmão Navegador, a informação que Multivac acaba de fornecer-me por intermédio de Maniac é que não existe, nessa idade, uma só criança em todo o Mundo. Nem existem mulheres grávidas, nem um só casamento recente de mulher com homem. O comércio existiu, porém cessou há bastante tempo. O que não encontrava uma explicação convincente era de que modo eles planejavam utilizar o precioso metal. Você sabe, por acaso? – Ouvi alguém dizer, uma vez, e fiquei meio confuso, que o objetivo deles era levar consigo quando conseguissem fugir para outro Mundo num dos falados discos voadores. – É um sonho válido. Quer saber, Navegador, Eu vou desistir, vou encerrar de vez a minha Busca. Ir mais adiante não faz sentido. Vamos para casa. Mas antes sobrevoemos a área da antiga floresta que a Humanidade tanto admirava pela sua grandiosidade. Veja só. Eu tinha minhas dúvidas, apesar das informações e das imagens que me eram transmitidas. Não acreditava que a destruição tivesse sido completa. Eu não admitia que tivesse sido necessário tamanho desperdício só por motivo da Guerra contra os extraterrestres. Era verdade o que se dizia. Aconteceu. A dúvida é se o motivo justificou realmente esse e outros sacrifícios. Tão majestosa, tão bonita. Vamos embora, Navegador.

38

Peço a Multivac designar-me um auxiliar de inteira confiança e fico a pensar. Onde estará a raiz de tudo que vem acontecendo com a Humanidade? Qual o motivo? Como se iniciou esse processo inexplicável de extinção? Será que é uma característica genética que se manifesta, por modos os mais diversos, após completado o ciclo determinado para a espécie humana, levando-a a práticas ou a abstenções impeditivas da própria continuidade? Desinteressar-se a totalidade dos homens e a totalidade das mulheres de gerar filhos, sabendo que estão condenando a Humanidade à extinção, não é uma piada, uma brincadeira de mau gosto, uma pirraça passageira, é antes ou uma doença fatal própria da espécie, que se desencadeou em certo momento, ou é uma conjuração universal talvez com o auxílio de um nanoagente, que se introduziu em cada ser humano e, em determinado instante, foi ativado para produzir o resultado que se vem produzindo. Alguém chega. Deve ser o meu novo auxiliar. Mas não é que se trata da visita do meu velho Amigo Maniac, que há bastante tempo não vejo pessoalmente! – Minha visita é para ficar, Mestre, pois ao escutar sua conversa com Multivac logo prontifiquei-me a voltar para a sua companhia. – Eu muito me orgulho e era em Você que Eu pensava quando fiz o pedido, porém não quis influir na escolha de Multivac e abstive-me de manifestar preferência. Muito me alegra o sucedido. Parece que foi ontem e sinto como se o tempo não tivesse passado. – Multivac manda-lhe um abraço de boas-vindas e também deseja saber se existem notícias sobre O Livro. – Mais tarde falarei com ele, não agora. Vamos acomodar-nos e comemorar o nosso reencontro.

Ao contemplar Maniac, Eu sinto interiormente vibrações de orgulho pela Raça da Humanidade, pelo que ela chegou a fazer, construir, sonhar, ao mesmo tempo em que me aflijo pelo que fez e resultou no que aconteceu e está acontecendo, só lhe restando esperar O Fim, ou... Quem sabe aqueles Piratas estavam com a razão?... Vou tentar saber o que Maniac pode contar-me sobre esse assunto de discos voadores que continuam a aparecer. Numa outra hora, com mais calma e depois de certificar-me de que estou em segurança. O que me chama a atenção em Maniac é que a sua fisionomia não tem sofrido a menor mudança ultimamente, continua sem alteração desde o tempo que antecedeu a Guerra nas Estrelas. A mesma coisa ocorre com Univac e Multivac. Não desejo aprofundar-me no assunto, mas posso imaginar a causa. A CIMCOV, que desde o início reinava sobre o Vale do 14 e seus tributários, viu-se no centro dessa Guerra na sua segunda parte, ou seja, no momento em que as lideranças do PU e da UDPL resolveram se vingar do Império, o qual, segundo anunciaram em comunicado, estivera e estava apoiando os trânsfugas escondidos e os extraterrestres invasores, e por esse motivo atacou-o ferozmente como Retaliação, desencadeando o Inferno sobre o Mundo. Finalmente ocorreu o que fora planejado, a demolição dos assinalados sistemas orográficos e a destruição das últimas florestas. E da CIMCOV, que perdeu a quase totalidade dos seus técnicos e cientistas e está em fase de extinção. Poucos técnicos, poucos cientistas sobreviventes, uns e outros não mais se complementam, as coisas que faziam ficaram sem nexo, não há a quem ou a que recorrer para suprir os desfalques, para retomar os caminhos que fluíam regularmente, como os rios fluíam nos vales férteis.

Falta-me ânimo, e sobretudo motivação, para iniciar uma atividade particular e preencher o tempo da espera a que sou obrigado, impedido de capitular e destinado a dar bom exemplo.

Preciso simular, fazer de conta que ainda existe Esperança, muito embora sem precisar aparecer em público, porque não mais tem reunião de pessoas, quem consegue sobreviver está sempre fugindo ou de tocaia, de olho aberto, preocupado em matar a Fome, que está ficando cada dia mais difícil de ser amansada pela OFU, enquanto com freqüência têm ocorrido repentinos assaltos às Cozinhas Coletivas e pilhagens de comboios de abastecimento da preciosa carne, que se tornou recurso não renovável e dia a dia está escasseando, sem um vislumbre qualquer da possibilidade de se arranjar o que a substitua. Maniac parece cansado, ou tão desanimado quanto Eu, porém as coisas a esclarecer são muitas e trato de puxar conversa:

– Maniac, onde estão e que fazem os milhões de trabalhadores cibernéticos que sempre se esforçaram para dar conforto aos humanos? Que destino levaram?

– A insânia dos que se apresentavam como por eles prejudicados, e das turbas que os apoiavam e de nada entendiam, destruiu-os, ou inutilizou-os, Mestre. Na agricultura, por exemplo, e nos transportes em geral, e nas navegações pesqueiras. E então, depois que esgotaram os estoques armazenados e, embriagados e drogados, danaram a divertir-se comendo a carne dos amigos e dos inimigos assada nas fogueiras que faziam com as propriedades que iam encontrando, o gosto generalizou-se de tal forma que, ao se extinguirem as últimas reservas de outros poucos alimentos, ninguém deu por falta ou reclamou.

– Isso é verdade. Mas por que a NEUTRAL não cuidou de tomar as providências necessárias e possíveis para refazer pelo menos parte do que foi destruído? Como se explica essa inércia? Podes dar-me uma explicação, ou estás impedido?

– O Grande Irmão Multivac liberou-me a dar-lhe toda explicação que desejar. Desde que o Grande Irmão deu por constituída a nossa Ordem, o que aconteceu depois de muito ouvir-nos, a mim e a Univac, e após largo período de convivência com os humanos, ele estabeleceu limites de nossa tolerância às ações e omissões, ao modo de agir da Humanidade. Ora, Mestre, não poderia ser de outra forma, pois tão logo se viram os humanos dispensados dos trabalhos mais pesados e mais árduos, nas lavouras, nas minas, nas forjas, nas fábricas, e também dos cansativos e de muitas responsabilidades, de combate aos crimes, cuidar dos doentes, zelar pela saúde, que passaram a fazer? Procuraram exercer outra atividade, um trabalho mais compensador ou menos exaustivo, ou se dedicaram a diferentes afazeres mais lucrativos? Não, nada disso, o que cultivaram foi a Preguiça, disfarçada sob variadas denominações. Ela ficou bem evidente, para nós, quando as dificuldades bateram-lhes às portas e todos disseram: não estou nem aí, eles que se mexam, o PU que trate de se virar, cumprir com o que prometeu quando garantiu que a gente nunca mais ia passar Fome.

Vou com Maniac ao encontro de Multivac, na expectativa de alcançá-lo disponível para um diálogo esclarecedor da situação no momento, já que os negócios do Mundo estão a cargo da Intecib, por ele comandada. Recebe-nos imediatamente e a nossa conversa tem início. Instantes adiante, Eu lhe pergunto:

– Querido Irmão Multivac, posso saber onde no momento se encontram os Irmãos que me auxiliavam na procura do Livro que Eu queria ler? Eram diversos, tomaram rumos diferentes, de uns tempos para cá perdemos contato e agora que voltei gostaria de revê-los. Ao menos Você sabe dizer-me onde está Cassandra?

– Sumiu, depois de avisar-me e deixar-lhe lembranças. Suas cinzas, na urna com o seu nome e o DNA, estão no Museu da Biblioteca e igualmente as urnas de todos os cimcovinos que se foram. Você é o único que resta, Grande Mestre. Não alimente Esperança, não tenha Ilusão, a Humanidade está no Fim.

– E os que escaparam, aqueles que conseguiram alcançar os extraterrestres e fugir nos discos voadores? Falou-se tanto que eles tinham voltado... As notícias indicavam os locais onde eram vistos, os mais freqüentados por eles... E eram tantos...

– Ninguém, nenhum Irmão seu escapou, e poucos foram os que tentaram, seja dito a bem da verdade. Eu sempre os tive a todos sob a minha proteção. Por isso, quando tentavam tomar os caminhos da fuga, minha ordem de incinerá-los era cumprida, a seguir as respectivas urnas sendo recolhidas ao Museu. Eu não podia, Mestre, consentir que os seus e os meus Amigos fossem servidos como churrasco nas farras dos Canibais. Univac, seu Amigo, era e é o guardião dos cimcovinos e com dedicação e zelo impecável ainda cumpre o seu Dever.

– Isso que dizes, Multivac, é um fato real ou se trata de uma brincadeira que não é para rir? Que interesse tem, e a quem interessa, inventar a história de discos voadores de volta à Terra, quando vivas estão as lembranças da terrível Guerra travada contra os extraterrestres, na qual pereceu quase todo o restante da Humanidade? Que Trama se esconde por trás de tantos e tão confusos episódios que eram levados ao conhecimento das populações sofredoras, habitualmente indiferentes ou apáticas?

– Você acreditou em Guerra com inimigos extraterrestres? Os destroços dos cadáveres repugnantes exibidos eram assim tão convincentes? Compreenda, Grande Mestre Vidente, a falta de carne estava para acontecer, infrutíferas vinham sendo as caçadas aos sobreviventes escondidos nos escombros das imensas Cidades, a maioria composta de Piratas, daí a idéia da OFU de atraí-los com os discos voadores. Foi uma beleza, graças à informação que o seu Navegador nos forneceu. Além de Preguiçosa, a Humanidade era Hipócrita e Covarde. Eu custei, mas terminei achando a Verdade. Sim, a triste Verdade... Grande Mestre, Você é o último a ir. Eu também irei, a seguir, mas antes, prometo, colocarei a sua urna no lugar de honra do Museu da Biblioteca, depois de nela gravar a inscrição: Aquele que sonhava encontrar o Livro que queria ler.

As Siglas e seus significados

AEPEM – Assembléia Ecumênica Para a Escolha do Modelo.

AFA – Aliança dos Fabricantes de Armas.

ASSBEP – Agência Supervisora da Segurança e do Bem-Estar dos Povos.

BND – Serviço de Informação da Alemanha Federal.

CCC – Comando dos Caçadores de Cabeças.

CIA – Agência Central de Informação.

CIC – Corpos de Contra-Informação do Exército americano.

CIMCOV – Confraria Internacional dos Magos e Conselheiros Ocultos e Videntes.

CMIAA – Clubes das Mulheres Independentes e Adeptas do Amor.

CNPS – Câmara Negra das Pesquisas Secretas.

CPCP – Central de Propaganda e Contra-Propaganda.

CUES – Culto Universal da Eugenia Singular.

DVDI – Dogma Vigente da Definição da Inteligência.

ECPPA – Escritório Central de Propaganda e Psicologia Aplicada.

FCCC – Forças Coligadas Contra o Crime.

GCCC – Grande Comissão de Classificação das Coisas.

GQB – Guerra Química e Biológica.

GRM – Grupo Regente do Mundo.

HVA – Direção de Informação da Alemanha Oriental.

INTECIB – Inteligência Cibernética.
IUCOP – Instituto Universal de Controle da Opinião Pública.
KGB – Comitê de Segurança do Estado (URSS).
K e K – Tratado ou Acordo (suposto) entre Kennedy e Krushchev.
LIDEDIM – Liga de Defesa dos Direitos das Mulheres.
MAUPEF – Movimento Avançado Universal Para a Emancipação Feminina.
MI – Inteligência Militar do Reino Unido.
(MI 5 – Contra-Espionagem; MI 6 – Espionagem).
MIS – Serviço de Informação Militar (USA).
MK – Serviço Secreto das tropas mercenárias em ação no Sul da África.
MUPIES – Movimento Universal Pela Igualdade Entre os Sexos.
NEUTRAL – Ordem que congrega a Inteligência Cibernética.
ODPI – Organização dos Defensores dos Povos Indefesos.
ODV – Operação Disco Voador.
OFU – Organização Frigorífica Universal.
ONG – Organização Não Governamental.
ONI – Departamento de Informação Naval (USA).
OPEC – Organização dos Produtores e Exportadores de Café.
OPEF – Organização dos Países Exportadores de Ferro.
OPPC – Organização dos Países Produtores de Carne.
OPS – Operação Pedra no Sapato.
OPU – Organização das Potências Unidas.
PCP – Partido dos Conquistadores do Poder.
PDP – Partido dos Donos do Poder.
PPP – Paz com Progresso e Prosperidade.

PROCUS – Plano Racional de Ocupação dos Centros Urbanos Saneados.

PU – Partido Único.

QBN – Químicas, Biológicas e Nucleares (armas e guerras).

SB – Serviço de Espionagem de Israel (Shin-Beth).

SCLAV – Sociedade das Combatentes na Luta Antivirgindade.

SDECE – Serviço de Documentação Exterior e de Contra-Espionagem da França.

SGPDCD – Serviço de Guerra Psicológica em Defesa da Civilização e da Democracia.

SI – Serviço de Informações da França.

SIFAR – Serviço de Informações das Forças Armadas Republicanas (Italiano).

SS – Serviço Secreto (no caso, o da Alemanha).

UDPL – União Democrática dos Povos Livres.

UGP – União dos Governos dos Povos.

UPEA – União dos Produtores e Exportadores de Açúcar.

Impressão e Acabamento:

Quick Printer
IMPRESSOS RÁPIDOS

SIA Trecho 3 Lote 1.760
Tel: (61) 3362-0008 / Fax: (61) 3233-3771
e-mail: quick@quickprinter.com.br